AYSLAN MONTEIRO

ESTÚPIDO CUPIDO

Rio de Janeiro, 2025

Copyright © 2025 by Ayslan Monteiro. Todos os direitos reservados.

Todos os direitos desta publicação são reservados à Casa dos Livros Editora LTDA. Nenhuma parte desta obra pode ser apropriada e estocada em sistema de banco de dados ou processo similar, em qualquer forma ou meio, seja eletrônico, de fotocópia, gravação etc., sem a permissão dos detentores do copyright.

COPIDESQUE	Gabriela Araújo
REVISÃO	João Rodrigues, Natália Mori e Lis Welch
DESIGN DE CAPA	Vitor Fubu e Juliana Ida
DIAGRAMAÇÃO	Abreu's System

Dados Internacionais de Catalogação na Publicação (CIP)
(Câmara Brasileira do Livro, SP, Brasil)

Monteiro, Ayslan
  Estúpido cupido / Ayslan Monteiro. -- 1. ed. --Rio de Janeiro : Harlequin, 2025.

  ISBN 978-65-5970-472-9

  1. LGBT - Siglas 2. Romance brasileiro I. Título.

24-245451 　　　　　　　　　　　　　　　　CDD-B869.3

Índice para catálogo sistemático:
1. Romances : Literatura brasileira   B869.3

Bibliotecária responsável:

Aline Graziele Benitez - Bibliotecária - CRB-1/3129

Harlequin é uma marca licenciada à Editora HR Ltda. Todos os direitos reservados à Editora HR LTDA.

Rua da Quitanda, 86, sala 601A – Centro,
Rio de Janeiro/RJ – CEP 20091-005
Tel.: (21) 3175-1030
www.harpercollins.com.br

*Para todos os garotos gays que um dia já se perguntaram
o que havia de errado com seus cupidos.*

SUMÁRIO

Nota do autor
9

Estúpido cupido
11

As regras de L'Hopital
320

agradecimentos
333

NOTA DO AUTOR

Querida pessoa leitora, preciso confessar uma coisa: tive a ideia deste livro no caminho para o consultório da minha terapeuta. Estava de coração partido e toda hora ficava me perguntando: como seria se o Cupido fizesse terapia para lidar com os problemas de relacionamento? A resposta você vai encontrar logo em seguida, na história.

Acontece que fui uma criança que cresceu ao lado de outras crianças enfrentando monstros gregos na atualidade, então, quando virei um adulto, decidi contar minhas próprias versões dessas histórias. Ao longo destas páginas, você encontrará famosos personagens da mitologia grega, só que é importante enfatizar: algumas dessas versões são completamente diferentes das conhecidas mundo afora.

Estúpido Cupido está longe de funcionar como um guia fiel para a mitologia grega, apenas usa desse mundo fantástico para construir uma nova história. Alguns personagens aqui são bem diferentes dos conhecidos pelos estudiosos dos mitos. Caso você se interesse (o que seria uma honra gigantesca para mim), entre em contato por meio de alguma das minhas redes sociais e terei o prazer de dividir todos os meus materiais de estudo com versões historicamente embasadas desses mitos.

No mais, prepare-se para a história de um Cupido meio dramático e absolutamente gay que com certeza precisa fazer terapia para lidar com algumas (várias) questões. Elas vão muito, muito além dos relacionamentos, mas como bons românticos que somos, estamos cansados de saber que as melhores histórias tendem a começar pelo coração.

I

Ars Est Celare Artem

Eu não tenho culpa por sua vida amorosa fracassada.

Já quero pôr tudo em pratos limpos antes que você coloque (mais) essa responsabilidade em cima de mim. Não criei o amor, tampouco suas expectativas shakespearianas dele. Então vamos deixar claro que não, apesar do trabalho pífio que desempenho (pelo menos segundo as opiniões de meus superiores), não fui eu quem fodeu seus romances. Isso é culpa sua mesmo. Sugiro terapia; fez milagres para mim.

Agora, voltando ao que importa: eu.

É meu aniversário. Oito da manhã do dia vinte e sete de outubro. Cá estou, sentado na sala de espera de minha psicóloga divagando sobre a real necessidade de continuar na terapia. Já faz um ano que iniciei, e estou começando a me questionar se esse é ou não tempo suficiente para uma alta. Não estranhe; como você verá em breve, sou um pouco lento quando o assunto é lidar com verdades difíceis e muito contraditório.

Mesmo para o começo de uma manhã, está bem quente; os meses frios em São Paulo ficaram para trás e agora precisamos lidar com aquele calor abafado e sem umidade da maior cidade do país. Pelo visto, o ar-condicionado deve estar com defeito porque, em vez do barulho calmo e constante, tenho que aguentar os *tec-tec-tecs* de um ventilador de chão que tem quase minha altura. Spoiler: o objeto não é tão alto assim.

Minha aparência é típica da região do Mediterrâneo, um clichê grego... mais informações a respeito disso em breve. Em outras palavras: um branco que parece ter passado alguns dias na praia.

Meu cabelo bem preto está maior do que costumo deixar e a franja meio cacheada fica caindo toda hora em meu rosto, o que agora não me parece mais um problema. Gosto da ideia de que alguma parte de meu corpo ainda é livre para ser do jeito que quiser, contrariando até minhas próprias expectativas.

O café que comprei na esquina ainda não fez efeito e, devido ao sono, meus olhos castanho-claros ficam bem menores em comparação a todas as outras proporções. Tudo isso está espalhado em humilhantes um e sessenta e seis de altura e uma estrutura não tão atlética quanto um dia já foi.

E agora que passei vários parágrafos falando de minha aparência, posso reconhecer que sou mesmo filho de minha mãe. Mas não pense por um segundo que isso é motivo para felicidade. Estou me segurando para não colocar o café para fora ao perceber esse momento de identificação.

Também sou um jovem (não ouse dizer que não) de 27 anos, dono de um aplicativo de relacionamentos de sucesso, milionário antes dos 30 e, assim como quase todos de minha idade, infeliz tanto no trabalho quanto no amor. Afinal, por que acha que escolhi ouvir os conselhos de meus amigos para encontrar "alguém que me ajudasse a entender a grande bagunça que era minha vida"?

Então aqui estou eu, dando uma chance a essa maravilha não tão moderna chamada psicologia e me esforçando para entender a vida. Enquanto não atinjo o resultado esperado, crio listas, ouço álbuns depressivos e expando um já gigante guarda-roupa exclusivo de peças pretas para lidar com todas as frustrações.

Em geral, são nos minutos que antecedem a próxima sessão que começo a bolar uma estratégia para não falar do que minha terapeuta normalmente quer abordar. Sei que esse não é o comportamento mais saudável para se ter, mas ela me conhece bem demais e sempre vai direto ao ponto quando o assunto é me fazer encarar aquelas verdades de que falei há pouco.

Só que, por infelicidade, o barulho do ventilador é extremamente irritante, e minha cara de desconforto vai deixar visível para a dra. Emi tudo o que está me incomodando.

Ah, quem estou tentando enganar? Mesmo sem ventilador nunca consegui esconder dela um único probleminha.

Há pouco mais de um ano entrei neste mesmo consultório, que tinha uma recepção com um carpete de cor diferente, para a primeira consulta com Emi Hoshikage. Uma terapeuta recomendada por uma amiga da faculdade, por ter experiência em lidar com pessoas de minha faixa etária. Se eu não fosse um grande fã da psicologia como ciência, teria corrido para o bar mais próximo e lidado com os problemas afogando as mágoas em um litrão.

Naquele dia, diferente de hoje, não precisei esperar mais do que alguns minutos até que uma mulher de quase um e noventa de altura, com ascendência japonesa e por volta dos 40 anos me chamasse à sala. A altura em nada intimidava e, assim que conheci a terapeuta um pouco melhor, pude perceber que ela era tão fofa que poderia acalmar até o mais feroz dos leões.

A sala, à primeira vista, parecia intimidadora, mas Emi logo me indicou um sofá confortável que ficava no canto. Na mesa lateral, notei uma caixa de lenços e não pude deixar de sorrir de lado. Se ela esperava que eu fosse chorar já na primeira sessão, estava muito enganada.

"Como posso ajudar, Theo?", perguntou, com uma voz calma, mas incisiva.

A ironia? Quinze minutos depois eu já estava aos prantos. Enquanto isso, a dra. Emi ouvia com atenção, de vez em quando fazendo anotações no bloco de notas, mas em nenhum momento demonstrando qualquer desinteresse acerca do que eu falava. Também, modéstia à parte, minha história de vida pode ser descrita como fantástica.

Sendo bem honesto, a dra. Emi foi a segunda pessoa a quem contei toda a verdade. A primeira estava no leito de morte quando o fiz, então não havia muito risco de espalhar a informação, e a doutora também não poderia contar a ninguém. Sabe como é, todo aquele lance de sigilo entre médicos e pacientes.

Eu não podia reclamar. Levando em conta que ela ainda não tinha levantado e ligado para uma clínica psiquiátrica, eu até achava que estava tudo indo bem. Porém, logo que acabei de contar as primeiras partes, a dra. Emi pediu a palavra e da forma mais gentil possível me questionou:

"O que faz você acreditar que é o Deus do Amor, Theo? Esses episódios são constantes?"

É aqui, cara pessoa leitora, que ofereço cinco minutos para absorver a verdade: eu *sou* o Deus do Amor, também conhecido pela cultura ocidental como Cupido. Não, não estou mentindo e, sim, é óbvio que não direi minha verdadeira idade. Se quiser, pode fazer os cálculos por conta própria, ou, caso contrário, contentar-se com meus 27 anos. De novo, em caso de reclamações de sua vida amorosa, por favor, encaminhe os pedidos para o eventual símbolo espiritual de sua própria religião. Como disse antes, não sou um grande fã de meu trabalho, mas também não sou o responsável pelo final feliz de oito bilhões de pessoas no planeta Terra, não.

A pergunta da dra. Emi me gerou uma crise de risos. Tinha acabado de perceber o quanto fora ridícula minha tentativa de contar a história sem o mínimo de antecipação. Eu deveria ter pensado um pouco mais, preparado o terreno, mas, por algum motivo, até hoje nunca consegui ser nada menos que cem por cento sincero com minha terapeuta.

Não conseguia contar qualquer mentira dentro daqueles doze metros quadrados. Quase como se todo o ambiente fizesse parte do domínio de Aleteia, a Deusa da Verdade, ou, sei lá, como se minha terapeuta em si fosse uma divindade.

"Porque eu sou, doutora, e digo isso com a mesma segurança que garanto que o Duduzinho do primeiro ano era só um crush mesmo e provavelmente não era o amor da sua vida. Até porque, aqui entre nós, crianças não têm a mínima noção do que é isso. Não, seu ex-marido nunca desconfiou que você às vezes tinha fantasias sexuais com o instrutor da academia. Também não posso garantir que sua amiga Mônica não queira só desabafar quando vai à sua casa todas as quintas-feiras com um Cabernet e um CD da Ana Carolina."

A dra. Emi me olhou com a boca entreaberta.

"Pelo amor de Deus, sabe, é *Ana Carolina*. Ah, mas pode ficar tranquila, não vou contar quem é o grande amor de sua vida. A verdade é que não tenho esse conhecimento, e essa coisa de pessoa certa e única é tudo um mito. Todo mundo tem várias chances com essa baboseira de 'amor da vida', só que a maioria tem problemas demais para notar quando a coisa aparece na sua frente. Agora podemos ir para a parte em que desabafo sobre minha mãe irritante?"

Achei que a acidez fosse combinar com a mente afiada da dra. Emi, mas subestimei seu ceticismo. Ela não se convenceu com tanta facilidade.

"Você espera mesmo que eu acredite que às 8h37 de uma terça-feira, na Vila Madalena, em vez de receber um paciente novo, na verdade acabei de conhecer uma entidade grega e imortal responsável por toda a minha vida amorosa até hoje?", perguntou ela, inalterada.

"Não, não só pela sua! Está aí outro mito. Cupido não é motorista particular. Não é um designado para cada pessoa do mundo", respondi no mesmo tom. "Sou um só, sobrecarregado e sozinho."

Mesmo para um deus, é impossível ficar responsável por todas as copulações do planeta. Sabe, essa ideia de onipresença e onipotência é reservada para apenas um de nós. O chefão de todos. O resto precisa fazer o trabalho de forma braçal mesmo. A grande maioria dos casais do mundo, feliz ou infelizmente (a palavra muda de acordo com o interlocutor), é um grande fruto do acaso. Ou, sabe como é, tesão, hormônios, carência ou qualquer outra coisa que a ciência indique.

Pelos deuses, sou conhecido como o Deus do Amor. Apesar de cumprir as ridículas obrigações de unir um casal ou outro, represento o sentimento. Meus poderes vêm dessa crença tola de que o ser humano precisa da outra metade da laranja. Já pensou no caos que seria ter que administrar oito bilhões de pessoas se apaixonando dentro do espectro fluido que é a sexualidade e a afetividade humana?

Eu preferiria virar o Deus das Chinchilas.

Voltando para a dra. Emi, depois de quase toda uma sessão em que ela me fez uma quantidade exorbitante de perguntas sobre minha origem, família e poderes, entramos em um acordo tácito de que ela não chamaria uma ambulância com destino a uma clínica psiquiátrica. Seria um grande trabalho fazê-la acreditar, mas, mesmo que não quisesse, eu tinha todo o tempo do mundo. Eram tantos os traumas para lidar que eu precisaria de no mínimo três gerações da linhagem da doutora para dar conta.

"Então, no fim, os gregos estavam certos? Toda a história cristã foi uma invenção?", indagou ela, ainda no fim da primeira sessão.

Eu queria contar que não, explicar que quase todas as lendas e mitos do mundo partiam de uma história de verdade e, como os melhores livros já publicados, tudo passava pelo incrível trabalho de um editor. O qual, por sua vez, sabia os pontos fortes da história e quando deveria supervalorizar ou diminuir um acontecimento. Queria também falar que esse editor, em geral, é um deus em busca da manutenção do poder. Só que eu não queria transformar a sessão em uma aula de *Introdução à mitologia aplicada ao século XXI*.

Essa história é *minha* e, de uma forma ou de outra, de Theo Kostas também. Além do mais, posso garantir o seguinte: a coisa já é empolgante o suficiente. Então optei por um caminho sempre mais confortável para mim: o de ficar em cima do muro.

"Foi e não foi. Até conheci Jesus, e ele era mesmo um querido, muito mais mente aberta do que alguns dos seguidores dele fazem parecer. Porém, o máximo que posso dizer é que o universo é mais complicado do que parece."

Arrasei.

Ainda assim, a cada terça-feira em que eu voltava, a doutora cedia à curiosidade histórica e me perguntava sobre os bastidores do mundo dos deuses. Contudo, por algum motivo (cá entre nós, acredito que foi o choque de realidade sobre o Duduzinho do primeiro ano), nas sessões seguintes ela foi ficando cada vez menos cética em relação à minha história.

Hoje, quatorze meses depois de nosso primeiro encontro e de uma declaração da Mônica ao som de "Pra Rua me Levar" a dra. Emi trocou a hipótese de que eu estava sofrendo um caso extremo de transtorno mental pela comum teoria freudiana de que quase todas as fontes de meus problemas atuais são culpa de meus pais.

Em inúmeras sessões, lidamos com meu ego problemático (e ainda não concordo com adjetivá-lo assim); a forma que a perda de meu melhor amigo inibiu partes importantes de meu emocional; *mommy issues*, *mommy issues* no trabalho, *mommy issues* na infância, em toda minha vida; um pouco de *daddy issues*; uma quantidade absurda de *Olimpo issues*; e Guilherme. Assunto que prefiro deixar para depois.

O que nos traz de volta para cá, a mesma recepção em que estou esperando enfim trocar o barulho incessante do ventilador pelos olhares julgadores de minha única confidente no mundo inteiro.

— Theo, vamos lá? — chama a dra. Emi, colocando a cabeça para fora da porta deslizante e abrindo espaço para eu entrar.

Como de costume, sento-me no mesmo sofá em que me debulhei em lágrimas nos meses anteriores e, sem nem perceber, checo com o canto do olho se a caixinha de lenços continua no lugar de sempre. Continua. Antes que eu me sente, percebo a dra. Emi se aproximando de braços abertos.

— Meus parabéns, querido! Eu perguntaria quantos anos está fazendo, mas imagino que não vá me contar — cumprimenta ela, com um sorriso no rosto, depois do abraço apertado. — Então, como andam as coisas?

E, como da primeira vez que entrei no consultório, tento, mas não consigo segurar nada. Conto da mudança de apartamento que anda me tirando do sério porque parece que nunca vou conseguir terminar de desempacotar caixas. Depois, conto das preparações para o "Baile dos Solteiros", que acontecerá daqui a mais ou menos dois meses, e como hoje enfim teremos uma reunião sobre o tema do baile.

Ela continua concordando e fazendo observações pontuais, mas nada digno de anotar no caderninho.

— Eu já falei que hoje vou ganhar uma nova assistente? Tudo parte de um projeto que Guilherme ouviu falar em Chicago. — Ao citar o nome dele, eu sabia que tinha chegado à parte que ela queria. — O plano é tentar reinserir pessoas mais velhas em empresas mais modernas.

— E como anda Guilherme? — pergunta ela, com a cara mais inocente do mundo.

Neste momento, minha mente de deus entra em ação. Não estou pronto para falar da relação com meu melhor amigo. Que, por coincidência, também é meu sócio, tem os olhos verdes mais lindos do universo inteiro e cujo coração parti cinco anos antes. Assunto favorito da dra. Emi e o qual nunca consegui abordar fora de uma sessão.

Contudo, como já disse, preciso me manter na estratégia de falar apenas do que *eu* quero. Aquela maldita caixinha de lenços não vai ser usada hoje.

Por isso, resolvo tomar o caminho mais covarde do universo: fingir que não ouvi a pergunta e apenas continuar falando de minha nova assistente.

— Ao que parece ela era uma locutora de rádio, especializada naqueles programas cafonas dos anos 1990 que davam conselhos românticos aos ouvintes e faziam traduções simultâneas das músicas que bombavam na época...

Nessa hora, ela coloca a caderneta ao lado. Fui encurralado.

— Theo, fingir que você não ouviu minha pergunta não vai me fazer desistir... Desde que conversamos sobre o que aconteceu na viagem de formatura, você não conseguiu... — diz ela de forma um pouco incisiva.

— Doutora Emi, não posso falar do que não existe, e não existem sentimentos em relação a Guilherme. Já falei que ele é meu melhor amigo, e é só isso que a gente deve... — Tento mudar de palavra depressa: — É, é só isso que a gente é.

— Sua escolha de palavras me intriga — comenta ela, voltando a se recostar na poltrona.

A verdade é que sou perdidamente apaixonado por Gui desde o momento em que coloquei os olhos nele no primeiro dia de mentoria na faculdade, anos antes. Só que também sei, mesmo que tenha que contrariar inúmeros autores ao longo da história — e até eu mesmo —, que o amor é uma coisa muito simples. Até porque, pelo amor dos deuses, ninguém entende melhor do assunto do que eu.

O amor é meu trabalho, é o que faço de olhos fechados, e é algo muito mais de exatas do que de humanas. Trabalho com ângulos de flechas tanto quanto com reações químicas. O manual de instruções que recebi era nítido: existe o certo e o errado. E basta uma mudança na crença mundial sobre o amor para o que era certo virar o errado em um piscar de olhos.

Para muitos, Guilherme e eu nos encaixamos no segundo exemplo, o dos errados. O amor não é vermelho, e sim preto e branco.

— O que faz você acreditar que não *deve* ter sentimentos por seu melhor amigo?

— É complicado.

— A gente ainda tem trinta e sete minutos e meu paciente das nove e meia cancelou antes de você chegar.

Certo, pelo visto estamos recorrendo a ultimatos agora.

Merda! De repente a sala fica ainda menor. Minha respiração acelera e, mesmo sendo um deus imortal, neste momento descubro que, quando o assunto é ataque de pânico, ainda sou tão suscetível quanto qualquer ser humano.

Não quero entrar nesse tema, não quero pensar em como tudo aconteceu. Essa parte da história nunca contei à dra. Emi.

O lado negativo de ter como paciente uma figura imortal é que sempre vão existir histórias não contadas. Capítulos pulados de propósito.

Ela sabe de como nasci, como cresci. Sabe fofocas da maior parte do Olimpo, de minha juventude, dos anos que passei em Recife e de como conheci Guilherme, que, para todos os efeitos, foi minha primeira paixão. A verdade é que ele não foi. Que maldição é essa, você me pergunta? Bom, para entender um pouco melhor, é preciso voltar um tantinho mais em minha história. Muito mais, na verdade.

De modo diferente do que minha terapeuta pensa, minha primeira história com outro homem não começou cinco anos antes durante uma viagem à fazenda dos pais de Guilherme. Para entender o que aconteceu naquele verão, é preciso viajar no tempo. Voltar para a época em que eu estava no auge da adolescência, vivendo a juventude no meio do apogeu grego.

Uma época de deuses, mitos e uma sociedade que descobria cada dia mais o que era estar no mundo. Um império em que minha mãe era a mulher mais bonita a pisar na Terra e meu avô, a única pessoa a decidir *quem* andava no planeta.

Um momento do qual, com muita minúcia, evitei discutir. Falar daquilo me traria a certeza de que eu estava a éons de qualquer possível liberação da minha terapeuta. Narrar em voz alta tudo o que tinha acontecido talvez revelasse para todos, inclusive para mim, que eu não era o herói de minha própria história. Porém, assim como não existem árvores sem raízes, não existem histórias sem começos.

É preciso voltar ao momento em que me tornei o Deus do Amor.

— Doutora, acho melhor cancelar o paciente das onze.

II

Crescit In Egregios
Parva Juventa Viros

— O que sabe do mito do Cupido, dra. Emi? — pergunto.

É a primeira vez que capto alguma surpresa por parte de minha psicóloga. Quer dizer, uma surpresa grande o suficiente para ela não esconder dentro das sutis reações. Até se inclina um pouco para a frente, intrigada.

Não consigo resistir e fico satisfeito em ter um pouco de controle. É bom saber que minha terapeuta é tão curiosa quanto o resto dos mortais.

— Não consigo lembrar todos os detalhes. Pesquisei um pouco depois que você apareceu, mas me apeguei ao básico: filho de Afrodite, lindo como a mãe e retratado na arte como um bebê com asas e um arco e flecha.

— Nada mais? — insisto, arqueando as sobrancelhas.

Ela se ajeita melhor na poltrona e solta um pigarro.

— Então... Depois das primeiras sessões, preciso confessar que fiquei curiosa e pesquisei um pouco mais sobre o assunto. Sei das diferentes genealogias que aplicam a você, sei da situação com Psiquê que, bem, você fez questão de desmentir e só. O resto foi apenas anjinhos alados e poesia grega antiga. Considerando o quanto você diz ser mentira, achei melhor parar e ouvir direto da fonte.

Como toda boa cientista, lógico.

Não fico com raiva de a dra. Emi ter pesquisado sobre minha história pelas minhas costas. A minha parte deus (que é mais influente do que gosto de admitir) até fica honrada com a curiosidade. Contudo, ela também não estava errada ao esperar para ouvir toda a história da fonte original; em geral os escritores não contam o começo de minha epopeia. Talvez não achem interessante ou, como desconfio, talvez meu avô tenha mexido os pauzinhos para fazer minha versão dos fatos se perder nas areias do tempo.

— Bom, então é hora de eu contar como virei o Cupido — declaro, suspirando. — Essa parte da história você não encontra em nenhum livro mesmo.

Como disse antes, contei *muita* coisa à dra. Emi para fazê-la acreditar em mim. Sério, muita coisa mesmo. Só que na vida de um imortal "muita coisa" pode ser apenas a ponta do iceberg, e digamos que eu ainda não tinha chegado à parte em que o Titanic afunda. Essa não é uma parte que gosto de reviver, mas até eu reconheço que preciso de ajuda às vezes.

Por mais que diferentes autores discutam minha genealogia, sou mesmo filho de Afrodite e Ares. Informações que a dra. Emi já está careca de saber e eu, de ouvir o quanto o ego dos dois tem influência na personalidade difícil que tenho hoje em dia. Muitas vezes, ao longo dos milênios, me perguntei se seria melhor ter nascido de Caos, como minha tataravó Gaia, ou se Nix (a personificação da noite e de umas coisas bem, bem, bem sombrias) teria sido uma mãe melhor que a Deusa do Amor.

Vejam, a referência materna que tenho é que minha querida progenitora ficou com tanta inveja de minha beleza quando eu era bebê que decidiu que seria melhor se eu fosse criado por ninfas e animais falantes em um bosque místico qualquer. Sério, quem abandona uma criança imortal e muito bonita em uma floresta aleatória?

Só que eu era apenas um dos Erotes, filhos gêmeos de Afrodite. Então, enquanto mamãe chutava o caçula para a natureza, ela ainda poderia fingir ser a padroeira do amor materno com meu irmão mais velho, Anteros.

Em algum momento, ela e Zeus provavelmente olharam para as duas crianças com cara de joelho e disseram: "Nossa, essa cara de joelho aqui (eu) vai ficar mais bonita do que eu, então vamos jogar ele no meio do mato".

Foi só quando atingi uma certa maturidade que mamãe, em um passe de mágica, apareceu para me levar ao Olimpo. Tive esperanças de que conviver com minha família seria um sonho realizado, mas, como todo jovem que se sentia diferente, vivi na pele o quanto estava errado.

— Calma. Será que podemos falar um pouco mais sobre isso? — interrompe dra. Emi, parecendo chocada. — Sua mãe abandonou você em um bosque? E você tem um irmão gêmeo?

— Sim e sim! — respondo, impaciente. — Podemos falar mais disso depois, mas o ponto agora é outro. Aguenta aí, estou chegando lá.

O capítulo da história em questão aconteceu quando eu tinha 17 anos e era conhecido apenas como Eros, neto do deus mais poderoso do Olimpo e filho da mulher mais bela a pisar na Terra. Pausa para mais um esclarecimento sobre a genealogia chata dos deuses: sim, Zeus era meu avô, mas apenas pela parte paterna. Afrodite não é filha dele, mesmo que todo mundo ache que seja. Ela nasceu das espumas do mar, ou algo assim; não presto muita atenção nos mitos que não envolvem meu nome.

Mesmo assim, mamãe sempre foi tratada como uma das olimpianas mais importantes. Lutou ao lado de Zeus em inúmeras batalhas e gargalhou dos perdedores ao lado do Deus dos Trovões em infinitas ocasiões. Mesmo que, às vezes, no lado derrotado estivesse alguém como eu.

Logo que comecei a viver no Olimpo, pude perceber que a hierarquia não favorecia em nada alguém como eu. Meu irmão me ignorava e meu avô me tratava com grande indiferença, o que fazia sentido, visto o quanto eles eram inseparáveis. Anteros era a personificação de tudo o que Zeus esperava de um projeto de deus. Másculo, forte, vulgar e tóxico ao extremo.

Enquanto isso, contrariando todas as expectativas, eu não era nada do que minha mãe desejava. Em vez de ser um garanhão, atlético e corajoso como meu primo Hércules, eu preferia passar o tempo assistindo aos primórdios da poesia, psicologia, filosofia e qualquer outra coisa menos heroica que estivesse rolando por Atenas e região.

O único esporte que me interessava era a arquearia, coisa que aprendi com meu tio Apolo antes de ir morar no Olimpo. Só que isso é papo para outro flashback. Vai por mim, teremos mais alguns até o fim desta história.

Óbvio que ser quem eu era enfurecia mamãe. Afrodite esperava um filho perfeito, digno da deusa perfeita que ela (e todos os seus adoradores) achava ser. Tirando o rosto esteticamente atrativo, eu não me interessava por qualquer coisa do universo de minha família e achava um saco ser adorado e ter um monte de gente sabendo meu nome.

Amor? Putz, para mim era tão complicado quanto a língua que os galeses falavam na época. O que era do controle de minha mãe não me despertava o menor interesse. Eu preferia contemplar o universo e ouvir as últimas fofocas a cair de joelhos pela "existência magnânima de uma pessoa". As últimas palavras saíram bem da boca de Afrodite, um dia.

Garanhão? Que nada. Para piorar, eu odiava todas as dinâmicas que envolviam o flerte. Preferia assistir aos mortais o dia inteiro a conversar com alguma deusa no Olimpo. As Musas me causavam pânico, isso sim.

Só que dá para imaginar que, quando se é neto e filho de deuses todo-poderosos, se tem uma vida de menos livre-arbítrio do que o esperado. Existiam expectativas a respeito do que eu me tornaria e sobretudo de como eu seria uma engrenagem no sistema que perpetuaria o poder de meu avô.

Então a pergunta sobre que deus eu me tornaria era uma pauta comum nos almoços familiares. Veja só, ser filho de deuses não significava que eu já nasci um deles. Não, eu precisava esperar uma designação oficial de Zeus, indicando qual seria o motivo de minha adoração. Mamãe achava que eu seria um deus chato, como da filosofia; em contrapartida eu tinha certeza de que meu querido irmão viraria o Deus do Puxa-Saquismo.

A verdade era que a dinâmica entre os deuses me confundia. Regras novas eram instauradas todos os dias, só para depois algum dos deuses importantes as quebrar e Zeus fingir que nunca as tinha criado. Assim, a única lei indiscutível do Olimpo era: sempre respeitar as vontades de Zeus como verdades absolutas.

Por isso, quando ficou claro que eu não me interessava pelo amor como Afrodite, ambos concentraram as energias em me tornar corajoso e lendário como meu avô. Meu pai nunca esteve presente na equação, ocupado demais com os exércitos e coisas afins.

A partir daí, Zeus começou a me mandar em missões perigosíssimas ao lado de Hércules e Anteros, algumas que meu priminho nem completava porque acabava se distraindo com alguma ninfa no meio do caminho. Então cabia a mim resolver tudo na base da diplomacia e do bom senso.

Lógico que eu não contava nada disso ao voltar ao Olimpo. Sim, matei quem devia matar; sim, destruí aquela besta como mandaram.

Apesar de odiar cada segundo de cada missão, eu não era bobo. Usava todas as oportunidades que tinha para descobrir mais sobre como funcionava a dinâmica hierárquica do Olimpo. Os deuses não eram tão felizes sob o punho firme de Zeus e, mesmo que uma revolução fosse algo bastante improvável, era bom saber quais eram as maiores polêmicas.

Não era incomum que deuses fossem subjugados e desaparecessem de repente. Hipnos, o Deus do Sono, do nada foi renegado ao Submundo e proibido de frequentar as orgias olimpianas por motivos que ninguém sabia ou queria dividir comigo.

Apolo não carregava a carruagem do Sol dia após dia apenas por ser o patrono do astro. Não, circulavam boatos de que meu tio favorito havia sido amaldiçoado, e a única pista que eu tinha era uma flor chamada Jacinto.

Tudo isso contribuía para o constante medo que os deuses sentiam. Ninguém queria ser o próximo a desaparecer, mas a grande maioria não conseguia imaginar viver sem a mordomia regada a prazeres que os deuses possuíam na época. Imortalidade e adoradores? A subserviência era um preço pequeno a se pagar.

Enquanto eu crescia, o que no mundo dos mortais poderia equivaler a séculos, os poderes de minha família aumentaram. A Grécia foi deixando de ser o farol no que dizia respeito ao desenvolvimento da humanidade, e o Império Romano floresceu.

Como um bom tirano, Zeus tirou proveito disso. Mudou o nome dos deuses, a localização dos templos, abençoou cidades aliadas e distribuiu pestes para os inimigos. Meu avô sempre foi, além de muito poderoso, excepcional na arte de se adaptar. Ele cortaria quantas cabeças de deuses fossem necessárias para se manter no poder.

Em minha vida, ainda que com todas as missões, tudo ia bem. A maioria delas eu conseguia resolver sem acabar coberto de sangue, e minha mãe tinha por fim se livrado da missão de me transformar em uma cópia de meu pai. Anteros recebia todo o foco.

Até que ela se incomodou com a beleza de um mortal. Mas não qualquer mortal.

Narciso.

Para não enfrentar mais um ataque de nervos da Deusa da Beleza, meu avô me deu a missão (que parecia simples) de destruir o motivo de inveja de Afrodite.

Fiquei furioso. Uma coisa era matar por uma noção toda descabida de desrespeito. Não que fizesse sentido, mas como o ego dos deuses olimpianos era bem conhecido por ser frágil, não era nenhuma surpresa que Zeus se sentisse incomodado à toa. Só que matar alguém porque tinha inveja da beleza da pessoa? Minha mãe havia se superado.

Como eu não tinha escolha, comecei a elaborar argumentos para convencer o mortal a se esconder em algum lugar remoto do mundo, insignificante o suficiente para que Zeus não se desse ao trabalho de checar. No caminho, comecei a investigar esse lindo homem e o local em que ele vivia.

Narciso não era natural da Grécia, nascera em uma aldeia perto do Egito e morava com os pais em uma vila de pescadores nos arredores de Creta. Encontrá-lo não foi difícil. Afrodite realmente não estava exagerando quando se incomodou com a beleza dele.

Era um dia de sol, e as águas cristalinas da Grécia deixariam qualquer ser humano ou divindade de queixo caído. Eu estava sentado na areia fina e branca de uma praia, esperando o barco de Narciso atracar em um porto improvisado da vila. Mesmo a uns três metros de distância não dava para olhar para outra coisa além dele.

A praia? Nem chegava a oferecer uma competição justa.

Sua pele negra brilhava à luz do sol e gotículas de água salgada se espalhavam pelos músculos bem treinados de pescador.

Naquele momento, quando dei por mim, estava sentindo algo que eu ainda não tinha experimentado: ciúme.

Ciúme do sol e de Apolo por poder vê-lo todos os dias e ser a fonte de toda a luz que iluminava as pupilas dele.

Ciúme do oceano e todas as gotas que preenchiam o vasto território de Poseidon por poder tocá-lo assim, sem desculpas e de forma tão natural.

Um ciúme tão brutal e enraizado que me fez questionar o próprio Ftono, divindade do sentimento. Não estaria eu mais apto a assumir o posto como Deus do Ciúme e da Inveja?

Então fui obrigado a confrontar a verdade de que a genuína cobiça vinha do fato de que tudo poderia acariciar aquela pele e eu, não.

Precisei lidar com algumas verdades dolorosas naquela praia. A primeira: não existia cenário em que eu conseguiria matar aquele mortal. A segunda era ainda mais difícil de encarar do que a primeira. Finalmente entendi por que as Musas não me interessavam, nem as orgias me chamavam a atenção. Eu era mesmo diferente dos deuses, mas só agora me ocorria o motivo.

Enquanto contemplava tudo isso, fui caminhando na direção dos barcos. Felizmente, Narciso foi o último a deixar a trirreme. Quando os outros pescadores enfim se afastaram, aproximei-me. Um ritmo que definiria todo o nosso relacionamento.

Só quando o mundo se afastava era que a gente se aproximava.

"Sabe, ficar aí me encarando não vai fazer você conseguir desconto nos peixes, não", comentou Narciso, com uma voz grave e confiante.

"Eu não estava encarando você! Ou acha mesmo que é mais interessante que todo o mar grego?", respondi na lata.

Sempre fui reservado, mas confiança era algo que nunca tinha me faltado.

"Pois fique sabendo que *eu* acho você mais interessante que todo o mar grego", revelou ele.

Não consegui evitar; eu abri o primeiro de muitos sorrisos para ele.

III

Se Non Se Viderit

Calma, já vou pular para a parte em que a gente se pega horrores. Só que antes preciso contar umas coisinhas.

A história de Narciso é uma das mais cruéis espalhadas pelo Olimpo. Se não conhece, vou contar o que andaram falando por aí sobre o meu primeiro amor.

A versão que Zeus ajudou a espalhar é que Narciso era filho do deus-rio Cefiso e de uma ninfa chamada Liríope. Óbvio que, como em todas as histórias da época que reforçavam a misoginia da Antiguidade, ele foi fruto de mais uma relação de poder toda desequilibrada. A verdade não poderia estar mais longe disso. Narciso era mortal, com pais mortais que tiveram um casamento arranjado, mas que, por um acaso de Afrodite, haviam se apaixonado e gerado um filho por meio do amor verdadeiro.

Voltando para a versão falsa, a suposta mãe de Narciso, Liríope, ficara tão encantada com a beleza descomunal do bebê (era provável que a criança tivesse uma cara comum de recém-nascido como todos os outros, mas, enfim, mães) que decidira consultar um adivinho para saber se o filho viveria muito. Fica nítido aqui que ela tinha medo de ele morrer de beleza-vírus.

Neste momento estou revirando os olhos.

Aí o velho, quem sabe buscando uns trocados, virou e disse: "Viverá muito se não conhecer a si mesmo". Liríope até tentou, mas o Narciso das histórias cresceu um jovem arrogante e que não dava a mínima para ninguém.

Eco, uma ninfa que era completamente obcecada pelo rapaz, não lidou bem com a indiferença com que fora tratada e acabou definhando até morrer. Trágico, e talvez o primeiro caso de morte por amor. As outras ninfas, revoltadas com o que aconteceu com a amiga, decidiram então procurar a Deusa da Vingança, Nêmesis.

Estilosíssima. Eu a adoro, dizem que inventou o moicano.

A deusa, aproveitando a ocasião, condenou Narciso a amar um amor impossível, como vingança por fazer tão pouco caso do afeto de Eco.

Em uma tarde de verão, ao parar para se refrescar em um rio, Narciso viu pela primeira vez o próprio reflexo e ali se apaixonou até definhar. Teve o fim previsto pelo adivinho, vivido por Eco e condenado por Nêmesis.

Morreu fincado às teias de um destino inelutável.

Só que a verdade é que Narciso não poderia ser mais diferente do que a palavra que foi criada a partir de seu nome. Narciso era generoso. Convivi com ele por anos e, entre tantos momentos de pureza, o vi se negando a pescar em águas que tivessem golfinhos porque os bichos tendiam a morrer de forma cruel presos nas redes.

Assisti várias e várias vezes a ele dividir os ganhos de um dia de pesca com os desafortunados que não haviam sido abençoados por Poseidon.

De narcisista, só mesmo a etimologia.

Ele era valente, um digno provedor para a própria família. Era curioso. Conservava no olhar uma esperança juvenil sobre o que o aguardava depois das ondas. Que surpresas lhe reservavam o horizonte.

Foi só um mês depois que cheguei à praia que ele ousou segurar minha mão por mais tempo do que se consideraria adequado. Apesar de ter sido muito direto nas primeiras conversas em público, e de estar de todo entregue, queria garantir que qualquer demonstração de afeto seria consensual.

Narciso tinha os próprios traumas.

Tolo ele que não imaginava o quanto eu já desejava fazer aquilo antes.

Você, pessoa que lê, precisa entender que o que estávamos vivendo era um território desconhecido. Narciso fora expulso da terra natal por olhar demais para um colega; morria de medo do que poderia acontecer caso alguém soubesse que havíamos nos tocado de um jeito tão íntimo. Já no meu caso, tudo era muito novo. Até então a única coisa que eu tinha desejado realmente era ficar mais tempo na cama em algumas manhãs de chuva.

Só que não deu para controlarmos a atração por muito tempo. Não consegui resistir a Narciso e consegui menos ainda contar a verdade do que tinha me levado até ele.

Já meu medo não tinha nada a ver com o tipo de amor que nutríamos um pelo outro. Não, cresci no Olimpo, onde orgias eram tão comuns quanto oferendas. Os deuses, assim como boa parte dos gregos, tinham noções bem fluídas sobre gênero e atração sexual. Ninguém se importava e Zeus fazia vista grossa, tendo ele mesmo colecionado alguns casos com homens mortais.

Só que eu lhe havia desobedecido. Narciso deveria estar morto.

E, caso eu quisesse continuar a explorar os recônditos mais escondidos do que aquela relação poderia virar, tudo precisava ser um segredo.

Então nossa vida se transformou em uma sina; éramos atraídos um pelo outro quase que por magnetismo. Dois planetas condenados a viver em uma única órbita, mas sem nunca cederem à gravidade que os aproximava.

Do primeiro toque, logo dividimos o primeiro beijo. Perto de sua casa, em um vilarejo amigável chamado Téspias, encontramos uma caverna com uma fonte de água salgada que desembocava no mar Egeu. Lá, depois de longas horas de conversa sob as estrelas, refletidas na água por um pequeno buraco na geografia do local, Narciso se inclinou e permitiu que nossos lábios se encontrassem.

Foi nossa primeira noite juntos.

Apesar da intensidade e do desejo nítido de quando nos conhecemos, Narciso e eu tivemos o tipo de paixão que aconteceu aos poucos e, quando percebemos, já não conseguíamos ficar distantes um do outro.

Em uma caverna, descobri o quanto o poder que minha mãe tanto exaltava era mesmo magnânimo. Eu era ingênuo e ainda acreditava no amor na época. Ao lado de Narciso, existiam poucas coisas nas quais eu *não* acreditava. Mais do que invencível, ele fazia com que eu me sentisse absoluto.

As respostas que antes eu procurava em desespero na filosofia de repente apareceram. As novas que surgiam a cada passo que dávamos em direção aos nossos corpos em combustão não tinham mais importância.

Consegui encontrar o sentido da vida nas curvas do abdômen dele.

No fim, ficamos tão perdidos em nossos sentimentos que de repente era impossível cogitar a ideia de ficarmos separados. Narciso sabia que eu escondia alguma coisa dele e sentia que esse era o obstáculo que nos separava por semanas quando eu precisava me ausentar.

Minhas negativas ficaram exaustivas. Não podia contar a Narciso que minhas verdadeiras intenções ao conhecê-lo partiam de um desejo homicida de minha família. O mundo que construímos em segredo era o único espaço em que poderíamos existir longe do olhar onipresente de meu avô. "Até quando viveremos assim?", perguntava ele.

O silêncio virou resposta.

Foi na ausência de argumentos que as dúvidas floresceram ainda mais. Ele começou a desconfiar de que havia alguma coisa errada comigo. Eu não envelhecia como um mortal comum, aparentava ter no máximo 17 anos, e Narciso já ostentava a maturidade de um homem na casa dos 25.

Duas semanas depois da data que comemorava nossos três anos juntos, ele decidiu me confrontar.

— Sei que existe algo que você não me conta, Eros — disse ele, segurando minhas mãos e usando o nome pelo qual eu me apresentara. — Algo que te faz ficar olhando para trás o tempo todo, com medo de que o peso do mundo inteiro caia em seus ombros.

Já não me restavam desculpas, e parte de mim estava cansada de viver uma mentira, então só fechei os olhos e digeri toda a dor que as palavras dele me causavam.

— Não sei quase nada da sua vida. É como se eu me derramasse por inteiro e você só estivesse disposto a molhar os pés na água. — O olhar dele foi quase uma súplica. — Tento entender os seus motivos para mantermos nossa relação em segredo, mas tudo o que peço em troca é você por inteiro.

Não pude dizer não a um pedido tão honesto.

Então lhe contei que, de forma irônica, minha mãe era a Deusa do Amor e que, mesmo assim, o nosso ainda deveria permanecer um segredo. Que, por desejo dela, Narciso deveria ter morrido muitos anos antes e que assumir nosso romance para eles não garantiria a imortalidade que eu tanto desejava para ele. Na verdade, garantiria a ele um destino muito mais trágico.

Contei que meu avô controlava minha vida com punhos de ferro e que todo o Olimpo já desconfiava de que eu escondia alguma coisa. Contei que o momento para me tornar um deus se aproximava e, ao contrário do que o resto do mundo pensava, isso significava que eu teria ainda menos controle sobre a própria vida.

A imortalidade me custaria tudo o que mais importava.

Naquela noite, Narciso me acolheu. Transformou seu peito e seus lábios em minha moradia. Aceitou-me por quem eu era e, durante aquelas horas, acreditei que a vida que tínhamos juntos em segredo era minha versão de uma odisseia com um final feliz. Que saber a verdade seria suficiente para ele.

Porém, eu não poderia ter estado mais enganado.

Enquanto isso, fora do universo que construímos dentro de nosso relacionamento, o mundo se transformava. O Império Romano crescia cada vez mais, meu avô, que passara a ser conhecido pelos adoradores como Júpiter, detinha ainda mais poder e, como consequência, paranoia.

Os anos que vivi em segredo com Narciso foram transformadores para mim, mas essa transformação não poderia ser comparada ao que o mundo vivia. Zeus — nego-me a chamá-lo de outro de seus trocentos nomes — precisava de mais e mais deuses a seu lado para garantir o poder sobre os mortais e, por isso, a hora de definir minha divindade se aproximava.

Anteros tinha se tornado o Deus do Amor Correspondido e trabalharia diretamente com Zeus e Afrodite. A segunda não parecia muito empolgada com a ideia, e boatos circulavam entre os deuses menores. Por que o Deus dos Deuses queria fiscalizar a Deusa da Beleza e do Amor? Não teriam outros deuses mais poderosos com os quais se preocupar?

Zeus devia estar escondendo alguma coisa.

Enquanto isso, os mortais também se mostravam um novo obstáculo. Eles não cediam mais com tanta facilidade à imagem tirana de um deus punitivo que comandava trovões. O Édito de Milão (um decreto que proibia a perseguição religiosa no Império Romano) fez com que os bastiões dos poderes advindos da adoração mudassem. Cada vez mais imigrantes chegavam ao império, e cada um celebrava o próprio panteão.

No meio deles, os cristãos, protegidos pelo decreto e crescendo de forma desenfreada, começaram a perseguir os chamados pagãos. Deuses clamavam a Zeus para fazer alguma coisa, pois viam seus poderes e templos minando dia após dia. Nada de oferendas e desperdícios para figuras assustadoras quando um cara saía por aí ajudando os pobres e realizando milagres.

Meu avô viu potencial naquela nova religião e começou a manipular mortais para garantir que, na hora que os cristãos adorassem uma figura, ele ganhasse todo o poder. Então, o Olimpo começou a se adaptar ao mundo que se transformava.

As orgias não eram mais realizadas; o novo comando demandava conservadorismo e austeridade. A fluidez erótica que os deuses estavam acostumados a vivenciar virou um tabu, e a população queer, que ainda não tinha esse nome na época, começou a ser caçada como os grandes pecadores que decidiram que eram.

Na assinatura de decretos por homens em busca de poder, meu amor e de Narciso virou uma transgressão. Do dia para a noite, o que era santo virou pecado.

Eu não sabia de nada disso, óbvio. Estava bêbado no amor de Narciso e minha única preocupação era virar logo um deus para impedir a ação do tempo e transformar Narciso em uma divindade imortal também. Ninguém no Olimpo se importaria com a existência de um deus menor qualquer.

Eu devia ter percebido que o próprio panteão estava se desfazendo em meio a uma nova religião dominante.

Com a designação cada vez mais próxima, Zeus resolveu me mandar em uma última missão. Algo irrelevante: encontrar algum item perdido dos deuses. Só que a distância me afastou de Narciso por semanas.

O problema foi que a verdade sobre quem eu era não havia sido suficiente para deixar Narciso feliz. Esconder nosso amor para o mundo ainda era um peso maior do que ele podia carregar.

Então, decidiu que era hora de agir por conta própria. Preparou um sacrifício, um círculo de invocação, e orou para Afrodite. Pediu a ela que intercedesse por nosso amor, que fosse misericordiosa.

Minha mãe nem se deu ao trabalho de aparecer à prece. Não deu a Narciso a chance de encontrá-la. No local em que ele estivera na hora da oferenda só sobrou um grande círculo preto chamuscado. Meu amante, meu melhor amigo, meu Narciso, foi obliterado por um raio e enviado em segundos ao Submundo.

Minha mãe, ou naquele caso, meu avô, nunca soube o que era misericórdia.

Na verdade, essa é uma qualidade ausente na maioria dos deuses.

Depois de semanas longe, tudo o que eu mais queria era encontrar Narciso e fazer de seu peito meu travesseiro.

Contudo, nossa caverna não estava vazia. Em vez de Narciso e seu sorriso familiar, encontrei o olhar divertido de Anteros.

— Sabe? Eu até tentei convencer Zeus a consertá-lo. — Ele falou assim que percebeu a conclusão a que eu havia chegado sozinho. — Conheço uns profetas que têm métodos de... convencimento, interessantíssimos. Duvido que seu amantezinho aguentasse muito tempo antes de deixar você em paz.

— Anteros... o que...

— Ah, Eros. Pelos deuses, não faça essa cara. Seu "amigo" — falou ele, fazendo questão de demonstrar seu nojo — foi um estúpido ao clamar pela Deusa do Amor. E, como essa aberração entre vocês era correspondida, acabei ouvindo todo o sacrifício. Ele gritou feito um covarde enquanto queimava.

— Por quê? — Foi tudo o que consegui perguntar a meu irmão.

— Além do fato de você ter desobedecido a uma ordem direta de Zeus e mantido esse mortalzinho vivo por anos? Ora, Eros, pelo visto você precisa mesmo se atualizar do mundo dos deuses. Está tudo mudado. Nosso avô não pode mais ser associado a gente da sua laia.

Só soube que meus joelhos haviam encontrado o chão pontilhado de pedras porque uma dor lancinante se espalhou por minha perna direita. Mesmo assim, não dava nem para comparar ao que sentia no peito e na barriga.

— Ora, vamos, levante-se. Vovô preparou um banquete. — Ele começou a me arrastar em direção à saída. — Está na hora de definir sua divindade.

No salão dos deuses, meu avô celebrava, cercado de bajuladores que adoravam acompanhar suas risadas. Meu pai era o que ria mais alto. Afrodite (depois de tudo, recusava-me a chamá-la de mãe) não conseguia olhar em minha direção.

Quando eles notaram minha presença, ficou tudo silencioso. A taça de ouro encostando no mármore ecoou por alguns segundos depois que Zeus se levantou.

— Ah, Eros! Venha, venha celebrar conosco! — exclamou meu avô em um estado de pura satisfação. — Está na hora de virar homem.

Uma risada disfarçada de tosse veio de onde Héracles estava sentado. Alguns de meus tios o acompanharam. Hienas malditas! Prontos para celebrar com os mais influentes desde que nunca faltassem migalhas de poder para servirem de banquete.

— Mas antes… um brinde! Ao fim da abominação que ameaçava nossa imagem! Um monstro que enfim consegui queimar vivo com meus raios! — Nem toda a atuação do mundo conseguiria disfarçar a euforia em sua voz. — É ou não é motivo para celebração, Eros?

A animação de Zeus não deveria ter me pegado de surpresa. Mas, ainda assim, afetou todos os meus sentidos. Fiquei tonto e devo ter feito menção de cair, porque ouvi Zeus gritando em direção a Afrodite. As palavras soavam abafadas; meu coração, alto demais, parecia um conjunto de tambores.

— Não se mexa, Afrodite! Já… todo o estrago… agora! Você mesma disse… precisa… eternidade!

As paredes retumbavam com seus gritos.

Só que nada era mais insuportável do que os berros em minha própria mente. Eu era culpado pela morte de meu único e verdadeiro amor. A verdade tinha destruído Narciso tanto quanto o raio que Zeus jogara em cima dele. Era como se eu tivesse desaprendido a respirar, como se todo o oxigênio do mundo tivesse sumido do universo junto a Narciso.

— Olhe para mim, garoto! — berrou ele mais uma vez. Olhei. — A partir de hoje você será o Deus do Amor. Sua querida mãe pode ficar com a beleza. Mas não pense que esse será seu único castigo... Você ousou descumprir uma ordem direta minha e ainda se uniu àquele traste, desafiando minha autoridade neste novo mundo. Sua maldição é a penitência eterna de unir os apaixonados. Para lembrar que o amor, de agora em diante, deve acontecer *apenas* entre um homem e uma mulher. E, cada vez que sequer se aproximar de outra aberração como você, ele sofrerá como seu amiguinho.

Tolo. Nenhum castigo seria maior do que viver em um mundo em que Narciso não existisse. Minha pena seria continuar vivo. Não havia a mínima chance de me preocupar com outros amores quando o único que eu tinha vivido tinha se mostrado minha maior fraqueza.

No meio de minha apatia, ainda consegui responder. Entre lágrimas, ergui o olhar para meu carrasco.

— E se eu me negar?

— Anteros estará lá para o lembrar de como o amor deve ser correspondido. — Ele voltou a se sentar. — Não estou brincando, moleque insolente! Você usará a imortalidade e os poderes apenas para unir casais normais. Nada além disso. Pode até usar aquele arco velho que ganhou de Apolo. E nem sonhe em cometer as sodomias; você é inalcançável. Não ouse se aproximar de nenhum mortal. Para sempre eles vão achar que você é um anjo fofinho, eternamente intocado.

Meu avô voltou a rir, acompanhado pelo coro da família. Pelo visto, minha desgraça era o novo acontecimento no mundo dos deuses. Hércules parecia ainda mais entretido que a maioria.

— Cada vez que uma flecha não for disparada, cada vez que dois amantes normais e perfeitos um para o outro seguirem caminhos diferentes,

Anteros vai com toda minha fúria caçar uma abominação igual a você! — ameaçou Zeus. — Mas, se quiser me testar, vá em frente! Ouse me desafiar! Entre punir você ou punir outras aberrações, qualquer opção me parece bastante tentadora. Não importa sua escolha, sempre vou sair ganhando.

E, lógico, ele ganhou. A perda de Narciso me extraiu qualquer força para lutar, e meus novos poderes se mostraram inúteis para qualquer combate. Não me sentia mais forte nem invulnerável, só sentia pequenos fios de energia que conectavam os outros deuses uns aos outros. Além do mais, que chances eu teria contra todo o Olimpo? Não havia ninguém ao meu lado.

Mesmo assim, a transformação em deus me encheu de uma força de espírito que eu desconhecia. A imortalidade queimava em minhas veias e fazia com que meu coração transformasse qualquer resquício de tristeza em ódio. Pronto para sair por cada extremidade de meu corpo.

Fui em direção ao arco e flecha dourados.

Desafiar Zeus estava fora de cogitação, mas eu ainda poderia fazer algo que me garantisse nunca mais pisar no Olimpo. Eu precisava ser banido e nunca mais encarar os olhos dos presentes ali de novo.

Então disparei.

Na última vez que estive no Olimpo, saí deixando para trás as lágrimas derramadas pela perda de Narciso, mas não só isso.

Deixei também uma flecha atravessada no pescoço de Anteros.

IV

Honoris Causa

Desde então fui condenado a vagar pelo mundo, unindo casais em uma maldição embrulhada em um falso presente chamado amor. Já tive inúmeras existências, mais do que dá para contar, mesmo com infinitas sessões de terapia.

Desejei em segredo inúmeros homens, até amei alguns, mas, logo que me aproximava, suas vidas eram ceifadas de formas trágicas e misteriosas. O tempo ajudou a espalhar minha história e, entre baladas e clássicos da literatura, virei a personificação do amor. Narciso caiu no limbo e virou o símbolo do custo da vaidade. Lendas, contadas e recontadas por séculos, as quais aprenderam a admirar um símbolo. Um ídolo oco, condenado a reviver os erros.

Após eras de adoração a deuses, nos quais nem todos acreditavam mais, os mortais aprenderam a viver em busca de outra lenda. O amor romântico é tão etéreo quanto unicórnios e pégasos. Uma fórmula química, uma equação matemática que por anos se disfarçou do maior bem da humanidade. Uma simples maldição para ocultar qualquer traço do que poderia ser de fato.

O que me traz de volta ao consultório é o telefone que não para de tocar. O aparelho também parece tirar a dra. Emi de um transe. Ao que parece, minha história a deixou bastante entretida.

A expressão da doutora ao atender o telefonema informando a chegada do paciente das onze e meia é a de alguém que acabou de acordar.

Aproveito para checar as horas e vejo que já são 11h18. Merda! Estou atrasado para uma reunião que deveria ter começado às onze.

— Sinto muito, Theo, eu preciso mesmo... — começa ela, paciente.

Não é como se eu pudesse continuar aqui, desabafando sobre como esse acontecimento impactou minha vida.

Checo depressa o celular e, quando vejo incríveis vinte e duas ligações perdidas de minha diretora de operações, começo a recolher os lenços que em algum momento usei sem nem perceber. Além de perder para deuses tiranos, também perco contra caixas de lenços inanimadas. Sou um fracasso.

Já estou me levantando quando a dra. Emi se inclina ainda mais para a frente e apoia a mão em meu braço. Essa é a primeira vez que ela sente a necessidade de se colocar tão próxima de mim.

— Theo, o que preciso que entenda é que nada nessa história coloca você como responsável pelo que aconteceu com Narciso — afirma ela, fitando-me nos olhos. — Não existe nada de errado em amar outro homem. E precisamos lembrar que, embora tenha tido um fim trágico, Narciso também fez as próprias escolhas.

É fácil pensar assim quando se cresce acreditando que o amor é uma dádiva. Afinal, desde sempre ela ouviu histórias em que o príncipe termina com a princesa. Ou, em meu caso, Cupido termina com Psiquê. Porém, o que vi ao longo de uma vida imortal é diferente. Vejo mortais como eu lutando por direitos escassos, enquanto jornais mostram que, sim, ainda existem pessoas como meu avô. Mesmo ele sendo uma figura mitológica mais velha que a maioria dos conceitos contemporâneos.

Não, eu não estou buscando redenção. Não quero ser inocentado por tudo o que aconteceu com meu amor. Narciso foi apenas a primeira pessoa que perdi por ousar me aproximar demais. Foram vários ao longo do tempo. Contudo, a verdade mais dolorosa é que, se eu não tomasse os devidos cuidados, outros poderiam ter o mesmo fim.

Entendo de amor como ninguém, e desde cedo aprendi que o único jeito de evitar a dor das perdas é deixando de amar.

Até penso em falar tudo isso, mas não vale a pena. Afinal, parte da ideia de fazer terapia é também controlar meu temperamento ácido e passivo-agressivo. Então escolho um caminho mais direto, mas ainda assim honesto.

— Não sei se acredito nisso, dra. Emi, e olha que vivi infinitas vidas...

— Mas, Theo, você existe e está aqui, me contando que a história está errada! Que tudo o que conhecemos está errado! — Mesmo ao ver meu nervosismo, a voz da dra. Emi não muda um decibel. — Imagine se a verdade tivesse sido dita... sobre sua história... Theo, ainda existe muita coisa que você pode fazer atualmente. Quando vai começar a perceber que seus poderes podem ser a salvação de tantos como você?

— Nesse ponto vou ter que concordar. A verdade muda mesmo as coisas, é só ver o que aconteceu com Narciso! — Abandono o plano de manter a calma e respondo um pouco mais alto do que gostaria. Respiro fundo, tentando me acalmar, e retomo: — Acredite, dra. Emi, todas as minhas histórias de amor acabaram em tragédias.

— Ainda assim você acha justo tirar a escolha de Guilherme? — Ela dá mais uma cartada.

— Não estou nem falando de proteger os sentimentos de Guilherme, dra. Emi. É com a vida dele que mais me preocupo. Além do mais... já magoei Gui demais com tudo o que rolou entre a gente — rebato, e me levanto.

Apesar de conviver com esse fato todos os dias nos últimos cinco anos, ainda dói quando falo disso em voz alta. Me incomoda saber que minha decisão naquela noite o machucou para sempre.

Quando estou chegando à porta, a dra. Emi se levanta e dá um último golpe:

— Theo, os amores não desaparecem só porque paramos de falar deles.

— Pela minha experiência, desaparecem quando falamos.

Depois de eu passar três minutos sem tirar os olhos do celular, meu Uber enfim chega. Ele me dá um bom-dia bem acalorado quando entro no carro. Devo ter murmurado alguma coisa de volta em um tom pouco amigável, porque logo em seguida ele só me pergunta se pode seguir o aplicativo e se cala.

No silêncio, aproveito para abrir a caixa de e-mails. Apesar das inúmeras ligações perdidas, Bruna, minha melhor amiga e diretora de operações do Finderr, também me mandou setenta e cinco e-mails. Sendo o último com o assunto "ACHO BOM VOCÊ ESTAR MORTO". Antes que eu abra o segundo na lista, recebo outra chamada dela.

— Para quem eu preciso ligar para organizar seu funeral? — pergunta ela, com ironia.

A verdade é que eu adoro Bruna, e não apenas pelo fato de ela ser a melhor funcionária do mundo, mas também porque não tem nenhum medo de se impor. Sua promoção foi uma das decisões mais certas que tomei na vida.

O problema é que também me levou à tarefa mais difícil desde que fundei o Finderr: encontrar uma nova assistente que fosse tão competente quanto ela. Porque, sendo bem justo com minha amiga, me ajudar a administrar o caos que é minha vida como CEO está bem longe do escopo de seu trabalho como diretora de operações.

Vai ver é por isso que ela anda tão desesperada para me ajudar a enfim fechar a vaga de assistente que seguiu aberta pelos últimos oito meses.

— Ha, ha. — Solto uma risada falsa. — Não precisa, Bruninha, já estou no Uber... — Faço uma pausa para checar o aplicativo do motorista. — Só mais sete minutos e estarei saindo do elevador em sua direção!

— Acho bom mesmo. Todo mundo do conselho já está aqui. A reunião era para ter começado há trinta minutos, Theo. A coitada da sua nova assistente está te esperando faz um tempão. Você é um irresponsável, sabia?

Como eu disse: nem um pouco insegura.

— Vamos fazer o seguinte: tenta reorganizar minha agenda. O que é que eu tenho a uma?

— Bom, geralmente o resto do mundo está almoçando nesse horário, né? — comenta ela, segurando outra risada exasperada. — O que você tem em mente?

Processando os fatos depressa, chego à conclusão de que tenho duas opções: segurar todo o conselho do Finderr durante o almoço, o que vai dificultar a aprovação de minhas ideias para o baile, ou transformar toda a reunião em um almoço conjunto, em que todos os membros podem comer do bom e do melhor e, em troca, aprovar tudo o que eu falar depois de uma ou duas mimosas.

— Em quanto tempo consegue preparar uma mesa de almoço no terraço?

— No terraço? — repete ela, um pouco assustada.

— É. Alguém já reservou o terraço para hoje?

— Não, não! Meu Deus, juro que até o fim do ano peço demissão por insalubridade. Beleza, vou avisar todo mundo — ela faz uma pausa —, mas você vai ter que me ajudar também! Eu ia usar o horário do almoço para mostrar a empresa para a nova assistente, então agora é você quem vai fazer isso.

— Ótimo, assim eu já a conheço e vejo quanto tempo a querida vai durar até ir parar no RH. — Ouço uma bufada do outro lado da linha. — Quê? É difícil achar alguém à sua altura.

Juro que às vezes fico na dúvida de quem é chefe de quem, mas depois dos primeiros três meses esse questionamento deixou de importar. Eu não conseguiria sobreviver sem Bruna. Ela trabalha comigo há três anos, mas sua importância é maior que qualquer medida de tempo.

Eu a promovi para substituir o antigo diretor de operações que burnoutou durante a organização de um grande evento da empresa. Talvez eu tenha tido uma participação nisso, considerando que o pedido de demissão aconteceu depois de um colapso nervoso no qual eu talvez tenha jogado na cara dele que o amor era uma farsa e que o noivado recém-terminado do querido nunca teria durado mesmo.

Bruna tinha um currículo impressionante, era graduada em uma das melhores universidades do país e possuía um histórico de dar inveja a qualquer um dos investidores do Finderr, mesmo com apenas poucos anos de formada. Quando nos conhecemos, foi quase amor à primeira vista.

(Está bem, imagino que talvez você esteja se perguntando a respeito disso. Então vamos logo pôr os pingos nos is: amor à primeira vista não existe. Em geral, planejo cada detalhe com antecedência, plantando sementes em livros, séries, filmes e até em músicas. Isso para que quando a garota encontre o garoto tudo pareça mágico. O amor é calculado. Exatas, lembra?)

Voltando a Bruna... com um e oitenta de altura e um cabelo crespo que acrescenta ainda mais imponência, a mulher é negra, estilosa e orgulhosamente trans. Fato que fez questão de deixar bem claro logo nos primeiros dez minutos de entrevista, que ia tão, tão bem, que em algum momento parecia que era eu quem estava sendo entrevistado, não ela.

Quando me dei conta disso, a contratação aconteceu no ato. Sou um deus às vezes exagerado e muitas vezes pessimista, que precisa de alguém que assuma o controle de vez quando (ou sempre). Bruna era perfeita para o cargo de assistente na época, e bastaram quatro almoços juntos para que ela também virasse uma grande amiga.

Desço do Uber depois de agradecer depressa ao motorista. Não quero parecer um daqueles executivos paulistanos que usam o carro como sala de conferências (muito embora eu tenha feito bem isso nos últimos seis minutos).

Entro no prédio do Finderr exatos sete minutos depois de atender a ligação de Bruna. Mal saio do elevador, e ela já está lá. Uma ligação no fone Bluetooth e uma mão levantada à minha frente, o que interpreto como um sinal de espera.

— Isso, dez pessoas... Exato, na verdade para daqui a quarenta e cinco minutos... Exato... isso... duas opções veganas... Obrigada, Ceci, você salvou minha vida! Beijo!

Ela encerra a ligação.

— Por que você não é simpática assim comigo? Nem no meu aniversário? — pergunto.

— No dia em que você conseguir salvar meu emprego porque meu CEO apareceu com ideias megalomaníacas de última hora, a gente conversa — responde Bruna, rindo, enquanto a sigo. — Ah, e parabéns! Já reservei uma mesa no Cousteau's para mais tarde!

Eu a abraço de lado, agradecendo. Enquanto nos dirigimos à minha sala, percebo que várias mesas estão vazias, incluindo a recepção. Será que tanta gente assim ia para a reunião a respeito do baile?

Antes que eu pergunte, Bruna já se antecipa como se lesse minha mente:

— Surto de catapora. Começou com o recepcionista que a gente acha gatinho, até que virou esse pesadelo. Nem sei como ainda não rolou um colapso. Guilherme perdeu três técnicos só hoje.

— A verdade é que a gente poderia perder todos os funcionários e ainda assim Guilherme manteria tudo funcionando...

Merda, a frase soa muito mais carinhosa do que era minha intenção.

Bruna nunca entra no mérito de Guilherme quando estamos a sós, acho que por saber que esse é um assunto delicado para mim. Logo no primeiro mês ela me perguntou qual era nosso lance, e devo ter ficado da cor de um papel. Desde então, ela resume todo e qualquer comentário a risadinhas e sorrisos irônicos. Igualzinho à expressão de agora.

A verdade é que o Finderr é a maior paixão de Gui. Nós o fundamos há cerca de quatro anos. Havíamos acabado de sair da faculdade e, ainda nela, Guilherme tinha várias ideias de como construir um app mais "humano" para o match entre pessoas em busca de sua "alma gêmea". Sim, ele usou esse termo, e quase vomitei. Se Gui não fosse um cara bissexual e Afrodite, uma manipuladora homofóbica, suspeito que minha mãe teria adorado conversar com ele.

Enquanto ele via o sonho de toda uma carreira nascer, eu via a oportunidade de me livrar de um trabalho manual que já fazia havia séculos. Vamos concordar que essa coisa de viver flechando pessoas por aí me deixava muito infeliz quando eu pensava no futuro. Eu tinha planos de estudar outras coisas, conhecer o mundo sem precisar ficar procurando casais em toda esquina.

Logo que fui banido do Olimpo, passei alguns dias traumatizado e lidando com a perda de Narciso, mas em algum momento descobri uma lógica para colocar os poderes em prática. Eu sentia a energia que emanava de cada pessoa, e essa energia sempre vivia em busca de algo. Tudo o que eu precisava fazer era garantir que os tipos de energia similares se encontrassem. Óbvio que seguindo a lógica cisheteronormativa imposta pelo vovô Zeus.

Além disso, manipular minha própria imagem não era nenhum problema. Poderia me passar por um adolescente (tentei uns anos durante a Renascença na França, mas foi horrível, ninguém me respeitava) ou como um senhor de 50 anos (fiz isso na década de 1930 e foi ainda mais horrível, as pessoas me respeitavam demais).

Contudo, diferente do que muitos pensam, nunca consegui olhar para uma pessoa e ver quem era o tal "grande amor da vida" dela, tipo desses que provavelmente estampam alguns romances da editora que publicou minha história. Existem várias pessoas com energias similares, infinitas combinações, mas se eu flechá-las acabou, os pombinhos viram as únicas combinações possíveis.

Depois de várias tentativas e muitos erros, descobri que se juntasse um casal a cada duas semanas, mais ou menos, conseguiria viver uma vida relativamente longe da existência de meu avô. Se eu demorasse mais tempo, ele fazia questão de me punir de algum jeito. O que sempre envolvia ataques diretos à comunidade queer, óbvio.

Por isso o Finderr foi uma mão na roda. Nunca fui responsável por todos os casais do mundo mesmo. Como disse antes, ao longo da história juntei casais icônicos. Yoko e John? Euzinho. Agora, Henrique e Ana Boleña? Não tive nada a ver com aquilo. Eles foram só mais um casal formado pelo acaso (hormônios e feromônios).

Então, usando os poderes de Deus do Amor, deu para direcionar um pouco da magia para o código-fonte do aplicativo (sim, amada pessoa que lê, você ficaria surpresa com o quanto códigos e mágica têm em comum) e *boom*! O Finderr foi um sucesso quase instantâneo. Em dois meses, o aplicativo era o mais baixado no Brasil e os milhões começaram a entrar na conta.

Só que nem pensem que todo o mérito foi meu; na verdade, o trunfo foi a ideia de Gui de construir uma interface mais humana. Utilizar dados de inúmeras outras redes sociais foi o que me permitiu conseguir ampliar ainda mais a habilidade de unir casais hétero "perfeitos". Ou, como costumo pensar, dois mortais quimicamente compatíveis.

Agora estamos aqui: milionários com 20 e poucos anos. Quer dizer, a quem quero enganar? Dois milionários com 20 e *tantos* anos tentando administrar um dos maiores hits de tecnologia da década. Administração que seria impossível de tocar sem a existência de pessoas como Bruna, lógico.

— Além do surto de catapora, saiu de novo uma matéria falando do quanto o algoritmo do Finderr é LGBTfóbico! Juro que não me importaria de dar uma entrevista... — prossegue ela.

Bruna já tinha tentado me convencer de que a colocar em uma entrevista ajudaria a acalmar os ânimos. Só que a verdade é a seguinte: o Finderr não tem, nem nunca teve, um algoritmo defeituoso. O problema está em um de seus criadores.

— Não, Bruna, não vou usar você como testa de ferro! É injusto. — Paro em frente à copa.

— Bom, vou deixar você cuidar disso. Só mais duas coisinhas…

— Bruna, pelo amor de Deus, você não tem uma única boa notícia hoje? Juro, nenhumazinha? — pergunto, virando-me para ela enquanto coloco as mãos em seus ombros.

O sorriso que me oferece conseguiria melhorar o dia de qualquer pessoa. Posso garantir que por trás da aparência de Mulher-Maravilha CEO existe um pug fofinho cheio de amor para dar.

— Só mais duas coisas! Agendei um almoço com o Match do ano passado para sexta agora — informa ela, depressa. — Não, não precisa fazer essa cara. Sei que você odeia se encontrar com os Matchs antigos fora de época, então eu mesma vou à reunião! Dá só para você escrever um cartão pedindo desculpas por não comparecer?

— Eu te amo! Escrevo quantos cartões quiser — respondo, já com a mão na maçaneta.

— Por último e, desculpa, mas essa é a última notícia ruim do dia: Jones vai estar na reunião do conselho. — O olhar de Bruna é aflito. — Guilherme que me pediu para adicioná-lo, e o gringo não sai do meu pé sobre o patrocínio da Comic-Con de San Diego.

— Mas a gente já pagou! O que mais ele quer?

— Uma confirmação de presença. Sua ou de Guilherme.

A verdade é que a fama trouxe muitos benefícios para mim e para Gui. O departamento de marketing nos vendeu como a dupla de melhores amigos que ficaram milionários juntos, e isso colou de um jeito que nos transformou em celebridades. Além disso, nerd como é, Guilherme sempre adorou os tipos de convenção em que as pessoas encontram motivos para se vestirem como seus personagens favoritos.

Então, quando a ideia de expandir os horizontes do Finderr começou a ganhar forma e nos sugeriram patrocinar alguma coisa no exterior, Gui optou pelo maior evento nerd dos Estados Unidos.

Lógico que isso acabou nos conectando com o chato do Jones, o responsável pela implementação do aplicativo nesse bendito. Um lançamento que deve acontecer em breve e aumentar de maneira considerável o porte de nossa empresa.

Tudo isso só serve para mostrar como a trinca "Theo, Guilherme e Finderr" funciona. Sou o "rosto" principal do aplicativo, dou entrevistas, estampo capas de revista (sim, isso ainda existe) e ocupo o cargo de CEO e curador oficial do Baile dos Solteiros. Enquanto Guilherme ocupa o cargo de CTO (CEO só que da parte de tecnologia) e garante que tudo na empresa siga funcionando, que o aplicativo siga juntando casais e que nossos funcionários sigam felizes.

Então o evento em San Diego é o único momento em que Guilherme usufrui do glamour que a posição no Finderr traz. Todo ano ele insiste que eu vá, mas desde o que rolou entre a gente, evito ao máximo ficar sozinho com meu sócio.

Sim, sei o que está pensando. *Se não quer ficar sozinho com ele, por que abriu uma empresa multimilionária com o dito cujo?* Prometi contar minha história, não que minhas decisões fossem sempre fazer sentido.

— Gui não vai perder, disso eu tenho certeza! Pode confirmar a presença dele e de mais um acompanhante que a gente define depois. Ele sempre leva o sobrinho. Mais alguma coisa?

— Não, sua nova assistente está te esperando tempo demais — revela Bruna, já de costas.

Formamos um time impecável.

Enfim abro a porta do escritório, e uma mulher de aproximadamente 60 anos estende o braço para apertar minha mão.

— Oi. Meu nome é Ana! — cumprimenta ela, sorrindo.

V

Nocumentum Documentum

A aparência dela não é nada do que eu imaginava. Tanto que fico uns cinco segundos a mais do que deveria encarando sua mão estendida, sem reação. Ana está quase na casa dos 60 anos (pelo menos é o que a ficha que aprovei duas semanas antes diz), mas poderia muito bem se passar por minha irmã mais velha. Eu esperava uma senhora idosa que mal sabia ligar um laptop.

Etarismo, eu sei, vou tentar melhorar.

Ela é um pouco mais alta do que eu (não que isso seja muito difícil) e tem olhos tão azuis que chegam quase a ser da cor de um dia bem claro e ensolarado. As marcas de idade são quase inexistentes e o cabelo castanho ostenta algumas mechas mais claras. Fico na dúvida se são propositais ou frutos da idade.

— Oi, Ana, tudo bem? Eu sou Theo! — Estendo a mão, fitando-a bem nos olhos azuis, os quais me encaram de volta. — Espera só um pouquinho, e a gente já começa o tour pela empresa.

Ela se senta e ajusta a barra do vestido amarelo longo. A escolha de figurino não seria apropriada em uma empresa tradicional, mas no Finderr não falamos como as pessoas devem se vestir. Mesmo que, de maneira indireta, um dos fundadores tenha sabotado o código para dizer como elas devem amar. Essa parte a gente ignora, pode ser?

É sério, não me leve a mal. Antes de sair julgando, preciso que saiba que eu também tenho muito orgulho do Finderr. O aplicativo virou mais do que um disfarce, acabou se tornando um lugar onde encontramos a chance de impactar a vida das pessoas de modo positivo. Mais até do que consegui fazer em milênios operando sozinho. Além disso, todas as pessoas que trabalham aqui gostam mesmo do que fazem e dia após dia tentam elevar as entregas para criar um ambiente em que as pessoas possam amar com liberdade. Sei que parece papo de mais um empreendedor da Faria Lima, mas juro que no Finderr existe uma boa intenção para além de meus interesses.

— Vamos começar? — sugiro. — Antes de mais nada, como prefere ser chamada? Ana, dona Ana?

Ela abre um sorriso, que combina com a aparência e, pela primeira vez, noto rugas em seu rosto. Se eu não fosse um imortal com o poder de controlar a própria fisionomia, pediria umas dicas de como envelhecer desse jeito.

— Como preferir, querido! Na rádio, os jornalistas mais jovens me chamavam de dona Ana. Então, se quiser, pode chamar assim também.

Verdade. De acordo com a ficha da dona Ana (acho fofo chamá-la assim, então vou com essa escolha), ela trabalhou durante vinte anos em uma mesma rádio FM no interior de Minas Gerais. O programa? *Cantos da meia-noite*, um rádio-show em que ela ajudava a resolver os problemas do coração dos ouvintes e, entre um participante e outro, traduzia grandes sucessos românticos que estivessem bombando nas paradas ou nas novelas.

No começo dos anos 2000, lembro que esse tipo de programa era um sucesso.

— Ah, é! Vi isso em sua ficha! Na verdade, fiquei curioso: por que não procurar algo mais relacionado à sua área? Tipo um podcast... — pergunto, com interesse genuíno.

De novo a risada confortável.

— Ah, acontece que depois de vinte anos fazendo a mesma coisa, acabei caindo numa zona de conforto, sabe, Theo? E também não faço a mínima ideia de como funciona um podcast, então me apeguei à parte favorita do meu antigo trabalho: juntar pessoas.

Rimos juntos.

— Que ótimo! Posso tentar colocar você para participar de alguns projetos de marketing com esse tema!

Não quero ser antipático, por isso deixo passar que a última coisa que fazemos aqui no escritório é juntar pessoas. Quer dizer, o algoritmo e outros *fatores* dentro do aplicativo são o que cuidam dessa parte. Na sede do Finderr, tratamos muito mais da imagem do aplicativo e de eventuais bugs que possam acontecer na interface. Ah, lógico, sem falar nas inúmeras DMs de recém-solteiros babacas tentando descobrir se as ex-namoradas entraram no aplicativo.

Só que, tirando essa falsa primeira impressão de que somos a Cupidos S.A., até que faz sentido o match com a dona Ana.

Passamos depressa pela área do SAC a caminho da sala de desenvolvimento. Para falar a verdade, não faço a menor ideia do motivo pelo qual ainda mantemos um call center ativo.

— Esse é o SAC. — Mostro uma porta com a sigla na porta. — Talvez até o fim do ano a gente feche esse departamento caso não encontre uma função mais proveitosa. — Uma ideia cruza minha cabeça. — Se você tiver um tempinho e quiser transformar ele no seu projeto, fique à vontade. Você trabalhou anos em contato com o público.

Seguinte: ninguém liga para um aplicativo de relacionamentos, e quase todos os problemas de interface são resolvidos no app mesmo. Então ter dona Ana cuidando da renovação desse departamento pode ser uma ótima desculpa para ela sair do meu pé.

— Chegamos à área de tecnologia. — Aqui é a parte que menos entendo da empresa, a área que cuida do desenvolvimento do app. Em outras palavras, as salas que mantêm tudo funcionando.

Continuo mostrando mais áreas da empresa, algumas de minhas favoritas, como o minispa, no qual qualquer pessoa pode agendar massagens ao longo do dia, e a favorita de Gui: um enorme salão de jogos com mesas de sinuca, videogames de última geração e vários jogos de tabuleiro. Ele e o pessoal da tecnologia costumam fazer corujões pelo menos uma vez por semana para jogar algum lançamento. Sempre encontro um jeito de escapar dessas madrugadas; gosto demais de minha cama para passar por isso.

Estamos chegando aos elevadores quando Bruna nos encontra. Mal percebi que os quarenta minutos entre minha chegada e a reunião com o conselho já tinham acabado.

— E aí, dona Ana, Theo mostrou tudo? — questiona Bruna, acionando o modo simpático de novo.

— Mostrou, sim! Foi ótimo conhecer a empresa pelos seus olhos, Theo. Você parece ter muito orgulho daqui — elogia ela, esbanjando o mesmo nível de simpatia de Bruna. — Só esperava conhecer o outro fundador. Guilherme, certo?

— Isso! — respondo.

Um silêncio constrangedor começa após alguns segundos. Dona Ana continua olhando para mim, como se tentasse entender o porquê de eu não dar continuidade à conversa.

Bruna logo aciona o modo resgate:

— Bom, vamos lá? A apresentação já vai começar. Vai ficar bem, dona Ana? — Ela se vira em direção à mulher mais velha. — Pedi ao RH para preparar a mesa perto do escritório de Theo. Com um kit de boas-vindas e tudo.

— Na verdade, será que eu poderia acompanhar a reunião? Prometo não atrapalhar muito! — pede dona Ana, o que deixa tanto a mim quanto Bruna surpresos.

Que proativa.

Não consigo imaginar um motivo pelo qual ela não devesse participar. Sobretudo quando levo em consideração o fato de a coitada ter ficado a manhã inteira me esperando e o horário de almoço todinho rodando comigo pela empresa.

— Claro, vamos, sim! É bom que você já aprende mais sobre o Baile dos Solteiros — falo enquanto seguro o elevador para as duas entrarem.

No elevador, fico trocando o peso do corpo de um pé para outro. As reuniões de apresentação do tema do Baile dos Solteiros são sempre, digamos, desafiadoras. Tanto para mim (que em geral encontro grande dificuldade de desapegar de algumas ideias mirabolantes) quanto para o resto do conselho, que tenta sempre lembrar que o objetivo do evento é vender a imagem do Finderr, e não realizar alguns sonhos de minha eterna juventude.

Bom, o Baile dos Solteiros nada mais é do que uma mistura do MET Gala com o Baile da Vogue e foi criado um ano depois do lançamento do Finderr. A noite tem como objetivo manter a imagem da empresa como avant-garde no que diz respeito a inovações, boas relações e, por que não, caridade.

Todos os anos, grandes personalidades e celebridades são convidadas a desfilar looks emblemáticos, sempre dentro de um tema. Além de, lógico, ajudar uma instituição com doações bem generosas. Afinal, estamos falando de um monte de gente com dinheiro e culpa de sobra.

Como uma boa imprensa faz toda diferença no crescimento de uma empresa, desde o primeiro evento mexo uns pauzinhos, ou melhor, umas flechinhas, para que um casal (provavelmente com um deles sendo *muito* famoso) se conheça no evento. Coisa que nosso departamento de marketing, junto aos redatores-chefes das melhores revistas de fofoca do mundo, carinhosamente batizou de "Match".

Ano após ano, os maiores e mais famosos solteiros do mundo sonham em fazer parte do Match do ano. Sem contar os milhões de usuários do Finderr que sonham em receber alguns dos lendários convites dentro do aplicativo. Sim, eles são dourados e, sim, tirei a referência de *A Fantástica Fábrica de Chocolate*. É um de meus filmes favoritos.

Ano passado, eu me superei de verdade ao juntar um dos herdeiros da Coroa inglesa com uma ex-participante de um reality show do momento. Foi um escândalo para a Coroa, que se converteu em rios de citações do Finderr.

Quando saímos para o terraço, vemos a mesa gigante que Bruna conseguiu arrumar nos últimos quarenta minutos. Olho de canto para a dita cuja e a vejo alongar o pescoço.

— Tudo certo, Bruninha? Nervosa? — pergunto, preocupado de verdade. — Esse é seu terceiro baile, não tem nada de novo sob o sol rolando por aqui.

Ela revira os olhos antes de me responder:

— Não, só estou um pouco cansada hoje... Muita coisa para fazer. Falando em muita coisa para fazer, terminou a mudança? Ou ainda está caçando cuecas limpas dentro das caixas?

Não consigo conter a risada. É absurdo o quanto ela me conhece.

— Ainda caçando! Mesmo que já estejam começando a ficar escassas — cochicho em resposta, e ela faz uma cara de nojo. — Inclusive, estava pensando: não consegue dar um pulinho lá em casa no sábado e me dar uma ajuda, não? Compro uns vinhos!

— Você precisa arrumar amigos fora do trabalho, chefinho — comenta ela, baixinho. — Se me vier com aqueles vinhos caríssimos e horrorosos de novo, não passo nem da portaria.

Solto outra risada e me posiciono de frente a todos. O conselho inteiro do Finderr e, óbvio, Guilherme me observam com ar de irritação. Acho melhor partir para uma abordagem de culpa.

— Gente, peço desculpa pelo atraso e a mudança de planos — decido falar uma meia-verdade. — Questões de saúde que não podiam ser adiadas.

Sinto o ar ao redor relaxar um pouco mais. Uma expressão de preocupação surge no rosto de Gui, mas dou uma piscadela para tranquilizá-lo. Volto a atenção aos outros rostos. O conselho do Finderr, apesar de intenso, no geral não é formado por pessoas com as quais seja difícil lidar.

Catharina, do financeiro, é uma fofa desde que a gente não extrapole os limites de seu orçamento. Orçamento esse que sei que ela economiza para esse momento. No fundo, também adora uma festa glamourosa e muito elogiada.

Jones é um investidor da indústria de aplicativos e que provavelmente (muito a contragosto de Guilherme) será o CEO da sede americana da empresa. Além do contato com a San Diego Comic-Con, o cara tem um currículo de dar inveja e me parece bem o tipo de tubarão que vai evitar que o Finderr nos cause dores de cabeça nos Estados Unidos.

Temos Carmen, do marketing e RP, uma diretora casca-grossa com quem sempre é difícil lidar, além de dois diretores de outras áreas da empresa. Gosto de chamá-los de Gê e Nérico, porque são praticamente iguais, sempre concordam com as mesmas coisas e parecem figurantes em todas as reuniões que participei. Eu sei, o trocadilho não é dos melhores, e, se não me engano, o nome de um deles é Rodolfo, mas o que eu posso fazer se é assim que o meu cérebro funciona?

Que foi? Não tenho muito espaço de armazenamento sobrando na memória, não, ué.

— Bom, gente, como sabem, todos os anos sou o responsável por levantar possíveis temas para o Baile dos Solteiros — começo a falar.

Na mesma hora Bruna coloca uma música instrumental para tocar e dá início à nossa apresentação de slides. Toda a aura construída é uma tentativa de fazer com que os membros do conselho nem precisem pensar muito na hora de votar.

— Este ano nossa sugestão é... a Inglaterra regencial!

Percebo alguns olhares de surpresa quando mostro uma foto com o tema em destaque. Fraques e vestidos de cetim ganham a tela, além de uma decoração pastel de um típico baile da época.

Então Bruna assume a liderança da apresentação:

— A ideia partiu de nosso Match do ano passado! — continua ela. — Como todo mundo sabe, o príncipe Luke e a futura princesa Talita renderam uma senhora de uma publicidade para o Finderr, e até a revista *Caras* já os definiu como o melhor Match de todos os bailes...

Bruna continua apresentando tudo o que montamos. As possibilidades para a decoração, figurino e até trilha sonora. Sério, em algum momento fiquei tão imerso na apresentação a ponto de esquecer que eu mesmo havia feito parte daquilo. Quando Bruna termina, puxo uma salva de palmas. Porém, não demora muito até perceber que estou aplaudindo sozinho no meio de um silêncio constrangedor.

— Vocês odiaram, foi? — pergunto, sem rodeios.

Algumas pessoas murmuram respostas negativas. Gê e Nérico são um pouco mais enfáticos em deixar claro que não, eles não odiaram a ideia. Só que ninguém no terraço além de mim e de Bruna parece empolgado com a ideia da Inglaterra regencial.

— Não é isso, Theo. — Guilherme é o primeiro a falar. — É só mais um tema de época depois de dois bailes assim.

Merda, eu não tinha percebido isso. No ano anterior o tema havia sido Sonho de Uma Noite de Verão, baseado na obra fantástica de Shakespeare.

E antes disso, Sexo, Drogas e Rock & Roll, um de meus favoritos, diga-se de passagem. Nunca vou esquecer Gui usando uma jaqueta de couro e costeletas marcadas.

— Acho que precisamos ousar um pouco mais, fugir dos temas que envolvem fantasias de época — opina Catharina em seguida.

— Isso! Algo mais contemporâneo! Inclusivo! — acrescenta Jones, com um sotaque carregado. Ao que parece um dos pais dele é brasileiro, então o idioma não é de todo novo para o estadunidense. — Não sei se já viram algumas das matérias que andam saindo sobre a reputação do Finderr...

Nessa hora olho para Guilherme. Depressa o suficiente para ver seu pescoço ficando vermelho. Ele vira a cadeira giratória na direção de nosso investidor principal.

— Vimos, sim, Jones! Estamos trabalhando em soluções para isso — fala Guilherme e se volta para mim —, mas acho que Catharina tem um bom ponto. As pessoas esperam algo ainda maior este ano. Algo que dê liberdade para as pessoas pensarem nas fantasias.

Olho na direção de Bruna. Desistimos de trazer um plano B desde que nos apaixonamos pela ideia da Inglaterra regencial.

— E se a gente fizesse um baile de máscaras? — sugere um dos executivos brancos.

— Genérico demais — respondo.

Que foi? Não é uma alfinetada, é genérico demais mesmo.

— A gente até pensou em algo mais fantástico, né, Theo? Atlantis ou algo assim? — comenta Bruna, pensando em voz alta.

Para a surpresa de todo mundo ali, uma mão se levanta no canto da sala. Em algum momento me peguei tão preso aos pensamentos do baile que me esqueci de que a dona Ana estava participando da reunião.

— Eu tenho uma ideia — anuncia ela. — Ah, desculpem, eu sou Ana, a nova assistente do Theo! É que, quando falaram de ousar e mencionaram o problema de imagem que o Finderr vem enfrentando, me veio *Inferno* na cabeça. A obra de Dante, sabe?

Não sei aonde ela quer chegar, mas por algum motivo todo mundo está com os olhos pregados em minha nova assistente.

— Como assim? — pergunto, tanto curioso quanto chocado com a audácia dela.

— Em relações públicas, e podem me corrigir se eu estiver errada, existem essas duas abordagens para o gerenciamento de grandes crises — explica a dona Ana. — A primeira é ignorar a crise completamente e desviar o foco da imprensa. A segunda, e muito mais arriscada, é usar a própria crise para confrontar as críticas.

— Espera, eu gostei disso — afirma Carmen. — Como estão nos acusando de LGBTfobia, podemos transformar o baile desse ano em um *statement* sobre o assunto.

Eu me seguro para não revirar os olhos. Publicitários e as manias insuportáveis de enfiar anglicanismos em tudo.

Só que, quando olho ao redor, não encontro desaprovação. Várias pessoas estão com as sobrancelhas arqueadas e levando em consideração toda a ideia da nova assistente. Decido fazer alguma coisa.

— Como assim, então vamos fazer um Baile do Arco-Íris? — debocho. — Cada convidado com uma das setes cores?

Arranco umas risadas, mas ninguém percebe o quanto a ideia é horrível.

— Não, acho que entendi o ponto da dona Ana. — Bruna é quem fala agora. — Dá para ser uma alfinetada sutil. Um embate mais requintado. A intolerância não é algo novo.

— Exato! — Dona Ana se empolga para valer. — Dos tipos de amor que são aceitos e outros que não são. Então, por que não fazemos um baile que questiona a divisão entre o bem e o mal?

Sinto um calafrio subindo pelas costas. Essa história de pessoas punidas por serem pecadoras não me traz boas lembranças. De repente sinto como se estivesse preso em um programa sobre minha própria vida. Tinham câmeras escondidas lá no consultório da dra. Emi?

A dor da perda de Narciso ecoa ainda mais forte. Um baile que me obriga a reviver vários traumas profundos não estava na minha lista de desejos deste ano.

— A gente sempre pode culpar os verdadeiros culpados — cedo e decido contribuir com a ideia, mesmo preferindo o tema regencial. — Os primeiros cristãos.

Dona Ana olha tão no fundo de meus olhos que começo a ficar desconfortável.

— Algo como *santos e pecadores*? — incita Carmen, do marketing.

— Isso! — Guilherme vibra com a possibilidade. — Acho que pode dar um baile perfeito! Dá para usar roupa de época, como o Theo gosta, ou atual. Vilões, mocinhos. Reinterpretações próprias do que é um santo e do que é um pecador.

Assim, em poucos segundos, meu trabalho das últimas semanas foi para o ralo. A surpresa só não é maior do que o ódio que sinto por minha nova assistente. A fofa dona Ana acabou de dar a ideia que salvaria tudo, exceto minha autoestima.

VI

Minima de Malis

É um pesadelo, só pode ser um pesadelo. O Baile dos Solteiros é uma das únicas formas que tenho de exercer controle sobre algo em minha vida. A fonte de maior diversão de meu ano. A única válvula de escape de minha existência de infinita servidão. Agora, minha recém-contratada e ex-tradutora de músicas cafonas deu uma ideia que conquistou todo o conselho logo de cara.

Nem Bruna consegue esconder a empolgação ao completar a frase de Guilherme:

— Acho que pode funcionar, sim! — responde a traidora, sem olhar em minha direção. — Podemos até inspirar a estética naquela série que está bombando na HBO…

— *Odisseia*! — elucida Guilherme, empolgado.

— Theo, o que acha? — questiona Bruna e me traz de volta ao presente.

Não ouvi nadinha do que estavam falando, mas não posso resistir à oportunidade de fazer um drama:

— Ah, que bom que lembraram que eu estou aqui — falo, emendando uma risada irônica para não parecer que estou mesmo magoado. — Não sei. Falei dos cristãos antigos e tudo, mas a coisa inteira parece bagunçada. Um título que remete ao cristianismo, como resposta às alegações de intolerância, e à estética de uma série grega?

Mesmo perdendo uma aliada como Bruna, não posso desistir sem lutar. Já imaginou? Um deus grego de verdade no meio de uma festa inspirada na estética da Grécia Antiga? É clichê demais para o roteiro que desenhei para minha vida, para esta história.

— Até parece que não foi você que sugeriu uma reinterpretação de *Sonho de Uma Noite de Verão* para *Uma Odisseia no Espaço* — contrapõe Catharina. — Com ninfas alienígenas e tudo.

Maldita contadora com memória fotográfica. Não tem um Excel para mexer, não?

— Theo, não acho que o tema seja bem a série... — argumenta Guilherme. — É como sua assistente falou: é muito mais sobre questionar o que é o bem e o mal, sobre quem decide quem são os pecadores e os santos e toda essa noção de que existe um jeito certo e errado de amar... É nossa chance de deixarmos os convidados serem um pouco mais criativos, ousarem nas interpretações...

É óbvio que ele tem razão. A ideia é mesmo muito boa e o potencial para ser explorado na divulgação, decoração e fantasias é infinito. Não vou negar que eu mesmo já parei para imaginar como meu look poderia ser. Só que não posso parecer tão convencido; alguém tem que bancar a pessoa difícil na mesa. Eles nunca aprovaram tão rápido minhas sugestões de tema.

— Sim, sim! Entendi. Uma metáfora sobre vilões e mocinhos, tiranos e plebeus, mortais e deuses! — falo. — Só acho que é uma ideia muito crua... mas por mim podemos começar a votação. Não é como se tivéssemos tempo de preparar mais nada mesmo!

O que era verdade, faltavam pouco mais de sete semanas até o baile.

— Calma, Theo — disse Gui, tentando apaziguar meu drama. — Não é assim também. Vamos ouvir todo mundo antes. Catha, alguma questão orçamentária?

— Eu acredito que não — responde a chefe do financeiro. — Bruna geralmente lida direto com os fornecedores. Será que vai ser mais caro que o do ano passado?

Bruna não responde, talvez com medo de causar mais um showzinho dramático meu, então apenas nega com a cabeça.

— Ótimo. Carmen? — continua Gui.

— Na verdade acho que é um ótimo tema, até para a situação atual com a imprensa e as redes sociais. — Quando ela nota minha cara de desentendido, continua a explicar: — Se reforçarmos a ideia de que não existem santos nem pecadores quando o assunto é amor... o público pode interpretar como algo positivo.

— Que o Finderr não é esse algoritmo deturpado que tanto dizem — completa Guilherme, seco. — Mais alguém tem algum ponto a acrescentar? — Silêncio. — Ótimo, então bora votar.

Vou lhe poupar, querida pessoa que lê, de ter que ouvir toda a humilhação que se seguiu logo depois que a votação foi aberta. Quase todo mundo votou a favor da ideia dos Santos e Pecadores, e fiquei na dúvida se Bruna votou no baile regencial por apego ao trabalho das últimas semanas ou por piedade para não me deixar sozinho na escolha de meu tema favorito.

De qualquer forma, ela deixa claro que também está empolgada com o novo tema quando sai da sala já no meio de uma ligação com a empresa de decoração.

— Só acho que precisamos de um subtítulo — falo, irritado, quando encaro a realidade de que, pela primeira vez na história, o tema do baile não foi sugerido por mim. — Vou pensar nisso e depois repasso para vocês.

No momento, a única coisa em que consigo pensar é: *Santos e Pecadores: Como Minha Assistente Recém-Contratada Vai Ganhar o Status de Recém-Demitida.*

Quando enfim termino de almoçar, quase todo mundo já se retirou.

Estou quase saindo do terraço quando Guilherme me chama. Começo a ficar nervoso quando percebo que estamos a sós.

— Theo, pode ficar mais uns minutinhos? — pergunta.

Como falei antes, evito ao máximo ficar sozinho com Gui. O único momento em que me permito tirar uma casquinha é durante nossos aniversários. Quando costumo demorar um pouco mais no abraço e me perco no espaço entre o queixo e o peito dele.

Merda! É meu aniversário!

Eu até deveria estar mais empolgado com a data, mas a verdade é que, depois de séculos comemorando, a gente acaba achando tudo meio repetitivo. Então o dia vira só uma desculpa para abraçar Gui por mais tempo mesmo.

Deve ser disso que ele quer falar, então volto e puxo uma cadeira do lado oposto ao dele.

Uma distância que penso ser segura, mas só até me perder em seus olhos verdes. Desde o começo, Guilherme sempre preferiu conversar olhando nos olhos, uma característica que nunca decidi se me irrita ao extremo ou me conquista ainda mais.

As circunstâncias nas quais nos conhecemos sempre foram um pouco engraçadas para mim. Depois de uma época bem difícil no começo dos anos 1990, segui um caminho parecido com o de todos os meus parentes e resolvi me isolar da humanidade. Comecei a viver em um chalé em Bali e só saía uma vez a cada duas semanas para unir o primeiro casal que encontrasse. Zero amigos, zero pessoas para as quais mentir, zero decepções com as injustiças da vida.

Depois de quase vinte anos isolado, comecei a sentir falta da humanidade. A energia absurda que circula nas pessoas em busca de sonhos sempre atraiu os deuses, desde antes da Antiguidade. Não é à toa que existem tantos mitos com divindades se apaixonando por mortais; há um certo charme em viver com intensidade e com um tempo tão limitado que transforma o ser humano em um espécime maravilhoso de ser estudado. Então minha ideia era só voltar a viver entre eles, nunca me aproximando o suficiente para criar novos laços.

Voltar para o mundo não foi nada fácil. A virada do milênio transformou tudo e, ao que parecia, todo mundo orbitava em torno das próprias versões dos telefones com fios. Não me leve a mal, hoje em dia também não vivo sem um iPhone. Só que, mesmo sendo um deus experiente em me adaptar a diferentes mudanças culturais, a revolução digital me pegou de jeito.

Curioso em como tudo aquilo impactava os mortais e, confesso, com um pouco de saudade de ter amigos e socializar, resolvi me matricular em um curso de engenharia da informática em uma das maiores faculdades de São Paulo. Se eu ia me acostumar com o mundo moderno, que fizesse isso do jeito antigo: estudando e aprendendo.

Anos antes eu tinha escolhido o Brasil como minha casa por conta dessa energia única que os mortais brasileiros possuem. Além do mais, sempre odiei o frio absoluto do Hemisfério Norte. Sem contar no quanto os países considerados de "primeiro mundo" eram dominados por algum outro deus megalomaníaco. Os Estados Unidos era a sede de meu avô. Nunca cheguei a encontrá-lo desde que fui banido do Olimpo, só ouvia por aí que era lá que ele vivia. Mas nunca me arrependi de vir para o Brasil, em ambas as vezes: a música, a comida e as pessoas são melhores que em qualquer outro lugar do mundo.

Atena morava em Copenhague; cruzei com ela em uma passagem por lá na década de 1960. Fiquei chocado com a escolha em parecer uma senhora austera de 50 anos que fingia ser uma diplomata. Talvez fosse uma tentativa de ficar mais parecida com o querido papai Zeus.

Só no primeiro dia de aula, mais precisamente o quinquagésimo nono primeiro dia de aula de minha existência, percebi que tinha me enfiado em uma enrascada. Não por morar no Brasil, mas por decidir me inteirar das tecnologias em um curso de engenharia de informática.

Não conseguia acompanhar a turma nem mesmo nas funções básicas, e disfarcei minha incompetência na minha "educação em outra língua". Foi o único jeito de arrancar alguns olhares de simpatia e não de julgamento quando eu passava horas tentando abrir alguns programas.

O coordenador, com piedade de meu avanço lento, sugeriu que eu fizesse uma tutoria com algum aluno dos períodos avançados, uma vez que eu negava qualquer tipo de ajuda vinda dos colegas de turma. Sabe como é: ainda ficava mentindo para mim mesmo sobre não querer me aproximar de alguém, mas algum nerd do quarto período e de fala complicada não mudaria meu posicionamento.

Como eu estava errado quanto a isso.

Guilherme era o aluno número um de sua turma, além de superpopular entre os professores, entre as estudantes do gênero feminino e tenho certeza de que entre todos os outros que não se encaixavam na noção binária. Alto, bronzeado, com um porte de surfista e no auge dos 19 anos. Olhos verdíssimos, sorriso branco e um cabelo com leves luzes castanho-claras (ao que parecia, em algum momento dos anos 2000 isso virou moda junto a uns colares horrendos feitos com conchas de praia).

Saiba, cara pessoa leitora, que tentei resistir, mas não consegui evitar. Todos os músculos involuntários (e alguns bem voluntários) reagiram na mesma hora que ele estendeu a mão e me cumprimentou em nossa primeira sessão de mentoria. Daquele momento em diante nos tornamos inseparáveis. Talvez tenha sido por piedade, mas Gui me adotou e acabou me aproximando do resto da galera do curso.

Foi a primeira de muitas vezes que eu derrubaria todas as minhas barreiras e mudaria todos os meus planos por ele.

A faculdade foi um borrão e, para minha tristeza, eu não era o único a ceder aos encantos de meu melhor amigo. Ao longo dos três anos que ficamos na universidade, Guilherme teve vinte e dois rolos e três namoradas diferentes. Todos foram romances intensos, sórdidos e, como ficou claro depois de um tempo, passageiros. Sempre fiquei de escanteio e me contentava só de estar na presença dele. Depois de anos longe de qualquer contato humano, o olhar de Guilherme era como encontrar o que se procurava depois de passar muito tempo perdido em meio à solidão.

Com Gui, mesmo sendo apenas o melhor amigo, eu encontrava uma perfeita combinação de caos e paz.

Foi perto do fim que tudo começou a mudar. No último ano de faculdade, Gui deixou de lado todos os relacionamentos e voltou a atenção para o projeto de fim de curso. O que posso chamar de embrião para o que viria a se tornar o Finderr. Logo no começo, ele me chamou para participar, e minhas intenções já eram cem por cento nefastas. Primeiro, era uma ótima chance de passarmos mais tempos juntos e, segundo, eu já havia percebido algum potencial no projeto que ele queria criar. Digo, potencial para que eu enfim tivesse umas férias de meu "outro trabalho".

Nem para um imortal criar um aplicativo do zero deveria ser fácil, mas foi. Gui e eu funcionávamos como partes diferentes de um mesmo ser. Nossas ideias se complementavam, e dividir o projeto da vida com meu melhor amigo se mostrou uma receita muito fácil para a produtividade.

Guilherme passou com louvores, e quase fiquei sem voz de tanto gritar na formatura dele. Para minha surpresa, fui o primeiro a quem ele correu para abraçar.

Depois da formatura, eu, Gui e uns amigos próximos da faculdade viajamos para a fazenda dos pais dele, em Minas. Foi provavelmente uma das últimas viagens em turma que fizemos. Àquela altura eu já tinha convencido Gui de que daria uma pausa na faculdade para me dedicar ao nosso projeto. Eu não me importava muito com o diploma, já tinha conseguido o que queria na faculdade. Conseguia entender o funcionamento do Windows XP e qualquer coisa além disso Guilherme poderia me explicar depois.

A viagem foi perfeita. Pouco antes de chegarmos à fazenda, Guilherme estava dirigindo e segurou minha mão, o que na época nem notei como algo mais importante. Nunca fomos o tipo de amigos que temia o toque ou o carinho um do outro.

"É engraçado, porque estou ansioso para você conhecer todo mundo", comentou ele, sorrindo, sem soltar minha mão. "Juro que não sei o que fazer se eles odiarem você."

A audácia! Eu era encantador! Mesmo que meu histórico familiar não fosse dos melhores, a figura materna dos outros não me assustava. Tudo bem que havia séculos que eu não me reunia com minha família, mas... Bom, pensando bem, talvez eu tivesse mesmo zero prática em lidar com essas figuras.

"Guilherme, se eles forem pelo menos um pouquinho parecidos com você", soltei sua mão para lhe dar uns tapinhas no ombro, "então isso está no papo!"

"Como assim, *parecidos comigo*? O que você quer dizer?", questionou ele, tirando os olhos da estrada por um momento.

"Rá! Eu conquistei você já na primeira mentoria!", respondi, rápido, o que o levou a dar uma risada alta. "Sou legal demais, vai...", falei, fingindo pose.

Alguns dos nossos colegas que estavam atrás também entoaram o coro de como ele fez questão de me apresentar a todo mundo em uma festa seguinte em um apartamento qualquer.

"'Ivna, olha só, vou levar um calouro, tá? Mas juro ele é legal'", Ivna começou a imitar Guilherme.

Beleza, eu sei, você deve estar se perguntando como eu não conseguia notar que ele estava a fim de mim, mas as coisas eram complicadas.

Eu estava, fazia muito tempo, mantendo uma distância segura de todos os homens de quem gostei para perceber que meus sentimentos por ele eram recíprocos. Tudo o que eu sentia era vivido nos confins de minha imaginação. Fiquei tanto tempo distante do mundo real que esqueci por completo como as pessoas apaixonadas se comportavam. Eu não ficava por perto nem dos mortais que eu flechava, em geral nunca mais os via.

Quem sabe se eu tivesse um pouco de prática conseguisse perceber que a risada alta não era reservada para muitos. Que os minutos que ele passava me encarando com aqueles olhos verdes não eram tão curtos quanto eu pensava. Como eu queria ter notado que a sugestão de dividirmos juntos o antigo quarto dele no sótão, o exagero na bebida durante a festa da fogueira e minha camiseta no chão do quarto seriam uma péssima ideia.

— Theo? Alô, você está me ouvindo? — Guilherme está em pé em minha frente. Minha cabeça volta ao terraço. — Você ouviu a minha pergunta?

— Desculpa, Gui! — respondo enquanto endireito a postura na cadeira. — Muita coisa na cabeça!

Ele então dá a volta e se senta na cadeira ao meu lado. E lá se vai a distância segura. Consigo ver ainda mais de perto os olhos verdes. Diferentemente da época da faculdade, agora o olhar se esconde atrás de um par de óculos. Depois de anos trabalhando em frente a uma tela de computador, ele enfim cedeu ao clichê sobre nerds.

— Eu perguntei se está tudo certo para hoje — explica ele, cheio de expectativa. — Seu jantar de aniversário?

— Ah, sim. Sim! Tudo perfeito. A gente vai direto daqui, né?

— Pode ser! Normalmente eu gostaria de me arrumar para uma ocasião tão solene. — A frase é dita em meio a um sorriso. — Bruna já reservou as mesas?

— Já, sim! E se arrumar para quê? A gente sabe que você vai terminar a noite com a camisa aberta e cantando alto num karaokê da Liberdade.

A lembrança do fim de noite do aniversário dele no ano anterior me faz sorrir.

Na verdade, o que tenho vontade de dizer é que ele fica perfeito depois de um dia de trabalho exaustivo na empresa que criamos juntos. Que o look homem de negócios meio descolado só não funciona melhor do que o look cueca boxer. Só que é melhor guardar essa resposta para mim.

— Então, eu queria falar de outra coisa também. — Ele assume ainda mais a postura de CTO do Finderr. — Você já deve até imaginar do que se trata...

Sim, imagino. Assim como todo mundo, desde a área de relações públicas até o porteiro do prédio que, tecnicamente, nem trabalha aqui na empresa. Nos últimos meses, algumas personalidades LGBTQIAPN+ e grupos do movimento têm acusado o Finderr de não ser inclusivo. A parte mais irritante disso? Todos têm razão. Desde as campanhas promocionais — nas quais sempre usamos casos reais — até os últimos três casais que foram eleitos o "Match", tudo tem sido mesmo bem dentro do padrão cisheteronormativo. O que irrita muito Guilherme, que há uns anos se assumiu bissexual e virou um membro ativo da mesma comunidade que agora nos "persegue".

Como sempre, pego o caminho mais fácil.

— Não tem nada de errado com os códigos?

— Sério, Theo? A gente acabou de falar disso na votação. Estou falando da porra da pressão que a gente está recebendo de todos os lados! Acho que construí um algoritmo LGBTfóbico sem nem saber!

— Calma, Gui... — Tento acalmá-lo, mas me faltam palavras honestas. — A gente vai encontrar algum jeito de contornar a situação.

A última frase me causa arrepios. Sei bem como resolver o problema, só não sei se estou pronto para lidar com as consequências que viriam junto da solução. Guilherme se levanta da cadeira e me lança um olhar sofrido.

— Como, Theo? Me diz: como? — Ele desvia o olhar e foca na janela. — Nossa taxa de casais queer é quase inexistente! Sem falar nos inúmeros casos de perfis sendo apagados no automático, matches sendo desfeitos e até um radar que às vezes dá erro. O pessoal abre o aplicativo e não aparece uma pessoa sequer.

Mais uma vez, sou o último a perceber algo que estava em minha frente o tempo inteiro... Guilherme se culpa pelo fracasso do Finderr. Mesmo que, na verdade, ele não possa fazer nada a respeito.

O Finderr é o motivo de maior orgulho de Gui. Se formos pensar em legado, esse com certeza é o dele para o mundo. Desde o começo, Guilherme fez das tripas coração para que tudo desse certo. Foram noites e noites sem dormir, e nem quando o aplicativo começou a dar certo ele descansou. Continuou testando ideias e criando fórmulas para deixar o Finderr cada vez mais aguçado ou, no termo favorito dele, humano.

Segundo Gui, não existe nada mais humano do que a capacidade de amar. Ele não sabia, mas, cada vez que falava isso, meu coração só faltava explodir. De frustração por não poder beijá-lo, óbvio.

O fato é que apliquei meus poderes apenas em casais heteronormativos. O que é irônico, eu sei, ainda mais vindo do Deus do Amor (que também é gay). Mas como eu saberia que não aplicar meus poderes em todo mundo causaria esse monte de problemas com os usuários queer?

Lidar com minha atitude preconceituosa era de algum jeito mais fácil do que lidar com a mentira que eu precisava sustentar todos os dias.

— Já não sei mais o que fazer! — Ele soa ainda mais desesperado. — O pessoal da tecnologia está exausto! Estamos trabalhando sem parar em possíveis soluções há meses. E, para onde eu olho, vejo cada vez mais tragédias acontecendo... Não tem como não relacionar as coisas.

— Como assim?

— Um garoto, no interior — conta Gui, baixinho. — Descobriram na escola que ele era gay e, depois de aguentar o bullying por um tempo, ele decidiu revidar. Quatro outros adolescentes bateram tanto nele... que... enfim.

Eu me levanto e vou até ele. Ignoro todos os meus limites e o puxo para um abraço.

— Ei, ei, ei! Não adianta carregar esse peso como se fosse só seu. Não tinha como o Finderr fazer nada para impedir isso.

— Não. Não tinha. — Guilherme me encara, com os olhos marejados. — Mas ao menos a gente deveria ser um porto seguro para a vida adulta de um garoto como ele. Um farol para que ele pudesse olhar e pensar:

bem, existe um amor aí para mim em algum lugar. Essa perseguição estúpida não vai ser para sempre.

Depois de um minuto, sem conseguir pensar em uma resposta à altura, afasto-me e o conduzo de volta à cadeira.

— A gente vai pensar em alguma coisa juntos! — Agora falo olhando nos olhos dele. — Vou transformar isso em minha prioridade com Bruna e, se não mudarmos os resultados, ao menos vamos pensar em alguma coisa para manter a pressão do público sob controle, beleza?

Ele não tira os olhos dos meus enquanto falo. Agora é minha vez de me levantar e caminhar em direção às janelas. Ainda de costas, eu o escuto falar:

— Eu sei que a gente consegue dar um jeito. — As palavras soam como um sussurro. — Mesmo diante de qualquer obstáculo, eu ainda aposto na gente.

A última frase é como uma facada em meu peito. Durante os períodos mais difíceis de criação do Finderr, a busca por investidores, os testes de funcionamento e até nos períodos de prova na faculdade, "Eu aposto na gente" virou um lema de superação. Nossa versão menos física de um cumprimento criado entre amigos.

Não sei se foi a culpa de vê-lo daquele jeito, a história do garoto ou nossa frase, mas, no caminho de volta para minha sala, eu tomo uma decisão.

Provavelmente será uma declaração de guerra ao meu avô? Será.

Vai colocar em risco ainda mais a vida de todas as pessoas com as quais eu me importava? Também.

Só que não tem como proteger alguns à custa de impedir a felicidade de outros.

Eu sou o Deus do Amor, porra.

Está na hora de aplicar os poderes para todos os tipos de casal no Finderr.

VII

Praestat Cautela
Quam Medela

Uma das melhores coisas em ser uma entidade imortal amplamente conhecida é poder acompanhar os infinitos estudos que acontecem sobre nossa existência. Meu favorito é sobre a origem de meu nome: Eros. Assim como todos os debates acerca da Antiguidade, não existe consenso, mas vários historiadores e pesquisadores etimológicos dizem que meu nome deriva do verbo *érasthai*.

Em uma tradução livre do grego significa "estar inflamado de amor". Óbvio que, quando se parte do raciocínio que já nascemos deuses de alguma coisa, o nome faz total sentido. Contudo, a realidade é um pouco diferente, como já vimos.

Mesmo assim, é divertido acompanhar a percepção das pessoas sobre minha existência. Sou um deus, no fim das contas, e é óbvio que teria alguns probleminhas com ego. Ser celebrado por artistas e escultores? Maravilhoso. Chegou uma época em que eu vivia cercado por cópias de grandes obras protagonizadas por mim mesmo.

Não que a versão pueril de minha imagem, o famoso anjinho com asas e auréolas, seja minha representação favorita. Só que, depois de uns séculos, me acostumei com a ideia de que aquela imagem havia sido criada por Zeus para que minha existência fosse melhor aceita entre os cristãos. Eram outros tempos; melhor um bebê alado do que um jovem bonito e sedutor de virgens à la Psiquê.

No entanto, acima de tudo, o que aprendi com vários teóricos nos anos seguintes foi que ser representado por uma criança imatura com um arco e flecha ajudava a reforçar o aspecto irresponsável que o amor sempre carregou. Crianças são sinônimos de irresponsabilidade, então o amor deveria ser assim representado.

Somente dessa forma histórias trágicas seriam perdoadas com uma justificativa apaixonada e os humanos receberiam passe livre desde que estivessem contagiados por um sentimento que transcendia a lógica e as falhas.

O amor é, por definição, insensato.

Não sei que ideia foi essa que os mortais tiveram de que o sentimento deveria dar sentido a qualquer coisa.

Só essa imprudência que associam à minha imagem justifica minha coragem de encarar de frente a possibilidade de infringir as regras de meu avô e expandir a ação do Finderr para todos os tipos de casal do mundo. Só um bebê com poderes demais conseguiria pensar que essa seria uma boa ideia.

Ainda assim, a carinha que Guilherme faz quando saímos do elevador a caminho de nossos escritórios é mais que o suficiente para que eu siga em frente.

O otimismo de sempre substituiu o medo, e ele volta a ser todo sorrisos enquanto me lembra dos planos para comemorar meu aniversário mais tarde. É absurdo o quanto ele fica mais feliz com a ocasião do que eu.

— Gui! — chamo antes de ele seguir na direção oposta à minha. — Quais os efeitos práticos desse suposto defeito no aplicativo?

— Eles são muito mais um ataque à nossa reputação do que qualquer coisa. Em termos de lucro, o aplicativo continua um sucesso. O número de downloads cresce dia após dia. É quase como se o algoritmo não estivesse nem aí para a exclusão de milhares de casais. Bom, se bem que pensando assim...

— O quê?

— Bom, se o algoritmo responde aos comportamentos humanos, é normal que não seja afetado por esses "bugs". É como a maior parte do mundo cisheterossexual: se não os afeta em nada, muito difícil que se importem.

A frase faz sentido, mas não deixa de doer como uma agulhada enfiada no olho.

— Mesmo assim, mesmo sem perder dinheiro, a gente não pode ignorar esse problema. — Com uma expressão angustiada e suplicante, ele completa antes de ir embora: — Minha consciência não me daria paz.

A frase fica comigo.

Passo na sala de Bruna e a encontro conversando, animada, com a dona Ana. Ambas estão tão empolgadas falando de ideias de decoração e potenciais atrações para o baile que demoram para perceber que estou parado à porta.

— Podemos contratar alguns cartomantes... — No meio da frase ela percebe minha presença. — Ah, oi, Theo! Precisa de alguma coisa?

— Lembra quando eu falei que ia resolver o problema da imprensa com Guilherme? — Abro um sorriso meio constrangido. — Então... prometi a ele que ia pedir sua ajuda!

— Olha, hoje não dá! Tenho reuniões com fornecedores a tarde inteira, mas pode deixar que mando uma mensagem caso eu pense em alguma coisa. — Ela começa a recolher algumas coisas da mesa. — Tudo certo para mais tarde? Você confirmou com o Guilherme?

— Sim e sim! Tudo confirmadíssimo para a celebração de meu envelhecimento.

A ironia segue firme e forte.

Dona Ana arqueia as sobrancelhas.

— É seu aniversário? — Ela se levanta e vem em minha direção. — Meus parabéns, querido! Que não lhe faltem bênçãos e amor nessa vida.

Agradeço o gesto, tentando escapar do abraço o mais rápido que consigo.

Saio antes que dona Ana estenda ainda mais a conversa, perguntando minha idade ou algo parecido. Não é como se eu tivesse muitos motivos para comemorar minha existência.

Sou apaixonado por meu melhor amigo e nunca poderei ter nada com ele por medo de ele acabar virando churrasquinho. Minha terapeuta deve pensar que sou um fracassado meio homofóbico, além de um grande mentiroso. E a cereja do bolo: minha empresa, e única realização pessoal dos últimos séculos, está sofrendo uma repercussão negativa por exclusiva culpa minha. É quase impossível que esse aniversário fique pior do que já está.

Quando entro na sala e me sento na cadeira, é como se o prédio em que estou caísse em meus ombros. Pego o celular depois de horas e vejo as infinitas marcações de aniversário que recebi. A maioria de pessoas famosas que fingem uma grande amizade comigo, novos influenciadores ansiando por um convite para o baile desse ano e inúmeros jornalistas tentando conseguir em primeira mão informações do que vai acontecer na noite de vinte e um de dezembro.

Ignoro a grande maioria das notificações; preciso deixar a autodepreciação de lado e resolver o maior dos problemas, se não por mim, por Guilherme. Ele se dedicou demais a esse projeto para que tudo vá por água abaixo graças à minha covardia. Então me levanto, tranco as portas e começo a fechar as persianas. Não que para acessar os poderes eu precise disso tudo, mas sou paranoico e não gosto nem de pombas me encarando no parapeito.

Abro o Finderr com um perfil fake masculino em um celular reserva e repito tim-tim por tim-tim o processo que fiz quando Guilherme me contou que o aplicativo estava funcionando anos antes. Fecho os olhos e me deixo levar. Na hora, sinto como se todos os usuários fossem parte de mim, parte de meus sentidos. É quase a mesma sensação de quando estou em um local público fazendo o trabalho do jeito antigo. Só que aqui é diferente: as pessoas são multiplicadas por mil; mil, não, milhões.

Cada pessoa é como se fosse uma estrela em meu campo de visão, mas os poderes me permitem ver tudo em um cenário de trezentos e sessenta graus. Todo mundo habita, todo mundo pulsa, e sinto cada um como se fosse uma extensão de minha própria existência.

Alguns estudiosos, quando foram definir minhas origens míticas, apontaram que os meus poderes provinham de a natureza humana de sempre estar em busca de seu objeto. É lógico que essa definição só existe porque sussurrei na presença de alguns mitógrafos influentes. Então podemos até falar que o conceito partiu de mim.

A falta de algo é um dos primeiros sentimentos com o qual lidamos ao chegar ao mundo, o conforto do útero, a alimentação que antes acontecia por um fio conectado a nosso estômago.

Abrir os olhos significa perceber que algo está faltando. Nascer é perder.

Portanto, meu poder enquanto Deus do Amor parte dessa energia. Da verdade de que o ser humano está perpetuamente insatisfeito e inquieto. Uma personificação da carência que está sempre em busca de uma plenitude.

Somos eternamente sujeitos em busca de predicados.

Quando capto a sintonia que vibra entre alguns usuários que procuram pessoas do mesmo gênero, fica fácil perceber as ondas que emanam de todos os outros usuários LGBTQIAPN+. Ainda de olhos fechados, não consigo deixar de sorrir... É pura eletricidade. É uma forma de procura selvagem, que desafia por si só o status quo.

Não vou chamar de amor. Trabalho há muito tempo nessa área para começar agora a acreditar em mitos e fantasias. Por isso, há alguns anos decidi concordar com os estudiosos sobre minha vida e chamar a coisa de energia. Porém, diferente do resto do mundo, essa energia na população LGBTQIAPN+ em si é indomável. Vibra o tempo inteiro. Um tipo de força questionadora, quase como se soubesse que sua existência é um desafio ao universo.

Depois de alguns minutos de procura, consigo sentir dois polos complementares. Duas vizinhas que já se conhecem, mas nunca tiveram coragem de tomar a iniciativa. Aplico todo o poder ali e deixo o algoritmo agir por conta própria; agora que sabe que tipo de energia pode conectar.

Nas próximas horas, tenho certeza de que o número de matches na população queer vai explodir.

Porém, antes de sair para a próxima reunião, a única coisa que explode é a enxaqueca que surge em minha cabeça.

O encontro com o time de marketing leva a tarde inteira, o que faz com que minha dor de cabeça seja elevada à décima potência. Durante a reunião, enfim agendamos a revelação do tema para a semana seguinte e, graças à equipe de Carmen, conseguimos fechar uma capa na maior revista do país. A matéria principal vai cobrir o baile deste ano, que promete ser ainda maior que os dos últimos anos. Só os deuses sabem como andamos precisando de algumas fontes falando coisas boas do Finderr.

Ao fim da reunião, minha vontade é mudar o nome do baile de Santos e Pecadores para Amor, Alguém Pode Arrumar um Tylenol Para a Bicha Que É CEO Dessa Festa?

São sete e meia da noite quando fecho a sala e me preparo para sair. Combinei de encontrar Gui e Bruna na recepção, enquanto alguns outros amigos da faculdade iriam direto para o restaurante. A essa hora, quase todo mundo já foi embora e o escritório fica bem vazio, por isso não me surpreendo quando encontro a recepção também às moscas.

Mando uma mensagem para Bruna:

Cadê você?

No terraço. Acho que preciso de ajuda antes de a gente ir, dá para subir aqui e assinar umas guias rapidinho?, responde ela menos de um minuto depois.

Já estou caminhando para o elevador quando Guilherme aparece.

— Decidiu ir sem mim? — pergunta ele, meio ofegante.

— Bruna me pediu para assinar umas coisas antes de a gente ir. Espera aqui? — respondo enquanto aperto o botão repetidas vezes.

— Que isso! Vou contigo.

Ele estende o braço e segura a porta para eu entrar.

O caminho até o terraço geralmente não demora tanto, mas hoje eu posso jurar que o tempo está desacelerando só para me irritar. Guilherme se vira em minha direção e, por pura educação (juro), me viro para também encará-lo.

Ele me estende um embrulho.

— É simples, mas minha mãe trouxe da última vez que veio me visitar e... eu achei que seria um bom presente. Feliz aniversário, Theo.

Aceito o embrulho e abro o pacote depressa, encontrando um vinil do Raul Seixas ali à minha espera. Meu coração para. Começo a procurar os sinais de desgaste e basta alguns segundos para que eu perceba.

— Gui... esse é seu...

— É, sim — confirma ele, voltando a olhar para a saída.

As portas do elevador se abrem para o terraço e a visão é completamente diferente do que eu esperava.

Quase todos os funcionários da empresa estão lá e gritam em uma sinfonia desafinada:

— SURPRESA!

O susto é tão grande que quase deixo o disco cair no chão. Guilherme o pega antes do baque e me puxa para outro abraço apertado.

— Surpresa — diz ele, baixinho, perto do ouvido.

Quando me solta, sempre antes do que eu gostaria, passo mais alguns minutos abraçando outros amigos que vieram em minha direção. Vejo alguns colegas da faculdade e deduzo que todos eles também faziam parte do plano para me enganar.

O terraço está todo transformado: onde existia uma mesa enorme para jantares executivos, vejo ao menos quinze mesinhas altas espalhadas. Do teto de vidro, algumas videiras artificiais se misturam a luzinhas menores, o que deixa o ambiente claro e aconchegante ao mesmo tempo. Dos alto-falantes sai uma música pop animada, e no meio de um minipalco instalado de frente para as janelas está minha melhor amiga coordenando a organização do que parece ser um sistema eletrônico.

Ela abre um sorriso no momento em que percebe minha chegada. A safada não está nem usando a mesma roupa de antes. Agora ostenta um vestido tubinho vermelho que a deixa irresistível. Vou em sua direção.

— A surpresa foi maravilhosa — digo, sincero. — Mas você ao menos poderia ter me dado alguma pista, sei lá, estou aqui todo despreparado! O que é isso aí? — falo, apontando para o minipalco. — Um karaokê?

— É, sim! Sei que você não vai cantar, mas nem tudo gira em torno de você só porque é seu aniversário!

Ela desce do palco pela lateral. A essa altura de nossa amizade, ela já sabe que não canto. Nunca. Fruto de uma promessa feita muitos anos antes e que, hoje em dia, impede que eu aproveite as famosas noites de karaokê na Liberdade.

Quer dizer, isso se eu não contar observar Gui todo suado cantando como aproveitar um momento.

É só quando estamos no mesmo nível que Bruna enfim me puxa para um abraço apertado.

— Parabéns, Theo! — Ela se afasta para me lançar um olhar travesso. — Mas que espécie de amiga eu seria se deixasse você ir para a própria festa-surpresa desprevenido?

— Quê?

— No banheiro do andar da academia deixei uma jaqueta bomber incrível que vi outro dia — explica Bruna, dando uma piscadela. — Vai lá rapidinho que eu seguro as pontas aqui.

— Meu Deus! — exclamo, já andando de costas. — Eu diria que estou te devendo uma, mas nós dois sabemos que minha dívida com você é impossível de ser calculada.

Até voltar para a festa, levo uns quinze minutos. Agora ainda mais confiante do que de costume, com uma jaqueta bomber azul com um dragão lindíssimo estampado nas costas e um sorriso que não consigo tirar do rosto, enquanto cumprimento mais pessoas.

Quando enfim acho que falei com todo mundo, corro até o bar para trocar a terceira taça. Talvez eu devesse me segurar um pouco, só que, com tanto na cabeça, fica difícil combater o argumento de que eu mereço mesmo uma folga de meus pensamentos.

Chegando lá, noto Guilherme conversando com um rapaz do financeiro. Estou me aproximando deles quando Jones entra em minha frente e me impede de agir por ciúme.

— Theo, meu queridão! Que aniversário, hein? Não desconfiou de nada mesmo?

— Nada, acredita? — respondo, um pouco impaciente. — Parece até que cuidar de um negócio como o Finderr ocupa muito meu tempo. Você deveria ir se preparando...

A risada que solto depois da ironia é mais falsa que a história da beleza incomparável de Helena de Tróia. Não é que eu tenha algo contra Jones, é que a postura que ele assumiu de tentar ser meu amigo só porque ocuparemos a mesma função em filiais diferentes do aplicativo é meio forçada. Nada que justifique a paranoia de Gui, mas não quero passar minha festa-surpresa inteira falando de burocracias.

— Então... você tem visto os últimos relatórios sobre a atividade dos usuários? — questiona ele depois de me responder com outra piadinha irônica. — Acho que para Los Angeles poderíamos tentar uma abordagem diferente, talvez diminuir o plano premium para...

Para minha sorte, antes que eu precise responder e ele complete o monólogo que provavelmente duraria minutos, Bruna mais uma vez salva meu dia. De cima do palco, ela chama meu nome enquanto segura o microfone. Deuses! Procuro logo um segundo microfone em algum lugar. O pânico de que ela esteja me chamando para cantar começa a se instaurar.

— Não sei se sabem, mas nosso CEO tem pavor de cantar, mesmo sendo absolutamente apaixonado por música — revela ela. — Mas não se preocupe, Theo, que não vou forçar você a cantar hoje. Essa é para você!

No momento em que ouço os primeiros acordes, largo totalmente o comportamento do chefe em ambiente corporativo e começo a gritar. "No Tears Left to Cry" está no último volume e aproveito a deixa para me afastar o máximo possível de Jones. Bruna canta com empolgação e até improvisa bem as partes mais rápidas da música. Ela não é nenhuma profissional, mas também não faz feio. Fico quase sem voz de tanto gritar incentivos durante a performance.

— E aí, deu certo? — pergunta ela, mais uma vez descendo do palco. — Ele largou do seu pé?

— LARGOU! Acredita que ele já estava falando de relatórios? — conto enquanto pego a quinta taça, e ela olha para mim, desconfiada. — É, é a quinta! Nem vem me julgar, é meu aniversário!

Alguma moça do marketing está destruindo uma música da Alanis Morissette quando enfim encontramos uma mesa só para a gente.

Começo a olhar ao redor e perceber o quanto de afetos consegui colecionar na última década vivendo aqui em São Paulo. O ambiente inteiro se conecta por meio de mim e, apesar de ser meio egocêntrico, o fato enche meu coração de uma humildade que não sei explicar. Talvez exista alguma verdade por trás da frase que números trazem segurança, no fim das contas.

Estar ali, cercado de pessoas que separaram um momento para celebrar minha existência — de um jeito que não seja oferecendo animais mortos como sacrifício, óbvio —, me traz uma segurança de que talvez as coisas possam ficar bem, afinal.

Quem precisa de um amor quando se tem isso?

Gui como parceiro de negócios é mais que suficiente. Bruna como melhor amiga, também. Enquanto olho para ela, começo a divagar que talvez minha companheira tenha a mesma visão sobre o amor que eu. Afinal, nunca a vi com ninguém por mais de uma noite.

Bruna é a única pessoa além de Guilherme que tem acesso irrestrito ao meu prédio e, mais de uma vez, foi a única pessoa consciente ao voltar comigo para casa depois de noitadas regadas a álcool, cogumelos alucinógenos e muitas músicas da Ariana Grande. Mesmo assim, depois de tantos anos de amizade, minha amiga nunca se envolveu com ninguém de forma mais séria.

Não sou bobo, consigo perceber a energia forte e vibrante que emana de Bruna. Ela pode me falar que não está à procura de ninguém, mas meus poderes dizem outra coisa. Até poderia tentar me concentrar e ver se existem matches por aqui, mas tento não fazer isso com pessoas conhecidas e próximas. Sou do time do livre-arbítrio. Acho muito mais romântico quando as coisas acontecem naturalmente e não influenciadas por um cupido. Risos.

— E aí, nenhum gatinho chama sua atenção? — provoco, me fazendo de inocente.

Ela reconhece que estou mais alegre do que deveria.

— Rá! Alguns! — Bruna sorri. — Mas você vai precisar de mais algumas dessas para conseguir arrancar a informação de mim.

Bruna aponta para a taça em sua mão.

— Ah, vai, Bruninha, é o Jones, né? — falo, cutucando o braço dela.

— Eu, hein! Não gosto dos engravatados — rebate ela, e olha depressa para minha esquerda.

Mal sabe minha amiga que todo o meu trabalho paralelo enquanto deus gira em torno de captar pequenas reações.

Quando olho para a mesma direção que ela, vejo alguns caras da tecnologia conversando e, entre eles, Guilherme. Na hora meu coração vai do terraço ao subsolo. Meu melhor amigo é, sem dúvida, um dos caras mais interessantes em toda a empresa. Quiçá no prédio.

— Gui?! — pergunto, com legítima surpresa.

— Ah, vai, eu nunca soube como... — começa a falar, e nem a deixo completar.

— Ele é meu melhor amigo, Bruna! Nada mais do que isso, mesmo que a empresa inteira pense o contrário! Juro!

Ela olha desconfiada para mim. Apesar de nunca insistir no assunto, suspeito que Bruna consiga captar alguma tensão. Quer dizer, eu me orgulho de minha habilidade espetacular de esconder emoções, mas talvez ela seja sensível demais para não captar nada.

— Certeza? Você sabe que pode me contar qualquer coisa, né?

Ótimo, ela imagina que tenha algo, sim. Hora de ativar os superpoderes que só uma meia-verdade me fornece.

Começo a falar, tentando encontrar as palavras no meio do caminho:

— Olha só... Muitos anos atrás, eu e ele pensamos que podia rolar algo. Mas logo depois ficou óbvio para mim e para ele — a mentira dói em minha garganta — que nosso sentimento é de outro tipo. É mais fraternal do que qualquer outra coisa, sabe?

Antes que ela possa responder, alguém ao lado do minipalco anuncia o nome de Guilherme no microfone, e o vejo pela visão periférica caminhar em direção ao chamado. Isso é o suficiente para atrair nossa atenção.

— Falando no diabo... — comenta Bruna, virando-se para o palco, mas consigo perceber que de segundos em segundos ela ainda lança uns olhares em minha direção.

Guilherme sobe no palco e fala depressa sobre uma música especial para ele. Outra coisa que sempre compartilhamos nas inúmeras caronas entre minha casa e a faculdade, ou nas noites em que bebíamos vinhos baratos e ouvíamos discos antigos. As caixas de som começam a reverberar as primeiras notas.

— *Desculpe, estou um pouco atrasado...* — A voz grave ecoa por todo o terraço.

Nessa hora, sinto o efeito das cinco taças de vinho tentando subir pela garganta. Essa é uma música com significados demais para não me atingir. Traz lembranças demais para que eu fique aqui e disfarce todas as emoções que vêm à tona. "Por Onde Andei" foi a primeira música que Guilherme cantou para mim, na fatídica noite de cinco anos antes. Uma canção que ele sabe que me atinge como nenhuma outra.

Viro-me para Bruna e falo que preciso ir ao banheiro. Saio em uma velocidade aceitável do terraço, esperando que nem Gui nem ninguém percebam minha ausência.

Tudo o que preciso são de alguns segundos para me acalmar e jogar uma água no rosto. Saio do elevador e entro em disparada no banheiro. Mal me olho no espelho ao abrir a primeira torneira que encontro. A água gelada provoca o efeito que eu procurava e acalma na hora os efeitos do álcool, da corrida e de todos os sentimentos conflitantes que ocupam minha cabeça.

Quando fico mais calmo, levanto o rosto e me preparo para voltar à festa. Só então percebo que não estou mais no banheiro da empresa.

E, alguns metros à minha frente, sentado em uma mesa de escritório, meu avô me encara furioso.

VIII

Nulla Poena, Nulla Lex

Quando percebo quem está à minha frente, dou um passo para trás. Olho ao redor, uma vistoria rápida tentando entender minha localização. Agora estou em uma sala gigante, com janelas que vão do chão até o teto. Mesmo na penumbra, sei que é um ambiente luxuoso, provavelmente no último andar de um dos maiores arranha-céus da cidade.

À primeira vista, parece apenas uma sala de reunião, mas depois que examino melhor percebo que é grande demais para isso. A julgar pela cadeira de escritório em que o maior deus do Olimpo está sentado, o local se assemelha muito mais a um tribunal.

Zeus usa um terno preto, ou talvez esteja escuro demais para que eu identifique a verdadeira cor. Seu rosto aparenta estar mais velho, mas mesmo assim continua austero como da última vez que nos vimos, logo após o assassinato de Narciso. Branco, alto e com olhos de um azul profundo. Quase a imagem perfeita que inspirou gerações e gerações de figuras religiosas superpoderosas. Figuras essas que não necessariamente existem, ou melhor, existem em uma só forma: a dele. A crença em infinitos nomes o alimenta e o mantém no trono desde quando a humanidade ainda engatinhava neste planeta.

Ele então se levanta da cadeira, e percebo que a única característica que o diferencia das imagens que a maioria da humanidade tem dele ainda continua ali. O olhar carregado de ódio. A visão perfeita da figura onipotente que está pronta para lhe punir caso você cometa alguma transgressão. O todo-poderoso implacável que vai lhe enviar para um local de fogo eterno por amar quem não devia.

O cabelo não é de todo branco, tem um tom de cinza. Sempre nutri a teoria de que ele jamais deixaria as mechas clarearem por completo, baseado em um medo infundado de que todos enxergariam sua velhice como um sinal de fraqueza. Ainda assim, o cabelo ostenta a cor exata de um céu nublado pronto para retumbar com trovões. Quando ele se movimenta, abajures que estavam escondidos se acendem e, junto deles, um arrepio se espalha por todo meu corpo.

— Eu poderia mentir e falar que é um prazer revê-lo. — A voz grave ecoa por todo o ambiente. — Mas você sabe muito bem que alguém tão poderoso quanto eu não precisa ficar de conversa-fiada.

Engulo em seco depressa. Não quero demonstrar nenhuma fragilidade.

— Na última vez que nos falamos, pensei que tinha sido claro, mas aqui estamos nós, para tratar de um assunto que não poderia me interessar menos, tendo que punir você por abusar dos dons que EU LHE DEI e unir aberrações COMO VOCÊ! — A última frase dele sai em um só grito.

Minha mente se divide em dois estados bem opostos. Parte de mim sabe que chegou ao fim, que está tudo acabado e hoje talvez tenha sido meu último aniversário. A outra busca freneticamente por palavras que prolonguem a conversa, caçando uma resposta que demonstre um pouco da dignidade que penso ter acumulado durante os últimos séculos.

— Não fui o único a descumprir promessas feitas no Olimpo, Zeus.

Ele franze a testa ao ouvir seu nome sair de minha boca.

— Provavelmente seu tempo vivendo entre os mortais atrofiou sua cabeça — responde ele. — O que faz você pensar que tem o direito de me questionar sobre qualquer coisa?

É minha vez de me movimentar. Meu avô sempre foi fã de joguinhos, e uma vida de sofrimentos me ensinou a jogar.

— Pelo que me lembro de nosso acordo, eu devia unir casais heterossexuais. E, em troca, você não mataria ninguém, abre aspas, "de minha espécie".

Ele continua me encarando com um tipo de desdém mais arrogante, um olhar que aprendi a reconhecer durante todos os anos convivendo com minha mãe.

— Não sei se acompanha notícias do mundo mortal de onde quer que você governe hoje em dia — continuo a falar, ganhando tempo para pensar em um argumento que me salve. — Mas todos os dias nós estamos morrendo. Você está vencendo, Zeus.

— Não tenho culpa do que os mortais decidem fazer, mas pode acreditar que, se dependesse apenas de mim, não existiria nenhum de vocês para morrer nos dias de hoje.

Mesmo na explicação consigo notar o orgulho na voz dele ao falar dos assassinatos diários da população queer. É lógico que ele assumiria com orgulho o jogo sujo. O que eu estava esperando, que ele tivesse desenvolvido algum tipo de empatia? Que desse um passo à frente e pedisse desculpa por alimentar o preconceito humano durante milênios com toda a história de sodomia? Que assumisse com vergonha que a religiosidade fanática, grande parte alimentada por homens como ele, foi a causa de nossa perseguição?

Não, é claro que Zeus não faria nada disso.

— Então por que você se importa?

— Meu querido neto, meus poderes, os mesmos que garantem sua imortalidade estúpida, vêm da tradição — explica ele, como se eu fosse uma criança. — O mundo atual demanda mais controle que aquele em que vivemos no passado. Hoje, o correto precisa ser lembrado dia a dia, senão perdemos o controle e, como consequência, o poder.

Ele solta uma risada.

A resposta não me satisfaz. É claro que os imortais permaneceram no poder durante tanto tempo graças a uma manutenção de valores que sempre os garante no topo. Nunca tive dúvidas de que meu avô marcou presença nos momentos de maiores mudanças da vida humana. Criando vilões quando a humanidade precisava se apegar novamente a ideais fantásticos dos quais ele poderia se beneficiar, sussurrando informações quando guerras precisavam ser vencidas e até fornecendo tecnologias em pontos de pouco avanço.

Só que nada disso explica por que ele se importa tanto com um aplicativo unindo casais LGBTQIAPN+. No mundo real, isso já acontece. Mesmo que a passos de tartaruga, a comunidade prospera. Que diferença faz a existência de um aplicativo para auxiliar encontros?

— Então não vai ser um deus menor com manias sórdidas que atrapalhará minha ordem agora — prossegue Zeus com o discurso maquiavélico. — Por conta dessa desobediência, óbvio que preparei um castigo à altura. Isso, é claro, se quiser preservar sua imortalidade.

Sentimentos diferentes cruzam minha cabeça na mesma hora. O primeiro é de puro terror. Por fora, ensaio um dar de ombros que vai demonstrar como me importo pouco com a imortalidade. Porém, a verdade é que me importo, sim. Depois de tanto tempo, os mortais continuam me dando motivos pelos quais ainda vale a pena estar vivo.

Então um pensamento surge tão rápido quanto o medo. Um questionamento sobre o motivo para Zeus precisar me castigar tanto, quando ele mesmo poderia acabar com isso em um estalar de dedos. Ao retirar minha imortalidade, todos os problemas dele estariam resolvidos. Será que meu avô me mantém preso a uma guia que nitidamente ele não consegue controlar?

Decido me apegar ao segundo sentimento. Mesmo exausto de carregar um fardo muito maior do que minha existência, gosto de acreditar que ainda existe alguma força lutando a favor dos nossos.

— E se eu me negar? — pergunto enquanto me viro de costas para esconder o medo.

— Ora, Cupido, a essa altura achei que você já tivesse aprendido a lição de como os mortais são frágeis. Ou você já esqueceu Alvinho?

Volto a estremecer. A lembrança desse nome me deixa paralisado, por um momento até esqueço como respirar. Há mais de vinte anos me pergunto se o que aconteceu com meu amigo tinha sido um acaso do destino ou obra de meu avô. A provocação ajuda a responder às minhas dúvidas. Ele realmente estava por trás de toda aquela desgraça.

Em um jogo no qual o adversário conhece todos os meus pontos fracos, é impossível planejar qualquer jogada.

— Ou como é o nome da sua amiguinha mesmo? Ah, não podemos nos esquecer também do seu sócio, né? O que você contaminou com sua podridão.

Engulo o orgulho. O medo de colocar meus melhores amigos em risco é maior do que a esperança de me livrar do fardo que meu avô me incumbiu. Preciso de mais tempo para entender as escolhas dele e, acima de tudo, mais tempo para encontrar uma alternativa na qual as pessoas ao meu redor não acabem mortas.

Ainda assim, algo não parece certo. Que Zeus é mestre em esconder o jogo, todo mundo sabe, mas o que ele está deixando de me contar?

— Você se lembra do que aconteceu da última vez que ousou me desafiar — declara ele; a última cartada.

Outra lembrança me faz fechar os olhos. Parte de mim ainda acreditava que o que aconteceu alguns anos antes também não tinha nada a ver com meu avô. Que fora apenas fruto da ignorância humana. Mas, sem surpreender a ninguém, o Deus do Amor se enganou de novo.

Preciso pensar rápido; agora não é a hora de me mexer no tabuleiro. Preciso ficar algumas rodadas sem arriscar, e isso significa dar todo o poder a meu avô.

Deuses amam jogar com os dados do destino.

— Qual sua proposta? — pergunto, fingindo uma rendição.

Ele abre um sorriso, enquanto a mente diabólica começa a tecer inúmeras possibilidades de como me fazer sofrer apenas para aumentar a própria diversão. Estava claro desde o início que eu não teria apenas que desfazer meu recente erro. Com Zeus, arrependimento nunca era o suficiente.

— Enfim agindo com a maturidade esperada de um deus — diz ele, que volta para a mesa. — Você terá até o solstício de verão para unir o primeiro homem e a primeira mulher que encontrar, sem usar poderes. É na paixão dos dois que encontrará sua salvação.

Espero-o continuar. Suas tarefas nunca vieram sem uma condição clara do que aconteceria com aqueles que falhassem em cumpri-las. Até Hércules sabia que nenhum ofício era proposto sem um preço igualmente alto a ser pago no caso de um fracasso.

— Caso você não consiga, sua imortalidade estará perdida para sempre e todo o império que você construiu em volta dela desabará. Junto, é claro, de todos os seus seguidores.

A última frase me fere como uma navalha cortando minha jugular.

Então, caso eu não cumpra as condições, não só perco minha imortalidade, como também o Finderr e todos que estão diretamente envolvidos nele.

Unir o primeiro casal que eu encontrar, sem poderes? Mesmo com a dificuldade de fazer todo o romance acontecer como um humano normal, parece fácil demais. Sobretudo considerando todo o trabalho que Zeus teve ao vir até aqui ou os riscos que ele colocou na barganha.

Que regras ainda desconheço?

O tempo que levo para respondê-lo é fruto do pânico, mas gosto de pensar que, ao menos por um momento, ele me viu considerar. Quero pensar que meu avô acredita existir em mim mínimas quantidades de orgulho e autopreservação. Não sei se é isso o que acontece, mas, pouco antes de responder, não encontro o olhar de indiferença típico de Zeus. Curiosidade? Divertimento? Insegurança? Mas isso se torna irrelevante quando respondo:

— Aceito — digo, e minha voz sai confiante.

Meu avô puxa a cadeira e se senta novamente antes de proferir um último comentário.

— Lembre-se: você tem até o solstício de verão, nem um minuto a mais.

Enfim ele vira a cadeira de costas para mim.

Antes que eu perceba, estou de volta ao banheiro. Meu rosto está úmido e não consigo decidir se é da água que joguei alguns minutos antes ou suor. Por fim exalo e, de repente, percebo o quanto estava me segurando desde o momento em que encontrei Zeus. O fôlego sai em tremores, como acontece comigo antes de um ataque de pânico.

Não posso me dar ao luxo agora, e começo a olhar todos os itens ao redor. Toalha. Talvez eu consiga mandar uma mensagem para alguns conhecidos que possuem uma energia similar e pedir a eles para me encontrar. Torneira. Bom, e se eu não tivesse aceitado, seria mesmo uma má ideia? Pia. Lixo. Preciso pensar em tudo isso com mais clareza, preciso voltar para casa.

Eu me abaixo para lavar o rosto mais uma vez e ver se o frio da água ajuda a me acalmar. Ainda de cara na pia, escuto a porta se abrindo. Quando me levanto, descubro que meu avô não é a última pessoa que eu gostaria de encontrar nesse momento.

— Enfim achei você! Achei que tinha passado mal depois de tanto vinho — diz meu sócio e melhor amigo, olhando em minha direção.

Pelo amor dos deuses, será que existe um jeito deste dia ficar pior? Agora vou precisar unir o cara por quem sou apaixonado com a primeira mulher que eu encontrar.

Então a porta se abre de novo.

— Aí estão vocês! Eu já ia ligar pra segurança do prédio! — exclama Bruna, entrando afobada no banheiro e me olhando com preocupação.

É muita informação para processar. Então minha ansiedade age por conta própria, e apago.

IX

Altius Egit Iter

Dos mitos que os humanos recontam sobre a sociedade grega, meu favorito é, sem dúvidas, o de Dédalo e Ícaro. O primeiro era um grande inventor que trabalhava para o rei Minos e, por ser muito competente, aproveitava todas as regalias do império do tirano. Quase como se fosse ele mesmo parte da realeza.

Aí, como um bom enxerido, Dédalo decidiu ajudar Ariadne a salvar o boy dela, Teseu, do labirinto. Aquele mesmo, do Minotauro etc. Lógico que Minos, como o mimado que era, não ficou nem um pouco feliz ao ser contrariado. Então, como punição jogou Dédalo e seu filho, Ícaro, no labirinto para que morressem.

Só que Dédalo era mesmo uma gay inteligente e logo começou a tentar fugir da situação. Depois de um tempinho, usando cera e penas, criou asas que permitiriam que ele e o filho fugissem do local. É claro que os mitos mais famosos da mitologia grega sempre ignoram coisas básicas como a física, a aerodinâmica ou a gravidade. Como se todos os mortais daquela época fossem tão poderosos quanto os deuses, mas beleza, suspensão de descrença. Seguimos.

O final todo mundo já sabe: eles conseguiram levantar voo, mas Ícaro acabou ignorando os conselhos do pai e se aproximou demais do sol, o que fez com que suas asas derretessem e ele fosse de arrasta.

A humanidade até hoje usa esse mito em específico como uma metáfora negativa para filhos que não escutam os pais. Já historiadores mais dedicados ao Império Grego enxergam significados mais profundos na aventura. De um lado, temos Dédalo, que representa a sutileza e a engenhosidade e, como contraponto, temos Ícaro, que representa o que os gregos chamavam de *hybris,* que em uma tradução literal significava o descomedimento, a megalomania.

Um resumo de como a criatividade precisa andar de mãos dadas com o equilíbrio.

Conheço a versão verdadeira da história de Dédalo e Ícaro, e é bem diferente do que os poetas espalharam por aí. Mesmo assim, não consigo deixar de me divertir quando leio essa roupagem.

Pode me perguntar qual a minha interpretação, eu deixo. Para mim, essa história se trata de não se meter com gente apaixonada. Culpe meu trabalho como Deus do Amor ou meus problemas maternos, mas se Dédalo não tivesse ouvido a desesperada por... atenção da Ariadne, ele seguiria a vida de regalias e o filho seria capaz de até ter um futuro brilhante.

Mexer com gente afetada pelo amor só causa isso. Dores de cabeça e quedas de grandes alturas. Talvez seja por isso que eu estava sonhando que caía de um enorme edifício até ser acordado no dia seguinte pelo toque do celular.

Abro os olhos devagar e percebo que não estou em casa. O teto alto, o lençol azul-marinho e o edredom quadriculado confirmam minhas suspeitas. Nunca durmo sem edredom, não importa a temperatura. Pouquíssimas pessoas sabem dessa informação e, mesmo com a mente ainda lenta, consigo deduzir que estou na cama de Guilherme.

Meu Deus! Estou na cama de Guilherme! Sento e olho ao redor, em pânico. Encontro meu melhor amigo ao lado, em um sono profundo e usando apenas uma cueca boxer preta. Olho embaixo do edredom e me encontro totalmente vestido, o que me leva a crer que passei boa parte da noite assim. O alívio só não é mais imediato do que o tesão.

A mente de um deus que não aproveita as coisas boas da vida há anos não consegue deixar de se demorar na imagem de Gui dormindo. Em minha opinião, desde que nos conhecemos, o tempo só foi aliado dele. O físico de surfista ainda conserva algumas características, mas o peito antes liso agora ostenta alguns pelos ralos, que vão preenchendo o corpo dele até as pernas. A barriga antes dura e cheia de gomos hoje em dia demonstra o resultado da distância entre ele e o esporte favorito. Em minha opinião, é o melhor físico dele até então.

Meu instinto mais voraz deseja que eu estenda a mão pelo peito dele e a desça até as pernas. Desejo que ele acorde com meu rosto entre suas clavículas enquanto percorro um caminho com destino ao paraíso. Mas, em vez disso, decido espantar o edredom que agora me sufoca e enfim colocar os pensamentos em ordem.

Fazer isso é desesperador; as lembranças da noite passada voltam com a força de um maremoto e, se antes já era improvável realizar qualquer fantasia com Gui, agora é impossível.

Decido que um bom começo para lidar com esses problemas é atender o celular, que ainda não parou de tocar. Procuro por alguns segundos até encontrar o aparelho na cabeceira do lado de Gui, que teve a consideração de conectar ao carregador para que eu não ficasse sem bateria ao acordar. Típico.

Faço um malabarismo (e, claro, tiro uma casquinha disso) enquanto estendo o braço por cima dele para pegar o celular. Bruna já está na terceira tentativa de falar comigo.

— Theo, desculpa ligar tão cedo, eu estava preocupada. — A voz dela está um pouco mais fraca do que o costume.

Ela provavelmente também acabou de acordar.

— Amiga, lembro pouquíssimo do que aconteceu depois que a gente pegou aquelas últimas taças de vinho frisante — minto.

Óbvio que eu me lembrava de ter desmaiado logo depois que vi os dois juntos no banheiro.

Bruna me explica tudo o que aconteceu depois do incidente. Ela e Guilherme me carregaram até o saguão e tentaram decidir o que fariam comigo. Bruna também não estava se sentindo muito bem e achava que não seria uma boa companhia para alguém em meu estado. Guilherme prontamente se ofereceu para me trazer até a casa dele, e minha amiga não viu nenhum mal na situação. Lógico que não veria; foi só um amigo ajudando o outro.

— Nossa, ainda bem que ele me ajudou a chegar vivo em algum lugar — minto de novo. Afinal, me colocar podre de bêbado ao lado de um Guilherme de cueca poderia ser o início de uma péssima ideia. — Como está nossa agenda hoje? Algo que dê para remarcar para daqui a uns dois meses?

Essa está longe de ser uma das perguntas que circulam em minha cabeça. Na verdade, queria ser mais direto e pedir, por favor, que ela se apaixone pelo mesmo cara que eu, preferencialmente antes do Baile dos Solteiros.

— Infelizmente, não, querido. Quando falei que estava preocupada, não era só com a sua saúde. Você tem um ensaio de fotos daqui a pouco — responde ela. — Outra coisa, Jones e a organização da Comic-Con não saem do meu pé por causa desses nomes. Eles pareciam superempolgados ao sugerirem você. Certeza que não rola?

— Não, sem chance — afirmo em um cochicho, com medo de acordar Guilherme. — Mas pode deixar, vou dar um pulo no quarto de Gui para ver se ele já acordou.

Fracasso. Assim que me viro para o lado, percebo uma estrutura gigante se espreguiçando. Ele se vira em minha direção e me observa com uns dos olhos verdes mais lindos do universo, enquanto metade da cara continua amassada no travesseiro. O azul-marinho do cobertor combina certinho com o tom de pele dele.

— A gente se vê em quarenta e cinco minutos no estúdio? — questiono, e Bruna confirma. Continuo abusando da boa vontade: — E, Bru, tentando não ser folgado, tem como você levar café para a gente?

— Meu amor, eu não conseguiria fazer nada hoje sem uma boa dose de cafeína... Beijo.

Ela desliga.

Enfim me viro na direção de meu melhor amigo, deitado a meu lado. Ele não se moveu um centímetro sequer, mas os olhos agora estão semicerrados com um brilho travesso.

— Um pulo em meu quarto? Tudo isso só para não falar que passamos a noite juntos, Kostas?

— *QUÊ?*

— Relaxa! A gente só dormiu mesmo. Você estava apagado! Achei que não fosse se incomodar. A cama é melhor que o sofá.

O apartamento de Gui é enorme, digno do CTO de um aplicativo de sucesso do século XXI. Mas, mesmo sendo espaçoso, ele obviamente nunca preparou um espaço para hóspedes. Um dos quartos virou um escritório e o outro, uma sala cheia de bagunça, fios e aleatoriedades que imagino ajudarem nos novos projetos dele. Se a mãe de Guilherme voltar aqui e ele ainda não tiver resolvido isso, é capaz de acontecer um assassinato.

Ainda assim, mesmo com a alfinetada, eu ficaria o dia inteiro aqui. Olhando para ele exatamente desse jeito, todo vulnerável e entregue à versão mais fofa e preguiçosa de si mesmo. Só que não posso brincar ainda mais com meus limites e, além do mais, o ensaio de fotos é a desculpa perfeita para sair daqui o mais rápido possível.

Antes que me levante, porém, ele segura meu braço, o que no automático envia um choque elétrico por todo meu corpo.

— Você não tinha que checar algo comigo?

Ele enfim se senta, deixando à mostra a barriguinha marcada de morrer.

— Isso, verdade! Eu já tinha esquecido. — Não é uma mentira. — Você decidiu quem vai levar para a Comic-Con?

— Pensei que depois de recusar meus dois últimos convites, talvez esse fosse o ano em que você aceitaria.

— Sem chance, Guilherme! — Não quero ser ríspido, mas acabo parecendo. — Tenho zilhões de coisas para resolver antes do baile... Seu sobrinho não pode ir?

— Não, João vai estar ocupado com o colégio. Fefa disse que não tinha a mínima chance de ele ir — conta ele, sorrindo. A irmã mais velha sempre deixa Gui um pouco mais feliz. — Vou ver se alguém na empresa está a fim.

Neste momento, toda a ideia surge em minha cabeça. Uma ideia genial, diga-se de passagem, que me permite resolver dois problemas de uma vez. Mesmo que a solução signifique arrancar metaforicamente um pedaço de meu coração e deixar cinquenta caminhões passarem por cima do resto de meu corpo.

— Por que não leva Bruna? — sugiro, e ele olha para mim com uma cara de quem não está entendendo. — Acho que está na hora de ela começar a aparecer mais, já que virou diretora de operações...

— E aparecer na Comic-Con pode ser o começo desse próximo passo — finaliza Gui. Odeio quando ele faz isso: completa minhas frases. — Eu até concordo que Bruna merece, mas você acha que ela iria? Sei lá, não a imagino no meio de um monte de nerds adultos.

Eu também não, mas, considerando que Bruna já acha Guilherme um fofo, um ambiente em que ele fica ainda mais adorável é uma ótima chance para fazer com que ela tome a iniciativa.

— Que nada, Bruna pode te surpreender bastante! — Quando respondo, já estou quase saindo. — Olha, valeu por cuidar de mim ontem!

— Que isso! Se for contar o número de vezes que você fez isso por mim na faculdade... — Ouço-o hesitar. — *Hum*... Theo?

Já estou quase fora do quarto quando percebo que ele me chamou.

— Quer me falar alguma coisa agora ou vai fazer como da última vez e só mandar uma mensagem? — A pergunta me pega desprevenido.

Então fecho a porta com um pouco de pressa, com uma cena de anos antes ecoando em minha mente, o mesmo Guilherme sonolento e adorável olhando para mim. O mesmo ambiente convidativo para fazer o peito dele de morada.

Tenho medo de que, se voltar a olhar para ele, não vou conseguir sair daqui nunca mais.

Por algum milagre, chego antes de Bruna ao estúdio. Como não deu muito tempo de ambientar dona Ana com as funções de assistente, minha amiga ainda está cobrindo alguns compromissos. A área onde vou fotografar tem uma decoração que imita o céu (algo que à primeira vista seria cafona), mas que estranhamente dá um tom meio etéreo ao ambiente. Não é um céu azul comum; esse aqui reproduz um amarelado quase como o amanhecer.

Fico alguns segundos parado (e talvez boquiaberto) olhando para tudo. Antes que a equipe de cabelo e maquiagem me arraste direto para o camarim, percebo também uma réplica de um trono no centro do cenário.

Em minha mente, surge outra ideia para o tema. *Santos e Pecadores: O CEO Parece Saber o Que Está Fazendo, Mas É Tudo Mérito do Fotógrafo e do Cenário.*

Você deve se perguntar por que apenas eu represento uma empresa que é comandada por mim e por meu melhor amigo. Bom, desde o começo foi assim. O único momento em que ele assumiu os holofotes foi para se assumir bissexual publicamente, uma estratégia da qual ele não gostou nem um pouco, mas que serviu também como um compromisso público de mais inclusão em todos os processos do Finderr.

Já estou vestindo um terno pastel quando Bruna chega carregando dois copos gigantes de café. Os maquiadores tentam com toda a habilidade esconder minha cara de ressaca, mas os dispenso e falo que o café fará mais milagres por minha situação do que uma camada extra de base. Quando estamos sozinhos, enfim consigo prestar atenção na minha amiga, que está com uma cara ainda pior do que a minha. Evito fazer qualquer comentário a respeito.

— Por que, justo depois da noite em que conto para você que acho ele fofo, Guilherme me convida para viajar até San Diego para a Comic-Con? — pergunta ela, estreitando os olhos.

Uau. Guilherme não perdeu mesmo tempo, né?

— Eu não falei nadinha! — Eu me faço de desentendido, tentando afastar o ciúme irracional. — Até porque eu não estava em condições de falar nada ontem...

Acho que minha desculpa a convence, porque Bruna muda de tom.

— Beleza, mas e aí? Ele falou alguma coisa desse convite?

— Ah, que mudança rápida de vilão para melhor amigo! — rebato, e ela revira os olhos. — Falou, Bru. Na verdade, a irmã dele não deixou o sobrinho ir e ele viu na Comic-Con uma chance de você dar os próximos passos na empresa, o que acho uma excelente ideia.

Antes que eu acabe de falar, o assistente do fotógrafo aparece à minha procura.

— Cinco minutos. Estamos alinhando a pauta rapidinho.

Bruna responde ao moço de forma impaciente, então se volta para mim e diz:

— Espero que esse próximo passo signifique um aumento digno em meu contracheque também! Porque responsabilidade eu já tenho aos montes, obrigada.

— É óbvio que envolve um salário maravilhoso e um cargo com nome complicado e muito reconhecimento. Mas só se arrumar uma diretora de operações melhor do que você.

— Puta que pariu. Depois da eternidade que levamos para encontrar a dona Ana, vou morrer com esse emprego, então.

Eu me levanto e começo a andar em direção à porta. Bruna continua falando enquanto caminhamos até o cenário.

— Última coisa: você teve alguma epifania enquanto estava bêbado sobre como resolver nosso problema com a imprensa? — pergunta ela.

— Não, nada! E você? Quer fazer um brainstorming no jantar depois daqui?

— Vamos! Aproveita e me dá umas dicas do que usar em San Diego nessa época do ano. — Ela fala com empolgação, mas a expressão dela não está nada boa.

Minha preocupação vence a educação.

— Bru, você está bem?

A expressão dela não está nada boa.

— Estou, sim! Só ressaca, quando essa belezura aqui fizer efeito... — Ela balança o copo de café em minha direção. — Vou ficar novinha em folha.

O ensaio dura o resto da manhã e boa parte da tarde. Tudo funciona muito bem e durante esses momentos é praticamente impossível negar que eu sou um deus. Tenho um fraco por holofotes e adorações. É claro que sentar naquele trono e ver todo aquele cenário celestial me fez me sentir em minha própria versão do Olimpo.

Posso fingir que não, sobretudo para não perder o posto de mocinho adorável da história, mas a verdade é que sou tão tentado pelo poder quanto meus familiares. Ao longo dos anos, apesar das perdas de amores, também vivi em um poço de privilégios. Acumulei conhecimento suficiente (tecnologia não conta, beleza?) para entrar em qualquer lugar com respeito. Dinheiro, então, nem se fala. Foi difícil ter que passar pela fase de investidores-anjos na fase de criação do Finderr, quando eu poderia fazer uma rápida transferência para Gui e resolver tudo em segundos.

Contudo, a melhor parte é sem dúvidas a juventude eterna. Existe uma força em vencer uma coisa tão implacável como o tempo. A imortalidade deixaria até um monge arrogante. Poucas coisas fazem bem para sua autoestima como a sensação de que o mundo gira para todas as pessoas, mas você consegue fazê-lo parar.

Dentro dos limites de minha maldição, consegui moldar pedaços da história. Eu não podia amar, mas poderia usar o dinheiro e a imortalidade para fortalecer quem pudesse. Então fazia isso de forma discreta para nunca ser notado por Zeus, mas o suficiente para deixar aquela sensação de rebeldia em meu coração.

Correu tudo bem com a entrevista. Eles perguntaram do tema do ano e entreguei uma atuação digna de um Oscar, absolutamente empolgado com o Baile dos Santos e Pecadores.

— *Baile dos Santos e Pecadores: uma celebração ao amor livre.* Por muito tempo o amor, nosso principal produto no Finderr, separou as pessoas entre imaculadas e impuras. Quisemos provocar as pessoas a pensar nisso, nessa decadência do amor como uma instituição rígida, e afirmar de uma vez por todas: não é quem você ama que lhe define como santo ou pecador, é só o que você *faz* por amor, mesmo.

Depois de muitas insistências, até solto alguns nomes que serão convidados este ano. A jornalista é atirada e até ousa pedir um convite para si mesma, o que ofereço com cordialidade. Espero que o financeiro não surte com esse acréscimo à lista de convidados.

Eles perguntam sobre a escolha da instituição que será abençoada neste ano, mas outra vez respondo que essa decisão cabe única e exclusivamente ao Match do ano anterior. O que, lógico, é mentira. O Match é, no máximo, informado com antecedência sobre o que deve falar para a imprensa.

Acontece que, para alimentar ainda mais o mito em volta do Match anual, o departamento de marketing sugeriu que o casal formado no ano anterior escolhesse a instituição de caridade que receberia os milhões cheios de culpa doados pelos ricos no ano seguinte. Quase como o primeiro legado literal que aquele casal deixaria para o mundo e, consequentemente, para a história.

Mesmo assim, só a citação ao novo casal real deixa todo o ambiente mais elétrico.

— E como andam o príncipe Luke e a futura princesa Talita? — questiona a jornalista.

— Tão apaixonados quanto no dia em que os conheci — digo a mentira entre risadas.

Não falo com nenhum dos dois há quase um ano.

A entrevista até circula um pouco em volta do atual casal favorito da mídia, mas depois de um tempo a jornalista percebe que não conseguirá arrancar mais nenhuma informação. Quando tudo acaba, Bruna me espera do lado de fora do estúdio. Demoro outro momento em frente ao cenário e respiro fundo, tentando me apegar ao máximo ao que ele significa: o amor e a admiração de pessoas que não conheço, mas que a cada dia me ajudam a encontrar o mínimo de sentido em minha maldição.

Durante alguns cliques, até me permiti esquecer as mentiras que estou contando, mas agora, vendo o cenário sendo desmontado, percebo o quanto aquela tralha cenográfica e eu temos em comum. Não sou nada além de um personagem, desenhado para desempenhar um papel em uma história que não é minha. No meu caso, um jogo no qual o único possível vencedor é meu avô.

X

*Amicus Certus In Re
Incerta Cernitur*

—Ah, como é seu nome mesmo? — pergunto ao garçom.
— Caio — responde ele, com um meio sorriso.
— Caio, você traz com o vinho aquelas entradinhas com pão também?
O *Cousteau's* é o restaurante favorito de Bruna desde que o apresentei a ela em nosso primeiro almoço juntos. O clima acolhedor e a iluminação mais branda ajudam a dar o clima perfeito para qualquer conversa entre amigos. Mesmo que minha amiga não aparente estar muito bem para um jantar em uma quarta à noite.
— Amiga, tem certeza de que está bem? — pergunto de novo.
— Ainda estou um pouco cansada. — Ela gesticula com a mão para eu parar de me preocupar. — Se eu não melhorar, aproveito que já estou com ele e peço uma folga ao meu chefe.
Solto uma risada.
— "Chá de maçã e uma massagem deixam qualquer moça mais bela e curam qualquer mazela" — recito o ditado antigo. — Minha mãe repetia isso de vez em quando.
Faz muito tempo que não penso em Afrodite de maneira tão inocente, e a lembrança me surpreende.
Ao que parece, não sou o único. Bruna arqueia as sobrancelhas e aproveita a deixa para me perguntar de minha família, algo que ela nunca tinha feito.

— Não somos próximos — respondo, meio sem jeito. — Eles nunca lidaram bem com o fato de eu ser gay.

O eufemismo do milênio.

— Que merda! — Ela estende a mão para segurar a minha. — Entendo bem como é crescer sozinha contra o mundo.

— Meus primos eram um inferno. — Por incrível que pareça, eu me lembro disso com um sorriso. — Mas tinha um tio de quem eu gostava, Apolo. Na infância a gente era bem próximo, mas, depois que fui morar com meus pais, alguma coisa mudou...

— Sempre tem aquele tio, né? — Bruna dá uma piscadela. Não entendo o que ela quer dizer. — Que nome diferente: Apolo. Só vi em cachorro.

Na empolgação, percebo que nem alterei o nome. Se essa fosse uma situação normal, eu ficaria mais nervoso, mas logo percebo que a associação mais óbvia de minha amiga é com o nome mais usado para labradores. Passou longe do Deus Grego do Sol, da Música e da Poesia.

— E você? Estava me julgando, mas também nunca me contou nada de sua família... — Tento desviar o foco de mim.

— Está aí mais uma coisa que temos em comum: minha família também não recebeu bem o fato de eu ser mulher, e não o garoto que eles queriam que eu fosse.

Bruna então olha para baixo; sua expressão agora é outra.

— Bruna, desculpe ter perguntado, foi estúpido de minha parte. Sério, se você não quiser falar disso, tudo bem!

— Não, não! Você é um dos meus amigos mais próximos, Theo. Minha história é parte de quem eu sou. — Ela toca em minha mão para me tranquilizar. — E tenho muito orgulho dela.

Eu me encosto na cadeira e termino a taça de vinho enquanto ouço a história de vida da minha melhor amiga.

— Eu tinha 13 anos quando me entendi trans. Foi o início de uma jornada nem um pouco fácil — conta Bruna. — Quando contei para minha mãe, ela me deu uma surra que me deixou até com febre. Ela gritava que não teria "filho traveco", aquela escrota. Quer dizer, hoje em dia eu já perdoei toda a minha família. Minha mãe foi o fruto de uma pobreza explorada que a transformou numa pessoa ignorante. Não que a falta de dinheiro justifique, mas, quando o pastor promete que a igreja vai curar a falta de comida no prato, é normal tomar as palavras dele como as de um deus.

Eu me arrepio com a metáfora.

— Então, quando ela viu que eu não desistiria, disse que contaria pro meu pai. Fiquei com medo da surra dele não me deixar só com febre. Então fugi e ninguém nunca me procurou.

Ela me conta que nunca mais voltou para casa. Em vez disso, transformou a rua em sua morada e cada banco ou local seco em um dormitório por algumas noites. Depois de alguns anos, descobriu que o mundo é cruel com jovens pretas, sobretudo as que vivem na rua. Ainda assim, conseguiu escapar das estatísticas e aos 15 conheceu alguém que enfim a acolheu, Greice. Uma mulher trans que a ajudou nos primeiros passos da transição.

— "Que tu quer na vida?", Greice me perguntou quando nos conhecemos. Sabe o que respondi? — Bruna sorri com a lembrança. — "Quero botar peito, moça!" Só que já é caro só sobreviver, e os bicos que eu arrumava de vez em quando não eram suficientes. Greice vivia me falando que sexo era o único jeito de mulheres como nós nos sustentarmos, então segui o mesmo caminho. Não tenho a mínima vergonha da época em que eu me prostituí — ressalta Bruna, percebendo meu choque. — Óbvio que também não lembro com alegria, mas eu fiz o que eu precisava para sobreviver, para existir. Só que, apesar de ter caído no estereótipo que o mundo espera de mim, não vou transformar isso em minha história toda, não. Cá entre nós, acho sexo muito supervalorizado.

Foi aos 16 anos que tudo começou a melhorar. Bruna enfim começou com os bloqueadores hormonais e, mais tarde, com a terapia hormonal. Greice falecera alguns dias antes e deixara para Bruna uma quantia que enfim a ajudaria a realizar alguns sonhos. No hospital, durante as idas e vindas entre exames de rotina, ela conheceu uma enfermeira gentil, dona Tatu, que a colocou no caminho que Bruna percorre até hoje.

— Dona Tatu e dona Sila têm um abrigo para crianças e adolescentes expulsos de casa e me acolheram na hora. Elas me ofereceram casa, me matricularam em uma escola de bairro para eu concluir o ensino médio e ainda me deram um emprego de assistente administrativa no abrigo. Sempre adorei estudar, então aproveitei a chance.

Bruna sabia que aquela era uma oportunidade única; era algo que havia muito tempo tinha desistido de imaginar para si mesma.

— Aprendi logo cedo que expectativas funcionam de um jeito diferente para quem vai contra o sistema — conta ela enquanto beliscamos as entradas. — Mas dona Sila abriu todas as portas que alguém como eu não conseguiria abrir sozinha. Morei no abrigo por dez anos. Lá completei o ensino médio, entrei na faculdade e me formei em administração, fiz pós em relações públicas e gestão... enfim, o resto você já sabe, porque me contratou, ou eu contei para você bêbada — finaliza minha amiga, rindo.

Eu a acompanho na risada apenas por educação. Por dentro estou devastado; a sensação é a de que um caminhão passou por cima de minha caixa torácica. Conheci semideuses lendários e humanos que ficaram conhecidos por desafiarem tiranias, mas sem a menor dúvida afirmo que nenhum deles enfrentaria tudo como Bruna enfrentou.

Entre tantos mitos, existe o de que a coragem é uma grandeza que se apresenta para poucos diante de escolhas difíceis. Agora consigo ver que a verdadeira coragem se apresenta para quem na verdade não tem escolha alguma.

Bruna, que já havia me ensinado tanto com sua história, acabou de mostrar que minha vida regada a uma maldição eterna ainda poderia ser chamada de férias quando comparada à vida de outros membros da comunidade LGBTQIAPN+. Diante de tantos obstáculos, talvez viver eternamente unindo pessoas ainda fosse um preço pequeno a pagar.

— Ei, ei, ei! Joga essa bad para lá! — exclama ela, estalando o dedo em frente a meu rosto. — Não vou deixar nosso jantar virar um enterro, não! Além do mais, podemos falar de coisas boas, tipo aquele aumento que você comentou mais cedo!

Solto uma risada alta que chama a atenção de todo o restaurante. No mesmo momento, o garçom chega com nossos pedidos. Apostei em um filé com molho madeira, que sei que nunca vai me decepcionar, e Bruna, em uma saladinha com salmão. Ainda na primeira garfada uma dúvida surge em minha cabeça.

— Bruninha, posso perguntar uma coisa? — questiono, e ela confirma com a cabeça enquanto mastiga. — Não, é sério, isso é bem pessoal.

— Theo, acabei de contar a você coisas que nunca falei a ninguém antes, tipo, tirando minhas tutoras no abrigo. — Ela beberica um pouco do vinho. — Então vai logo, pergunta.

— Você falou que nunca viu muita graça em sexo. Você se entende como assexual?

Perguntei também por que, depois das nossas noitadas pós-expediente, ela nunca levava nenhum rapaz para casa. Afinal, com a idade que tem e a "liberdade" de poder transar com quem quiser, se eu estivesse no lugar dela faria tudo diferente.

— Finalmente! Pensei que ia ter que sair do armário para meu melhor amigo. Uó que você demorou tanto para perceber. — Bruna solta uma risada. — Sexo nunca foi um assunto que me atraía, sabe?

— Sei — respondo.

— A assexualidade não é uma consequência de nada. E nem uma escolha também. É uma identidade, é minha sexualidade, e ponto.

Bruna deve perceber minha expressão de curiosidade, pois continua:

— Demorei mais para me entender assexual do que para me entender como mulher, acredita? Foi um caos. Depois de ter largado a prostituição, até fui a médicos para tentar descobrir se eu tinha algum bloqueio físico ou emocional, mas mais cedo ou mais tarde só percebi que não era algo que me despertava desejo como na maioria das pessoas.

— Mas você ainda se apaixona, né?

Entendam, todos os rótulos relacionados à sexualidade e afetividade ainda me fascinam. Quando paro e penso em todos os não rótulos e nuances é que fico mais intrigado. Desde cedo fui um jovem muito lapidado no que diz respeito ao sexo e, mesmo vivendo há séculos entre a humanidade, ainda fico maravilhado com o quanto ela é diversa.

Além do mais, o domínio de meus poderes envolve tudo o que diz respeito à *afetividade*. Não tenho como saber quais os interesses sexuais das pessoas. Para isso, favor procurar o Deus do Sexo ou algo assim. É arcaico colocar amor e sexo no mesmo balaio.

Quando vejo a energia de procura e compatibilidade das pessoas, elas não brilham na cor das próprias sexualidades. E só conecto homens e mulheres porque fui obrigado a fazê-lo. Se pudesse, conectaria energias semelhantes independentemente de gênero. Seria conhecido como o deus que acabou com a farsa da afetividade rotulada. O mundo ficaria chocado com os matches que eu faria.

— Sim, me apaixono! Na definição mais formal entre os estudiosos, eu seria o que chamamos de assexual romântica. — Bruna parece confortável ao falar disso, mais até do que ao falar do passado. — Eu sinto atração romântica. Só que esta não é a única forma de amar alguém.

— É, você sabe que eu sou meio cético quando o assunto é o amor, mas concordo que o sexo está a quilômetros de distância dele.

— Sabe, é engraçado você falar isso, porque... — Ela abre aspas com os dedos para falar a frase seguinte: — "Eu sei que vocês estão cuidando do meu futuro" com a viagem para San Diego. — Sinto um aperto no coração com o rumo da conversa. — Mas, mesmo assim, não consigo deixar de ficar nervosa. Você acha que Gui teria algum problema com isso? Não que eu vá tentar nada, mas é sempre bom saber...

Quase me engasgo. A pergunta me pega de surpresa, afinal, desde que Bruna me contou sua história, não pensei em meu real objetivo com esse jantar: plantar a ideia de que Guilherme tem um interesse recíproco nela e que os dois precisam se dar uma chance. Minha cabeça começa a inflar de novo. A quantidade de mentiras impõe um peso extra sobre minha consciência.

Se Guilherme vai se importar? Não posso falar por ele, mas o homem sempre foi bastante movido a atração sexual. Bom, não tanto hoje, mas na época da faculdade, entre os breves períodos solteiro, Gui conseguia marcar presença no quarto de quase todas as calouras de nosso curso. Algumas vezes até de outros.

Então, o que resta de minha consciência afogada em anos de fingimento luta contra mais essa mentira. Como eu poderia olhar para Bruna, minha confidente, minha salvadora e a pessoa que acabou de dividir a vida inteira comigo e incentivá-la a criar um monte de expectativas falsas?

— Que nada! Guilherme é sensível demais para ser um cara que se importa com essas coisas!

Envio uma prece ao universo, afinal nenhum deus decente conseguiria ouvir meus pedidos, de que no fim eu esteja certo. De que, apesar de gostar de sexo, Gui não teria problema em ter um relacionamento amoroso com alguém assexual.

— Bom, então fico mais tranquila — responde ela enquanto esfrega o meio da testa.

Calo a consciência com mais um gole de vinho e ensaio mais uma mentira para mim mesmo: no fim das contas, também estou fazendo isso por Bruna. Não quero nem imaginar as coisas horrendas que meu avô faria movido pelo ódio contra uma mulher trans.

— Então, a gente nem falou do que veio fazer aqui — comenta Bruna. — Como que a gente resolve a treta com a opinião pública?

— Ah, sim, verdade, então... por que não escolhemos uma instituição LGBTQIAPN+ para beneficiar?

A ideia surgiu enquanto conversávamos sobre o passado. Eu sei, egoísta de minha parte usar uma causa para resolver meus problemas. Mas, considerando que os poderes ainda estão ativos no Finderr, isso poderia ajudar a resolver de vez a pressão pública. No fim, ainda seriam milhões de reais para ajudar pessoas como eu e, mais importante ainda, pessoas como Bruna, não seriam? Será que importa mesmo a motivação por trás?

Não precisa responder.

— A gente pode fazer uma coisa definitiva, para além do baile... Bruna?

Antes que eu complete a ideia, corro para o lado de minha amiga. A taça de vinho acabou de cair de sua mão e molha toda a mesa com o líquido escarlate. Ela tomba um pouco para o lado, mas chego a tempo. Quando encosto nela, percebo a provável causa para a tontura: Bruna está queimando de febre. Antes que eu estenda a mão para pegar o celular e chamar o Uber, ouço um murmúrio:

— Theo... acho que vou mesmo precisar daquela folga... — sussurra Bruna antes de sua cabeça desabar em cima de mim e ela apagar.

XI

*Per Tuae Sagittae
Dulcia Vulnera*

Como todos os maiores deuses do Olimpo, Zeus também disseminou uma história famosa sobre mim. Lógico que o Deus dos Deuses fazia isso como uma ferramenta para manutenção de poder, reforçando estereótipos sobre cada um dos súditos. Garanhão, quando precisava reforçar a superioridade, misericordioso quando precisava ganhar mais sacrifícios e assim por diante.

Dos mitos que possuem meu protagonismo, o mais famoso de todos é sem dúvidas o de Psiquê. Uma mortal linda que era uma das filhas de um rei de Mileto. Segundo o que contam, a moça era tão linda, mas tão linda, que o povo de Mileto começou a venerá-la. O problema? Já existia uma Deusa da Beleza para ser venerada, e Afrodite não gostou nem um pouco de perder as oferendas.

Extremamente ofendida pela beleza da mortal... Pausa. Consegue ver as similaridades com Narciso? Pois é, Zeus era um editor de histórias meio desonesto e plagiador. Enfim, voltando à minha querida mãe, ela ficou muito ofendida com a existência de Psiquê e decidiu que, em vez de apenas matá-la, queria destruir sua reputação e imagem.

O plano era simples: Psiquê deveria se apaixonar por alguém de baixa estirpe, horrendo de preferência. Quem executaria a tarefa, lógico, seria seu filho, Eros. Ou melhor, eu. Você entendeu.

Segundo Apuleio, escritor famoso na época, Psiquê destruiria a própria imagem ao se apaixonar "pelas doces feridas de tuas flechas".

Enquanto isso, o rei, desesperado pela atenção que a filha mais nova estava recebendo, solicitou a ajuda de um oráculo. Na época, eles eram famosos. Quase líderes religiosos que diziam bem o que o povo deveria fazer. Você deve ter ouvido falar disso em algum lugar.

O oráculo previu que Psiquê estava fadada a se casar com um monstro e, para isso, deveria ser amarrada em uma pedra em um monte. Coincidências com histórias bíblicas são apenas isso, beleza? Coincidências. Não é como se mitos gregos fossem uma referência ou algo parecido...

A pobre da Psiquê, depois de amarrada, foi resgatada por Zéfiro e levada para um palácio no qual o dono se tornaria seu marido e ela teria as melhores regalias do universo. A partir daí, todas as noites, o dono do palácio chegava e a possuía. Mas sempre, sempre, sem mostrar o próprio rosto.

Agora é a parte boa: sabe quem era esse marido, segundo a história? Euzinho. Psiquê, toda curiosa para descobrir quem era o boy misterioso, acendeu uma lamparina e teve a mais perfeita visão. Tão belo que até brilhava. E se perguntou: onde estava o monstro?

A moral que todo mundo conhece é a de que a curiosidade pode acabar levando para lugares não muito bons (no final Psiquê e Eros têm um desfecho feliz, mas essa é a versão resumida). Para mim, essa história sempre teve outros significados.

O amor, por meio da descrição do Eros fictício, é lindo, quase tão perfeito que até mesmo cintila. Mas a previsão dizia que Psiquê se casaria com um monstro, então onde ele estava? Bem, se ninguém for cobrar uma devolução de moedas do oráculo, ele não precisava argumentar o óbvio: ele disse um monstro, nunca disse um feio.

Esse mito me ajudou a fundamentar várias das certezas que carrego até hoje: o amor é sempre descrito como lindo, mas na verdade tem dentro de si uma grande capacidade para ser monstruoso. Pode levar os humanos às mais diversas atrocidades em seu nome.

É com esse lado monstro que mais me identifico. Ao longo dos milênios, é com esse reflexo que me deparo no espelho.

Por isso, me sinto um lixo ao entrar no escritório depois de um dia longe. O peso de tudo o que aconteceu nas últimas quarenta e oito horas ajuda a corroborar esse raciocínio.

Nos últimos tempos, tenho evitado chorar fora do consultório da dra. Emi, mas me permito deixar a assistente virtual tocar a playlist "Quebre em Caso de Tristeza" e, quando menos espero, algumas lágrimas estão rolando.

A noite anterior foi caótica: do restaurante acompanhei Bruna até um hospital só para descobrir que, assim como cinquenta por cento da empresa, ela também estava com catapora. Mesmo com minha amiga argumentando, fiquei por lá até ela pegar no sono. Não tenho medo de catapora; deuses não ficam doentes. Mesmo assim, de vez em quando finjo alguns resfriados para ninguém desconfiar de nada.

O prognóstico de tudo isso? Bruna vai ficar fora por duas semanas, o que significa que precisarei pedir ajuda à minha não-tão-querida nova assistente.

Para piorar tudo, estamos operando com vinte e cinco por cento da capacidade do Finderr. Depois de quarenta e sete funcionários terem contraído catapora, ainda tivemos que deixar todas as pessoas saudáveis trabalhando em modo remoto. "Redução de riscos" foram as palavras que o RH usou no e-mail. Não poderíamos ser responsáveis por mais ninguém passando mal por aí em restaurantes cinco estrelas.

Isso também significa que o ultimato recebido pelo meu também-não--tão-querido avô terá que ser adiado por ora. O que me deixa com menos dias ainda para fazer Guilherme e Bruna se apaixonarem.

Deuses, até a frase parece errada quando penso nela.

A música de Sasha Sloan está chegando ao fim quando Guilherme enfia a cabeça por uma fresta na porta de minha sala, justamente a pessoa com quem preciso falar.

— Nossa, que depressão! — exclama ele, com uma ruga de preocupação no meio da testa. — Tem notícias de Bruna? Ela me mandou uma mensagem ontem à noite falando que não vai poder ir para San Diego e parou de responder logo depois.

É óbvio que eu estava com Bruna quando ela enviou a mensagem, mesmo contra as minhas recomendações. Aqui entre nós, eu até estava cogitando de verdade pedir uns favores ao Deus da Medicina para que a minha amiga não cancelasse.

— Ela está bem, provavelmente parou de responder porque pegou no sono. Eles deram uns remédios bem fortes no hospital.

— Bom, imagino que você deva estar atolado sem ela, mas queria confirmar uma coisa — comenta Guilherme, com mais expectativas do que eu esperaria. — Como faremos com a Comic-Con? O evento já confirmou tudo para duas pessoas.

— Não tem ninguém do TI para ir? — pergunto, tentando fugir da provável proposta que Gui vai fazer.

— E deixar o Finderr operando com ainda menos gente? — Ele se senta em um sofá que mantenho na sala e cruza as pernas. — Por que você não pode ir mesmo? Relembra aí qual foi a desculpa deste ano.

— É... o fato de que o baile está logo ali e alguém precisa organizar tudo, serve?

— Ah, Theo... larga disso. — Guilherme se levanta, vai até atrás de minha mesa e vira minha cadeira até que eu o encare. — Eu e você sabemos que essa primeira semana de organização do baile são só ligações e e-mails. Coisas que até onde sei funcionam muito bem na Califórnia.

— Funcionam com um fuso horário todo diferente, Guilherme. Você vai acordar de madrugada comigo para entrar em reuniões?

Ele dá uma piscadela sacana.

— Bebê, você sabe que eu nunca nego uma oportunidade de passar uma madrugada acordado com você.

— Guilherme! — Tento não rir, mas é impossível. — Ainda assim, não sei...

— Theo, para de surto. Você anda trabalhando como um condenado. Tem um monte de coisa dando errado em sua vida. Você perdeu seu braço direito por duas semanas. — Ele lista os argumentos contando nos dedos cada um. — Merece um mínimo descanso.

— E, em vez de um spa, você sugere um pavilhão cheio de nerds suados?

— Não, eu sugiro uma viagem com seu melhor amigo que você ama muito.

Ele agora dá a volta na mesa e se apoia nos braços de minha cadeira.

Não sei se são os argumentos irrefutáveis ou a proximidade com que os olhos verdes me encaram, mas acabo dando a resposta que Guilherme espera há anos.

Ou pelo menos uma delas.

— Certo, certo... eu vou no lugar de Bruna! Satisfeito? — respondo, e me viro para o computador. — Agora me conta uma coisa séria: qual o sabor da vitória depois de todos esses anos tentando me convencer a ir?

Ele ri alto.

— Normal. Nunca achei que fosse perder mesmo — responde, com uma piscadela, e sai da sala.

— Meus parabéns, Guilherme Nogueira! Comemorando a doença de uma pessoa! — acuso alto o suficiente para que ele escute.

Mesmo fingindo rendição, fico suspirando com um sorriso estúpido na cara. Merda! Preciso afastar os pensamentos bobos que rondam minha cabeça. Essa viagem não pode ser um grande momento para nosso bromance. Toda a minha energia precisa estar voltada para uma única tarefa: convencê-lo de que o futuro do cara por quem sou apaixonado está no coração de minha melhor amiga.

É só quando termino a sessão de autopiedade que começo de fato minha manhã. A ausência de Bruna vai além de perder minha melhor amiga do trabalho, também fico completamente exposto e afundado em tarefas que ela dividiria comigo.

Além de planejar tudo o que preciso fazer na ausência de dez dias dela, preciso me organizar para uma viagem no meio desses dias, encontrar uma banda para ser a atração principal do baile e finalmente definir qual a instituição que vai receber o auxílio financeiro. Embora, para esse último ponto, eu já tenha uma ideia do que fazer.

Então, tudo passa como um furacão e mal consigo respirar entre uma reunião e outra. Sem Bruna por perto, preciso delegar algumas funções à dona Ana e, mesmo assim, supervisioná-la em situações específicas. Afinal, minha assistente ainda está na primeira semana de trabalho.

Só que para minha surpresa, tudo acaba sendo mais fácil do que eu imaginava. Ela acaba sendo a estrela das reuniões e negocia excepcionalmente bem. A decoração fica dez por cento mais barata, e como um passe de mágica ela consegue agendar uma banda estadunidense que estará de passagem pela cidade para tocar um set completo durante o baile. "Contatos da FM", respondeu ela quando perguntei como tinha conseguido.

— Se você não a mantiver aqui quando acabar o período de experiência, eu mesma demito você — alerta Catharina do financeiro quando saímos de uma reunião.

Talvez eu estivesse pegando pesado demais com minha assistente. Quando saímos da última reunião da manhã, resolvo ser um chefe educado. Deixar Bruna um pouco mais orgulhosa de mim.

— Dona Ana, tem planos para o jantar hoje? — pergunto, e ela nega com a cabeça. — Ótimo! Então reserve uma mesa naquele argentino que tem no próximo quarteirão?

— Theo, eu não tenho planos, mas você tem — responde ela, para minha surpresa. — O encontro com o príncipe e a futura princesa, lembra?

Se eu não estivesse sentado, é provável que teria caído da cadeira. Entre passar a noite inteira no hospital e o resto da madrugada pensando em como evitar o apocalipse de tudo o que construí, não lembrava que hoje também era o dia de encontrar a realeza.

Maldita catapora!

— Inferno! Verdade! — digo, meio ríspido. — Então vamos remarcar o nosso?

— Claro! Sem problema algum — responde dona Ana, com um sorriso. — Você precisa de mais alguma coisa antes do almoço?

— Na verdade, preciso! Quer dizer, não antes do almoço, pode ser depois! Bruna me falou de um abrigo, comandado por uma enfermeira chamada dona Tatu. Sei que fica aqui na cidade e dá moradia para jovens LGBTQIAPN+ desabrigados. Sei que não são muitas informações, mas pode pesquisar para mim? Preciso de um contato.

— Está bem. Aviso assim que encontrar algo.

Quando volto do almoço, uma pastinha com todas as informações do abrigo já me espera na mesa.

Quando abro a pasta, encontro muito mais material do que esperava. Manchetes e recortes de várias reportagens ao longo dos anos, inclusive uma contando do apoio financeiro recebido por um banco durante o mês do orgulho, dois anos antes. Um antigo folhetim chamado *Chana com Chana* e várias outras fotos, de várias "turmas" que moraram no abrigo em algum momento nos últimos anos. Ao voltar para a primeira página, percebo um post-it colado com o nome do abrigo "Casa de Mãe" e um telefone para contato.

Quando ligo, uma mulher me atende no segundo toque.

— Casa de Mãe, bom dia! — diz uma voz doce.

— Oi, bom dia! Meu nome é Theo Kostas, sou um dos donos do Finderr e queria falar com a Tarsila dos Anjos.

— Então pode continuar falando, filho! Sou eu mesma — responde, entre risadas. — Mas pode me chamar de dona Sila, que nem todo mundo.

Explico o motivo da ligação e, para minha surpresa, dona Sila conhece tudo sobre o Finderr; ao que parece ela ainda é próxima de Bruna. Quando cito a arrecadação de fundos, sua voz não esconde a empolgação. Ela aproveita e me explica um pouco do funcionamento do abrigo e como as coisas andam meio ruins devido ao crescimento da onda conservadora nos últimos tempos.

É bem essa onda, aliada ao fato de viver um inferno causado por um deus autoritário e conservador, que me motiva a seguir adiante com o plano de escolher a Casa de Mãe. Minha consciência ainda protesta contra o fato de usar a causa como forma de resolver os problemas da empresa, mas a conversa com dona Sila ajuda a apaziguar a culpa.

A arrecadação de fundos do baile sempre ajudou muitas causas, algumas que eu nem conhecia antes que o departamento de marketing aparecesse com sugestões. Este ano enfim posso propor algo que faça a diferença na vida de pessoas como eu.

— Então está combinado, Theo! Daqui a duas semanas você vem tomar um café aqui com a gente, e eu mostro o lugar a você! — afirma dona Sila enquanto se despede. — E traz Bruna. Faz mais de mês que ela não aparece.

Quando a ligação se encerra, experimento um sentimento que há muito tempo não vivia: paz. Depois de tantas manipulações e mentiras, é bom imaginar que, talvez, alguém possa sair com algo positivo no fim de tudo isso. Independentemente de eu conseguir ou não cumprir o acordo com meu avô.

Uma minivitória para o Cupido no dia de hoje.

E chega a hora de encarar a última missão do dia e contar de nossa escolha aos pombinhos reais. Para isso, pego um paletó azul-marinho que mantenho guardado para ocasiões especiais. É hora de me preparar para fazer algo quase inédito em minha existência: conhecer melhor um casal que eu mesmo criei.

Não me leve a mal, você precisa entender que esse trabalho nunca foi uma diversão para mim. Imagine ser condenado a unir casais que se completam enquanto você mesmo vive uma eterna vida sem poder conhecer, transar ou sequer trocar uns beijinhos com alguém. Além disso, nos primeiros anos, tudo era sinônimo de tortura, quando eu via fagulhas da felicidade que me foi roubada com Narciso.

Então, depois que eu fazia o trabalho, desaparecia. Sem me preocupar em deixar um cartão de despedidas. O pior de tudo era que, proporcional à minha tortura, estava minha efetividade; em minhas mãos, essa coisa chamada "amor" era inevitável.

Com os pombinhos reais, precisei abrir uma exceção. Não porque estava ansioso para encontrá-los, mas porque a única pessoa em quem confio para conduzir essa conversa está em casa se coçando.

O príncipe Luke e a futura princesa e ex-participante de reality shows, Talita, se conheceram no baile do ano anterior. Ele foi o primeiro membro da família real britânica que ousou aceitar nosso convite.

Quando os dois chegam ao restaurante, minhas primeiras sensações são um pouco contraditórias. A cena inteira parece saída de um filme, até a iluminação baixa do restaurante parece feita para realçar a chegada dos dois.

Primeiro, é estranho, mas ainda consigo sentir a energia forte que os mantém conectados. Acho que mesmo sem os poderes ainda consigo captar algum resquício. Ou, sei lá, talvez não tenha nada a ver com ser o Deus do Amor e todos os mortais também sintam isso quando os veem juntos.

Depois, é impossível não revirar um pouco os olhos. Até visualmente eles parecem perfeitos um para o outro, um casal saído de uma novela mexicana. O príncipe, ruivo, branco e de olhos azuis, é a descrição perfeita de um herói de um conto de fadas. Com quase um e noventa de altura e ombros largos, ele usa um terno preto básico que combina com a camisa grafite.

Ai, beleza, a quem quero enganar. Talvez, se eu não conhecesse seu histórico de ser grudento, até o cogitaria para uma noite sórdida nos litorais da França. É um príncipe e, afinal de contas, pouquíssimas pessoas têm o luxo de já terem conhecido aquela espada.

A seu lado, em um contraste perfeito para mim e estressante para alguns membros mais antigos da família real, vem Talita. A participante, que conquistou o país em um reality show de sobrevivência, tem a pele negra e umas tranças de darem inveja a qualquer um. Os olhos são tão pretos que chegam a ofuscar até o terno do próprio namorado. O vestido agora é muito mais recatado, de acordo com o arcaico código de vestimenta da família real britânica.

Quando conheci os dois no baile do ano anterior, o príncipe ostentava um visual sóbrio e ainda assim shakespeariano, mas ela, não. Estava belíssima como uma ninfa da floresta e chamava mais atenção do que qualquer outra celebridade do lugar. O olhar que Luke lançou quando ela entrou em uma mesma roda de conversa me deu a certeza: ali estava o "Match do Baile Sonho De Uma Noite de Verão".

É claro que hoje em dia não uso um arco como antigamente, até porque carregá-lo no meio de uma festa com mais de duzentas pessoas não seria nada fácil. Mesmo com as flechas invisíveis que eu usava. Não, hoje em dia uso uma tática muito mais sutil, um toque em cada candidato ao mesmo tempo já faz com que meus poderes circulem e todo o resto do universo deixe de existir para os dois pombinhos.

Isso quando aplicado do jeito clássico, pois na maior parte do tempo deixo os poderes no automático pelo Finderr mesmo. Energias similares? *Puf*! Match feito, dinheiro na conta do Cupido e felicidade cisheterossexual infinita para todos.

— Theo! É tão bom encontrar você de novo em circunstâncias menos tumultuadas — cumprimenta Talita, abrindo os braços para um abraço.

Sei que esse não é o cumprimento real oficial, mas ao que parece ela se importa muito pouco com o decoro além das vestimentas.

— *Ha, ha*! É ótimo ver vocês dois sem que o mundo esteja rodando! — falo, com um sorriso educado enquanto estendo a mão para o príncipe. *Nossa, e que mão.* — Eu mesmo quase estou acreditando nessa magia que a internet vive falando depois de ver vocês dois juntos.

Uma mentirinha, claro.

Para minha surpresa, a história que acabo escutando não é nem um pouco entediante. Segundo Talita, depois do baile, os primeiros encontros com o príncipe Luke foram um desastre. Primeiro, a garota achou o príncipe muito entediante e todo o charme de que ela gostou no primeiro dia, os modos, a calma e a diplomacia, era bem chato sem a magia do baile.

Desconfio de que esse deve ter sido o mesmo caso com todas as princesas da Disney.

Talvez exceto com a Bella, pois o Fera tinha personalidade.

E, para meu choque ainda maior, o príncipe também estava odiando conhecer a garota. "Irritadiça demais", falou ele enquanto me contava que Talita quase desceu do carro para brigar com um motorista que a cortou no trânsito.

O que me deixou surpreso foi o fato de que apenas meses depois é que os dois perceberam que se gostavam. Tudo o que eu achava que os atraía na verdade os repeliu. Ao longo dos meses de fingimento para a imprensa, em segredo eles se odiavam.

— Existia um medo constante em minha cabeça de que eu seria a culpada pelo primeiro desastre romântico do Baile dos Solteiros — confessa Talita enquanto belisca a salada. — Mas aí fomos à abertura de um museu em Londres e bebemos mais do que devíamos. Não! Não tem nenhum sexo de reconciliação nessa parte! Só brigamos feio no caminho de volta para casa e esse príncipe aqui, enquanto gritava, acabou vomitando em meu vestido.

— E tudo que ela respondeu foi: conheço alguns súditos que amariam estar no meu lugar agora — completa Luke, rindo.

Ao que parece, depois daquele dia, as coisas começaram a se encaixar. Nenhum dos dois gostava de quem era em relacionamentos e viram um no outro a chance de serem diferentes. O príncipe achava que precisava de uma mulher decidida, mas ele só queria mesmo uma amiga. Enquanto ela buscava um homem estável e educado, mas queria de verdade alguém parecido com ela. Com instinto de aventura.

— Não quero convencer você de nada, Theo — finaliza Talita enquanto nos despedimos. — Mas a magia que rolou mesmo com a gente foi a que nos mostrou que às vezes, quando o assunto é amor, a questão não é o destino. É sobre mudar de ideia no meio do caminho.

Beleza, eu sei, a frase é clichê para caramba, mas ainda assim me deixa pensativo. Logo eu, uma figura histórica e experiente em todos os assuntos relacionados à doença chamada "amor", estava aprendendo novas lições com uma futura princesa e ex-plebeia.

Sempre achei que minha abordagem fosse eficaz. Ou, pelo menos, confiei que Zeus me daria uma tarefa acompanhada de poderes quase que onipotentes. Se havia a possibilidade de meus poderes não serem cem por cento eficazes, o que isso dizia sobre meu avô?

Para mim, depois que eu os flechava, todos os casais viviam felizes para sempre. Como em uma versão menos musical dos filmes da Disney. Entre tantas perguntas que começam a atormentar anos e anos de verdades que eu acreditava serem absolutas, uma insiste em se destacar:

Seriam meus poderes menos efetivos do que eu pensava ou apenas menos óbvios?

XII

In Vino Veritas

O sábado de manhã está quente, mas uma pequena garoa cai enquanto corro em direção a um parque perto de casa. As estações mais quentes em São Paulo são quase tão indecisas quanto eu. As gotas que batem em meu rosto até causam uma sensação de conforto, mas o sentimento não dura muito e logo volto a pensar em tudo que está rolando em minha vida. Em uma tentativa de fugir dos pensamentos, aumento o volume da música e tento correr de mim mesmo pelos quarenta minutos seguintes.

Ainda é cedo quando chego à pista de corrida; mal passa das oito. Mesmo assim vários outros corredores ou pessoas que, como eu, apenas não querem pensar em nada, já se organizam.

Falando em não pensar em nada, começo o dia com um fracasso quando percebo que a conversa com o Match do ano anterior ainda não sai de minha cabeça. Pelo visto, os motivos pelos quais juntei pessoas durante todos esses anos estavam errados... quer dizer, não errados, mas equivocados. Talvez eu tenha entendido os sentimentos humanos de uma forma um pouco diferente. O que, para mim, é o mesmo que fracasso. Afinal, fui nomeado Deus do Amor, Arqueiro dos Apaixonados ou "insira aqui qualquer vocativo criado por um artista depressivo durante a Renascença".

Quando termino os quarenta minutos de exercício forçado, decido fazer alguma coisa a respeito. Preciso investigar um pouco melhor se esse é um caso isolado ou se de fato os mortais são um pouco mais complexos do que parecem. Não me leve a mal: assim como meus familiares, também sou fascinado pela natureza humana e toda a sua profundidade. Mas quando o aspecto era amor, ou melhor, amor cisheterossexual como manda o figurino, sempre achei que as coisas eram muito mais simples. Um papai-e-mamãe dos sentimentos.

Então volto para casa com uma ideia na cabeça.

Quando vivia no Recife, lá pelo fim da década de 1980, uni um casal de conhecidos que ainda deve estar vivo. Insensível pensar assim, né? Mas é o que acontece quando se é um deus imortal fadado a ver todos que ama envelhecerem e morrerem.

Então, quando termino de tomar um banho e me sento na cama recém-arrumada, uma pesquisa um pouco mais detalhada na internet me ajuda a encontrar o número de Elisa, a maior porra-louca que conheci enquanto vivia uma vida regada a álcool e música pop na famigerada Toca das Baitolas. A maior balada gay que Recife já teve e que infelizmente fechou há uns dez anos.

Elisa era como eu, toda cética sobre o amor, mas, diferente de mim, acreditava que a única forma de se relacionar com homens era apenas por uma noite. Ela foi a única mortal para quem eu quis deixar um presente antes de partir e me isolar da humanidade por conta de traumas intensos causados pela imprevisibilidade da vida e pela perda de meu melhor amigo.

Júnior, por outro lado, era um bartender simpático e tímido que às vezes trabalhava na Toca para ajudar a pagar a faculdade. A energia entre eles era intensa, mas não os juntei logo de cara porque também queria deixar minha amiga viver a vida ao máximo. Antes de ir embora de Recife, já no começo na década de 1990, enfim acabei conectando os dois e nunca mais olhei para trás.

Enquanto digito o número do que parece ser uma loja da qual ela é dona, imagino que do outro lado encontrarei Elisa muito mais velha e ainda casada com Júnior, que agora é conhecido como Algum Nome Que Nunca Me Importei de Perguntar. Com três ou cinco netos os quais ela coloca para ninar ao som de Rita Lee.

Quando uma voz feminina atende o telefone que encontrei no Google e se identifica como a Elisa que estou procurando, decido tomar um caminho seguro e me apresentar como um programa de TV em busca de histórias de amor.

— Uma vizinha acabou indicando sua história e eu queria saber mais um pouco — minto. — Quem sabe a senhora não aparece no programa? Tem cachê pela participação, lógico.

— Certo. Mas o que eu preciso fazer? Já vou avisando que não vou dar nenhum dado — rebate ela, séria.

Quando se vive por tanto tempo quanto eu, você desiste de imaginar como será o futuro. Só se tem a certeza de que estará lá para vê-lo e então a adivinhação perde a graça. Mas se eu fizesse isso, se conseguisse prever como os mortais que conheci envelheceriam, imaginaria Elisa bem desse jeito. Uma senhora direta e desconfiada de golpes por telefone.

— Não, não precisa fazer nada ainda. Nem dar nenhum dado — garanto. — Só queremos ouvir sua história de amor e, caso minha direção aprove, combinaremos a gravação onde for melhor para você. Aí é só contar a história para a câmera, dividir umas fotos e objetos de recordação e pronto. O cachê é combinado com nosso departamento financeiro.

— Bom, certo. — Ela parece um pouco convencida. — Por onde eu começo? Minha história com Júnior sempre foi meio engraçada. A gente se conheceu numa balada aqui em Recife mesmo e, depois de dois meses, já estávamos morando juntos num apartamento no Derby.

A imagem dos dois juntos e felizes me faz sorrir.

Quando vivi no Recife, também tive um apartamento no Derby. As lembranças do que vivi no número 31, um apê de dois quartos caindo aos pedaços, são dolorosas, mas espanto as lágrimas e fico atento ao que ela me conta.

— Tudo foi indo bem, mas depois de uns meses vivendo juntos a coisa desandou. Como é que posso explicar... — continua ela, entre risadas. — A gente era feliz demais, sabe? Um falava exatamente o que o outro queria ouvir. Ficou chato pra caralho!

— É, não é muito comum ouvir isso de um casal.

— Aí nos separamos e cada um seguiu seu rumo!

Choque.

Tento disfarçar o engasgo que a informação me traz fingindo um acesso de tosse.

Um casal que juntei se separou?

— Calma, a história fica boa. Não acaba assim, não — brinca Elisa. — Anos depois, nos reencontramos e percebemos que ainda nos amávamos, só que não do jeito que a maioria das pessoas achava que deveríamos nos amar. Nós nos casamos por conta de um plano de saúde, visse? Vivemos incríveis dezesseis anos juntos, moço, mas nunca voltamos a dividir uma cama.

— Jura? — Deixo um pouco da surpresa escapar.

— Oxe, estou dizendo. Amei outros homens, outras mulheres e Júnior fez o mesmo. Até que no ano passado meu melhor amigo acabou indo embora antes de mim.

O choque demora a sumir, mas logo é substituído por uma profunda onda de emoção. Lembro-me de todas as vezes que Júnior fez um cuba--libre para mim. Um sorriso se espalha por meu rosto.

— Coisa que com certeza eu vou reclamar assim que a gente se encontrar! Trairinha de merda, me deixar neste país sozinha. — Elisa termina de falar, e preciso voltar à atuação.

Engulo a tristeza da partida de mais um conhecido.

— Bom, Elisa, muito obrigado por dividir sua história com a gente, viu? Vou repassar tudo para meu diretor e retornamos o contato. Ah, e fico feliz em saber que vocês continuaram juntos mesmo depois do fim.

Ela agradece pelo interesse e encerramos a ligação.

Fico vários minutos encarando o nada depois de ouvir toda a história. Estou pensando na quantidade de pauta que vou ter para a terapia da semana quando o barulho do interfone me dá um susto. Ainda de toalha, corro até a sala para atender antes que o porteiro desista.

— Oi, seu Gabriel — atendo, com a voz amigável. — Visita? Certo... Entendi... pode mandar subir, então!

Coloco o interfone no gancho e corro para vestir um short e camiseta antes que a campainha toque. Quando ouço o barulho familiar, tropeço em algumas caixas pelo caminho, mas consigo chegar sem nenhuma queda grave até a entrada. Escancaro a porta e lá está ela, minha nova assistente, com um vinho em uma das mãos e uma caixa gigante cheirando a donuts na outra.

— Com Bruna doente, pensei que fosse precisar de ajuda para acabar com as caixas da mudança — anuncia dona Ana, com um sorriso sincero.

Como não sou mal-educado, óbvio que a deixo entrar. Quer dizer, acho que com uma sacola de comida daquelas eu deixaria qualquer um entrar, e o vinho também é uma excelente opção de sobremesa, mesmo sendo apenas dez da manhã.

Além de tudo, preciso mesmo de ajuda com a mudança. Algumas das caixas estão espalhadas pela sala há quase dois meses.

No início, entre as mordidas nos donuts frescos, começamos conversas picadas sobre o tempo, os preparativos para o baile e o quanto o apartamento novo é bem iluminado. Depois de quase duas horas de um trabalho silencioso, enfim desempacotamos tudo da cozinha. Até pensei em algumas formas de quebrar o clima estranho, mas logo percebi que não existia nenhuma. Dona Ana seguia cantarolando músicas com uma voz afinada enquanto rasgava caixas e vez ou outra me perguntava onde guardar cada coisa. O clima fica tão pacífico que desisto de forçar uma conversa.

Antes de partirmos para a sala, dona Ana para em frente à geladeira e me questiona sobre algumas fotos grudadas na porta. A maioria são fotos com amigos da época da faculdade.

Dona Ana parece entretida em ver uma versão mais jovem e de cabelo rebelde de Guilherme. Os anos 2000 foram cruéis para os projetos de surfista que achavam que arrasavam com mechas loiras no cabelo.

— Esses são seus pais? — pergunta ela, apontando para uma foto minha com os pais de Gui na festa de formatura.

— Não, na verdade são os pais de Gui! Os meus não foram à formatura — respondo, meio incomodado com a intromissão.

Ela olha para mim com curiosidade, e a pergunta seguinte soa ainda mais intrometida:

— Vocês não são próximos?

— Não.

Volto para a sala e ela me acompanha de perto. Se em algum momento achei os temas anteriores entediantes, prefiro voltar agora mesmo para eles. Falar de minha família com alguém que conheço há menos de uma semana não está entre meus passatempos favoritos. Só que alguma coisa no jeito como ela recebe minha resposta, meio chocada com a forma abrupta com a qual respondi, me deixa arrependido.

A verdade é que dona Ana não tem feito nada além de tentar me ajudar de todas as formas, e até mesmo a sugestão do tema para o baile acabou me evitando sérias dores de cabeça futuras.

— Eles não são do tipo mais presentes — continuo, depois de um silêncio um pouco constrangedor. — Minha mãe nunca prestou muita atenção em nada além de si mesma e meu pai, bom, ele não ficou por perto depois que demonstrei zero aptidão para a carreira dele.

— Ah, sinto muito, Theo — responde ela, com uma cara triste.

É bem por esse motivo que evito falar de família. Além do fato de eles serem deuses imortais superpoderosos, também odeio o olhar de piedade que se segue logo depois de minhas explicações.

— Qual a carreira dele? — pergunta ela.

— Militar — respondo, outra vez de forma breve.

Só que dessa vez tentando terminar o assunto de um jeito mais sutil.

— Ah, sim, meu ex-marido também era militar.

O silêncio que se segue é maior que o anterior. Por vários minutos (que me parecem uma eternidade), o único barulho que povoa minha casa é o abrir e amassar de caixas de papelão. Algumas vezes, só murmuro e aponto direções de onde colocar alguns objetos que dona Ana tira das embalagens. Estamos quase acabando quando ela enfim abre a caixa de livros.

— Nossa, eu não sabia que você era tão interessado em psicologia — comenta dona Ana, surpresa.

"Interessado em psicologia" é um eufemismo. Apesar de nunca ter estudado de maneira formal, sempre fui aficionado pelo funcionamento da mente humana, ou, melhor dizendo, mortal. Desde os primeiros passos da psicologia, tenho acompanhado de longe discussões, surgimento de teorias e, claro, lido bastante. De pesquisas sérias até livros de autoajuda que prometem desbloquear potenciais psíquicos. Confinado a um trabalho repleto de emoções sem a mínima escolha, estava cansado de lidar com o coração. Queria mesmo era entrar na mente deles. Ver se as coisas eram mesmo tão simplórias quanto meu trabalho como Cupido fazia parecer.

Alguns desses dona Ana segura à minha frente. Eu sei, é irônico que, mesmo adorando a área, eu tenha demorado tanto a procurar ajuda terapêutica. Mas, se você está prestando atenção, já percebeu que eu não sou um dos deuses mais coerentes.

— Eu amo — confirmo, sorrindo um pouco. — Um dia pretendo estudar de verdade, se tiver tempo. Eu quero entender como a mente humana processa conceitos como morte, perda e até o amor.

Tomara que até lá eu não acabe vaporizado por um trovão e consiga mesmo me dedicar ao hobby um dia.

— Que interessante! — Dona Ana começa a organizá-los em uma estante para a qual aponto. — Foi essa curiosidade sobre o amor que fez você criar o Finderr?

Solto uma risada irônica. O amor, da forma como fui ensinado que era correto, nunca foi motivo de dúvida para mim, mas sim a forma que os mortais adoram utilizar o conceito. Afinal, uma simples equação química como meio de justificar guerras é um exagero sem tamanho.

— Não, foi Gui que teve a ideia de começar um aplicativo de relacionamentos. — Enfim abro a última caixa. — Foi ele que sempre acreditou no amor.

— E você não acredita?

— É uma longa história — respondo enquanto me sento no sofá, cansado.

— Então devo pegar o vinho? — sugere dona Ana, sorrindo.

No estado de cansaço em que estou, não consigo negar uma taça nem de meu maior inimigo.

Quando ela volta da cozinha, estou de pé em frente à vitrola e coloco meu álbum favorito da década de 1970, *Rumours*, do Fleetwood Mac. "Second Hand News" começa a tocar e, ao mesmo tempo, começo a falar algo que nunca pude discutir com ninguém até agora.

— Para mim, o amor é uma hipótese — declaro. Dona Ana está sentada diante de mim e parece mesmo interessada em minha teoria. — Uma da qual a humanidade até encontra evidências, mas nunca uma prova concreta. Uma mentira contada várias vezes. Uma tentativa falha dos homens de encontrar sentido para um objetivo claro de reprodução.

Acredito em paixão, tesão, carência, eu mesmo sinto tudo isso. Só que esse amor romântico para mim é um mito.

Dona Ana agora parece confusa.

— E também não é como se fosse uma indústria pouco lucrativa. O amor é sempre uma justificativa para novos filmes, livros, datas comemorativas. Assim como já foi argumento para outros mitos e até para guerras. O amor, dona Ana, nada mais é do que a desculpa perfeita para as mais profundas falhas humanas.

Minha assistente agora abre um sorriso tímido. Em vez de assustá-la, aparentemente meu ponto de vista só a deixou mais entretida. Por um segundo, esqueci que estava falando com uma dessas pessoas que durante muitos anos lucraram com o potencial do amor.

— Eu adoro como você se coloca de fora, como se fosse incapaz de amar — argumenta ela, ainda sorrindo. — A humanidade, os homens, as pessoas.

— Nada! — Tento disfarçar os deslizes. — Também já fui crente desse sentimento avassalador. Mas era pesado demais, e hoje prefiro levar uma vida mais leve.

Preciso mudar o foco da conversa, pois dona Ana é muito mais perspicaz do que parece.

— E você? — pergunto em seguida. — Acredita no amor?

É claro que sei a resposta. A própria dona Ana já me contou que foi isso que a trouxe até o Finderr.

— Ah, sim! Sou uma dessas crentes de que falou aí. — Ela enche minha taça com mais vinho. — O amor me deu tudo o que tenho: carreira, sonhos, um objetivo de vida. Discordo em gênero, número e grau de tudo que você falou. Acho que só não amou ninguém o suficiente para acreditar no amor por completo.

O sorriso em meu rosto esconde muitas outras verdades. Dona Ana não tem como saber de Narciso, e é até natural que ela veja isso tudo como divagações de um jovem imaturo com vinte e tantos anos. E não um deus amaldiçoado que até já acreditou no amor, mas viveu apenas as piores partes dele.

— Você já amou? — questiono de novo.

— Ah, sim, há muitos anos. Ainda era uma moça.

— Vai, conta! Finge que você é uma ouvinte contando uma história de amor num programa de rádio — incentivo, brincando.

Nessa hora, quase como uma interferência divina, "Dreams" começa a tocar. A música deixa a história que dona Ana começa a contar ainda mais melancólica.

— Não tem muitas surpresas e reviravoltas, nada digno de um romance épico. Foi o de sempre. Menina jovem, bonita, filha de um homem poderoso, se apaixonou por um artesão simples. — Nesta hora, seu olhar parece refletir o passado. — É claro que meu pai tinha planos diferentes para mim, e acabou me obrigando a me casar com outro. O dia em que contei para ele que estava apaixonada foi também o último em que vi o homem que eu amava.

Não consigo deixar de notar algumas similaridades em nossas histórias. O amor proibido, a figura paterna autoritária e o final fadado a um futuro apenas imaginado. É impossível não sentir uma conexão nascendo com minha assistente. As dúvidas viram certezas e fica nítido que a julguei de forma injusta. Existe muito mais de mim em dona Ana do que eu imaginava.

— Sinto muito, dona Ana. — Minha voz é quase um sussurro. — Você se arrepende? De não ter ido atrás dele?

— A época era outra, Theo, e não sou de ficar me arrependendo — afirma ela no tom leve de sempre. — Nunca amei meu marido, mas no fim meu casamento me levou para caminhos que aprendi a amar. Pude estudar, mudar para uma cidade grande e virar jornalista. O futuro do pretérito é um tempo verbal para pessoas tolas.

A última frase me acerta em cheio. Já passei boas décadas de minha existência divagando sobre como teria sido meu futuro com Narciso caso eu não tivesse contado a verdade a ele. Assim que acaba a música, caímos em um silêncio e logo me levanto para trocar o lado do disco. O ato faz com que dona Ana perceba o horário.

Ela se levanta e ajeita o vestido.

— Nossa, eu nem vi a hora passando, menino.

— Ah, está cedo... fica para mais uma garrafa.

— Não posso, preciso dar comida pro meu gato.

Eu a acompanho até a porta.

— Qual o nome dele?

— Ant... — hesita dona Ana antes de concluir a resposta. — Antônio.

Ela suspira e sorri.

Acho hilário. Adoro nome de gente como nome de bicho.

— Dona Ana, muito obrigado pela ajuda! De coração — agradeço enquanto me despeço. — Acho que, se você não tivesse aparecido, essas caixas continuariam por aí por mais alguns meses.

— Imagina! — Ela sorri. — E, Theo, você me permite um último comentário?

— Claro!

— O amor de verdade, na maioria das vezes, não é nem um pouco complicado. É leve, fácil como respirar. Ele só fica pesado quando se ancora no silêncio.

Acho que ela terminou de falar, mas na verdade a última frase potente foi só um preparativo para um monólogo assustadoramente preciso:

— Me perdoa a honestidade, Theo, só que minha idade me dá uma certa coragem de falar de algumas experiências para alguém tão jovem como você — prossegue dona Ana. — Não acho que você acredite mesmo que o amor é só uma reação química. Não é possível que, estando na posição em que está e cercado por pessoas tão incríveis, tenha uma visão limitada e até, me desculpe, incoerente sobre o assunto. Bruna, Gui, toda a dedicação que vocês colocam no Finderr, tudo isso mostra que o amor não é só a desculpa perfeita, é também uma motivação irrefutável.

— Não, mas eu falava do amor, amor... sabe, tipo casal, não estava falando de amizade.

— Theo, os outros sentimentos são só apelidos que o amor tem que usar para não parecer tão arrogante. São formas de amar, e até os opostos usam dele como ponto de referência. Seja platônico, familiar, sexual, romântico... amor é amor.

XIII

Scire Est Reminisci

O resto do fim de semana passa em um piscar de olhos e mal percebo quando estou de volta ao escritório da dra. Emi. Depois da conversa com dona Ana, minha cabeça não parou de refletir sobre tudo o que ela disse.

De todo modo, passei anos demais encarando o amor pelos bastidores para simplesmente acreditar que pode ser qualquer coisa diferente do que vivi. É egocêntrico pensar desse jeito, eu sei. Contudo, não é assim que a humanidade inteira encara o mundo? A partir das próprias experiências?

O amor para o resto das pessoas é sublime, para mim é uma forma de rotina que só existe para me lembrar de tudo o que perdi. Agora fico aqui, manuseando marionetes para que as coisas aconteçam como meu avô quer. Ou, assumindo um pouco da responsabilidade, como *eu* decido.

Chega, vou guardar alguns desses pensamentos para a terapia.

Então, para passar o tempo enquanto o paciente antes de mim termina a sessão, decido folhear uma revista. Passeio entre as opções, até que vejo meu próprio rosto ali. A revista para a qual dei uma exclusiva saiu no início da semana, rápido demais para o mundo editorial, mas ao que parece todo mundo estava sedento para descobrir o tema do baile deste ano em primeira mão.

Eu ainda não tinha lido a entrevista, mas que momento seria melhor do que os minutos antes de entrar na terapia? Folheio as primeiras páginas até que encontro a matéria de capa. Com o título "O Santo por trás do Baile" e minha foto no trono etéreo ocupando quase toda a folha.

Logo nos primeiros parágrafos dá para perceber que a jornalista exagerou um pouco na construção do garanhão, me vendendo como um dos solteiros mais cobiçados do país e soltando o questionamento: será que um dia meu próprio baile me apresentaria a um(a) sortuda(o)? A dúvida sobre o gênero me deixa com um aperto no peito; toda essa aura misteriosa em volta do nome Theo Kostas não passa de uma estratégia do departamento de marketing.

É óbvio que um solteirão compreenderia muito bem as dificuldades de encontrar uma cara-metade, então a imagem do Finderr estaria sempre associada a alguém que tem experiência no assunto. Durante anos, vivi me deixando ser fotografado com modelos, atrizes, influenciadores, gamers, gente de todo o tipo, origem e aparência. Tudo parte da construção de um personagem que está em busca do amor, independentemente da forma em que aconteça.

Ainda no dia anterior, acordei com uma ligação da diretora de marketing me mandando abrir o Twitter; a hashtag #BaileSantosEPecadores em primeiro lugar no país inteiro. A maioria das pessoas pedindo ingressos, alguns famosos confirmando presença ao verem seus nomes citados na entrevista e, óbvio, pessoas reclamando do tema.

Quando desci os olhos para as outras hashtags, vi que em segundo lugar estava #BoicoteFinderr. Ao abrir encontrei basicamente tudo o que há de pior na humanidade. Incluindo vários conservadores reclamando da escolha da instituição de caridade. Pelo visto, apoiar a Casa de Mãe nas palavras bizarras e distorcidas delas é "incentivar crianças a serem gays e irem contra os valores da família". Lógico, eles clamam por proteção às crianças, só se esquecem de proteger aquelas que expulsam de casa.

Uma bizarrice sem tamanho.

"Certeza que não precisamos fazer um pronunciamento contra esses babacas?", perguntei cheio de raiva a Carmen.

"Que nada! São haters, Theo, uma hora ou outra eles iam se posicionar contra o Finderr, não importando o que falássemos. Aí fomos lá e colocamos lenha na fogueira, com um tema que irrita ainda mais eles", explicou ela, com calma. "Nem se estressa com isso."

Baile dos Santos e Pecadores: Como Irritar Conservadores e Ir Parar Nos Assuntos Mais Comentados do País.

Só que esse é um problema que eu não quero deixar para lá. Minha vontade é ir atrás de cada uma dessas pessoas e fazê-las conhecer Hades e o Submundo antes do tempo. Fazer cada uma dessas cópias de meu avô sentir na pele o medo que os habitantes da Casa de Mãe sentem do mundo todos os dias.

Quando a dra. Emi se despede do paciente e me chama três vezes para começarmos a sessão, percebo que estou tremendo de raiva.

Ela usa um suéter verde-floresta e está com o cabelo preso em uma trança. Todo o look a deixa mais jovem. É impressão minha ou ela está de batom? Uma simples mudança de perspectiva e consigo notar sua energia de procura com meus poderes. Ela está viva, pulsando.

Logo que ela percebe meu olhar, paro de usar os poderes.

— Sabe, li sua entrevista — começa a dra. Emi quando me sento. — Minha parte favorita é sobre quando eles ficam em dúvida se um dia você vai achar uma namorada ou um namorado.

Lógico que ela não deixaria a informação passar. Para o choque geral da nação, terapeutas e médicos também leem algumas das revistas que ficam nas salas de espera. Desde que comecei na terapia, a dra. Emi vive no meu pé para fazer uma declaração pública sobre minha sexualidade, mesmo agora que ela sabe de todos os motivos pelos quais nunca me assumi.

Respondo com um revirar de olhos.

— É tudo uma estratégia de marketing. Deixar a questão em aberto à interpretação de quem quer que esteja vendo. Mistério vende, e também não é como se eu pudesse sair na imprensa falando: "Olha, sou gay e tenho orgulho disso".

— Por que não?

— Bom, não sei se lembra, mas tenho um avô que costuma obliterar pessoas só por diversão — respondo, um pouco irritado.

— Lembro, claro que lembro — afirma no mesmo tom inalterado de sempre. — Mas lembro também que ele proibiu você de viver sua sexualidade, não de falar ou ter orgulho dela. Além do mais, gays são proibidos, mas bissexuais são aceitos por Zeus? É justo se aproveitar de toda uma identidade, que já é muito apagada, para sustentar uma narrativa?

— Eu nunca me rotulei. Essa é a questão.

A dra. Emi nem responde, só fica me observando.

O silêncio dela não me surpreende. Eu nunca tinha parado para pensar por esse ângulo. O bizarro é que encontro a dra. Emi há dois anos e ela ainda me ajuda a ver coisas que estavam diante de meus olhos havia muito tempo.

Não é como se eu escondesse minha sexualidade; todos os meus amigos próximos sabem ou desconfiam de que eu seja gay. Só que também nunca tornei "público". Sempre fui orientado a fugir do assunto quando a imprensa pergunta. Ou aplicar a outra estratégia favorita: desviar do assunto me escondendo em metáforas e piadas.

— Sabe, Theo, às vezes falar para quem está do lado não é o suficiente, entende? — prossegue ela, como se lesse minha mente. — O silêncio é uma arma e um conforto que usamos contra nós mesmos. Aquela ideia de que, se não falarmos sobre um assunto, ele não existe. E o que não existe não pode nos machucar.

— Sua teoria é falha, porque só evito falar de meu avô e ainda assim ele apareceu para me machucar. — Tento desviar do assunto com uma piada e do fato de que ela tem razão.

Minha terapeuta pede para que eu fale do que aconteceu em minha festa de aniversário, mas de propósito deixo de lado a parte em que acordei ao lado de meu melhor amigo e quase entrei em combustão instantânea. Não, não estou escondendo nada da dra. Emi; é só que, diante de tantas coisas que aconteceram, prefiro tratar de outros assuntos primeiro. Vai que ela tem uma ideia genial para evitar o apocalipse de minha vida sem que ninguém saia ferido no processo? Não custa nada tentar.

— Então não só você vai continuar negando sua paixão por Gui... — A frase soa como um tapa. — Ainda vai ter que juntá-lo com sua amiga?

— Isso aí.

— Juro, parte de mim ainda tem esperanças de que você só tenha alucinações — confessa ela, rindo um pouco. Ela deve ver algo em minha expressão, porque complementa: — Que é? Odeio imaginar que vivo em um mundo em que forças muito maiores que a lógica comandam. Sempre odiei fantasias, e agora olha onde vim parar.

Nós dois explodimos em gargalhadas. É bom ver um mortal lidando com a verdade de minha vida. A dra. Emi parecia ser uma pessoa cética até me conhecer, e agora precisa lidar com o fato de que o Cupido é um jovem de 20 e poucos anos, sem rostinho de bebê ou asas fofinhas, e que tem problemas de relacionamento.

— Theo, estou longe de entender o que está passando agora — retoma ela no tom profissional de sempre. — Também não vou falar o que deve fazer, mas, como alguém que está de fora, preciso contar algumas percepções que tenho a respeito de tudo isso.

— O quê, dra. Emi? Que mais uma vez eu estou mentindo para pessoas com quem me importo muito para protegê-las? — É a minha vez de tentar ler a mente dela. — Que dessa vez não posso cometer o erro de contar a verdade e arriscar a vida delas na barganha?

Ela ameaça começar a falar. Só que existe muito ressentimento dentro de mim para que eu pare. Pela primeira vez em dias, falo em voz alta tudo que minha mente tem repetido.

— Que sou um ser horrível e estou usando a história de minha amiga para benefício próprio? Que a afetividade dela não é algo bobo que eu possa manipular? Acredite, dra. Emi, tudo isso também está em minha cabeça.

— Theo, só preciso que entenda as consequências dessas escolhas. Pode parecer que você não tem nenhuma, mas tem, e ambas as situações vão trazer muita dor. Você está olhando para tudo isso sob o ponto de vista de quem vai sair ganhando e se esquecendo do que vai acontecer com quem vai sair perdendo.

— Eu saio perdendo, dra. Emi. Saio perdendo em todas as situações. Então de que adianta pensar nas consequências, se em todas eu me fodo? — pergunto, ainda um pouco ácido.

— Porque em algumas delas você também pode terminar sozinho. — A resposta me deixa em silêncio.

Como posso escolher entre a felicidade de todos que amo e a felicidade de todas as outras pessoas como eu, como Bruna ou Gui? Todos eles tomariam a mesma decisão, certo? Eu sou o altruísta aqui, não sou? Quem garante que Bruna e Guilherme não podem fazer um ao outro felizes?

Por outro lado, por mais que eu goste de fingir que não, a maioria das frases que saem da boca da dra. Emi ecoa bastante em minha mente. E se eu apenas estiver mentindo para todos há tanto tempo que não enxergo mais a linha tênue? Comecei a acreditar nas próprias mentiras? Será mesmo que essa é a melhor saída para todo mundo ou apenas a saída em que mantenho minha vida bem do jeito que está: poderes, dinheiro infinito e uma imortalidade para aproveitar do jeito que meu avô permitir?

Essas perguntas são ainda mais avassaladoras que a culpa. Só consigo perceber que comecei a chorar quando vejo a dra. Emi me estendendo um lenço do outro lado da sala. A verdade é que estou cansado, exausto de tentar encontrar uma saída na qual minha felicidade não venha com o custo da infelicidade de inúmeras pessoas. Ou vice-versa.

Pela primeira vez em minha existência, as lágrimas não caem de ódio aos deuses do Olimpo, mas por um pouco de arrependimento. Durante tanto tempo julguei minha família, e eles no fim conseguiram me transformar em um monstro igual a eles. Brincando com mortais como se estivesse em um tabuleiro. Peões disponíveis para sacrifício.

— O pior é que não faço a mínima ideia do que fazer. Pareço saber, mas não sei — confesso entre um soluço e outro. — Fico perdido...

A dra. Emi espera que eu conclua a frase. Contudo, como reconhecer que depois de anos desempenhando o papel de Cupido, não faço a mínima ideia de quem eu sou sem essa função? Sem poder usar as habilidades?

— Convivi demais com a ideia de que eu era um monstro e agora talvez eu precise me contentar com a ideia de que sou... um nada.

— Não, Theo, você precisa aceitar a ideia de que é *humano*.

Olho para minha psicóloga enquanto uma lágrima escorre por minha bochecha direita.

— É, talvez isso explique as margens de erros das minhas combinações.

— Como assim?

Ela cruza as pernas e beberica o café com um olhar de curiosidade.

Enfim conto as últimas informações que recebi. O quanto "o amor" só surgiu para o príncipe e a Talita meses depois que toquei neles, ou como Elisa e Júnior na verdade só ficaram juntos por pouco tempo, mesmo casados por tantos anos.

— Mas sabe o que mais me intriga? Se esses casais não foram infalíveis como pensei que eram, por que Zeus nunca fez nada? — Agora estou em pé e caminhando pelo consultório. — Com quantas pessoas será que errei ao longo de minha existência?

A dra. Emi me encara. Ela provavelmente já tinha alguma opinião formada e, como todos os psicólogos, estava só esperando que eu chegasse a alguma conclusão sozinho. Só que eu não poderia estar mais longe disso.

— Que foi?

— Não, é só que é engraçado. Não consigo deixar de notar que você tem sempre a tendência de enxergar qualquer quebra de expectativa como um fracasso.

Continuo sem entender e então me sento diante dela, arqueando as sobrancelhas.

— Veja só, Theo. O príncipe e a princesa estão apaixonados e, pelo que você contou, são perfeitos um para o outro. O amor só amadureceu para algo muito mais próximo do que eles precisam, em vez de seguir do jeito como eles pensavam desejar.

— Certo, isso eu entendi, mas e...

— Seus amigos são a mesma coisa — interrompe ela, fechando o bloco de notas e colocando na mesinha ao lado. — O amor deles também evoluiu, só que para uma forma diferente da que você esperava. Ou melhor, do que você estava acostumado.

— Doutora Emi, eu não sou o Deus da Amizade — rebato, frustrado. — Sei lá, deve ter algum deus menor responsável por isso. Além do mais...

Não dá para concluir a frase, porque de repente só consigo me concentrar nos pensamentos tumultuados.

— Theo? — A voz da dra. Emi me traz de volta das divagações. — Creio que nosso tempo acabou.

Quando me levanto, a dra. Emi não sai do lugar e evito olhar na direção dela. A verdade é que a expressão de minha terapeuta ainda me causa muito medo. Amanhã a essa hora estarei em um avião em direção a San Diego e vou ter que lidar com o trabalho que minha escolha sobre Gui e Bruna me trouxe.

Agora a sessão acabou e, talvez, o tempo para escolher quem sou também.

XIV

Nihil Sub Sole Novi

Quando me sento no avião, não consigo encarar tudo como uma viagem por diversão. Sei que deveria relaxar e aproveitar um passeio com tudo pago ao lado de meu melhor amigo, nas melhores acomodações que o dinheiro pode comprar. Só que não é isso que ocupa minha mente enquanto aperto os cintos.

A poltrona tem o dobro de meu tamanho e é tão confortável que parece que estou sendo abraçado. Uma comissária de bordo com um sorriso mecânico aparece assim que o avião decola, pergunta se aceitamos alguma coisa para beber e mostra um cardápio incrível que me deixa com sérias dúvidas... Como pode ser possível preparar uma lagosta a sei lá quantos mil metros de altitude?

Gui até tenta pedir um chá de camomila (pois tem pavor de viajar de avião), mas eu me adianto e já saio pedindo uma garrafa de vinho para nós dois. Se o objetivo dele é dormir, o álcool também pode ajudar.

— Tá pensando em quê? — pergunta Gui ao perceber meu olhar distante.

Claro, uma pergunta típica de Gui. Não posso contar a verdade de como adoraria usar essa viagem para fugir com ele de tudo o que deixamos para trás. Ou de como, nas semanas seguintes, nossa vida pode ruir. Então opto por uma meia-verdade.

— Em como é absurdo eu me afastar da preparação do baile poucas semanas antes de acontecer. E o pior, deixando tudo nas mãos de minha assistente sem nenhuma experiência.

— Calma, Theo, são só quatro dias! Tirando o fuso horário, a maior parte das coisas você consegue resolver por e-mail. Mas, como eu sei que você não vai se acalmar, está na hora de uma intervenção...

Ele se vira para o smartwatch e aciona um cronômetro.

— Vai! — incentiva Gui. — Coloca para fora todas as preocupações. Sem julgamento por cinco minutos.

Intervenções foram mais uma coisa que eu e Gui criamos enquanto estávamos na universidade. Diante de tantos motivos para estresse, nos permitíamos um tempo limitado para que pudéssemos extravasar e reclamar sem sermos julgados.

— Beleza... — Respiro fundo. — Estou com medo desses boicotes que as pessoas estão sugerindo fazer e de isso de algum jeito prejudicar ainda mais a imagem do Finderr. A dona Ana tem sido eficiente, sério, ela conseguiu uma atração internacional para tocar no baile e tudo isso em quatro horas, mas eu sei como os fornecedores funcionam. E se ela errar no tamanho dos pedidos? E se enrolarem ela? E se ela não conseguir cumprir os prazos?

Sigo falando pelos cinco minutos seguintes e conseguiria falar por mais quinze, se incluísse toda a questão envolvendo deuses e maldições. Mas poupo meu melhor amigo da verdade que pode afetar diretamente o futuro dele. Risos.

Gui afrouxa o cinto de segurança e coloca a mão em meu ombro. O olhar que ele me lança conseguiria derreter as maiores geleiras da Antártica.

— Esse não é mesmo qualquer baile, né?

— Não, não é.

Encaro-o de volta, deixando a mão dele repousar em mim por mais alguns segundos.

— Mas olha, de tudo o que você falou, o que mais me tranquiliza é que estamos juntos nessa — argumenta Guilherme. — Eu sei que não sou o mais participativo quando o assunto é o baile, mas, na ausência de Bruna, vou tentar ajudar com umas coisas... inclusive até tenho uma ideia. Mas, Theo, relaxa, eu aposto na gente.

Não respondo, apenas reviro os olhos e retribuo o sorriso. É óbvio que ele tem razão.

— Ah, Guilherme Nogueira virando organizador de festas, essa eu quero ver. Mas, me conta, que ideia você teve?

— É uma ideia que pode deixar o baile desse ano mais legal e um pouco mais tecnológico — conta Guilherme, dando um gole no vinho.

Eu me viro na poltrona e também afrouxo um pouco o cinto. Ele interpreta como um sinal para continuar explicando.

— E se a gente transformasse o baile num experimento ao vivo do Finderr? — sugere ele, e nota minha expressão confusa. — Tipo, com alguma ativação em que as pessoas pudessem dar match, no próprio baile, sem necessariamente usar o aplicativo, entende?

— Certo. — A ideia começa a ficar mais nítida em minha cabeça. — O baile então vira uma versão do Finderr fora do celular?

— Isso mesmo!

— Bom, acho uma ideia incrível, Gui, de verdade.

Ele baixa o tom de voz para algo suave ao responder:

— Sei que é possível, só preciso pensar em como fazer acontecer.

Quando ele começa a sussurrar os pormenores da coisa, eu me permito divagar outra vez.

Minha vontade agora é beijar Guilherme. Não que essa vez seja diferente de todas as outras em que estou com ele. Mas é que, com essa ideia, talvez eu nem precise usar os poderes no baile deste ano. O algoritmo de Gui pode enfim ser colocado em prática e ajudar a encontrar, entre os vários famosos que estarão no baile, o Match do ano.

— Theo? Alô? Planeta Terra? — Guilherme está de novo estalando os dedos diante de meu rosto. — Sabe, na faculdade eu costumava achar seus devaneios meio fofos, mas agora estou começando a me preocupar. Você não bateu a cabeça quando nasceu nem nada, né?

Não, só nasci no meio do nada e fui alimentado por animais selvagens porque meu avô não gostava da ideia de dizer "não" à Deusa da Beleza e, quando ela teve inveja do próprio filho, ele resolveu largá-lo à própria sorte. Ou melhor, à sorte de animais falantes.

— Engraçadinho! — respondo, dando um soco de leve no braço dele.

Eu me arrependo na mesma hora quando percebo o quanto o gesto foi másculo.

— Achei que você estava pensando em nossa última viagem juntos — comenta ele, dando uma piscadela. Desgraçado. — Perguntei do baile... Já sabe quem vai levar?

O olhar de Gui tem expectativas demais.

— Ah, nem pensei nisso ainda! — Óbvio que pensei e imaginei todas as possibilidades de a gente vivendo uma noite juntos como um casal qualquer. — Talvez Bruna, sei lá... e você?

A curiosidade me consome.

— *Hum*, então sem modelos famosos por campanhas de cuecas esse ano? Eu vou com a mamãe. Desde que meu pai morreu, ela vive pedindo para enfim ir ao Baile dos Solteiros. — Gui ri com alguma lembrança. — Ela fica dizendo que agora não vai ser barrada.

Entro na risada; a mãe de Guilherme é uma figura. Lógico que ela nunca seria barrada no Baile dos Solteiros. Algumas pessoas da empresa tecnicamente não são solteiras, mas marcam presença mesmo assim; então teria dado para fazer uma exceção para os pais de Gui. O problema é que o pai dele já estava muito adoentado na época do primeiro baile e nos anos seguintes a oportunidade pareceu cada vez mais distante. Agora talvez dona Gigi conseguisse ir, mas sozinha, o que atribui um gosto amargo à situação.

A primeira vez que encontrei os pais dele também foi a última, na fatídica viagem da comemoração de nossa formatura. Lembro que, quando cheguei à fazenda dos pais de Gui e conheci toda a família, a mãe dele foi uma das que mais me conquistou. Aposto que a dra. Emi teria alguma teoria psicológica de por que isso aconteceu, óbvio, mas a conexão foi instantânea.

A tia Gigi tem um coração do tamanho do mundo e um sorriso ainda maior. Recebeu-me de braços abertos, como se eu não fosse apenas o melhor amigo de seu filho, mas dela também.

A lembrança dos dias felizes me arrasta para outras ainda mais antigas, antes de ao menos conhecer Guilherme. Para uma época em que eu ainda não conhecia o conceito de família que coloca o amor que sentem um pelo outro na frente de tudo. Nunca me encaixei em minha família como Gui na dele. No caso dele, tudo funciona como uma sinfonia harmônica em que cada instrumento toca com o único objetivo de deixar o som do outro ainda mais perfeito. Na minha, pareço sempre estar fora do tom.

Como já falei, fui indesejado; ninguém de minha família queria ameaçar a imagem da Deusa da Beleza. Afrodite e Ares eram o casal de ouro. Inspiravam paixões, desejos, mas nunca sentimentos fraternais. Essa era a função de Zeus com Hera. Além de tudo, Zeus vigiava de perto as proles nascidas entre imortais, sob o medo constante de que enfim surgisse um neto mais poderoso do que ele.

Na presença de gêmeos, Anteros, por ser o maior, foi escolhido para virar o assistente de Zeus e um projeto de guerreiro para o orgulho de papai. Eu, um bebê menor e consequentemente mais necessitado de cuidados, fui despachado. Enviado para longe e esquecido pelas histórias da época. Zeus manteve minha mãe como a eterna mulher desejável, Anteros como um "quase filho" e minha existência virou apenas um segredo inconveniente.

Então fui enviado para uma floresta. O que pode até parecer uma experiência traumática, mas, para mim, depois de viver alguns anos no Olimpo, até que foi uma salvação. Lá pude viver os primeiros anos longe da perseguição de meu irmão, da indiferença de minha querida mãe e dos olhares de repulsa de meu avô.

Essa parte pode ficar nojenta, mas entenda: na antiga e fantástica Grécia algumas coisas eram aceitáveis.

Quem me amamentou foram alguns animais, afinal esses eram os únicos seres que ousavam se aproximar de mim. As ninfas tinham medo da ira dos deuses e até os titãs banidos mantinham certa distância. Até criar consciência, tudo o que eu entendia como família existia dentro dos limites da floresta. Isso significava que ali também não existia nenhum conceito como ego, poderes ou inveja. Tudo fluía como parte de um ciclo interminável.

Sim, posso ou não ter servido de inspiração para algumas composições de *O Rei Leão*.

Tudo mudou durante um dia de eclipse solar. Um homem lindo e reluzente como um diamante recém-lapidado apareceu em minha floresta se apresentando como meu tio, Apolo. Queria dizer que fui resistente, mas a verdade é que depois de poucas palavras trocadas eu já estava todo entregue aos encantos dele. Enfim tinha um igual com quem aprender, uma família que poderia admirar.

As visitas de Apolo eram sempre espaçadas. Com o tempo, pude perceber que aconteciam apenas em ocasiões astronômicas muito específicas, que, para mim, imortal, não passavam de meses dentro de uma existência sem fim.

Como ele explicava, essas pequenas folgas eram parte de uma missão que o próprio Zeus lhe tinha confiado: todos os dias, levaria o sol com a ajuda de uma carruagem em volta de todo o planeta. Ao terminar, começava tudo de novo, em um ciclo tão interminável como todos os que vi recomeçarem na floresta em que cresci. Onde sementes brotavam, árvores cresciam, flores desabrochavam e tudo se repetia.

Na época, como uma criança cheia de sonhos, sempre achei incrível que meu tio fosse o responsável pelo começo de todos os dias. Lembro-me de sentar em uma pedra todas as madrugadas e esperar, ansioso, por sua passagem, torcendo que, onde quer que estivesse, ele pudesse me ver e acenar.

Hoje percebo que tio Apolo também recebeu uma maldição que o fazia ficar longe de qualquer chance de viver uma vida por si mesmo.

Ainda assim, em todas as visitas, meu tio fazia questão de trazer um pedaço de uma parte do mundo, além de me ensinar a cantar, a tocar (coisa em que nunca tive habilidade suficiente) e, óbvio, a atirar. Apolo é até hoje o melhor dos arqueiros que conheci em todos os anos que vago pela Terra. Suas visitas eram regadas a horas de alegria infinita. Felicidade essa que sempre me motivou a desejar conhecer o resto de minha família superpoderosa.

Ah, se eu soubesse a decepção que me aguardava.

Eu já era quase um rapaz feito na noite do eclipse em que Apolo me visitou pela última vez. Estávamos caçando, e, pelo que me contou, teríamos mais tempo que o normal, visto que a irmã dele, minha outra tia, Ártemis, estava cuidando do céu naquela noite. Eu havia acabado de acertar um cervo em plena corrida quando toda nossa celebração foi ofuscada por um brilho rosado que surgiu do nada.

Aos 14 anos, foi com essa idade que vi minha mãe pela primeira vez.

Alta, de cabelo preto (contra toda a mitologia que *sempre* coloca minha mãe como uma mulher loira; culpa, é claro, dos artistas europeus) e com olhos faiscantes. Afrodite era a impecável personificação de uma bebida muito enjoativa para alguns ou do néctar mais perfeito para outros. Para mim, perfeita ao primeiro gole, intragável em todos os outros.

Na época, eu não conseguia ver nada disso, só sabia o que meu instinto gritava: ali estava minha mãe, ela enfim tinha vindo me buscar. Com um sorriso encantador, ela abriu os braços e me convidou para um abraço que esperei por séculos. Quando ameacei correr em sua direção, senti um toque rígido no ombro. Apolo me segurava com uma das mãos.

"Como ousa impedir um filho de encontrar sua mãe, irmão?", a voz de Afrodite era de uma afinação perfeita.

"Não tenho certeza de que ele estará seguro caso o faça, Afrodite", respondeu meu tio.

"Estou aqui para levá-lo embora, de volta ao lugar dele", declarou minha mãe, como uma ordem. "Para longe da sua presença."

Naquele momento, Apolo se abaixou e ficou da minha altura. Eu nunca tinha visto o brilho cor de bronze que saía dos olhos de meu tio nem voltaria a ver um olhar familiar carregado de tanto amor como aquele. Ele me pediu que voltasse para minha caverna e recolhesse todos os meus pertences, e logo mais ele me encontraria.

Antes de sair, olhei na direção de minha mãe e até hoje coleciono a lembrança do quanto fiquei perplexo. Para mim era inconcebível que a Deusa do Amor pudesse carregar tanto ódio dentro de si e colocá-lo para fora em um olhar matador direcionado ao próprio "irmão". Naquele dia, me lembro de começar minha teoria de que talvez o amor e o ódio fossem, sim, filhos de uma mesma mãe.

A minha.

Sem muitas escolhas, corri de volta para casa e nunca soube o que eles conversaram. Durante muitos anos, carreguei dentro de mim a culpa de não ter tentado voltar e ouvir tudo o que discutiram em minha ausência. Quando acabei de guardar os poucos pertences em uma bolsa de couro, ouvi meu tio me chamando fora da caverna. Seu olhar antes brilhante carregava naquela hora toda a tristeza que poderia existir no mundo.

"Venha, Cupido, vamos caminhar", convidou ele quando cheguei à clareira. "Consegui alguns minutos antes de você ir embora com sua mãe."

"Ela vai me levar para conhecer os outros deuses?", perguntei, cheio de expectativas infantis.

"Vai, sim...", respondeu Apolo, sem olhar para mim. "Você vai conhecer todos eles! Hefesto e seu humor rabugento e até, quem sabe, seu pai."

O choque deve ter ficado estampado em meu rosto. Durante todos os anos e todas as conversas que tive com Apolo sobre o Olimpo, ele nunca citou meu pai mais de uma vez, exceto quando falou que ele era o Deus da Guerra. Na época, não fazia ideia das implicações disso, da responsabilidade de ser um grande e temido guerreiro.

"Veja, preciso lhe contar uma coisa." Apolo voltou a se abaixar. "Para onde você vai, não poderei mais visitá-lo." Antes que eu pudesse perguntar por quê, Apolo continuou: "Seu avô ficaria muito bravo em saber que abandonei a carruagem do Sol, mesmo que por alguns instantes".

Eu era inocente demais na época para perceber a mentira. Lógico que existia um motivo claro do porquê meu tio não era bem-vindo no Olimpo, motivo esse que nunca entendi de todo até a conversa com Bruna na semana anterior. Seria Apolo como eu? Um gay exilado pelo preconceito da própria família? Mas quais teriam sido os argumentos de Zeus, uma vez que o cristianismo ainda nem sonhava existir?

"Cupido, vai chegar uma época em que talvez você se sinta sozinho, diferente do resto da família." Lágrimas se formaram nos olhos quentes de meu tio. "Mas quero que você se lembre do seguinte: mesmo que não dê para olhar diretamente para o sol, ele ainda estará lhe iluminando. Lá, existe alguém torcendo por você, tudo bem?"

Eu também chorava quando ele tirou o arco dourado das costas e disse:

"Tome! No Olimpo é capaz de você precisar mais dele do que eu." Apolo se levantou e se afastou para olhar melhor para mim. "E um último conselho: não importa quantos anos passem, quanto o mundo diga o contrário, me prometa que você vai ficar perto daqueles que são iguais a você, Cupido. Existe força nos números. Sempre fique perto dos seus."

Logo depois fui levado por minha mãe e nunca mais encontrei meu tio em pessoa.

De volta ao avião, percebo um pequeno raio de sol entrando por uma fresta da janela. Como se lutasse contra a imposta escuridão de dentro da aeronave. É quase como um sinal de que, mesmo longe, meu tio continua cumprindo a promessa.

Quando olho para o lado e vejo Guilherme adormecido, de repente percebo que também continuo cumprindo a minha.

XV

Dimidium Animae Eius

Outro mito que sempre me chamou a atenção pela moral implícita no fim foi o de Orfeu. O nome é até famoso, mas muita gente não conhece a "versão verdadeira" da história que é espalhada por aí. Orfeu era filho de Calíope, uma das nove Musas e de um rei qualquer. Algumas versões até contam que ele era filho de Apolo, mas é só fofoca mal contada mesmo.

O moço era tão talentoso na cítara que diziam que, ao tocá-la, os animais o seguiam, as árvores abriam caminho e qualquer mulher (ou homem de bom gosto) no alcance sonoro do instrumento provavelmente sentia um ímpeto de abrir as próprias pernas.

Depois de regressar da expedição com os Argonautas, uma espécie de Vingadores Gregos, Orfeu se casou com uma ninfa chamada Eurídice. Só que ele não era apenas apaixonado por ela, a ninfa era o motivo pelo qual ele respirava. Ou, como a expressão criada por minha mãe falava, ela era a metade da própria alma dele.

Contudo, como nenhuma história grega podia terminar com finais felizes, enquanto Orfeu estava ausente, um apicultor qualquer (me nego a deixar abusadores famosos) tentou violar Eurídice. Na fuga, ela acabou pisando em uma serpente que a matou quase instantaneamente. Orfeu ficou desolado, mas, em vez de agir como uma pessoa normal e lidar com o luto fazendo algumas sessões de terapia, ele ficou inconformado e decidiu ir até o Submundo para convencer Hades a trazê-la de volta à vida.

Grandes guerreiros já haviam tentado ir até o Submundo em busca de glória, todos acabaram ficando por lá; afinal, Hades não saía distribuindo ressurreição como se fosse senhas do INSS. Mas nosso Ed Sheeran grego acabou conquistando todos os obstáculos que cruzavam seu caminho e chegou a Hades e Perséfone, que ficaram tão impressionados com o amor de Orfeu que concordaram em dar mais uma chance ao casal.

Porém, como já falei antes, os deuses adoram joguinhos, e óbvio que eles não se ofereceram apenas para pagar o Uber de volta para os dois. Não, ambos deveriam refazer o caminho de volta à superfície a pé e Orfeu, durante todo o caminho, não poderia olhar para trás. Somente quando retornasse ao mundo dos vivos.

O problema é que durante o caminho, pensamentos intrusivos começaram a ganhar força na cabecinha do músico. E se tudo fosse um truque de Hades, e Eurídice não estivesse caminhando atrás dele? Tomado pela impaciência, pela carência e por esse sentimento nobre que as pessoas chamam de amor, Orfeu olhou para trás. A tempo somente de ver Eurídice morrendo pela segunda vez ao se transformar em uma sombra e se esvair no Submundo.

A moral da história, segundo historiadores, é que o erro de Orfeu não foi apenas o de ter olhado para trás, mas o de ter se apegado ao passado em vez de seguir em frente. Toda a história de assistir a Eurídice virar fumaça era só uma metáfora que os deuses usavam para avisar aos mortais: "Vejam, apesar de sermos quase onipotentes, não queremos corrigir as injustiças do mundo".

"Vocês precisam seguir em frente quando suas esposas morrerem por acidente fugindo de abusadores. Não se apeguem ao passado, ou tudo o que vocês valorizam e que ainda existe no presente poderá se esvair antes que percebam."

Quando tudo entre mim e Guilherme implodiu alguns anos atrás, a história contada de Orfeu me veio à mente. Eu poderia me apegar às lembranças de uma noite no passado e viver em tortura para sempre ou poderia viver em tortura, mas ao menos aproveitando o que o presente me oferecia: a amizade e parceria dele.

Sabemos qual caminho escolhi. Agora, você ao menos sabe o porquê.

É encarar essa amizade como um presente (em todos os significados existentes na palavra) que me traz até o inferno nerd no qual estou enfiado. No meio de San Diego, Califórnia.

A primeira impressão que tenho ao entrar na Comic-Con é a de que um fliperama dos anos 1980 acaba de explodir em minha cara. Nos escombros da explosão, muito néon, trilhas sonoras de videogames e muitas pessoas fantasiadas como personagens de *Star Wars*.

O local em que a convenção acontece é tão grande que não consigo enxergar onde termina. Nos primeiros momentos, já consigo entender por que Guilherme adora isso aqui. É como se entrassem na mente dele e transformassem tudo o que ele curte em um só evento caótico.

Por falar em meu melhor amigo, ele está radiante usando uma camiseta da série do momento. *Odisseia* é um reconto de várias histórias da mitologia grega com muitos efeitos especiais e um elenco de peso encabeçado pelo Henry Cavill. Na estampa, é possível ler "Me(d)usa, Odisseu!", o que interpreto como um trocadilho com o protagonista da série. Nos pés, posso jurar que ele usa o mesmíssimo par surrado de All Star vermelhos de quando nos conhecemos na universidade. Depois de uma discussão de vinte e três minutos no corredor do hotel, consegui convencê-lo a usar um blazer por cima da camiseta engraçada.

"Guilherme, você não é mais apenas um fã", falei, um pouco irritado. "Você agora é um patrocinador e precisa pelo menos parecer um. Honre o VIP desse crachá."

Depois desse argumento, ele só desistiu e vestiu o blazer.

Quando chegamos às catracas da entrada, ele já nem se lembra de mais nada. A felicidade é tanta que demora um tempo até eu me acostumar com o ritmo com que ele percorre o lugar. Deve ser o terceiro ano que Gui ganha os ingressos premium para o evento, mas no olhar dele ainda consigo perceber o garoto que por muito tempo passou horas nas filas para encontrar os ídolos favoritos.

Cá entre nós, essa é uma das coisas que mais amo em Guilherme: a habilidade de olhar para o mundo como se estivesse vendo tudo pela primeira vez. O universo é só mais um problema para ser resolvido, um código a ser desvendado.

Durante as primeiras horas de evento, ele me explica cada detalhe dos principais lançamentos do mundo geek. Juro, acho que visitamos uns vinte estandes diferentes até ele decidir qual ativação quer experimentar primeiro: uma área em que alguns convidados conseguem jogar em primeira mão o terceiro volume de uma série sobre zumbis. Para mim é assustador, mas não faço feio na hora de atirar nos mortos-vivos. Sabem como é, anos e anos de prática em arquearia.

Conseguimos jogar por um tempo maior que a maioria graças ao passe VIP que recebemos no Finderr, e ainda assim não parece ser suficiente para Guilherme, que está mais empolgado do que quando entrou e fica me perguntando sobre inúmeros detalhes nos quais não prestei atenção, porque, além de matar zumbis, tudo o que eu conseguia fazer era olhar o sorriso que não saía do rosto dele.

Quando saímos do terceiro estande, peço cinco minutos de pausa. Ele então sugere que tomemos um sorvete para lidar com o calor e a empolgação de milhares de nerds juntos em um espaço superlotado. Estou sentado na grama do lado de fora quando Guilherme volta carregando dois sorvetes já derretendo.

— Não tinha pistache! — informa ele enquanto entrega o sorvete pingando. — Mas você gosta de baunilha também, né?

Ódeio qualquer coisa de baunilha, mas não consigo fazer outra coisa a não ser sorrir para um Guilherme genuinamente preocupado. Juro, a situação é tão piegas e fofa que procuro as câmeras para me certificar de que tudo não faz parte de um reality show novo chamado *Estou Apaixonado Pelo Meu Melhor Amigo*.

Sei que alguns streamings lucrariam muito com a ideia.

O resto do dia é ainda pior. Queria falar que a Comic-Con foi invadida por aliens e tudo o que aconteceu em seguida foram cenas de ação e aventura nas quais Guilherme lutava a meu lado para proteger a humanidade.

Bom, para meu eterno tormento, os extraterrestres não invadiram o evento dessa vez e tudo o que aconteceu foi uma sequência de visitas a painéis e sessões de autógrafos com atores dos anos 1980. Só que ver a felicidade evidente no rosto de meu melhor amigo era como uma facada no peito. Não apenas por ele estar vivendo tudo aquilo, mas por ter a chance de dividir cada detalhe das paixões comigo. Uma coisa era tentar me convencer a assistir a um anime todos os meses, mas outra era me fazer vivenciar cada aspecto de suas peculiaridades. Eu ainda tentava entender que graça ele via nas bizarrices de *Jojo Bizarre Adventure*? Sem dúvidas. Só que não podia negar que eu me sentia bastante culpado pelo fato de ter demorado tanto a aceitar o convite de vir à Comic-Con com ele.

Lá para o fim do dia meu rosto não conseguia esconder o extremo cansaço, porque Guilherme me prometeu que a visita a uma atração sobre o décimo segundo filme daquela franquia de carros velozes e homens furiosos seria o último. Era um bate-bate, típico dos parques de diversões.

Guilherme, em uma tentativa clara de criticar minhas habilidades como motorista, assumiu o volante e me deixou no papel de guia. Papel esse que tinha a única função de escolher nosso próximo alvo. O problema estava mesmo em todas as vezes que íamos bater no carrinho de alguém. Antes do impacto, Gui fazia questão de esticar o braço e colocá-lo na minha frente, em um ato automático para me proteger.

Cada vez que o braço dele encostava em meu peito, eu torcia para que ficasse ali para sempre. Que todo o centro de convenções se esvaziasse, que Cronos de repente recuperasse os seus poderes só para parar o tempo e me deixar viver a sensação de ter Gui cuidando de mim por toda a eternidade.

De repente, Orfeu volta à minha memória, e as lágrimas que eu tentava manter longe mancham minha calça cáqui.

— Ei! — Gui se vira para mim, parando o carrinho no meio da atração. — Está tudo bem? Você se machucou? Aquele ruivinho bateu forte na gente...

Em um ato puramente egoísta, puxo meu melhor amigo para um abraço. Assim como Orfeu, me pergunto como poderia seguir em frente se em meu horizonte só existia Guilherme.

A divagação é interrompida quando a criança ruiva volta para uma segunda rodada. O baque faz com que sejamos arremessado de leve para a frente e Guilherme saia do abraço. O que me traz de volta ao presente e a uma difícil realidade a ser encarada.

Fazer Guilherme se apaixonar por outra pessoa também significa perder a sensação de que, onde quer que ele esteja, tenho alguém disposto a me proteger de qualquer ameaça.

Seja um carrinho bate-bate ou um deus furioso.

XVI

Qui Tacet Consentire Videtur

Até pensei que os dias seguintes seriam mais tranquilos, mas que engano... Guilherme continua na mesma empolgação de sempre. A quantidade de coisas para fazer é infinita. Isso sem falar nas inúmeras fotos com cosplayers que ele pede para que eu tire.

O último dia antes da volta é dedicado quase exclusivamente ao lançamento da nova temporada de *Odisseia*.

Guilherme está ainda mais eufórico.

Ele não para de falar do painel que vai acontecer no final da convenção, nem quando estamos passeando entre as réplicas de alguns figurinos (vendidos como os figurinos originais, é claro).

Depois de um tempo, e para mantê-lo bem imerso na nossa conversa, peço um breve resumo do que aconteceu nas duas primeiras temporadas.

— E aí, Jasão se ajoelhou e agradeceu a Medeia por ajudá-lo a recuperar o Velocino de Ouro... — conta Guilherme, empolgado enquanto vemos um velocino dourado dentro de uma vitrine de vidro.

— É, só que não foi bem assim que aconteceu... — respondo, me deixando levar por um segundo.

— Como assim? — pergunta Guilherme, confuso.

As releituras da série até usam muitos fatos contados nos mitos gregos. Porém, acontece que, como já estamos cansados de saber, esses mitos são versões adaptadas para doutrinar uma população com os conceitos, metáforas ou morais que os poderosos da época queriam. Seja sobre não mexer com superpoderosos para não virar uma mistura de mulher e cobra, ou sobre como é melhor ser um homem honesto e sempre temente aos deuses.

Ou seja: ficção em cima de ficção.

— Bom, Medeia na verdade não ajudou Jasão por vontade própria. O cara que virou um dos maiores heróis da mitologia grega era, na verdade, um baderneiro que bebia mais vinho do que deveria e estuprava garotas na Cólquida. Então Medeia, numa tentativa de salvar essas garotas, fez umas magias para ele alcançar logo o objetivo e se mandar dali.

— É sério?

Ele ainda parece confuso.

— Aham.

— História da arte, música da década 1970 e 1980, conceitos bem específicos da psicologia... — lista Guilherme. — E agora mitologia grega?

É mais uma piada recorrente entre nós dois. Às vezes, meu lado nerd imortal e que acumulou muitos conhecimentos úteis (e ainda mais dos inúteis) vem à tona. O que deixa Guilherme assim, me olhando como se eu fosse uma versão humana (mas não tanto) da Wikipédia.

— Ah, é só que antes de partir para a informática eu era apaixonado por história com foco nos períodos pré-helenísticos da Grécia. — Tento me safar, enfeitando o discurso para disfarçar um pouco melhor.

Até porque uma convenção cheia de nerds é um péssimo lugar para colocar a mão no ombro de seu melhor amigo e contar: "Bom, a verdade é que vi todas essas histórias acontecerem. Na maior parte delas os heróis eram uns babacas. Garotas apaixonadas são praticamente um sinônimo para garotas estupradas, isso sem mencionar que toda aquela baboseira do Império Romano aceitar gladiadores gays é uma mentira que o catolicismo inventou para abolir ainda mais práticas politeístas. Até porque, existe algo mais hétero top que gladiadores?".

Depois que conto meus conhecimentos, Guilherme abandona toda a explicação e começa a me bombardear com perguntas. O que, cá entre nós, adoro.

O olhar que me lança é tão cheio de admiração que eu enfrentaria trinta minotauros só por uma chance mínima de vê-lo por toda a vida. Eu sei... prometi que tentaria deixar essa viagem menos piegas, mas, se você estivesse aqui comigo e visse o que estou vendo, não estaria revirando os olhos agora.

— Beleza, chega de *Odisseia*. Sinto que você está procurando a saída só porque não aguenta mais me ouvir falar da série — brinca Guilherme.

— Larga disso. Eu me acostumei com suas leves obsessões desde a primeira vez que você ficou três horas me falando do Batman.

— Ele é meu herói favorito! — Ele levanta as mãos em rendimento.

— E, aposto que depois daquele monólogo, também virou o seu.

— Talvez porque ele consiga salvar o mundo e ainda administrar toda uma empresa sem falhar em nenhuma das duas tarefas.

Noto a ironia em meu comentário e começo a rir sozinho.

— Que foi?

— Nada, nada. — Penso rápido para fugir do assunto. — Falando em administrar empresa, como andam os comentários dos usuários queer?

Sei a resposta a essa pergunta, mas preciso me manter no personagem para que Guilherme não desconfie de nada.

— Bom, o time de tecnologia deu um upgrade no sistema de mapeamento do aplicativo, e isso pareceu resolver a questão dos usuários não encontrados — informa Guilherme. — Ainda vai demorar um tempo para termos dados concretos, mas, a cada dia que passa, menos pessoas criticam, então acho que o novo radar deve ter funcionado de algum jeito.

Sim, claro. O novo radar e uma boa dose de magia grega.

— Oi, vocês são Theo Kostas e Guilherme Nogueira, né? — Uma repórter nos para, atrapalhando a fila de espectadores tentando entrar.

— Do Finderr?

— Isso! — responde Guilherme, empolgado.

Ele ama ser reconhecido pelo trabalho do Finderr, mesmo que odeie qualquer forma de holofote. Quer elogiar Guilherme? A única forma de satisfazê-lo é falando da empresa dele.

Quer dizer, tem alguns outros elogios de que ele gosta, mas prefiro não falar disso agora.

— Que sorte a minha encontrar dois grandes patrocinadores do evento assim — comenta ela. — Meu nome é Karla, e sou repórter do *Ovo Frito*. Eu acompanho o trabalho do Finderr. Será que vocês topam dar uma palavrinha? Não é todo dia que consigo um espacinho na agenda de vocês.

— Claro — respondo de imediato, e olho logo para Gui.

Ele nega com a cabeça, mas ainda assim me incentiva a ir.

— Vai, foi você mesmo que disse que também estamos a trabalho aqui. — Ele dá uma piscadela. — Se eu uso o blazer, você dá entrevistas.

Quando seguimos a repórter, chegamos a um local mais calmo onde um operador de câmera começa a preparar algumas luzes. Guilherme, lógico, já se posiciona ao lado da luz em uma clara mensagem de que não pretende aparecer na entrevista. Quando fica tudo pronto, deixo alguns brindes e sacolas no chão ao lado dele e, assim que a câmera começa a rodar, ligo o modo Deus do Amor e CEO.

— Boa tarde, eu sou Karla Osejas e falo diretamente de San Diego, na Califórnia. Estamos aqui na Comic-Con ao lado de um dos CEOs mais jovens do mundo — anuncia a repórter. — Theo Kostas é um dos fundadores do Finderr, mas aparentemente, além de dominar o universo dos aplicativos, ele também separa um tempo para ser fã como todo mundo.

Já começo a rir.

— Não é para tanto! — respondo, usando o charme. — Eu só precisava saber mais dessa série que todo mundo anda falando.

— Inclusive, todo mundo também anda falando do Baile dos Solteiros deste ano! — afirma ela, e eu já imaginava que levaria a conversa para esse tema. — Alguma dica de quais solteiros podemos esperar no baile?

— Olhe, eu não estou autorizado a soltar mais nenhum nome, Karla. Você vai ter que esperar para descobrir quando mais convites começarem a aparecer — falo, entre risadas. — Mas posso dar a dica de que uma determinada modelo recém-divorciada está entre os convidados.

A dica vai ser o suficiente para aflorar uma discussão no Twitter. Já consigo até imaginar alguns milhares de fãs criando teorias sobre que modelo recém-divorciada foi convidada. É bom que o departamento de marketing ao menos me agradeça por gerar essa conversa de forma "orgânica", a palavra favorita deles.

— E essa seria a sortuda que vai acompanhar você este ano? — pergunta ela.

Por um segundo, penso em desconversar, mas me lembro das palavras da dra. Emi e decido encarar o assunto de frente.

— Não, não vai ser ela. — Não abro mão do sorriso. Ele ajuda a esconder que talvez eu esteja suando frio. — Este ano a vaga ainda está em aberto, ainda não encontrei a pessoa que vai ocupá-la.

— Nem o... — começa ela.

Prevejo para onde a conversa vai. Dois sócios indo juntos na Comic-Con e com a familiaridade que eu e Gui temos é o prato feito para criarem teorias de um relacionamento que não existe. Então decido uma tática desesperada enquanto as palavras da dra. Emi ecoam na minha mente.

— Ninguém, Karla, ninguém! — interrompo. — Ser um CEO e organizar um evento como o baile não deixa muitas brechas para explorar o meio gay. Mas prometo que, quando o sortudo que roubar meu coração aparecer, você vai ser uma das primeiras a saber.

Karla então se volta para a câmera e finaliza a entrevista. Posso jurar que por trás da iluminação capto um breve sorriso no rosto de Guilherme.

Baile dos Santos e Pecadores: Como Resolvi Me Assumir Como Um Homem Gay No Meio Do Maior Evento Nerd Do Planeta.

Depois que nos despedimos da equipe, o peso do que acabei de fazer enfim me atinge. A dra. Emi vai ficar orgulhosa. Essa declaração não deixa nenhum tipo de margem para dúvidas sobre minha orientação sexual.

Mesmo com o nervosismo, não consigo deixar de sorrir.

Pela primeira vez na história, sinto orgulho de quem sou. Sou mesmo um dos CEOs mais jovens do mundo da tecnologia.

Também sou uma figura mitológica imortal e que, apesar de atrapalhada e amaldiçoada, inspirou dezenas de peças artísticas ao longo da história.

Sou tudo isso sem abrir mão de quem eu realmente, absolutamente, profundamente sou.

Um Cupido Viado.

Quando estamos a caminho da última mesa da convenção, Guilherme nota que não consigo parar de sorrir e decide fazer um comentário.

— Sabe que depois dessa bomba ninguém mais vai falar da modelo recém-divorciada, né? — Ele me puxa para um abraço. — Estou orgulhoso.

A última frase faz valer a pena qualquer eventual discussão que eu tenha com o departamento de marketing quando essa reportagem for ao ar.

— Bom, eu tentei — respondo, antes de cair na gargalhada. — Bruna vai surtar quando souber que eu finalmente acabei com as teorias a meu respeito sem contar nada para ela, isso sem falar na Carmen.

Assim que falo o nome de minha amiga, a culpa já me bate com força. Toda essa viagem foi planejada para juntar os dois pombinhos e garantir o futuro da carreira (e toda a vida) deles. Só que acabei deixando o passeio se transformar em várias sequências clichês nas quais me apaixono ainda mais por Guilherme. E o pior, com ele se apaixonando por mim.

Parte de mim quer culpar o acaso, uma série de fenômenos aleatórios que nos colocou em situações em que nossa companhia era tudo o que bastava. Estúpidas coincidências.

Contudo, a outra parte, a que adora fugir das verdades mais óbvias, sabe que o único estúpido aqui sou eu. Um egoísta que não consegue se livrar do fato de que ter Guilherme me paparicando tem sido o objetivo desde sempre.

— Vamos? O painel com os atores já vai começar. — Guilherme coloca a mão em minha lombar. — E quero estar, no máximo, na segunda fila.

Quando chegamos à frente do auditório em que o painel "*Odisseia*: uma espiadinha na terceira temporada" vai acontecer, a fila para passes comuns já tem no mínimo umas duas mil pessoas. Guilherme fica um pouco irritado ao descobrir que ao menos umas cem pessoas já estão na frente dele no acesso VIP. Tento acalmá-lo, mas sem grande sucesso.

— Por que você ama tanto essa série, hein? — pergunto enquanto a fila anda devagar.

— Ah, sei lá! Sempre amei mitologia, desde sempre — responde Gui, observando os enormes pôsteres na entrada do auditório. — Henry Cavill sem camisa ajuda, mas tem algo especial nas grandes epopeias em nome do amor que me conquista. Essa coisa toda de um homem comum ir ao encontro de grandes poderosos em nome de ideais etc.

Não resisto e reviro os olhos; ele percebe.

— Vai, pode rir! Dê aí uma aula sobre jornada do herói ou qualquer coisa parecida. Sei que não é o cinema francês cult, mas me inspira, fazer o quê?

— Ei! — Dou um beliscão nele.

Durante a época da universidade, quando não estava em um encontro com alguém, Guilherme sempre aparecia em meu apartamento para assistirmos a alguma coisa. Entre os trocentos filmes de herói que ele me obrigava a ver, eu conseguia convencê-lo a assistir a alguma coisa mais... artística. Ele dormia na maioria das vezes, o que me dava uma visão bastante privilegiada além das cenas na tela.

Quando por fim entramos no auditório, conseguimos os últimos lugares da segunda fileira. Preciso me sentar rápido antes que uma mãe e o filho acabem ocupando as duas últimas cadeiras restantes da ponta. Pelo olhar que a mãe me deu, naquele exato momento minha posição nos Campos Elísios foi revogada pelo próprio Hades em pessoa.

Alguns minutos depois o painel começa e o elenco entra no palco. Guilherme quase estoura meus tímpanos com tantos aplausos e assobios. Tento ser um pouco mais sutil, mas não consigo evitar alguns pensamentos impróprios quando Henry entra no palco usando uma camiseta colada.

O papo é leve e descontraído; em alguns momentos, o elenco solta algumas pistas sobre o que deve acontecer na próxima temporada e uma nova atriz é apresentada como a intérprete de uma personagem chamada Penélope. Se minha memória não falha, a mulher por quem Odisseu foi apaixonado durante todos os anos de guerra em que viveu.

— E aí, alguma informação extra para me dar sobre ela? — questiona Guilherme em um sussurro.

— Bom, pelo que sei, acho que o casal protagonista não vai ficar junto por muito tempo.

Guilherme parece ficar triste; ao que parece ele é um dos que torcem por um end game do casal principal. Penélope apareceu para estragar tudo.

Depois de um tempo paro de prestar atenção. O papo parece durar horas, e é só quando Henry está se levantando que deduzo que é a hora das perguntas. Mal percebo o que estou fazendo até estar em pé com um microfone na mão e me dirigindo ao terceiro homem mais gostoso do planeta.

— Oi, Henry, meu nome é Theo — apresento-me em um inglês fluente. — Então, eu queria saber se seu personagem e Penélope vão interagir muito na próxima temporada.

O meio sorriso que ele dá antes de responder é suficiente para saber que essa parte da história os autores não vão mudar muito. Depois da resposta dele, uma ideia surge em minha cabeça e, antes que tirem o microfone de mim, tomo coragem.

— Henry, uma pessoa muito especial para mim adoraria seu autógrafo, você se incomoda de assinar minha camiseta? — pergunto, surpreendendo-me com minha própria cara de pau.

É óbvio que ele topa e escreve um texto superfofo nas costas de minha camiseta amarela.

Quando saímos, o vento abafado da noite nos atinge em cheio. Guilherme está eufórico. Posso jurar que entre um passo e outro ele dá alguns pulinhos.

— Eu nunca teria coragem de fazer isso — confessa ele. — Ei... quer ir a pé?

O hotel em que estamos hospedados fica a uns dois quilômetros do centro de convenções, mas a noite está agradável o suficiente, e não consigo abrir mão de uma caminhada com um Guilherme tão empolgado.

O Dr. Martens em meu pé não é o calçado mais indicado para a caminhada, mas topo mesmo assim.

— Bora — respondo, sorrindo. — Mas estou morrendo de fome. A gente precisa comprar alguma coisa para comer no caminho.

— Tem uma barraquinha dois quarteirões antes do hotel que vende o melhor kebab da Califórnia. Eu como todo ano.

Durante o caminho, a conversa passeia por todos os temas possíveis. De lembranças da universidade até os melhores momentos do evento. Conversar com Guilherme é fácil; é como se nossa mente entrasse em uma mesma vibração e pouco importassem as mudanças rápidas de assunto. Não existe necessidade de pedir desculpas pelas interrupções; até elas parecem sincronizadas.

Uma hora depois estamos sentados no meio-fio de uma rua vazia que já lida com as consequências das altas horas. Quando chegamos ao carrinho, o dono está quase fechando, mas depois de muita insistência e uma boa gorjeta, ele topa preparar mais dois kebabs.

— Vou abrir essa exceção para os dois apaixonados! — brinca ele.

Guilherme não o corrige. Eu também não.

— Meu pai ia amar estar aqui — conta Gui, com um suspiro, enquanto esperamos.

Desde que o pai dele faleceu, não conseguimos conversar muito sobre o assunto. Guilherme viajou para ficar com a família e, na época, eu estava em Nova York a negócios, por isso não pude ir ao velório. Quando voltei, enviei uma cesta para a tia Gigi e até fui visitar Guilherme no apartamento. Ele não queria conversar muito, então ficamos deitados no sofá ouvindo discos até ele adormecer. Dias depois ele me contou que foi a primeira vez que conseguiu dormir desde o ocorrido.

— É? Ele era um nerd como você? — questiono e arranco uma risada dele.

— Meu pai praticamente moldou todos os meus gostos. Da música ao cinema duvidoso. As primeiras histórias em quadrinhos que li foram as dele. Mamãe até encaixotou todas para mim, mas ainda não consegui ir até a fazenda buscar.

— Sinto muito, Gui. Eu queria ter estado aqui, queria…

Ele encosta a cabeça em meu ombro.

— Você estava. Você sempre está.

Quando chegamos ao hotel, a recepção está vazia e o único funcionário está quase cochilando no balcão. Seguimos direto para o elevador e, assim que para em meu andar, Guilherme segura meu braço e me impede de sair.

— Estava pensando em dar um mergulho. Não quero que a noite acabe ainda. — Ele não precisa nem usar a interrogação, pois já entendo a frase como um convite.

Então deixo as portas do elevador se fecharem e servirem de resposta.

XVII

*Optimi natatores saepius
Submerguntur*

Já compartilhei minhas opiniões sobre um monte de mitos famosos por aqui, agora vou comentar sobre um que não é tão conhecido assim, mas que se encaixa com perfeição na situação pela qual estou passando agora.

Tântalo, segundo o mito, claro, era filho de Zeus. Mas, diferente de Héracles, que o querido papai colocou em situações de vida ou morte a bel-prazer, Tântalo acabou se dando bem. Era podre de rico e tão simpático que acabou conquistando o afeto dos deuses, sendo até chamado para os infinitos bacanais no Olimpo.

O problema é que tanto poder subiu à cabeça que Tântalo passou a trair a confiança dos imortais. Primeiro, compartilhou segredos divinos com outros amigos mortais. Algum colega perguntou o que tanto rolava nas festas do Olimpo e ele achou de bom tom contar uma fofoca ou outra. Depois, roubou um pouco de néctar e ambrosia e, mais uma vez, levou para os colegas mortais. Porém, o que irritou mesmo os deuses foi quando, para testar a onisciência das divindades, Tântalo sacrificou o próprio filho e o ofereceu aos imortais como uma iguaria alimentar. A teoria dele se provou falsa, pois os deuses não só descobriram como desfizeram tal barbaridade.

Essa parte sempre acho irônica, porque, conhecendo o Zeus verdadeiro, provavelmente transformaria Tântalo no Deus do Filicídio. Mas a edição dos deuses achou melhor retratá-lo como um protetor da infância e vingador dos pais desnaturados.

Tântalo foi enviado para o Tártaro e lá deveria viver, por toda a eternidade, um infinito ciclo de suplício por meio da sede e da fome. Viveria mergulhado até o pescoço em uma laguna de água límpida e cercado por árvores das mais saborosas frutas. Porém, ao tentar beber o líquido, ele escorreria por entre seus dedos. E, sempre que tentasse retirar uma fruta do pé, os galhos se distanciariam de seu toque. Dessa forma, a tortura de Tântalo estaria sempre paralela ao mais grave de seus crimes.

Hoje em dia, é fácil enxergar a história de Tântalo como uma alegoria para o desejo incessante da humanidade. Ele representa a natureza humana, afinal os mortais também estão sempre condenados à insaciabilidade.

Mais uma metáfora em formato de mito grego para ressaltar o quanto a humanidade vive indo em busca daquilo que mais deseja apenas para ficar presa em um ouroboros eterno, no qual, quanto mais se avança, mais o horizonte se distancia.

Afinal, a felicidade humana nunca está onde o ser humano está. Sempre adiante.

No meu caso, a história de Tântalo representa com perfeição minha situação atual. Quando Guilherme tira a calça e entra só de cueca boxer branca dentro da piscina, sinto-me condenado.

Tendo o que mais desejo exibido diante de mim, enquanto nunca, nunca poderei tocá-lo.

— Você não vai entrar? — Ele retorna à superfície depois de um mergulho. — A água está uma delícia.

Guilherme não é bobo e sabe que eu estou encarando na cara dura. Apesar de parecer nos últimos dias um nerd inofensivo por trás do blazer e dos óculos recém-adquiridos, ele ainda lembra como usar o próprio corpo para conquistar os objetos de desejo.

O que seria irônico se eu não fosse um deus com milênios de experiência, ao mesmo tempo que também sou um deus com séculos de tesão acumulado.

— Minha cueca está furada — brinco.

— Eu não ligo — rebate ele.

Quando entro na piscina, a surpresa por a água estar morna só não é maior do que a surpresa pela audácia de Guilherme. Ele se aproxima mais do que o indicado para "bons amigos tomando um banho de piscina juntos na madrugada".

— Sabe, eu acho que isso vai inflar seu ego e que vou me arrepender de confessar — começa ele, e meu coração acelera —, mas eu estou muito feliz que você enfim aceitou meu convite e veio.

Respiro fundo para não o abraçar e nunca mais soltar.

— Eu também, Gui. Nunca vou admitir isso para mais ninguém, mas foi muito divertido.

— Isso significa que você vai aceitar de novo no ano que vem?

— Não, ano que vem você vem com Bruna mesmo.

Só que o jeito como falo isso não escapa da sensibilidade de Guilherme. Ele parece notar que estou escondendo alguma coisa, mas não insiste no assunto. Apenas franze as sobrancelhas e me encara.

— Do que você tem medo, Theo?

— De muita coisa, Gui, mas principalmente de tudo o que não posso controlar.

De minha incapacidade de unir você com minha melhor amiga, porque a única coisa que faz sentido neste mundo repleto de coisas incompreensíveis para a natureza humana é você e eu, passando a eternidade juntos e indo a todos os eventos nerds que você tenha vontade de ir.

Não completo com tudo isso. Deixo as palavras morrerem no improvável.

— Então talvez você devesse confrontar alguns desses medos.

Guilherme se aproxima ainda mais.

Seus cílios carregam pequenas gotículas de água que pareceriam diamantes se não fossem os olhos verdes que me encaram. Não preciso desviar o olhar para saber que morro de inveja de todas as gotículas que escorrem pelo peito dele.

Fecho os olhos em uma prece rápida, para que eu consiga resistir ao impulso que me puxa em direção à boca dele. E outra prece mais rápida ainda, dessa vez mirando para cima, pedindo que o toque rígido que sinto em minha barriga seja o joelho de Gui e não o... outra coisa.

Como sempre, o universo mais uma vez não atende às minhas preces. Guilherme fecha os olhos e se inclina para frente. Meus impulsos não me ajudam, e faço o mesmo.

Então o celular dele toca.

O barulho funciona como a intervenção que clamei ao universo e me faz voltar à realidade. Eu não posso beijar Guilherme, preciso salvar a vida dele.

— É melhor você atender. — Minha voz soa fraca. — Pode ser alguma coisa do Finderr.

Ele olha para mim em total incredulidade, mas, quando percebe que já me afastei, apoia-se na beira da piscina e se estica para pegar o celular no bolso da calça que deixou ali.

— Oi, tio Gui! — A voz estridente de João, seu sobrinho de 5 anos, ecoa por toda a piscina. — Você conheceu o Batman?

Guilherme solta uma risada alta. De todas as pessoas do mundo, tenho certeza de que seu sobrinho é uma das favoritas.

— Espera, deixa eu aparecer também. — Uma outra voz emana do telefone. — Você está na piscina? Achei que era uma viagem a trabalho, Guilherme! — Fefa, a irmã mais velha de Gui. — E que cara vermelha é essa? Você está num date? Ah, oi, Theo!

Decido intervir antes que Guilherme tenha que inventar alguma coisa. Ele é um péssimo mentiroso e não desconversaria bem.

— Fefinhaaaaa! Aqui está um calor infernal, então depois do evento resolvemos dar um mergulho. Oi, João! Seu tio conheceu o Batman e até tirou uma foto com ele…

— Jura?! — O garoto pega o celular da mão da mãe e enfia na própria cara. — Você pediu pra ser o Robin?

— Não, pequeno, a vaga do Robin estava muito concorrida. Mas eu vendi seu peixe! Disse que talvez um menino só com notas boas merecesse a vaga.

— Aham! Eu tirei nove em matemática! — responde João, empolgado. — E eu vou casar!

— Que história é essa? — Entro na brincadeira. — Eu vou ser convidado?

Fefa então pega o celular de volta e explica que uma antiga namoradinha de Gui, hoje amiga da família, vai se casar e convidou João para ser um dos porta-alianças.

— Ah, essa é uma tarefa importante, hein? — explica Guilherme, fazendo uma expressão toda séria. — Não pode derrubar no chão, viu?

— Tá! — responde o sobrinho. — E vocês, quando vão casar?

Guilherme quase derruba o celular na piscina, mas consegue salvar no último instante. Já Fefa, do outro lado da tela, não tem muita sorte e, na tentativa de tomar o celular do filho, acaba derrubando o aparelho com a tela para baixo. Só ouvimos o abafado de ela dizendo:

— Chega, hora de dormir. Você ainda me mata de vergonha, moleque! Oi! Theo, não liga, não… João tomou Toddynho demais hoje! — explica ela, meio afobada. — Está impossível.

Eles se despedem, e Guilherme coloca o celular de volta no monte de roupas.

— Onde a gente estava? — Ele me encara com um meio sorriso que conseguiria ressuscitar qualquer clima.

Diante dele, confronto minhas possibilidades. Poderia permitir uma transgressão, me jogar nele e ver o sol nascer da janela de um quarto diferente do meu. Mas dormir ao lado de Guilherme seria aceitar que, com o novo dia, viria também a destruição de tudo o que mais prezo.

Só que, depois de anos de maldição, não consigo deixar de questionar: eu não mereço esse descanso? Seria tão injusto assim contemplar o fim pelos olhos verdes de Gui?

Se isso não significasse também o fim dele, talvez eu aceitasse. É a única coisa que não estou disposto a ter em minha consciência.

Então falo, curto e grosso:

— Voltando para o quarto. O voo é cedo amanhã.

Guilherme abre a boca, mais uma vez sem acreditar no que estou falando.

— É sério?

Começo a andar em direção à escada da piscina como confirmação.

Guilherme é mais rápido e sai pela borda mesmo. Está colocando a calça quando começa a falar de novo:

— Você é impossível, Theo.

— Que foi?

Minha inocência fingida não convence a ninguém.

— Até a porra do meu sobrinho de 5 anos se pergunta! — Ele agora grita. — Tem vezes que você baixa a guarda e faz parecer que finalmente, finalmente a gente vai... Só para depois fingir que é tudo coisa da minha cabeça.

Começo a me vestir em silêncio. Falar alguma coisa significaria colocar sentimentos demais para fora.

— Você sabe que não vou esperar para sempre, né? — diz Gui.

A frase me perfura como uma lâmina de esgrima direto no coração. Fina, dolorosa e capaz de me fazer explodir em sangue e dor.

— Ótimo, não sou digno nem de uma resposta. — Guilherme termina de calçar os sapatos. — Então pelo menos acho que é justo eu pedir uma última coisa. Para de brincar com meus sentimentos, Theo. É cruel me deixar nesse eterno banho-maria só para depois tentar me juntar com Bruna. O quê? Acha que acreditei nessa história de exposição?

Sou tomado pela surpresa.

Guilherme está quase no elevador quando grito seu nome. Ele se vira, com os olhos verdes carregados de esperança.

— A camiseta... — Aponto para a peça autografada. — Peguei para você. É sua.

Guilherme não finge surpresa. Estava óbvio desde o início que ele era a única pessoa de minha vida especial o suficiente para me fazer pedir um autógrafo no meio de uma convenção de nerds. Ele me encara por alguns segundos, como se tentasse com um único olhar entender tudo que passa por minha cabeça.

— Maravilha, então agora tenho duas camisetas suas para guardar de lembrança.

É então que me lembro da camiseta do Paramore.

XVIII

Ex Aspectu Nascitur Amor

5 ANOS ANTES

Quando enfim chegamos à fazenda, fui bombardeado com o cheiro límpido da área montanhosa de Minas Gerais. A grama era impecável de tão verde e o céu se estendia por todo o horizonte, livre dos obstáculos cinzentos que em geral ocupavam a vista de São Paulo.

Quando descemos do carro, a família de Gui nos recebeu com uma alegria contagiante. A mãe foi a primeira a nos recepcionar com um abraço demorado e beijos molhados nas bochechas. Não conseguimos nem tirar as malas do jipe antes que ela começasse a nos empurrar em direção à cozinha. Guilherme havia nos alertado que a linguagem de amor da mãe era uma mesa farta.

O cheiro de comida caseira tomou o ar límpido assim que cruzamos a soleira da porta, e mesmo eu, que não estava com tanta fome, fui dominado pela sensação. Um prato já me esperava no centro da mesa.

— Vem, meu filho! — Ela começou a me servir. — Guilherme contou que você adora polenta!

Tia Gigi, a matriarca da família, era uma mulher forte, de cabelo preto e no auge dos 50 e poucos anos. Os olhos, como pude perceber, eram verdes e perceptivos como os do filho, e a cada segundo captavam muito mais do que deixavam transparecer.

Quando terminei de raspar o prato, ela já estava de pé para me servir uma segunda rodada.

— Nada disso! Aqui não tem isso de timidez, não! — Ela continuou insistindo mesmo após eu dizer que não queria mais. — Pois eu vou ficar ofendida se não comer mais nem um pouquinho.

Estava na terceira colherada quando ela quase me fez derrubar o prato.

— Era sua família que fazia esse prato para você? — perguntou ela, com tranquilidade.

Achando que eu não perceberia, Guilherme arregalou os olhos para a mãe. Ao que parecia, no briefing que ele dera sobre meus pratos favoritos não estava incluída minha sensibilidade em falar de meus genitores.

Quando me sentei de novo, chutei a perna dele por debaixo da mesa. Também não precisávamos tratar o assunto como um tabu, né?

— Era! Minha mãe não costumava fazer usando milho, e sim outros cereais, mas sempre foi minha comida favorita. Hoje em dia a de milho é a de que eu gosto mais — completei para que ela não sentisse que errou.

A verdade era que o milho virara parte da polenta somente nos últimos trezentos anos. Na Grécia, durante boa parte de minha vida adulta, a refeição ainda era feita usando sobretudo favas. Na atualidade, as pessoas acreditam que é uma invenção italiana.

Ah, e você pode estar se perguntando: "Sua mãe fazia polenta mesmo?".

Fazia. Afrodite, além de incrivelmente bonita, era uma cozinheira de mão cheia. Os poucos bons momentos que me lembro de conviver com ela foram na cozinha.

— Calma, Gigi! Assim você vai matar todo mundo com tanta comida! — exclamou o pai de Gui, entrando na sala de jantar.

Pelo visto, a altura, a pele com um leve bronzeado e o porte atlético Guilherme tinha herdado do pai, mas as semelhanças não paravam por aí. Quando Gui se levantou para cumprimentá-lo, deu para notar que eles vibravam em uma energia quase idêntica.

Depois que todos já estavam quase dormindo nas cadeiras da sala de jantar, tia Gigi nos levou para onde ficaríamos. Eu dividiria com Gui o antigo quarto dele, que ficava no último andar da casa, quase como em um sótão. Ao subir as escadas e passar pelos corredores, vi inúmeras marcas que, em vez de deixar a casa com um aspecto velho, transformavam cada parede em uma espécie de testemunha.

De maneira estranha, fui tomado por ciúme. Cada corredor carregava as lembranças da infância do cara por quem eu era perdidamente apaixonado. Será que ele dera o primeiro tombo ali? Algum dia ele já havia chorado escondido atrás daquela porta? A resposta nunca tive, mas no lugar ficava a certeza de que a casa conheceu mais de Guilherme do que eu um dia conheceria.

Como esperado, depois de horas de estrada e um almoço reforçado, dormimos a tarde inteira. Acordei muito depois que o sol se pôs, poucos minutos antes de a festa começar de fato. Quando desci para a área externa da fazenda, várias mesas tinham sido improvisadas ao redor de guirlandas com luzinhas coloridas.

Além da galera que veio junto comigo e Gui, também se juntaram à festa o resto da família dele: alguns tios e parentes que viviam em fazendas vizinhas e a irmã mais velha, de uma cidade maior a algumas horas dali.

Fefa tinha uma energia contagiante. Mesmo depois de cuidar a noite inteira do filho de quase 1 ano, ainda encontrou energia para dançar e celebrar a formatura do irmão.

Que tia Gigi nunca escute isso, mas provavelmente Fefa é minha pessoa favorita daquela família. Tirando o irmão, lógico.

Eu estava sentado em um canto, bebendo a quinta ou sexta cerveja, quando ela se aproximou e puxou uma cadeira para ficar a meu lado. Já havíamos nos apresentado, mas não conseguimos conversar direito no meio de toda a euforia da chegada.

— Então você é o famoso Theo? — questionou ela enquanto levava um copo à boca.

Pelo que pude perceber do gesto calmo, o filho já deveria estar dormindo junto ao pai.

— Famoso? Talvez por reprovar duas vezes em Cálculo III — respondi, com vergonha, e por isso tentando diminuir o fato de Guilherme já ter falado de mim para ela.

Sobre o que mais eles teriam conversado?

Quando ela sorriu para a piada, percebi que eles eram quase a mesma pessoa vista sob diferentes luzes. Era impossível distinguir quem se parecia com quem; eles eram um só. Poderiam se apresentar como gêmeos fácil, fácil.

— Não! Quis dizer que Guilherme já falou algumas vezes do Theo que... Como é mesmo? — Ela pausou, fingindo que precisava lembrar. — Que fala do mundo como se vivesse nele há milênios.

Isso soava bem como algo que Gui falaria de mim. Ele adorava quando entrávamos em infinitas discussões sobre o universo.

— Que forma inteligente de falar que tenho mania de velho.

— Não, você sabe que não é isso que ele quer dizer — ressaltou Fefa, sem rodeios.

Eu sabia. Óbvio que sabia o que ela queria dizer. Desde que chegamos lá, os sinais ficaram um pouco mais claros. Talvez desde os últimos meses; eu que não queria enxergar. A paixão que eu nutria por Guilherme era recíproca, talvez em intensidades diferentes, talvez ele estivesse confundindo tudo com sentimentos fraternais, eu não sabia. Mas era óbvio que, de algum jeito, ele estava apaixonado por mim. Enquanto parte de mim desejava correr na direção dele e falar toda a verdade, a outra torcia para que fosse algo platônico.

Passageiro como a brisa que agitava algumas fagulhas da fogueira naquela noite.

— Sabe, Theo, preciso contar uma coisa sobre Gui. — Ela apoiou o copo no chão. — Inclusive espero que isso nunca saia daqui. Ele me mataria se soubesse que estou falando isso para você.

— Palavra de honra — jurei, com uma saudação.

— Guilherme anda diferente. Sei lá, talvez sejam minhas emoções falando porque ele está se formando. Mas meu irmão parece mais maduro — afirmou Fefa, um pouco emocionada. A voz levemente tremida foi o que denunciou. — Sabia que Guilherme não chorou quando nasceu? Nem um pouquinho. Minha mãe costumava contar que ele não queria desperdiçar um minuto no mundo, então não perderia tempo chorando quando podia observar tudo.

Percebi lágrimas começando a se acumular nos olhos dela. Assim como meus sentimentos por Gui, a completa admiração dele pela irmã também era recíproca.

— Desde então ele sempre foi inquieto, curioso. Cogitou todas as carreiras do universo antes de decidir uma. Está vendo aquele limoeiro? — Ela apontou para uma árvore cheia de frutos maduros e amarelos. — Guilherme quebrou o braço com 9 anos tentando saber se os pardais conseguiam ver ele tomando banho.

Eu não fazia ideia de aonde ela queria chegar, mas nada no mundo me faria deixar de prestar atenção em Fefa.

— Depois daquelas árvores ali tem um córrego que mal bate na cintura — continua ela, indicando o local. — Guilherme quase se afogou lá, porque queria descobrir se o boneco do Aquaman ganhava vida debaixo da água. Ficou dois minutos submerso até minha mãe correr e tirar ele de lá.

Eu conseguia imaginar uma versão diminuta de meu melhor amigo correndo com o boneco do Aquaman.

— Ele queria descobrir tudo. Encontrar novos pontos de vista. A verdade, uma que a gente já cansou de discutir em volta da mesa, nas reuniões de família, é que Gui desde sempre vivia buscando algo que só ele sabia existir. Desde a primeira vez que abriu os olhos, foi assim. — Ela desviou a atenção para o irmão. — Mas hoje, quando olhei para ele, algo parecia diferente. Encontrei paz no olhar dele, Theo. Como se enfim ele tivesse encontrado o que passou tanto tempo procurando.

A história me pegou de surpresa. O olhar que a irmã mais velha de Guilherme me lançou foi repleto de significados. O brilho que vi mais cedo em Gui, enquanto ele estava em volta da fogueira, era só a superfície de várias camadas que eu demoraria anos para entender por completo. Minha sorte foi que, antes que meu cérebro me obrigasse a elaborar uma resposta convincente, Guilherme apareceu com um violão no colo e nos chamou para nos juntarmos a todo mundo do outro lado da fogueira.

Enquanto nos aproximávamos, Fefa segurou minha mão em um aperto gentil. Ali eu soube que nunca precisaria elaborar uma resposta, porque, não importava o que eu dissesse, ela já parecia saber de tudo.

A cantoria se estendeu por horas, mas, mesmo com muitas insistências, continuei no cativo voto de silêncio e me neguei a cantar. Já Gui se revezou entre tocar e cantar com quase todos os nossos amigos.

Já perto do fim, pouco depois de Fefa ter ido se deitar, acompanhando os pais, Guilherme tomou de volta o violão e decidiu cantar uma música que, nas palavras dele, o lembravam de alguém especial. Tentei esboçar o mínimo de reações possíveis quando os primos sugeriram o nome de uma ex-namorada, mas percebi o momento em que nossos colegas de faculdade olharam para mim. No fim das contas, eles sabiam para quem seria aquela música, e o mais importante de tudo era que eu sabia também.

— *Desculpe, estou um pouco atrasado* — entoou Guilherme. — *Mas espero que ainda dê tempo...*

Naquela hora, o mundo ao redor desapareceu. Naqueles minutos, em todo o universo só existiam eu, Guilherme e um violão surrado.

Eu tinha observado meu melhor amigo por alguns anos, decorado todas as imperfeições dele, mas lá, ao redor de uma fogueira se apagando, eu o vi pela primeira vez. Enxerguei-o por completo. Vulnerabilidades, sonhos, medos e o mais importante: um sentimento que conseguiria competir de igual para igual com o meu.

— *De dizer que andei errado, e eu entendo...*

Nos olhos dele, enfim percebi a paz da qual sua irmã mais velha falara. O verde ainda brilhava, mas parecia ter encontrado um foco. Ponderei se fora isso que Lee Garlington encontrou nos olhos de Rock Hudson. Se fora nos braços do maior astro de Hollywood que ele encontrara a paz que vivia escondida nos recônditos de seu medo.

— *As suas queixas tão justificáveis, e a falta que eu fiz nessa semana...*

Entre um acorde e outro, seus dedos estavam começando a ficar vermelhos. Será que doíam? Será que era uma dor parecida com a de Eleanor Roosevelt? Quando percebera o amor que sentia por Lorena Hickok? Seria aquela a dor que sentiram enquanto viviam a paixão em meio a cartas, sentimentos transcritos, beijos escondidos no papel?

— *Coisas que pareceriam óbvias até para uma criança...*

A voz dele era afinada e me trazia lembranças de um período nostálgico. Um período no qual sentir ainda era fácil. Lembrava praias, barcos e o sol refletindo em um mar azul. Era assim com todos os que eu flechara? Fora isso que Cazuza sentira ao longo da vida, quando amara inúmeras Julietas e infinitos Romeus?

Entre divagações e lembranças, não consegui deixar de sorrir. Vivi por milênios e tive a chance de encontrar duas pessoas por quem valia a pena morrer, quando a maioria dos humanos nunca nem chegava perto de achar algo pelo qual viver.

Com cada estrofe da música, eu percebia a ironia: enquanto ele me fazia uma serenata, nem imaginava que a seus pés, entregue e submisso, estava o Deus do Amor. O culpado por inúmeras tragédias em nome do sentimento supremo estava prestes a viver mais uma.

Nos meus olhos, as lágrimas não eram compatíveis com o sorriso. Significavam ao mesmo tempo o medo e o desespero por saber que, apesar de recíproco, aquele sentimento estava condenado.

Guilherme tocou o último acorde e a maioria das pessoas já sonolentas foram gentis o suficiente para aplaudir uma última vez. Com o tempo, a fogueira foi desaparecendo e, junto às últimas brasas, as pessoas que a rodeavam também se foram. Meu amigo colocou um braço em volta de meus ombros e, com um sorriso no rosto, caminhamos de volta para nosso quarto compartilhado.

Quando entramos no cômodo, a única coisa acesa era o abajur ao lado da escrivaninha. Para um casal não amaldiçoado, aquele seria o cenário perfeito para uma noite de amor. Infelizmente, para a gente, aquela não era uma opção viável. Ou, pelo menos, não era uma alternativa em que nós dois sairíamos ilesos.

Em nossa história, como na maioria dos mitos gregos, reais e fictícios, romance era sinônimo de tragédia.

Então evitei olhar para ele e tentei puxar qualquer assunto, mas só recebi o silêncio como resposta.

— Fefa é maravilhosa, bem como você disse — comentei.

Eu sabia que ele ainda não estava dormindo. Se Guilherme sentia o mesmo que eu, ele também estaria à espera.

— Eu não sabia que seu pai cantava tão bem. Ele deveria ter feito carreira... faria sucesso.

Mais silêncio.

A distância entre a cama dele e meu colchão era sufocante.

— Gui, por que você está me ignorando? — Enfim perguntei depois de ficar uns cinco minutos falando sozinho. — Eu sei que você ainda não dormiu.

Silêncio.

— Gui, acho que na verdade você não quer me ignorar coisa nenhuma — disparei de novo, em um ato de coragem.

— E a gente bem sabe que você também não quer ser ignorado, Theo — respondeu ele.

— E assim criamos mais um paradoxo no universo — brinquei, satisfeito por enfim ter começado uma conversa. — Mas, sério, o que você quer, Guilherme?

— Dançar — disse ele, depressa.

Antes que eu pudesse ao menos refletir, Guilherme me puxou do colchão. Em questão de segundos, eu já estava encostado no peito dele.

— Mas não tem música — falei, de maneira estúpida, depois de um tempo.

— A gente nunca precisou de música. — Então ele começou a cantarolar uma música de Raul Seixas. — A gente tem um ritmo só nosso.

Entre o momento em que levantei do colchão e o instante em que Guilherme me puxou para a primeira dança, infinitos futuros passaram pela minha cabeça. Destinos que se estendiam entre a gente, finais impossíveis em que éramos apenas dois jovens apaixonados e dando o primeiro mergulho juntos.

Ao mesmo tempo que me sentia aceso, eu era dominado por um cansaço que ocupava cada célula de minha existência. Uma exaustão que brigava com a resistência e clamava para que eu cedesse.

Entre os segundos e horas que fiquei preso às divagações, nas quais seguia imaginando futuros em que nenhum final seria feliz, meu corpo venceu e acabei me deixando levar. Virei um receptáculo que não mais pensava, não mais existia e era só conduzido por aquele que provavelmente seria o último homem a me condenar.

Quando a música se aproximava do fim, tomei uma decisão. Os deuses que fossem para a puta que pariu! De que valia a imortalidade se eu não tivesse Guilherme a meu lado? Eu enfrentaria qualquer consequência se isso significasse viver algum daqueles finais trágicos ao lado dele.

Quando Gui parou de cantarolar, voltamos a nos olhar e dei um passo para trás. O olhar que me encarou de volta ficou assustado por alguns segundos, mas só até perceber que a distância fora apenas para jogar minha camiseta do Paramore no chão.

Guilherme fez o mesmo e deu o primeiro passo para me colocar de volta em seus braços.

E então, naquele momento, pela primeira vez na história moderna, um mortal enfim derrotou um deus.

XIX

Tempora Mutantur Et Nos In Illis

— Você sabe que Guilherme tem razão, né? — É a bomba que dra. Emi solta depois que conto tudo o que aconteceu na viagem para San Diego.

Estar de volta em São Paulo também significa retomar minhas obrigações de saúde mental. E, depois de tantos acontecimentos e tentativas fracassadas de juntar meus amigos, a única coisa que poderia me salvar era uma boa sessão de terapia.

Mais um fracasso. Afinal, esta está indo por água abaixo.

— Em relação a quê? — rebato, ofendido.

— Bom, em relação a quase tudo, Theo. Você, no meio da sua confusão, acaba brincando com os sentimentos dele.

— Mas não estou confuso, eu não posso ficar com Guilherme! — falo, mais alto do que eu gostaria.

— Mais uma vez denunciado pelas escolhas de palavra. — A dra. Emi sorri, o que me deixa ainda mais possesso. — Notou que de novo você usou "poder" em vez de "querer"?

Nossa, ela merece um prêmio do Conselho Regional de Psicologia pelas habilidades dedutivas. Ou então uma vaga concursada na polícia federal. Porém, em vez de responder, apenas reviro os olhos.

— Theo, olha só! Eu já sei todos os argumentos que você vai usar. A diferença entre poder e querer existe para você, mas, para Guilherme, não. Para ele, você quer e fica submetendo o pobre coitado a esse jogo de gato e rato, em que ele faz um movimento e você se finge de desentendido.

— Quando foi que eu disse que eu queria alguma coisa?

— Ah, Theo! Eu não estou aqui para desvendar os sentimentos do Guilherme, mas posso, sim, convidar você a fazer um exercício de empatia. Uma viagem a dois depois de anos de ele tentando te convencer. Os abraços demorados, as conversas olho no olho. Os presentes incríveis que ano após ano você insiste em passar horas e dias planejando. Você mesmo falou que há um boato pela empresa de que vocês estão secretamente juntos. Qual sua teoria, que todo mundo viu alguma filmagem perdida de vocês no quarto do Guilherme cinco anos atrás?

Vejo onde ela está querendo chegar.

— Ou vocês dois são carinhosos o suficiente um com o outro para causar essa impressão coletiva? Não estou aqui para apontar suas falhas, mas precisamos discutir também suas incoerências. Você fala tanto que renega o amor e, ainda assim, em vários aspectos alimenta o que Guilherme sente por você.

Touché.

A conclusão a que eu não esperava chegar nesta sessão atesta de uma vez por todas que eu deveria ter cancelado com a dra. Emi e, sei lá, investido em uma garrafa de vinho. Em vez da paz que eu buscava, acabo ficando com a familiar sensação de que terapia é apenas uma forma de tortura voluntária e paga.

— Fica com isso na cabeça esta semana. — A dra. Emi se levanta, dando fim à sessão. — Qualquer coisa, se precisar conversar, você tem meu número.

Sim, mas nunca ligo. Talvez pelo medo de que sessões como esta acabem acontecendo.

Assim que saio da terapia, chamo um Uber em direção à Casa de Mãe.

Enfim chegou o momento de conhecer o abrigo. O único indicativo de que talvez este não seja um dia de todo perdido é o fato de que Bruna por fim volta a trabalhar hoje e vai me acompanhar na visita.

Para variar, desta vez não estou atrasado. Quando liguei para lá, percebi algo na voz da dona Sila que me fez querer aparecer no exato horário combinado. Não quero lidar com a possibilidade de ela não gostar de mim ou me achar um playboyzinho incapaz de levar as coisas a sério.

A volta para a rotina também é um ótimo lembrete de que o tique-taque que assombra meu pensamento precisa ser levado mais a sério. Cinco anos antes, cometi o erro de acreditar que eu tinha qualquer controle sobre minha vida. Acreditei que alguns pecados tivessem sido perdoados e que os deuses enfim tinham percebido que existem coisas melhores a se fazer além de vigiar cada passo meu.

O preço que paguei por acreditar nisso foi alto demais.

Agora preciso cumprir exatamente o que meu avô pediu e então encontrar um jeito de partir e recomeçar a vida em outro lugar. Segundo o que minha psicóloga falou, e cá entre nós, eu concordo, preciso deixar Guilherme em paz. Chega de brincar com os sentimentos dele e, se para isso tiver que abandonar o Finderr e toda a vida que construí em São Paulo, que seja. Recomeçar em um outro lugar é um preço pelo qual um imortal como eu já está acostumado a pagar.

Tudo o que posso tentar fazer é deixar as coisas um pouco melhores do que estavam antes.

O dia está cinzento e úmido como um pântano. Parece que, assim como eu, o tempo decidiu que não cederia às expectativas do mundo e só desabaria. A impaciência é tanta que acabo pedindo para o motorista do Uber parar um pouco antes; não seria má ideia caminhar até a ONG. Posso usar o tempo para organizar meus pensamentos enquanto atravesso o parque que me separa de meu destino.

Quando alcanço o outro lado, meu casaco está ensopado. O que prova que até deuses conseguem quebrar os próprios recordes quando a competição é ver quantas vezes conseguem se foder em um mesmo dia.

— Meu filho! Que bagunça — fala a mulher que me recebe ao abrir a porta da Casa de Mãe, com um olhar de preocupação. — Chegue, entre! Vou pegar uma toalha para se secar!

— Dona Sila? — pergunto, curioso.

Ela não é como eu tinha imaginado.

— Não! Minha esposa está na cozinha com Bruna... — Ela abre um sorriso gentil. — Eu sou Thaís, mas pode me chamar de dona Tatu.

Nem um minuto se passa antes que ela volte carregando um par de sandálias e uma toalha seca. Dona Tatu possui cabelo longo e preto, que chega até a base das costas. Quando se mexe, consigo perceber sob a luz que algumas mechas já foram apresentadas ao grisalho. Seu rosto é gentil, mas os olhos firmes demonstram que a mente não está nada alinhada com a idade. Pelo olhar, ela parece muito mais jovem e travessa.

— Nossa, Theo, veio a pé de casa? — questiona Bruna ao entrar na sala e me encontrar secando o cabelo.

— Achei que seria uma boa ideia vir andando do parque — conto, frustrado. — Jurava que ia demorar para chover.

— Dona Sila já está vindo, foi só preparar um café para a gente — avisa Bruna. — Antes que ela volte, me atualiza: como andam as preparações para o baile?

— Tudo funcionando, Bruninha, juro! Dona Ana foi meu bote salva-vidas enquanto você estava fora.

— Soube que ela conseguiu que o Bleachers fizesse um minisset, né? — comenta Bruna, sem esconder a empolgação.

— É, mas não é mini, não! Um set completo mesmo. Não sei nem como eles chegaram àquele preço. Ela é incrível. Que nem você, claro — completo antes que ela me mate.

Ela parece mais relaxada quando deixo evidente que está tudo sob controle. Bruna é sem dúvidas a segunda pessoa mais apaixonada pelo Finderr que conheço; a primeira, óbvio, é Guilherme.

A paixão dos dois pelo trabalho é tão grande que me faz ter um lapso de julgamento. Talvez os dois não sejam uma combinação tão bizarra assim.

Se, é claro, eu não estivesse jogando com os segredos de minha amiga e escondendo uma paixão avassaladora por meu sócio.

— Ah, Gui teve uma ideia para o baile! — revelo, e Bruna parece surpresa. — Eu sei, quem diria, né? — Enquanto explico a ideia de meu amigo, uma outra surge em minha cabeça. — Não faço ideia de como ajudar, então pensei que, sei lá… você poderia assumir essa frente?

Primeiro Bruna estreita os olhos, tentando encontrar algum resquício de um plano para aproximar os dois. Eu me faço de inocente e ela parece acreditar. Não posso deixar na cara que os dois juntos podem significar nossa salvação. Precisa acontecer naturalmente. Ou melhor, precisa acontecer do mesmo jeito que aconteceu com os maiores casais do planeta: com um empurrãozinho meu.

Se eu pudesse usar os poderes, nem de empurrãozinho precisaria. Os dois seriam atraídos um para o outro como eu e todos os meus problemas.

— *Hum*, talvez eu tenha mesmo uma ideia de como resolver esse probleminha dele... — responde Bruna, para minha felicidade. — E como foi em San Diego?

Para minha sorte, antes que eu precise responder com mais uma mentira sobre a viagem romântica que fiz com Guilherme, dona Tatu volta para a sala, acompanhada por quem parece ser dona Sila, uma mulher alta, negra e com um sorriso contagiante. Só me bastou um segundo olhar mais atento para perceber, sem nem mesmo recorrer aos poderes, que as duas nasceram para ficar juntas.

— Oi, Theo! Que prazer enfim ver você fora de uma revista! — Dona Sila vem em minha direção para um abraço. Não consigo fazer outra coisa a não ser retribuir com um sorriso no rosto. — Estava passando um cafezinho com pão de queijo para a gente conversar!

Quando nos sentamos, começo a saciar algumas curiosidades que ficaram martelando minha cabeça na última semana.

— Dona Sila, como foi que surgiu a Casa de Mãe?

Para minha surpresa, quem começa a falar não são as donas, e sim Bruna:

— A Casa de Mãe nem sempre foi uma ONG, sabe... Por muito tempo funcionou como uma pousada. Depois de fugirem da casa dos pais, que não apoiavam duas mulheres lésbicas na década de 1970, essas mocinhas aí decidiram abrir uma pousada numa casa que dona Tatu tinha herdado de uma tia-avó, né?

— Isso! Tia Enaura, que Deus a tenha! — confirma dona Sila. — Que ano era, Tatu? 1974? 1975?

— 1974! — responde dona Tatu.

— Isso! Verdade! Fundamos a pousada e, na época, recebíamos todo mundo sem distinção. Até héteros! — O último comentário de dona Sila arranca risadas de todo mundo. — Mas, quando os nossos precisavam de um quartinho, a gente não cobrava, sabe? A gente estava fugida, sabia bem o que era precisar de um canto também!

Os anos 1970 e 1980 não foram fáceis para a população queer no Brasil. Era de se imaginar que hoje, mesmo sendo o país que ainda mais mata pessoas LGBTQIAPN+ no mundo, as coisas estivessem um pouco melhores. Só que nunca foi o caso. Lembro que a ditadura foi um período obscuro e não apenas no âmbito político. Muita perseguição aconteceu por todo o Brasil, motivada única e exclusivamente pela intolerância.

Militarismo significa conservadorismo, o que por sua vez significava bichas sendo torturadas e acusadas a torto e a direito. Eu mesmo ajudei várias pessoas a fugir do país naquela época e só escapei de algumas baladas clandestinas porque usei algum de meus fracos poderes de persuasão para distrair uns milicos.

Obrigado pelas dicas de como enganar pessoas usando a aparência, mãe!

— Mas a coisa começou a complicar mesmo ali pelo meio dos anos 1980. A ditadura estava chegando ao fim, o que representava uma vitória para a maioria dos brasileiros, mas o próximo desafio de nossa comunidade estava logo ali, virando a esquina — conta dona Sila. Eu imagino aonde ela vai chegar, e um arrepio já percorre minha espinha. — A aids levou tanta gente, meus filhos! Vocês não eram nascidos, mas era bicha morrendo todo dia e ninguém nem tocava no assunto. Era tabu.

Pelo canto do olho, vejo dona Tatu secando uma lágrima. Se não me engano, ela trabalhava como enfermeira e deve ter exercido a profissão nesse período.

— A gente começou a receber alguns jovens que não tinham para onde ir e logo depois nosso nome como pousada caiu em desgraça! — Agora é a vez de dona Tatu falar. — Como é que falavam, Sila? A gente "incentivava o homossexualismo". — A expressão triste muda depois que ela solta uma risada fraca. — Aí, já que a gente estava na merda, o que era mais um peido, né? Começamos a lotar esses quartos de gente doente.

Toda a conversa me causa um desconforto gigante. Não me leve a mal, mas vi de perto tudo o que elas contaram, e são histórias que carrego junto à minha. Mesmo assim, ouvir da boca de outras pessoas adiciona uma camada que nunca pensei existir.

A da resistência.

Aos meus olhos, os anos 1990 foram sinônimo de perda, tristeza e vergonha. As paredes da Casa de Mãe significavam luta e uma insistência em não deixar que nossas relações sucumbissem. Que ficassem na sarjeta como nossa comunidade.

— E, dona Sila, me desculpe se eu for indiscreto agora, mas onde vocês conseguiram dinheiro para ajudar tanta gente? — questiono.

— Anos depois que viemos para cá, meu pai acabou falecendo e deixando uma boa herança para mim. Minha família nem sempre teve dinheiro, mas, ao longo de tantos anos de trabalho, conseguiu guardar uma coisinha ou outra. Bens materiais até que colecionaram alguns, só faltava amor mesmo...

— O dinheiro era bom, meu filho! — adiciona dona Tatu. — Por uns bons anos, sem muito desperdício, conseguimos manter a casa funcionando e ajudando um monte de gente. Depois precisamos colocar alguns limites, porque começou a faltar para o básico. Hoje só recebemos crianças e adolescentes que precisam de casa, acesso à educação etc. Além de alguns jovens mais velhos, claro. Exceções.

Nessa hora ela olha com carinho para Bruna. Pelo que me lembro do que conversamos no último jantar, minha amiga chegou ao abrigo aos 16 anos, uma idade já superior à da maioria dos moradores.

É nessa hora que Bruna se levanta e sugere que comecemos um tour pela casa, mostrando logo de cara a mesinha na recepção, em que ela trabalhou por cinco anos até se formar em administração.

Outras perguntas vão surgindo em minha cabeça, sobretudo como mesmo depois de anos da herança do pai da dona Sila tudo ainda continua funcionando. Manter um abrigo desses é mais necessário do que nunca nos tempos em que vivemos, mas também deve ser muito caro.

— Ah, existem épocas boas, em que algumas empresas e políticos ajudam — explica dona Sila. — Junho, então, meu filho, é um período de vacas gordas! É banco, é loja de roupas, todo mundo quer parecer moderninho ajudando nossa gente. Depois esquecem, né? Largam de mão como já fazem todo dia.

— Nos últimos tempos as coisas andam especialmente complicadas, né? — pergunta Bruna, recebendo uma confirmação das donas.

— Estamos funcionando em capacidade máxima, sem conseguir receber mais nenhuma criança! — conta dona Tatu. — E vai por mim, Theo, elas não param de aparecer.

A casa tem um estilo industrial e prático típico dos anos 1950. Não existe muito floreio, no máximo algumas camadas de tintas mais vivas nas paredes, mas mesmo isso parece ter acontecido há muito tempo. Em alguns cantos, nem as cores mais bonitas conseguem esconder algumas infiltrações.

Passamos por alguns quartos compartilhados, alguns com até três beliches apertados um ao lado do outro. Um cômodo com três computadores, o qual serve como sala de estudos para alguns dos moradores mais novos, e um depósito com roupas doadas que elas distribuem uma vez ao mês para todos os abrigados. A casa não tem muita graça, mas pulsa uma imponência que deve circular por aqui há anos. Para os mais pessimistas, um lugar que testemunhou a morte e o sofrimento de muitos.

Para dona Sila e dona Tatu, um sinônimo de segurança e amor.

— É sério, dona Sila? Mas vocês precisam se divertir! — A voz de minha amiga me traz de volta à conversa. — Qualquer dia desses venho cuidar de tudo aqui e vocês duas vão fazer uma viagem!

— Minha filha, a gente está economizando para trocar a rede elétrica! É a mesma da década de 1970. Esses dias Mel foi ligar o secador e foi um estouro só — conta ela, entre risadas.

— Pois, quando Bruna vier, venho junto e a viagem vai ser por nossa conta! — intervenho.

— Nossa conta, não, sua, meu bem! — Minha amiga é rápida em responder. — Você que é o dono de uma empresa multimilionária, já vai escolhendo aí a pousada em Noronha...

Enfim chegamos ao fim do tour. A casa leva para um quintal espaçoso onde, ao fundo, há varais estendidos e um círculo de cadeiras com crianças e adolescentes dispostos entre elas. Segundo dona Tatu, trata-se de uma sessão de terapia em grupo coordenada por um centro de psicologia da universidade pública da cidade.

Chegamos de fininho e, para não atrapalhar a dinâmica, nos posicionamos nos degraus que dão para o fundo da casa e ficamos em silêncio ouvindo.

— Oi, meu nome é Irla. Eu moro aqui há oito meses, mas hoje não estou aqui para falar de mim. — A brincadeira arranca algumas risadas da roda. Provavelmente alguma piada interna. — Quero falar do Rafa, um amigo que morreu na semana passada por complicações da aids.

A última frase já acelera meu coração e atrapalha minha respiração.

— Sim, gente, século XXI e as pessoas ainda estão morrendo em decorrência do HIV. E mais gente do que achamos, sabe? — continua ela. — Rafa era de uma família conservadora, evangélica, daquelas raiz, sabe? Ele era gay, começou a viver a vida dele escondido e aí acabou que contraiu o vírus. Mas a pior parte? Ele não sabia até ser internado, nunca fez teste, nada... morreu sozinho, sem ninguém para ajudar.

Não consigo terminar de ouvir a história de Irla. Eu me levanto e saio em disparada até a porta. Ao fundo, ouço a garota falando e Bruna me chamando, baixinho. As vozes parecem vir de outra dimensão, um eco do barulho agudo que escuto. Falta ar para respirar, o mundo gira.

Mais um ataque de pânico.

O que Irla conta é demais para mim; todo o resto de otimismo que sinto desaparece. Ainda estamos perdendo. Humanos que pensam como meu avô seguem por aí. Estão nos matando com socos, pontapés e desinformação. Quando enfim abro a porta e acabo de volta na rua, a chuva já cessou e, antes de desabar em um banco do parque em frente à casa, a última coisa que escuto é a voz de meu tio:

"Sempre fique perto dos seus."

XX

Omnia Cum Pretio

30 ANOS ANTES

Eu sei que você já deve estar de saco cheio de tantos flashbacks, mas entenda, por favor, vivo neste mesmo planeta desde a Grécia Antiga. Tem noção da quantidade de fofocas guardadas que tenho sobre o mundo que não compartilhei até agora?

Meus anos foram repletos de acontecimentos, alguns históricos e outros que, bom... definiram minha história. Foi o caso de 1987. A ida à Casa de Mãe ativou muitas lembranças que eu não visitava havia algum tempo, algumas cuja hora de desenterrar enfim chegou.

Por volta dos anos 1970, cansado de acompanhar de longe os avanços da humanidade, finalmente decidi seguir o conselho de meu tio e me aproximar da população queer. Demorou séculos para que eu entendesse que, ao falar "fique perto dos seus", ele estava me aconselhando a ficar perto das pessoas parecidas comigo. Que, mesmo com o mundo inteiro contra, ainda ousavam sonhar.

Rodei quase a Terra inteira até que me encontrei em uma discoteca típica dos anos 1970. O ambiente desbravador e ousado também era repleto de uma cena gay que desafiava as influências conservadoras do mundo pós--guerra. Lá, redescobri alguns dos prazeres mortais e pude voltar a me apaixonar por algo que sempre amei desde a infância com meu tio: a música.

Enquanto de dia cumpria as obrigações como Deus do Amor, à noite me jogava nas pistas com álcool, música alta e lança-perfume. Roberto Carlos, Wilson Simonal, Tim Maia e Rita Lee foram alguns de meus melhores amigos durante aqueles anos.

Nunca me permiti me aproximar muito dos mortais e jamais, sob hipótese alguma, ficava mais que alguns anos na mesma cidade. A década passou sem que eu percebesse e, mesmo com a maldição, vivi alguns dos melhores anos de minha vida. Anos em que consegui esquecer, pelo menos por algumas noites, quem eu era e qual o significado de minha existência.

Naquela época, o único deus que comandava minha vida era a música.

Como falei, tudo mudou em 1987. Eu estava morando no Recife e dividia as obrigações diárias com as noites infinitas na Toca das Baitolas, uma balada "secreta" nos arredores de uma das cidades mais antigas do Nordeste. Na Toca, eu vivia minha plenitude e durante o tempo que passei por lá conheci os melhores mortais que poderia desejar, entre eles, Alvinho.

O homem que me fez infringir todas as regras do início ao fim de nossa amizade.

Álvaro Bittencourt era o filho mais velho de um renomado arquiteto da cidade e herdeiro de muitos cruzeiros (moeda da época). Assim como o pai, Alvinho também era arquiteto e de dia interpretava o personagem que todo o Recife queria que ele fosse.

Um jovem apaixonado pelo emprego, o solteiro cobiçado e o futuro de todo o legado do papai.

Contudo, não foi esse sujeito que conheci. Não, eu me aproximei de um outro Alvinho lá na Toca. Um que vivia a verdade na pele, vestida como uma armadura.

Era Carnaval, e as ruas estavam apinhadas de gente. Pelas ladeiras, era certo encontrar confetes, restos de fantasias e muita música. Enquanto os blocos rodavam a cidade durante o dia, a festa continuava na Toca das Baitolas durante a noite. Mesmo com fantasias, era lá onde todo mundo se libertava das máscaras.

Naquele ano, eu tinha feito uma breve amizade com Elisa e Júnior. Estávamos todos juntos no balcão quando ele chegou. Desfilando o peito peludo, vestindo uma sunga minúscula e carregando um arco dourado que não combinava nem um pouco com as asas cor-de-rosa às costas. Não pude deixar de sorrir com a ironia: um homem fantasiado de cupido na maior festa gay da cidade era o oposto do que meu avô planejara para minha vida.

— Então você é o cupido? — perguntei quando ele chegou ao mesmo balcão em que eu estava encostado conversando com Júnior.

— Sabia que você foi o primeiro a acertar? — Ele se virou para mim com um olhar provocante. — Merece um beijo pela inteligência!

— Só que você usou essa mesma cantada com um pirata ali atrás — retruquei, para a surpresa dele, que logo entrou na brincadeira.

— Nossa, que jeito de cortar minhas asinhas!

A conversa toda me divertiu, sobretudo quando lembrei mais uma vez que toda essa história de o cupido ter asas e ser um anjo-bebê foi só parte de um plano do sincretismo religioso para que minha imagem como deus pagão sumisse. Assim, os católicos ainda poderiam celebrar minha imagem sem que corressem o risco de irem para o inferno.

— Cronos que o diga! — respondi.

— *Hummmm*, então a bicha é artística! — respondeu Alvinho, oferecendo-me bebida e captando minha referência à obra de Mignard, o que me surpreendeu.

Naquela mesma noite, dançamos até de manhã e vimos o sol nascer em Boa Viagem. Quer dizer, eu, Elisa e Júnior vimos o sol nascer. Meu novo amigo estava apagado e com as asas manchadas do próprio vômito.

Dali em diante, ficamos inseparáveis. Antes que você pergunte, não, nunca tivemos nada. Eu não me permitia me envolver fisicamente com outros caras, por medo de raios caindo no lugar errado. Não depois de provas e mais provas de que meu avô nunca desviava os olhos.

Um italiano durante o século XVIII, com quem vivi um sórdido caso entre docas e encontros em segredo, acabou morrendo de forma trágica quando um raio o atingiu no meio das mesmas docas em que nos encontrávamos.

No começo do século XX, em uma rápida viagem a Nova York, um ex-soldado estadunidense e viúvo. Entre horas conversando sobre livros e os horrores da guerra, fomos parar em seu quarto. Depois de meras duas semanas, ele foi encontrado sem vida depois de limpar o próprio rifle. O que seria uma tragédia acidental, se Matthew não tivesse me contado que a arma era apenas decorativa.

Enfim, com Alvinho nunca existiu nenhum tipo de desejo, sobretudo porque desde o começo ficou claro que nosso sentimento era maior e, de alguma forma inexplicável, completamente puro.

Encontrei em Alvinho um pai, uma mãe, um irmão. Vivi por incontáveis eras, conheci dos mais famosos mortais até os que a história não se importou de lembrar, mas foi ao lado de uma bicha encubada de Pernambuco que descobri o que era viver.

Durante os três anos seguintes, nossas jornadas andaram lado a lado, tão perto que ao longo de toda nossa amizade imaginei se ele não seria a primeira pessoa a quem eu contaria a verdade.

Sobre mim, sobre a maldição, sobre como eu não conseguia mais diferenciar as duas coisas.

Porém, além de um melhor amigo, durante o fim daquela década Alvinho foi um analgésico para o peso que eu carregava nas costas, e o melhor companheiro de karaokê para as nossas favoritas do Cazuza.

— Júnior! Duas cubas-libres e coloca "Exagerado" na fila do karaokê. Hoje minha irmã e eu vamos ensinar a essas baitolas o que é rock! — gritava Alvinho ao entrar na Toca.

Uma cena que se repetiu mais vezes do que consigo contar.

Com o copo em uma das mãos e o microfone na outra, éramos reis de um império no qual o hino era "Exagerado". Ou, em algumas noites especialmente difíceis, "Codinome Beija-Flor". Essa era reservada para as noites em que Alvinho estava com o coração partido por causa de algum homem. Infelizmente, queria dizer que cantamos pouco a mais triste de Cazuza, mas a verdade é que meu melhor amigo teve o coração partido mais vezes do que conseguimos subir no palco velho da Toca.

Se não por homens com quem ia para a cama, Alvinho tinha o peito despedaçado pelo homem que o costumava colocar para dormir quando pequeno. A relação entre o pai e ele nunca fora das mais fáceis; só mais um clichê no que diz respeito a pais e filhos quando as proles não demonstram a masculinidade esperada por todos.

Dois anos depois de nos conhecermos, Alvinho apareceu em meu apartamento xexelento no Santo Antônio com o rosto em lágrimas e uma tremedeira só. Estava claro qual seria nossa escolha no karaokê da sexta-feira seguinte.

— Ele descobriu, Theo! Ele descobriu tudo!

Meu amigo puxou o pufe bolorento e se jogou ali, segurando uma almofada.

— Quem descobriu o quê, criatura? — Fui servindo um copinho de licor de cajá para ele. — Toma. Bota tudo pra dentro e depois pra fora.

— Painho! Ele voltou para o escritório mais cedo! E me pegou com Alan, sabe? Aquele do almoxarifado. Bateu no coitado até o bichinho desmaiar, só parou quando o povo veio separar!

— Pera, pera! O moço está bem? — perguntei, preocupado.

Qualquer tipo de homofobia me assustava, mas com a verbal a gente se acostumava no dia a dia. A coisa mudava quando envolviam surras.

— Está, sim! O arrombado saiu falando para todo mundo que o ameacei — continuou meu amigo, entre lágrimas. — Dizendo que o mandaria embora se ele não me comesse! Filho da puta!

— Desgraçado.

Eu já tinha cansado de dizer a ele para não se envolver com esses tipos fora da Toca. Óbvio que a maioria dos que frequentavam a balada eram incubados, mas naquelas poucas horas em que estavam livres o perigo de se arrependerem era menor. Outra coisa era se pegar com um homem escondido no escritório em plena luz do dia. O risco era gigante.

Ao mesmo tempo, como poderia julgá-lo? Desde o início, nossas demonstrações de afeto foram enterradas por casamentos de fachada e nos recantos mais distantes dos mictórios públicos.

Para as bichas, prazer foi durante muito tempo sinônimo de segredo.

— Nem cheguei na pior parte, viado! — Alvinho virou o segundo copo que servi. — Mainha contou que o digníssimo Álvaro Bittencourt já foi para o interior atrás de uma afilhada dele! Segundo ela, para a dita cuja se casar comigo!

Nessa hora não consegui segurar a risada histérica que saiu por minha boca. Totalmente no momento errado, porque meu amigo já voltava a chorar. A humanidade tinha evoluído tanto até os anos 1980, mas, quando se tratava de usar o casamento de aparências como moeda de troca para a sociedade, ainda estávamos éons distantes de um futuro decente.

— Ô, bicha, vem cá! — Deitei-me junto com meu amigo no pufe encardido. — Chegue! Deixa eu contar que não existe ninguém que possa obrigar você a fazer nada nesse mundo, viu? Se alguém tentar, você me avisa que chamo Daniella Chicletinha e a gente rasga na gilete!

Ele fungou mais fundo. Nem a lembrança de nossa amiga o fez se acalmar.

— Você não está pensando em aceitar não, né, Álvaro? — perguntei, um pouco assustado.

Ele olhou para mim ainda com os olhos úmidos.

— Óbvio que não! Perdeu a cabeça? Nunca nem vi uma mulher sem calcinha! Sei nem por onde começar! — E então começou a rir.

— Deuses! Você seria o pior marido do mundo! — rebati, entre risadas altas.

Depois daquele dia trágico, a vida arrumou um jeito de deixar tudo no lugar certo. Além de um melhor amigo, Álvaro virou também meu colega de apartamento. Ele fugiu de casa, para o desespero da mãe. E para a raiva do pai, sacou tudo que tinha na poupança antes de aparecer na minha porta com uma sacola cheia de roupas e discos da Madonna.

Alvinho largou a vida de farsas para trás e mergulhou de vez na viadagem. Logo estava fazendo rios de dinheiro e era o arquiteto mais requisitado da cidade; as madames ricas da região mais nobre o adoravam. Ele dizia que elas só queriam alguém que encontrasse os papéis de paredes de oncinha certos.

Nos anos seguintes, cantamos como nunca, mas com predominância das mais alegres do Cazuza.

Em 1990, nosso ídolo também virou uma das maiores fontes de tristeza. No meio do caos que foi a pandemia de aids, a doença, por fim, levou nosso maior símbolo. Cazuza morreu e deixou o silêncio em nossa voz e em nossos corações.

Na época, já bem de vida, Alvinho insistiu para que fôssemos prestar as homenagens ao cantor no Rio de Janeiro, local onde aconteceria o velório reservado apenas para amigos íntimos e famosos. Claro que meu Alvinho conseguiu que entrássemos de penetra, e, uma vez lá dentro, pudemos pela última vez celebrar a grandeza de Agenor de Miranda Araújo Neto.

Horas depois, sentados na Pedra do Arpoador, meu amigo se virou para mim e me perguntou algo que acho que todos os gays já se perguntaram alguma vez na vida. Pelo menos naquela época.

— Tu acha que isso veio para castigar a gente, Theo? — questionou ele, com a voz trêmula. — Sabe, por conta da viadagem toda, Deus resolveu nos matar assim... de pouquinho em pouquinho?

Eu queria responder que não, que tudo era um acaso do destino, mas como poderia mentir? Parte de mim já havia se questionado se o vírus não tinha sido um plano diabólico de minha família para acabar com todos os viados do mundo. Bastava entrar em qualquer hospital para imaginar meu avô sentado em algum lugar do mundo, rindo à custa de nossas lágrimas. Em vez disso, só fiz o que estava acostumado: abri os braços e o coração para que meu amigo apoiasse a cabeça. O choro correu livre, mas só por alguns segundos.

— Mana — começou Alvinho, levantando a cabeça para me encarar —, eu tenho também... Fiz exame duas semanas atrás e deu positivo.

Meu mundo caiu.

Daquele momento na Pedra até a cama foram trezentos e sessenta e nove dias de luta, coragem e muita resistência. Alvinho só saiu dos protestos de rua quando já não conseguia caminhar.

E eu enfim compreendi o significado da morte.

Cada dia que passava era, para mim, um alívio por ter meu amigo por perto. Só que, para ele, era confrontar dia após dia a vida que deixava para trás. Com todas as coisas que amava e não podia mais viver. Ainda assim, de forma egoísta, eu me apegava à presença dele mesmo que ali, sem perceber, existisse cada vez menos do homem que eu admirava.

Já perto do fim, os médicos autorizaram que meu amigo fosse para casa. Em um dia qualquer de novembro no Recife, nosso apartamento, já bem menos xexelento, ficou cheio. Ao fundo dava para ouvir um dos discos da Madonna e, ao redor de Alvinho, vários amigos que ele amou e fodeu em todos os anos na Toca das Baitolas.

— Júnior! Meu fio, prepara as duas últimas cubas-libres para mim e para minha mana? — De algum jeito, Alvinho falou aquilo repleto de certeza. Júnior e o resto dos amigos entenderam e saíram de fininho. — Bicha, a senhora está acabada, viu? Repare essa barba velha!

Eu ri. Se tinha alguém que conseguiria me fazer rir até naquele momento, esse alguém seria Alvinho.

— Me deixe! Quem está comendo não está reclamando, viu? — respondi, de forma irônica.

Mais que ninguém, meu melhor amigo sabia que eu nunca tinha me envolvido com ninguém.

— Tu não vai me contar a verdade nem agora? Sei muito bem que essa história de timidez é putaria! Tu é uma cadela que eu sei, visse?

Então contei. Entre lágrimas e as últimas respirações de meu amigo, contei. Falei a verdade sobre quem eu era, sobre o *que* eu era. Alvinho? Não falou uma palavra e me encarou com os olhos cheios de lágrimas enquanto ouvia tudo em silêncio. Se duvidou do que eu estava falando, nunca saberei, mas, pela compreensão e amor que recebi, acho improvável. Ele acreditou em cada palavra da história.

— E eu que sempre me perguntei onde estava... — Ele tossiu. — Onde estava meu Cupido! Ele estava aqui, lavando minhas cuecas e limpando meu vômito. — Nós dois sorrimos. — Theo, homem, pare com essa história de não acreditar no amor. Nunca conheci o amor do jeito tradicional, mas conheci assim, com tu do meu lado. Com a mão na minha.

Eu não conseguia olhar para ele. Enfiei a cabeça em uma almofada e solucei. Solucei por minha história, por todos os anos em que vivi sozinho, mas, sobretudo, chorei tudo que estava guardado desde o momento em que meu amigo começou a ir embora. Que conselho sádico meu tio tinha me dado, viver entre os meus. Só para sentir todas as perdas? Estaria ele aliado a meu avô e tentando me punir de outros jeitos?

— Chegue, olhe para mim — orientou meu amigo. — Para você o amor é uma maldição, mas para todos nós é a salvação num mundo que não entende a gente. Ele é maior que tu, porque existe além de você. Ele resis... — A voz falhou. Os olhos pesaram e uma lágrima escorreu pelo seu rosto. Em um último suspiro, ele apertou minha mão. — Cante — pediu.

— *Pra que mentir, fingir que perdoou* — cantei pela última vez. — *Tentar ficar amigos, sem rancor... A emoção acabou, que coincidência é o amor...*

Antes do primeiro refrão, o aperto ficou mais leve e o mundo, infinitamente mais vazio. No rosto de Alvinho eu só encontrava paz; meu amigo era maior que todo esse mundo e enfim estava livre.

Antes mesmo de provar a última cuba-libre.

XXI

Por Aspera Ad Astra

Dentre as histórias que poderiam ser acusadas de plágio por alguns deuses, existia a de Cassiopeia e Andrômeda.

Ao longo dos anos, toda vez que encontrava qualquer referência a uma das personagens famosas, sem querer eu me lembrava de minha querida figura materna. Coisa que evitava fazer o máximo possível fora da abordagem freudiana da dra. Emi.

Cassiopeia era esposa de Cefeu, pelo menos segundo o mito. O querido era nada mais nada menos que o rei da Etiópia e, por causa disso, ela vivia entre luxos e riquezas. O poder subiu tanto à cabeça de Cassiopeia que ela decidiu que queria ser mais bela que todas as ninfas, nereidas e até mais bonita que a deusa Hera.

Segundo boatos, Cassiopeia tinha mesmo uma beleza comparável à rainha dos deuses e talvez ela devesse ter ficado quieta com a anatomia recebida pelo universo. Quem sabe assim ela não tivesse uma vida privilegiada e regada a súditos como todas as mulheres "podiam" desejar naquela época? Só que não, além da beleza, o universo foi cruel o suficiente para presenteá-la com muita ambição.

Alerta de ironia.

O problema é que nos mitos gregos os deuses tinham jeitos peculiares de punir os mortais que ousavam contrariá-los. Na maioria das vezes, nunca eram esses abusados que eram punidos; não, os condenados eram sempre inocentes na órbita pessoal do culpado. E, se você tiver o mínimo conhecimento bíblico, verá que deuses amavam punir filhos por pecados dos pais, e punir de jeitos bem bizarros.

Com a história de Cassiopeia não seria diferente. Quando suas "rivais" ficaram sabendo de suas intenções, recorreram a Poseidon para uma vingança, e o Deus dos Mares enviou um monstro marinho para destruir a Etiópia.

O rei, desesperado para salvar o povo — coisa meio incomum na época, provavelmente a Etiópia tinha um governante decente —, procurou um oráculo para desvendar as intenções dos deuses. Lá, descobriu que a única salvação de Cefeu seria acorrentar Andrômeda, sua filha, em um rochedo para que fosse devorada pelo monstro.

Assim, mais uma vez, um filho era punido pelas atitudes do pai.

No fim, Andrômeda foi salva por Perseu. Afinal, guerreiros com o mínimo de humanidade eram a única coisa com que uma garota poderia contar. Risos.

Não sei se o objetivo dos autores desses mitos poderia ser visto como uma metáfora para problemas reais, como a transmissão de traumas de pais para filhos. Duvido que nessa época o tema fosse tão recorrente como atualmente. Mesmo assim, sempre criei a teoria de que tudo isso era culpa da falsa interdependência familiar.

Zeus, Deus ou qualquer que fosse a figura divina no comando queria que a família fosse vista como uma unidade indissolúvel, na qual o comportamento de um membro afeta diretamente o bem-estar dos outros. Portanto, os erros de um pai ou mãe podem levar a punições ou dificuldades para os filhos.

No meu caso, ainda tento entender qual foi o grande erro de Afrodite para que meu avô me odiasse desde o nascimento e decidisse me punir pela eternidade. De uns anos para cá, venho refletindo que não foi apenas Narciso que fez com que ele me odiasse tanto. Não, desde antes de descobrir que eu era gay, Zeus fazia questão de me colocar em situações nas quais a morte era muito mais certa que a vida.

À tarde depois da visita à Casa de Mãe, enquanto fico digerindo novamente a dor de perder meu melhor amigo, sigo pensando no que minha progenitora fez para justificar tanta dor em minha vida.

A chuva de antes deixou um cheiro terroso no ar, e o sol já está se pondo. Não parece, mas passamos quase a tarde inteira visitando o abrigo. Ao sair correndo, acabei encontrando um banco na mesma praça pela qual passei mais cedo.

Lembrar de Alvinho sempre me deixa assim, com um gosto amargo na boca. No leito dele foi a última vez que cantei e também a última vez que coloquei os pés no Recife. A cidade carrega lembranças de um dos melhores períodos que pude dividir com a humanidade, mas também um dos mais dolorosos.

Foi depois de tudo que aconteceu com meu amigo que resolvi me isolar ainda mais dos mortais. Não era suficiente só não me aproximar demais deles. Eu precisava de um distanciamento físico completo. Não queria falar com ninguém nem dividir o mesmo espaço com ninguém.

Não queria ouvir as vozes, sentir as energias desesperadas em busca de uma outra pessoa. Então passei a viver em uma ilha distante e visitava o continente única e exclusivamente para realizar os trabalhos como Cupido. Entrei no automático; cheguei até a esquecer o som de minha própria voz. Vivia em um ritmo acelerado, em que as pessoas não eram nada mais do que estrelas cadentes que eu unia e das quais quase nunca me dava ao trabalho de lembrar. Foi a segunda vez que a perda me isolou, a segunda vez que odiei me permitir sentir.

Mal noto a chegada de Bruna a meu lado. Meus olhos estão focados em décadas atrás, ainda entoando os últimos versos de Cazuza. Só percebo que ela está falando comigo quando vejo uma cerveja aberta diante de meu rosto. Nosso código para "precisamos conversar". É estranho como ela e Álvaro se parecem tanto nesse aspecto.

Com os dois a meu lado, é como se eu tivesse um exército pronto para lutar comigo.

— Assaltei o freezer pessoal da dona Sila — explica ela. — Queria dizer que foi a primeira vez que fiz isso, mas não acho que é uma boa ideia mentir para meu chefe...

Solto uma risada curta.

— Você quer falar do que rolou lá atrás? — questiona Bruna. — Poderia começar pelo fato de que você se assumiu publicamente também, mas parece que isso é um assunto levemente mais sério. Apesar de ser uma rainha do drama, nunca te vi correndo de um lugar desse jeito.

Não respondo de imediato e, em vez disso, tomo um longo gole da cerveja. A maioria das pessoas não insistiria no assunto, mas Bruna não é como a maioria. Ela sabe que algumas informações precisam ser arrancadas à força. Como um curativo velho.

— Qual era o nome dele?

— Alvinho — respondo.

— Era um namorado? — continua ela, e nego com a cabeça. — Um amigo?

— Amigo é muito vago para descrever. Talvez O amigo, com "o" maiúsculo, seja mais apropriado. Ele foi meu primeiro amigo, a primeira pessoa com quem senti que poderia ser eu mesmo depois de tanto tempo sozinho, sabe?

Quando me viro para ela, não consigo mais segurar as lágrimas. Bruna só estende um braço e o coloca ao redor de meus ombros. Interpreto aquilo como um sinal para continuar falando e conto toda a história do período em que vivi no Recife.

— Nossa, nunca imaginei que você tinha crescido fora daqui, mas bem que notei um resquício de sotaque numa palavra ou outra — comenta Bruna quando termino. — Ele também vinha de uma família conservadora? Por isso morreu sem receber tratamento?

Lógico que Bruna não sabe que tudo isso aconteceu quando não *existia* tratamento. Decido não me estender mais no assunto e apenas concordo; Bruna é inteligente a ponto de me pegar em uma mentira.

É fácil para um imortal se deixar levar quando o assunto é o tempo.

— Olha, Theo, pelo que você falou, acho que eu teria adorado conhecer Alvinho. — Ela está certa. — Mas acredito que, mesmo tendo vivido tão pouco tempo com ele, você foi muito sortudo por conhecê-lo! Agora o legado dele também é seu.

Essas palavras ecoam em décadas de isolamento e batem fundo, batem forte. A primeira impressão é que ao ouvir tudo isso vou desabar em mais lágrimas, mas talvez o jeito como ela falou, ou o fato de o sol sair de trás das nuvens bem neste momento, me faz sorrir. Por anos me escondi para fugir da dor, mas ao mesmo tempo também deixei a história de meu melhor amigo sob as sombras. Algo que com certeza deve ter deixado a bicha irritadíssima onde quer que ela esteja no Submundo.

— Olhe... você realmente está focada em conseguir outra promoção, né? — falo, empurrando a mão dela com o ombro.

Caímos na risada.

O retorno para o Finderr foi estranho.

Depois de nossa briga, eu e Guilherme nos evitávamos ao máximo. Por mim, continuaríamos como se nada tivesse acontecido, mas, depois de pensar melhor no que conversei na terapia, agir dessa forma seria um sinônimo de dizer: "Ei, não estou nem aí para seus sentimentos mesmo, então vou agir de forma bem dissimulada e narcisista".

Então procurei não invadir o espaço dele, em uma tentativa ainda maior de não invalidar seus sentimentos.

No começo foi estranho. Gui cancelou todas as nossas reuniões particulares sobre a empresa e, logo que acabavam as com os outros executivos de alto escalão, ele fugia. Depois de quase duas semanas, a saudade de ter meu melhor amigo por perto era tanta que eu passava horas e horas do dia pensando em como chamá-lo para conversar. Só queria resolver tudo para que voltássemos a ser como éramos.

Minha sorte é que ele deu o primeiro passo.

Em uma tarde de quinta-feira, enquanto eu assinava milhares de documentos a pedido do departamento financeiro, Guilherme colocou a cabeça para dentro de minha sala.

"Amanhã estreia a nova temporada de *Odisseia*. Maratona lá em casa para você me encher o saco com curiosidades aleatórias de mitologia grega?", perguntou, com o sorriso de sempre.

"Não consigo pensar em planos melhores para minha sexta à noite", respondi, sorrindo de volta.

"Show, vou chamar Bruna e mais alguns amigos!" O convite era a forma de ele dizer que estava tudo bem. Meu Guilherme estava de volta. "Acho que dá até para a gente defender nosso título no *Imagem&Ação*!"

"Não, estou enferrujado!"

"Relaxa. Eu aposto na gente."

E ficou tudo bem.

Os dias seguintes passam sem que eu perceba. As duas últimas semanas que antecedem o baile são sempre as piores. Significam refeições em horários absurdos e pouquíssimas horas de sono. Ainda bem que minha dupla dinâmica faz tudo acontecer do melhor jeito possível: Bruna e dona Ana trabalham em uma sintonia tão perfeita que deixaria até Batman e Robin no chinelo.

Tudo está dando tão certo que até Bruna e Guilherme se aproximaram mais. Sem a mínima interferência minha. Desde a visita à Casa de Mãe, Bruna se dedicou como nunca a ajudar meu amigo a encontrar uma solução que trouxesse a ideia dele à vida. Infelizmente para meu coração, isso significou horas e horas deles trabalhando juntos até tarde e uma proximidade que ataca bastante minha úlcera. Como descobri outro dia.

— Não sei, Gui... acho que telão fica uma coisa muito exposta — comenta Bruna enquanto entro na sala de reuniões. Já passa das onze da noite. — Oi, Theo! Já comeu? Tem pizza ainda...

Eu me aproximo das caixas quase vazias e pego um pedaço para mim.

Se quero que alguma faísca de romance aconteça ali, sei que não deveria atrapalhar a interação dos dois. Só que é quase meia-noite e passei o dia em reuniões, posso me permitir alguns minutos interagindo com meus amigos sem culpa, né?

Agora minha consciência decide ficar em silêncio.

— Vocês ainda demoram muito aqui? — pergunto, tentando soar despretensioso.

É Guilherme quem responde:

— Faltam três semanas para o evento e ainda não conseguimos solucionar como revelar os "matches" ao vivo. — Dá para ver em sua testa franzida o tamanho de sua frustração. — Então acho que a noite vai ser longa.

— Calma, vai funcionar. — Bruna dá a volta e começa a apertar os ombros dele. — Vamos de novo: a gente já passou por luzes, telão... celulares você acha muito óbvio...

— É que fica sem nenhuma diferença do aplicativo real — argumento.

Guilherme sorri de canto e responde:

— Foi exatamente o que eu disse.

Decido estender em três horas os minutos que tinha me permitido ficar. Entre risadas e ideias absurdas, consigo me imaginar distante dos dois, longe do Finderr, mas feliz por colecionar mais essa lembrança.

Gui e Bruna aparentam ter energias diferentes, mas, mesmo assim, de algum jeito a dinâmica entre os dois é bem fluida. A interação entre eles emana doses e doses de leveza e entrega. A primeira, é claro, sendo algo que eu nunca poderia oferecer a Gui.

Quando o relógio aponta cinco horas e começamos a ouvir os barulhos da equipe de limpeza se preparando para organizar o escritório antes da chegada dos funcionários, começo a ceder para o sentimento de derrota. Talvez a ideia de fazer a ativação acontecer no celular seja mesmo a mais aceitável.

— Cinco horas da manhã é um horário muito ruim para desejar uma taça de vinho? — brinca Guilherme.

— É como dizem: já são duas da tarde em algum... — Eu me levanto rápido. — Guilherme Nogueira, você é um gênio, cacete!

— Que foi, criatura? — Bruna acorda de um cochilo, assustada. — Misericórdia, que susto da porra!

Caminho até um armário da copa e volto correndo.

— E se os matches acontecerem com taças e copos? — Mostro os objetos aos meus amigos. — A gente pode fazer com que todos sejam brancos e tenham algum tipo de iluminação colorida.

— É! E aí a gente junta a galera por cores? Os copos piscam em várias cores e depois param na cor exata do seu match — deduz Bruna. Concordo com a cabeça. — Caralho, genial! E gay, bem gay!

Guilherme olha em minha direção sem falar nada.

— Você odiou? — pergunto.

— Não, é só que... a gente conseguiu. — Ele suspira e se joga, exausto, na cadeira. — Vou mandar um e-mail para o time de tecnologia dar uma olhada nisso, mas acho que, sincronizando as taças com os aplicativos, fica fácil.

— Eu vou caçar um fornecedor que faça esse tipo de material — afirma Bruna, começando a recolher uns papéis e anotar coisas no tablet.

— Bru — chamo quando ela está quase saindo da sala, e minha amiga se vira para me encarar. — Vai para casa, deixa um e-mail que dona Ana vê isso. São quase seis da manhã.

— Está bem, vou delegar.

— Nossa, achei que seria mais difícil convencer você — brinco.

— Nada disso. Ver você reconhecer que acertei demais na escolha da sua nova assistente já é motivo suficiente para celebrar hoje.

— Cuzona!

Entre risadas, saímos da sala e damos a noite como encerrada.

Com essa pendência realizada, tudo começa a fluir naturalmente, e o Baile dos Santos e Pecadores vai se tornando o maior de todas as edições.

Segundo fãs e revistas duvidosas, pelo menos.

Dona Ana também acerta os últimos detalhes com a banda, o que me deixa ainda mais chocado de que de fato teremos o Bleachers tocando. Jack Antonoff é, em minha humilde opinião de apreciador da beleza masculina, o segundo homem mais bonito do mundo.

Só que nem tudo são flores. Enquanto nos divertimos construindo o baile "mais incrível de todos os anos", nas palavras de minha assistente, algumas pessoas não conseguem aceitar tamanha felicidade. Cada vez mais hashtags de boicotes ao aplicativo começam a surgir na internet.

A última tentativa de afetar nossa imagem aconteceu em um podcast famoso, no qual um candidato a governador acusou o Finderr de ter um plano homossexual mirabolante que objetiva influenciar as pessoas a aceitar certas práticas pecadoras.

Sendo bem sincero, achei a ideia tentadora e até perguntei a Guilherme se isso seria possível. Ele riu e falou que na verdade aquilo tinha lhe dado outra ideia.

O caos é tanto que nos últimos dois dias de preparação fico tão grudado no laptop que meu celular descarrega e nem noto. Minhas poucas redes sociais explodem com pedidos de convites, mesmo que eu já tenha deixado claro em infinitos posts que não sou eu quem decide quem vai para o baile (uma mentira, óbvio, mas não dá para chamar todo influenciador do país, né?).

Estamos chegando ao local do evento para acertar os últimos detalhes. A locação é um campo aberto todo decorado com colunas jônicas aos pedaços e arcos repartidos. De início acho tudo mórbido, mas os decoradores garantem que, com as luzes certas, flores e as mesas dispostas, ficará tudo mágico. Segundo Bruna, a inspiração da dupla caríssima de decoradores foram várias versões do paraíso e do inferno ao longo da história. Os Campos Elísios, da mitologia grega, flertam com o Éden do Cristianismo e ainda recebem pequenas pitadas do Duat da Mitologia Egípcia e, claro, dos níveis infernais de Dante.

— Dá aqui o celular! — pede Guilherme, estendendo a mão assim que o encontro ao lado do palco e de uma mesa cheia de copos.

— Já está tudo pronto? — pergunta Bruna enquanto coloca um braço ao redor dos ombros de Gui.

Minha primeira reação é o choque. Como falei, a aproximação deles nos últimos tempos ainda me assusta. Gui está confortável com a proximidade, e Bruna... bom, está radiante. Toda a postura corporal dos dois indica que, se ainda não ficaram, isso está muito, muito próximo de acontecer. A energia dos dois não é um match óbvio, vibram em sintonias diferentes, mas, em alguns momentos, consigo perceber breves encontros. Quase como dois corações que, mesmo batendo em ritmos diferentes, ainda se alinham de vez em quando.

Acho que fico encarando mais do que deveria, porque meu amigo precisa me chamar várias vezes para recuperar minha atenção.

— Theo! Seu celular mal consegue carregar um aplicativo de tantas notificações não abertas — comenta ele em tom de piada. — Você precisa de uma segunda assistente só para ler tudo isso.

— Ele desliga o celular no dia anterior para o pessoal parar de ligar e pedir convites — conta Bruna antes que eu responda. — Só que nem imagina que, quando não atende, todo mundo vem logo atrás de mim. Ou do departamento de marketing. Carmen quer matar você.

Os dois riem. Não preciso dos poderes para perceber a quantidade de energia que eles trocam. Qualquer pessoa em um raio de mil quilômetros consegue perceber.

— É... para que você quer meu celular mesmo? — pergunto, tentando tirar o pensamento dos dois juntos da cabeça.

— Ah, o Gui fez questão de que você fosse o primeiro a ver nosso projeto ao vivo.

O uso do apelido me faz querer vomitar.

Ela me entrega um copo plástico branco.

Depois de nossa reunião, os dois passaram as últimas semanas aperfeiçoando todos os copos e taças que serão usados no baile. Em uma velocidade que poderia ser definida apenas como genial, Gui conseguiu fazer com que os copos reagissem de forma similar ao Finderr. Na hora que ativarmos, usando dados absorvidos previamente do perfil dos usuários, os copos brilharão em uma cor específica e igual ao do potencial match.

Eu mesmo acho incrível.

— Preenchi os dados que sabia e o resto importei de outra rede. É absurdo que você não tenha seu próprio aplicativo instalado no celular — fala Gui, devolvendo-me o celular e se virando para um laptop apoiado no palco.

— Ah, sabe como é, não estou em busca de um namorado agora... — desconverso.

— Agora é só configurar tudo e está on!

Na mesma hora o copo começa a brilhar em infinitas cores em minha mão. Bruna e Guilherme olham para o objeto como pais orgulhosos e não consigo deixar de sorrir. Mesmo que o fato de os dois estarem tão próximos ainda me cause dores abismais, é impossível não ficar feliz pelo trabalho incrível que fizeram juntos.

— Ele para de brilhar em algum momento? — pergunto.

— Aham — responde Guilherme, puxando o copo de minha mão. — Deixei as cores assim por um tempinho só pelo efeito dramático, mas, se o seu for um dos sortudos que conseguir um match, vai parar numa cor específica.

— Certo... E para isso é só as pessoas terem o Finderr instalado?

— Exatamente! — respondem os dois em uníssono.

— Mas e se não rolar um match? — pergunto, curioso. — O coitado vai ficar lá, segurando um copo do arco-íris que o lembra do fracasso romântico que ele acabou de viver?

Eles soltam uma gargalhada. Rio também, mesmo estando um tanto desconfortável.

— Não, é só um joguinho de probabilidade — explica Guilherme. — Tipo, todo mundo vai ter um match, o algoritmo vai calcular a pessoa com mais similaridade dentro do evento. Mesmo que não dê em nada depois...

— Não precisa ser para a vida toda, né? — brinca Bruna e acaba encostando em meu sócio.

Então o celular de Gui toca e ele se afasta para atender, deixando-me sozinho com Bruna. É bem o tempo de que preciso para fazer uma pequena investigação sobre tudo o que ainda não sei.

— Por que é que você está me olhando assim? — pergunta Bruna, já com uma risada no canto da boca. — Desembucha.

— Parece que alguém tem culpa no cartório, né? — respondo em uma miniprovocação. — Desembucha você, amore, quando foi que isso aqui aconteceu? — falo, apontando para ela e para onde Guilherme estava alguns momentos antes.

Ela solta uma risada e eu, ao mesmo tempo, puxo o ar até encher os pulmões de forma discreta. Uma mania que tenho para me preparar para grandes impactos, sejam eles quimeras voadoras ou uma notícia ruim como a que ela pode me dar agora.

Quer dizer, boa notícia. Os dois estarem juntos é uma boa notícia.

— Ainda não aconteceu nada! — revela minha amiga, e respiro aliviado com a resposta. — Tipo, nós temos conversado bastante e estamos mais próximos, mas parece que ele não vai tomar a iniciativa nunca, sabe?

— E por que você não toma? — pergunto de volta.

Nossas vidas estão em jogo, queridinha, não posso ficar perdendo tempo.

— Quer dizer, e se eu estiver imaginando tudo? — rebate ela, preocupada. — E se for tudo coisa da minha cabeça?

— Bruna, qualquer pessoa que fique dez segundos perto de vocês consegue sentir o clima! — respondo, fingindo empolgação com o assunto.

— Será?

— Amiga! Pelo que eu vi, acho que Gui está interessado, sim! — falo, rápido, quando percebo que ele está voltando.

A mentira deixa um gosto agridoce na boca. Quer dizer, não necessariamente a mentira. Agora não tenho mesmo como saber se o interesse de minha amiga é recíproco e, como todos os mortais, tudo o que posso fazer é imaginar possibilidades baseadas em fatos bem imprecisos.

— Era a mamãe! — O sorriso de Gui é o mesmo sempre que fala com alguém da família. — Está superenrolada com o baile! Chega hoje de madrugada. Bruna, bora?

— Bora! — responde ela. — Theo, a gente está indo jantar! Gui descobriu um rodízio de lámen incrível inspirado nuns desenhos japoneses!

— Animes! — corrige ele.

— Isso! Isso! — confirma Bruna, sorrindo. — A reserva é para dois, mas superpodemos ligar e tentar uma mesa para três.

— Imagine! Vão vocês! Preciso ver umas coisas aqui, de qualquer jeito.

— Certeza? — Agora é a vez de Guilherme convidar.

— Absoluta! Guilherme vive tentando me fazer assistir a essas coisas há anos e sempre fujo! Vão, divirtam-se!

— Tudo bem, então! Encontro você no apartamento amanhã, beleza? — diz Bruna, despedindo-se. — Não trabalhe até muito tarde, senão vai ficar com olheira!

Eu me despeço de Gui com um abraço rápido. Acho que ele percebe que tem alguma coisa errada porque fica surpreso com minha recusa. Poderia ter aceitado o convite, mas a verdade é que esse corte precisa acontecer de um jeito ou de outro. Se for para ficarem juntos, não posso ser o peso extra que eles vão carregar para sempre.

Antes de irem embora, fraquejo em minha atuação e lanço um outro olhar na direção de Gui. Para minha surpresa, antes de entrar no carro, ele se vira para trás e também me observa. O olhar que tento enviar para ele é calmo e transmite uma única mensagem:

Quando se trata do futuro, o dele está bem assim, cada vez mais longe do meu.

E sou capaz de jurar que ser acorrentado a uma pedra, só para ser devorado por um monstro marinho, me soa muito, muito menos assustador que confrontar a possibilidade de um futuro sem Gui.

Quando me despeço da equipe organizando os últimos detalhes do evento, estou pronto para correr até o apartamento e me afundar em umas taças de vinho. A quem quero enganar? "Garrafas" me soa mais apropriado.

Abro a porta e quase tropeço no tapetinho que estava preso na porta. A casa está uma penumbra incomum e as luzes automáticas não se acendem. Estranho.

Uso a lanterna do celular para iluminar o caminho até a sala, mas, assim que chego à varanda, estaco no lugar.

Banhada pela lua e sentada em um pufe de palha que comprei em uma viagem à Curaçao está uma deusa.

A deusa mais assustadora que já encontrei na vida.

XXII

Mortalis Immortali Vires

Ártemis é assustadora por todos os motivos contrários ao que se imagina. Ela é linda, como todas as outras deusas do panteão grego, mas sua beleza vem carregada de um olhar tão ameaçador que deixa até os mais corajosos dos guerreiros com as pernas tremendo.

Eu, que nunca fui um grande guerreiro, estou tremendo por inteiro. Mesmo assim, tomo a iniciativa com a conversa.

Dou um passo na direção dela e me sento.

— Não sei como me referir a você. — Tento deixar o clima leve. — Tia? Titia?

— Prefiro Vossa Magnificência, mas, caso não goste, aceito Ártemis mesmo.

O tom dela não denuncia que aquela visita se trata de uma declaração de guerra. A Deusa da Lua está tranquila e talvez só me encare de forma ameaçadora porque é o único jeito que sabe olhar para alguém.

— Ártemis, então. A que devo a visita? — pergunto, querendo ir direto ao motivo que a trouxe até aqui.

Antes de encontrar meu avô, depois de ter aplicado os poderes no Finderr, fazia no mínimo dois séculos que eu não encontrava nenhum outro deus. Além de evitar as cidades em que eles eram conhecidos por serem padroeiros, também fugia de todos os convites às orgias modernas organizadas em Las Vegas.

— Uma entrega — revela, entediada. — Sei que Hermes deveria fazer essa parte, mas, quando o pedido vem direto do meu irmão, tenho que abrir uma exceção.

Ártemis se levanta e vem para a luz. Vejo que ela usa uma legging preta, com armas espalhadas pelas duas coxas e tranças boxeadoras com fios quase tão brancos quanto a própria lua. Ela tem uma cicatriz em cima do olho direito que a deixa com um ar cético.

Agora o que Apolo tinha enviado para mim, depois de tantos anos?

Antes que eu precise fazer a pergunta em voz alta, Ártemis se adianta e materializa um quadro de quase dois metros. Ela carrega a moldura como se fosse uma pena.

Olho para a pintura em choque.

Tempo corta as asas de Cupido, de Pierre Mignard. O quadro, um dos últimos do pintor, data de 1694 e foi o mesmo que citei para Alvinho no dia em que nos conhecemos. Nela, uma representação surpreendente de tão realista de Cronos corta as asas de minha representação mais comum: um bebê gordinho com asas.

— Apolo pede desculpas por não poder entregar isso em pessoa. — Ela estende o quadro em minha direção. — Mas as circunstâncias demandam... cautela.

— É um presente de aniversário atrasado? — indago enquanto carrego a pintura até um canto. — Seria fofo se ele não tivesse esquecido, sei lá, as últimas quatrocentos e cinquenta mil datas.

Ártemis sorri.

— Ele não esqueceu, Eros. — O nome me pega desprevenido e me deixa ainda mais confuso com a presença de minha tia, em minha sala, no meio do caos que minha vida está no momento. — Apolo é mais chegado a poesias, profecias e música. Eu sou mais direta, como uma flecha. Por muitos anos você cometeu o erro de acreditar que entre os deuses só existiam inimigos e complacentes. Mas a quem podemos culpar? O ego gigantesco é mesmo uma de nossas características genéticas.

Pigarreio.

— Mas saiba que você não é nenhum tipo de escolhido, Eros. Por mais que algumas coisas façam parecer que sim — continua ela. — Você não é o único a sofrer nas mãos de deuses mais poderosos. Preciso ir. O presente está entregue. Pelo que soube de você nos últimos anos, duvido que consiga tirar algum proveito dele. Mesmo assim, para o bem de todos, espero que consiga. Na dúvida, vou te seguir no Instagram.

Um clarão toma conta de minha sala e, quando percebo, estou mais uma vez sozinho.

O quadro continua no mesmo canto em que deixei. A poltrona em que a Deusa da Caça se sentou segue desalinhada e, em meu celular, uma notificação ilumina a tela.

@DianaOG começou a seguir você.

O dia do baile enfim chegou.

São quase três da tarde e ainda estou entre várias embalagens de delivery, as roupas que usei no dia anterior e, na cabeceira, uma garrafa de vinho vazia que não faço ideia de como consegui beber inteira. A vitrola, que em algum momento da noite eu trouxe da sala, ainda está ligada sem tocar nada. Ao lado dela está algum álbum depressivo da década de 1980.

Ainda me falta coragem para me levantar da cama, então, enquanto minha melhor amiga e provavelmente futura namorada do homem que amo ainda não chega, decido me conceder uns minutos a mais de autopiedade. Não me leve a mal; nem toda véspera de baile é assim. Nos outros dois anos foi muito, muito mais leve. Em geral fico feliz, acordo cedo, saio para correr e passo horas analisando o look da festa.

Hoje? Tudo parece ao contrário. Tem dois dias que minha roupa chegou e ainda nem abri o pacote. Meu discurso está perdido em algum lugar da bagunça dos últimos dias.

As peças estão todas encaixadas, as cartas foram distribuídas e, se eu não fosse um deus filho da puta e egoísta, estaria enxergando tudo pelo lado positivo. Eles estão a caminho de se apaixonar, dona Sila receberá uma boa quantidade de dinheiro e meu avô enfim me deixará em paz. Ou, melhor, me terá de volta no castigo eterno de unir estranhos e me manter longe da humanidade.

E sigo rico, imortal e bonito até dizer chega.

As mentiras que repito para mim mesmo são o incentivo de que precisava para me levantar e manter a atuação. Tudo está saindo como o planejado e a vida de todos depende de minha performance hoje à noite.

Meu timing é tão perfeito que chega a ser assustador. Quando enfim jogo a garrafa de vinho no lixo, o interfone toca e logo em seguida recebo minha amiga com o que parece ser um vestido embalado e várias latinhas de energético na mão.

— O que aconteceu ontem à noite? — pergunta ela. — Sua cara está péssima!

Vai, Theo, improvisa uma desculpa aí. A partir de agora tudo entra no ato final da peça; é hora de ganhar o prêmio de atuação.

— *Rá, rá!* — respondo, fingindo irritação. — Depois que nos vimos, saí para beber com uns amigos. Acabei exagerando um pouco. Nada que um corretivo não resolva.

— *Hum*, que amigos? Conheço?

— Não, srta. Bruna! Não conhece e também não venha fazendo essa cara. Não é nada do que está pensando... — Já corto a imaginação dela.

Os únicos amigos que me fizeram companhia na noite anterior foram meus medos e paranoias.

Além de, claro, uma figura mitológica e enigmática carregando a pior encomenda que eu poderia receber antes de um dia tão importante como este.

Ela me empurra em direção ao quarto.

— Tá, tá... então me mostra logo sua roupa, ó Nossa Senhora das Gays Celibatárias.

Chegando lá, tiro a roupa do armário e percebo que os estilistas caríssimos que contratei acertaram de novo.

Se ainda não estava claro: é óbvio que vou de pecador.

À primeira vista, a roupa é uma mistura de diabo com um domador de leões. Um smoking rubro com extremidades vermelho-vivo recheadas de pedrinhas escarlate. A maioria das pessoas vai interpretar de forma literal. "Claro, ele conduz todo o espetáculo do Finderr, nada mais justo que seja um domador de feras." Só que a verdade é muito mais simples que essa. Eu me inspirei em Britney Spears mesmo; a era *Circus* é minha favorita da princesinha do pop.

— Deixe-me adivinhar... — pergunta Bruna. — Taylor Swift?

— Pois me respeite! — digo, fingindo estar ofendido de novo. — Britney Spears. Olhe minha idade, meu amor.

— Bom, está incrível, Theo! Você vai ficar lindo! — exclama ela, que começa a me mostrar o próprio look. — O diabo vai ficar com inveja.

Minha amiga decidiu ir de Santa, como uma crítica a todas as pessoas do mundo que já a acusaram de ser pecadora só por viver a própria verdade. O vestido azul-bebê é de uma delicadeza genial e, segundo ela, nada é mais santo que o céu; então essa é a roupa. Em minha opinião, está impecável. Quase todas as religiões do mundo associam o céu ao celestial, aos deuses que estão sempre acima da humanidade.

O céu é o maior pedestal que existe.

Depois de uma longa sessão de relaxamento na banheira, enfim começamos a preparação. São horas e horas de arrumação que, com a discografia da Ariana no talo, viram poucos minutos. Quando paramos para fazer um brunch no fim da tarde, Bruna percebe o quadro encostado no canto da sala.

— *Hummmm*, presentinho novo... — Minha amiga sorri. — Será que foi de algum dos "amigos" de ontem?

Nem me preocupo em responder e apenas reviro os olhos. Talvez ela goste de me imaginar com outra pessoa para não ameaçar a coisinha que está começando a ter com Gui.

Péssimo, Theo, péssimo!

Em algum momento entre remoer a culpa de pensar isso e a tentativa de encontrar um local melhor para deixar o quadro, decido carregá-lo para o quarto de hóspedes. Mesmo com as contraindicações de Bruna, que garante que vou acabar destruindo a integridade do presente. Como se eu me importasse; eu estava prestes a começar a arrumar meu cabelo, pelo amor dos deuses.

— Nossa! — exclama Bruna. — Meio mórbido, né?

Um arrepio me sobe a coluna e, se algum dia eu tivesse tido asas, com certeza estariam arrepiadas também. Tento disfarçar as verdadeiras reações na frente de Bruna, mas por dentro minha mente se move a mil quilômetros por hora. Por que Apolo me enviaria esse quadro justo hoje?

Quando levanto o quadro para observar de perto a autenticidade, noto um envelope encaixado no fundo. Preciso distrair minha amiga para conseguir ler isso sozinho. Aqui podem ou não existir informações que complicariam e muito minha vida.

— Esse é Cupido, né? — Bruna quebra o silêncio minutos depois. — Talvez seja alguma pegadinha de algum hater do Finderr? Sabe, essa galera conservadora que está tentando nos intimidar.

— Não sei... — Começo a cogitar a ideia. — Talvez você tenha razão.

Não, ela não tem. A coincidência é grande demais. Apolo não enviaria esse quadro, que representa um dos maiores momentos de derrota do Cupido, diretamente para mim em um ato de completa aleatoriedade. Não, isso foi planejado. Meu tio está tentando me falar alguma coisa.

Segundo estudiosos da arte, e, cá entre nós, vários deuses menores invejosos que ajudaram a espalhar o boato, o significado da obra de Mignard é simples e direto: o amor vence tudo, mas o tempo é a única coisa que consegue vencer o amor.

Se eu não tivesse conhecido Pierre em uma festa da aristocracia francesa no século XVII, diria que meu avô pintou a cena com as próprias mãos, em uma tentativa nítida de barrar a fama que crescia à custa de minha imagem e de meus poderes. Ele sempre odiou toda a construção romântica em torno do que eu fazia. Segundo terceiros, achava ridículo atribuir tanta responsabilidade a um deus tão pequeno.

— Bom, não importa agora, né? — Corto as teorias que começam a surgir na cabeça. *Foco, Theo, você precisa investigar este envelope.* — A gente não vai estragar nosso dia por conta desse tipo de gente. Vou descer e pedir para o porteiro se livrar disso.

Mal chego à escada de incêndio e já viro o quadro sem me preocupar com os possíveis danos causados. Ninguém pareceu se importar com os danos causados à minha saúde mental, por que deveria eu me preocupar com uma relíquia como essa?

O envelope está em um papel pardo meio amarelo e conta com uma caligrafia rebuscada que não fala nada além de: "Para Cupido". O nome que não é dirigido a mim há eras. Dentro, um cartão branco vem com uma mensagem ainda mais surpreendente do que o quadro ou o uso de meu nome verdadeiro.

"Apenas mortais podem criar imortais."
Apolo

Entre todas as pessoas, mortais e imortais, do universo, ele seria a última pessoa de quem eu esperaria ouvir esse tipo de mensagem. Ainda mais considerando o teor meio ameaçador do quadro: uma clara alusão à minha derrota em potencial nas mãos de um ser mais poderoso.

Preciso me sentar para impedir que as tentativas de entender as motivações dele me levem à loucura. Sempre presumi que Apolo estivesse do meu lado, mesmo que nos últimos milênios ele não tenha dado nenhum indicativo disso. Será que até ele está do lado de meu avô e esse seria o verdadeiro motivo de seu sumiço? Repulsa? Será que estava me aconselhando a desistir de tudo e apenas sucumbir a um inevitável raio obliterador? Será que entendi errado e o conselho dele se tratava de ficar próximo dos deuses, e não dos viados?

As perguntas eram muitas, mas todas me levavam de volta a uma das primeiras conversas que tivemos na floresta em que nasci. Eu devia ter uns 6 anos e estava naquela fase insuportável da infância em que diversão era sinônimo de perguntas. A curiosidade de um deus que cresceu entre animais devia ser ainda maior do que a de uma criança criada entre humanos.

Sendo eles imortais ou não.

"Tio, como que surgem os deuses?", perguntei, depois de uma crise de birra por não conseguir atingir com o arco dele os alvos marcados nas árvores.

Apolo estava tentando me fazer aprender arquearia. Demoraria ainda alguns anos até que eu aprendesse de fato.

"Deuses só podem ser criados por outros deuses. Pelo menos é o que dizem por aí."

"Você não acredita nisso?", questionei, ainda sem entender direito o que ele disse.

"Não, na verdade, acredito que apenas mortais podem criar imortais", revelou meu tio. Minha expressão não deve ter mudado, porque ele continuou: "Veja bem, deuses podem designar outros deuses, por exemplo quando Zeus me escolheu como Deus do Sol. Mas aquilo que cria um deus de fato, que faz dele quem é, são os mortais. É da crença e da adoração que vem nosso poder, entende?".

Provavelmente devo ter olhado um pouco confuso para meu tio, porque ele se abaixou até estar na mesma altura que eu.

"É por isso que deuses têm tanto medo das profecias, Eros." Apolo soa ainda mais doce. "Deuses gostam de aparentar estarem acima dos humanos, mas eles não seriam nada sem os mortais. Por isso vivem em busca de frases e poesias que lhes deem qualquer indicativo de que eles continuarão onde estão. Mas imortais e mortais são dois lados de uma mesma moeda."

Lembro-me de encarar Apolo como quem via mesmo um deus pela primeira vez. Meu tio tinha uma aura única e, por mais que várias representações da cultura pop o pintassem como dourado, nenhum brilho se aproximava da real cintilância dos fios dourados de seu cabelo.

Mesmo hipnotizado pelas palavras, era pequeno demais para entender a resposta. Só sei que a repetição dessa frase, neste momento, não pode ser apenas uma coincidência. Sobretudo quando o cartão explode em pequenas cinzas.

— Ué, decidiu ficar com o presente? — pergunta Bruna quando entro no apartamento carregando a moldura.

Depois de alguns minutos pensando, decidi que é melhor manter a tela em um lugar seguro. Talvez o quadro consiga me ajudar a encontrar algumas respostas de que ainda preciso. Agora, mais do que nunca, o importante continua sendo solucionar a maior de todas as perguntas: por que Apolo me mandaria essa mensagem justo hoje?

— Ah, pensei melhor — respondo, tentando sustentar a mentira. — Talvez isso daqui valha alguma graninha... Se tiver meu autógrafo, então...

Seguimos nossa arrumação. Eu até queria dizer que, depois de prontos, ficamos perfeitos, mas essa palavra não chega nem perto de definir nossa imagem. No fim das contas, sou filho da Deusa da Beleza, não sou?

Entre camadas de inteligência e modéstia, sempre cabe um pouco mais de autopercepção.

— Você vai voltar comigo para o apartamento hoje? — pergunto quando estamos quase chegando ao baile. — Ou tem planos para o fim da noite?

Agora é a vez de Bruna revirar os olhos antes de me responder.

— Babaca — brinca ela. — Não posso, mas porque prometi à dona Sila que amanhã logo cedo vou estar no abrigo. Elas vão enfim viajar juntas, e vou cuidar de tudo no fim de semana.

— Ah, eu disse que ia também! — respondo, lembrando-me da promessa. — Amanhã, assim que acordar dou um pulinho lá, pode ser?

— Combinado! Mas nem pense em levar bebida alcóolica, viu? É um trabalho e não encontrinho. Preciso dar um bom exemplo.

Não tenho tempo de elaborar uma resposta porque enfim chegamos. Bruna é a primeira a sair do carro, o que causa um pequeno rebuliço entre os fotógrafos. Eles devem saber que eu viria acompanhado de minha amiga. Antes de sair, respiro fundo e repasso todos os planos para a noite. Se tudo der certo, talvez eu não precise fazer muita coisa além de sorrir e acenar.

Então um repórter me chama.

— Theo, você partiu muitos corações pelo Brasil ao se assumir gay algumas semanas atrás. — Ele comenta. — O que você tem pra dizer a todas as garotas que ainda tinham a esperança de ser seu par essa noite?

Respiro fundo e uma onda de honestidade se apossa de mim. Não faço ideia de onde veio.

— Acreditem, eu também estou de coração partido. — Dou uma piscadela em direção à câmera. — Mas só posso desejar para vocês o mesmo que desejo para mim: um pouquinho mais de sorte no amor.

O problema é que quando o assunto é minha sorte nada tende a dar certo. Mesmo assim, finjo mais um sorriso e me preparo para dar o primeiro passo em direção ao que promete ser a noite mais importante de toda minha vida.

XXIII

E Pluribus Unum

Parece que milhares de diamantes recém-lapidados foram colocados lado a lado em exposição na entrada do baile. Posso jurar que os flashes dos fotógrafos, em frente ao tapete vermelho, conseguiriam alimentar a energia de uma cidade inteira por um ano. Normalmente, esse turbilhão de luzes me empolga, mas hoje faz com que minhas mãos comecem a tremer.

Só percebo que estou demorando mais do que o esperado quando vejo minha amiga, já posicionada em frente às câmeras, acenando em minha direção. Provavelmente parte dela pensa que tudo faz parte de um plano para gerar algum mistério, e não apenas o pânico de tudo o que essa noite pode representar.

Respiro fundo uma última vez e saio do carro.

Os gritos com meu nome conseguem ser escutados daqui até a lua, o que deve ter deixado minha tia Ártemis irritada. Tudo o que faço é colocar a cartola e assumir a posição de Anna Wintour da tecnologia. O jovem milionário que todos gostariam de ser e o CEO de sucesso do maior app do país. Qualquer coisa que ajude a esconder que sou apenas um deus assustado que pode perder tudo até a última badalada desse baile infernal.

Depois do que parecem horas, e de quase queimarem minhas retinas com os flashes, sinto um aperto na mão vindo de Bruna; é hora de entrar no baile. Percebo de soslaio que meus segundos de adoração conseguem deixar uma pequena fila de carros na entrada.

Quando enfim olho ao redor, já lá dentro, a irritação some de vista. Esse sem dúvidas é o baile mais lindo que já preparamos. Cada centímetro quadrado do que antes parecia um campo aberto agora está todo decorado, e é impossível não se sentir transportado para outra era. Ou várias, pois percebo que nas colunas meio gregas existem pichações em mais idiomas do que consigo reconhecer.

Não é que eu não tenha visto nada, mas, entre entrevistas coletivas, lives de divulgação e minha vida desabando, deixei a decoração do baile nas mãos de minha nova assistente.

O céu e o inferno se misturam em todos os detalhes, não apenas no branco e no preto ou no vermelho e no azul. Os garçons possuem lentes de contato com cores diferentes e, para contrapor com a destruição em alguns pontos, pendentes de flores representam o renascimento. Nunca vi nada parecido, e, se meu tio-avô Hades estivesse vendo isso, ele mesmo começaria algumas reformas nos Campos Elíseos.

— Esse olhar perdido significa que ele amou ou que odiou? — Escuto justamente a voz de dona Ana me tirando da divagação.

Ela ostenta um vestido de veludo preto, repleto do que parecem pedrinhas cintilantes. Pareceria um céu à noite se não fossem a maquiagem escarlate e as pequenas presas saindo dos dentes. É com certeza uma das vampiras mais lindas a já pisar no planeta Terra (não que tenham existido muitas, mas isso é uma história para outro dia).

— Pode ficar tranquila, dona Ana! Essa é a cara que ele faz antes de começar a chorar de alegria — responde meu sócio.

Eu me viro com um sorriso para ela.

— Está tudo impecável! Se eu não tinha dito antes, faço questão de falar agora — digo, eufórico. — Você está contratada de forma vitalícia! Com o salário que quiser!

Entre as risadas e o abraço de dona Ana, tiro um momento para olhar discretamente para meu melhor amigo. Ele está usando um terno no tom mais escuro que já vi na vida e só consigo perceber qual é a inspiração de sua roupa quando observo sua mãe ao lado. Tia Gigi está belíssima em um tubinho com estampa de cobra; chuto que juntos eles devem formar o pecado original. Uma versão belíssima de Satanás e a serpente. Um pouco obscuro para o que imaginei que Gui faria, mas quando foi que ele se cansou de me surpreender?

— Você não vai me dizer que sou a solteira mais gata do lugar? — fala tia Gigi quando enfim solto dona Ana.

Mesmo com as reclamações ao som de "Mãe!" de Guilherme, é impossível não soltar uma risada.

— Claro que você é a solteira mais gata do lugar, tia Gigi! — respondo em seu ouvido enquanto a abraço.

— Ai, meu menino, que saudade! Quanto tempo tem que não te vejo? Quatro anos? Você e Guilherme vivem me prometendo voltar juntos, mas nunca aparecem!

— Não é por falta de convite, mãe! — intervém Gui, levantando as sobrancelhas.

— Nem por falta de agenda! — contribui Bruna. — Eu que cuido de tudo e sei que ele tem, sim, um tempinho sobrando para viajar!

Dou um sorriso amarelo quando a vejo se colocar ao lado de Guilherme. O olhar que eles trocam é rápido, mas já basta para me fazer querer fugir dali. Bem na hora, vejo ao fundo uma figura exageradamente alta e principesca passando; a desculpa perfeita para sair correndo.

— Em breve, tia Gigi! — digo, depressa, enquanto começo a andar. — Dona Ana! Não deixe essa mulher sair daqui sem dançar com pelo menos metade desses homens...

Assim que me afasto o suficiente, corro na direção do bar. Se vou passar por esta noite, preciso ao menos da pouca coragem que só o álcool me dá. Só preciso lembrar a mim mesmo de não ficar no mesmo estado que fiquei no dia de meu aniversário.

Alguns segundos depois, com um espumante na mão, volto à função de anfitrião. Recebo pessoas, falo com jornalistas disfarçados de convidados e de vez em quando converso com alguns funcionários radiantes do Finderr. Quando enfim avisto o príncipe de novo, corro atrás dele e da noiva. A futura princesa é quem me vê primeiro.

— Theo! — exclama Talita. — Estava comentando agora como você se superou este ano. Está tudo incrível!

Em uma vistoria rápida, consigo ver que o príncipe e a princesa investiram em fantasias mais clássicas. Ela é uma fada madrinha e ele, bom, um príncipe de branco? Não sei até que ponto um membro da realeza conseguiria inovar mesmo.

— Verdade, Theo! — completa o príncipe Luke. — Podemos inclusive trocar dicas de decorador. Uma pessoa que conheço não consegue decidir o que vamos fazer em nosso casamento.

— Claro, todos os que vimos até agora querem combinar bordô e prata! Eu me sinto de volta à Renascença, sabe? — comenta Talita.

Poxa, futura princesa... Na Renascença as preocupações eram um pouco mais alarmantes que as cores da estação. O povo temia coisas mais realistas, tipo a peste ou, sei lá, a Igreja Católica. Só que deixo essa parte de fora.

— Troco o contato do decorador por um convite para a festa exclusiva no palácio!

Meu comentário causa boas risadas. O momento perfeito de que preciso. Os repórteres disfarçados nem se dão ao trabalho de silenciar os telefones, porque consigo ouvir os barulhos das câmeras dos celulares ao redor. Ao menos eles conseguiram desativar os flashes. O departamento de marketing pode até me agradecer depois. Amanhã, o mundo inteiro provavelmente vai ponderar do que estávamos rindo.

Poderia ser de meu eterno estado de desespero fácil, fácil.

A conversa dura mais alguns minutos e o príncipe até tenta extrair de mim a informação sobre quem será o casal agraciado do ano. Faço mistério sobre a resposta, mas a verdade é que não faço a mínima ideia.

O ideal para todos, exceto para meu coraçãozinho imortal, é que Gui ou Bruna enfim tomem uma atitude e engatem alguma coisa. Sob o ponto de vista de marketing, seria perfeito. "Nem os chefões escapam da magia do Finderr"; a imprensa faria a festa.

O plano B? Bom, entregar meu futuro e o futuro de quase todas as pessoas que amo nas mãos da tecnologia e torcer para que esses copos e taças de Gui funcionem de verdade.

Meu devaneio é interrompido por uma mensagem de dona Ana. Ao que parece, a banda já está pronta para entrar e, como em todos os anos, isso só acontece depois de meu discurso de abertura. Esse também é o momento em que transfiro o cheque para a instituição do ano e recebo o passe livre para me embebedar até me esquecer de meu nome no dia seguinte.

No entanto, antes de subir no palco este ano, preciso encontrar dona Sila, mas para meu azar só encontro mais pessoas do Finderr animadas com o baile. Algumas até mais bêbadas do que as boas maneiras sugerem, mas quem sou eu para julgar, não é mesmo?

— Theo! — Catharina do financeiro enfim me enxerga. — Quero ser a sortuda desse ano! Eu preciso de um namorado! Pode ser namorada também, só preciso desencalhar! — Depois de falar, ela me abraça.

— Vou fazer o possível, amiga! — Eu me desvencilho. — Você viu Bruna por aí? Preciso encontrar ela antes do discurso.

— Ah! Acho que ela estava lá perto do palco, falando com Jones, viu? Falando nisso, que carinha chato, né… Acredita que ele disse…

— Valeu, Catha! — agradeço, e saio correndo antes que ela complete a fofoca.

Em outro momento talvez eu salivasse pela informação, mas dona Ana já começou a me ligar e isso é um sinal de que estou atrasado.

Trombo em diabos, anjos, deuses e até em um Jesus Cristo meio hipster. As luzes piscando em vermelho e branco não ajudam em nada; encontrar alguém nesta confusão de massas parece uma missão impossível.

Depois de alguns minutos, consigo visualizar dona Tatu. Aposto que desde a criação do mundo a altura dela nunca foi tão útil como agora. Ao lado dela, claro, está dona Sila. As duas juntas fofocam sobre alguma coisa; consigo notar pela postura corporal o quanto ficam à vontade perto uma da outra. Os sorrisos bobos e os sussurros ao pé do ouvido ajudam a confirmar qualquer teoria.

É então que olho na mesma direção que elas e o que vejo faz qualquer ânimo de estar aqui desaparecer por completo. Gui e Bruna enfim concretizaram o que vinha sendo antecipado havia dias.

O beijo é delicado.

Mesmo que assistir à cena se comprove um método muito eficiente de tortura, não consigo deixar de olhar. No fim das contas, isso é bom para mim, não é? Os lábios abertos de Bruna ajudam a manter sua carreira e sua vida a salvo e o futuro de Guilherme seguro e longe de mim. Mas, acima de tudo, depois que paro de mentir para mim mesmo, percebo que o beijo representa que meus poderes estão salvos; minha imortalidade, garantida e minha mísera e egoísta existência, preservada.

Ainda assim, mesmo depois de alguns segundos, o alívio não vem. E o mais frustrante de tudo? Saber que, mesmo tendo feito um pacto com Zeus, não fiz quase porra nenhuma para que aquilo acontecesse, e mesmo assim isso aconteceu.

Mesmo comigo brincando com os sentimentos de Guilherme, mesmo não fazendo mais do que plantar uma sementinha ressecada, os dois estão se beijando.

Então deve ser para valer, né?

Sou patético e, em vez da fuga, agora tenho vontade de sumir. Pular no Rio do Esquecimento e deixar que as águas lavem qualquer resquício de minha existência. Lembranças são mesmo amigas questionáveis. Contudo, em vez disso, vou até dona Sila e a convido para subir no palco comigo.

Chegamos ao ápice da sinfonia, e é hora de dar o xeque-mate em meu avô.

Encontro dona Ana ao lado do palco bem no momento em que a música para e as luzes se acendem. Não temos tempo de nos cumprimentarmos ou de darmos a chance a ela de me matar devido ao atraso. Apenas coloco o microfone de orelha, pego a taça que ela estende em minha direção e caminho para os holofotes.

— Boa noite, Baile dos Solteiros! — começo. — Eu sei! Eu sei! Vocês estão ansiosos pelo show que vai começar depois de mim! Também sou apaixonado pelo Bleachers! Mas, antes de cairmos aos pés do Jack, tenho algumas palavras para trocar com vocês.

O silêncio percorre o recinto, até mesmo o DJ diminui a música ambiente. Como requisitado por mim antes, nada pode tirar o foco do palco neste momento.

— Muita gente ficou se perguntando qual a origem do tema do baile deste ano. — Dou início ao discurso já decorado. — Santos e Pecadores. O diabólico e o angelical. O embate mais antigo que já povoou a história humana. Quase tão antigo quanto o conceito de amor. Amor esse que, segundo alguns filósofos, era a capacidade que nos diferenciava dos animais.

Nessa hora, dou uma olhada na direção de Bruna e Gui. Ambos sorriem para mim. De forma egoísta, não retribuo o gesto.

— Nos últimos dias tenho pensado no quanto isso é incoerente. Já que, desde que anunciamos a Casa de Mãe como a instituição abençoada deste ano, algumas pessoas começaram a se comportar como animais. Ou melhor, defendendo os animais, começaram a se comportar como monstros. Não sei se sabem, mas a Casa de Mãe abriga há muitos anos jovens e crianças LGBTQIAPN+ abandonados pelas famílias. Abandonados exatamente por terem essa capacidade que, segundo alguns, é aquilo que nos torna humanos. Abandonados por ousarem amar.

Ouço alguns burburinhos. Ao que parece o marketing acertou nos convites e a maior parte dos convidados não concorda com a homofobia conservadora que nos incomodou nos últimos dias.

— É bem esse ponto que nos leva de volta ao tema do baile. O santo e o pecador. O tipo de amor que é louvado e celebrado é angelical, puro, abençoado ao redor do mundo. Enquanto tudo que difere disso é pecado, diabólico e merece apenas a escuridão dos segredos. Este baile é uma celebração à hipocrisia humana. Uma prova de que o santo não existe sem o pecador. Uma tentativa de afirmar que nenhuma forma de amar é superior à outra. Olhem ao redor: estão fantasiados, mas por baixo das máscaras vocês são um pouco de todas essas fantasias. Diabos, anjos, deuses, mortais.

Às minhas costas, vejo que dona Sila já está posicionada e pronta para receber o cheque deste ano.

— E, para os monstros que estão aí fora, que agora mesmo planejam nos matar, nos culpar ou nos envergonhar, tenho uma coisa a dizer. Aos poucos, vocês estão perdendo. Este cheque é a prova de que vamos continuar revidando e que, quando um de nós cair, dez de nós se erguerão.

Eu aposto na gente. — Neste momento levanto a taça. — Juntos, iremos brindar à derrota da intolerância e ao amor em todas as formas.

Alinhados com meu brinde, todos os copos do ambiente começam a piscar coloridos. A multidão vai à loucura; e não preciso olhar na direção de meus dois amigos para saber que agora eles estão abraçados e comemorando a concretização da ideia.

A cena é linda. De repente, o baile que brigava entre o sombrio e o iluminado ganha uma nova dimensão. Quase como se uma chuva de arco-íris tivesse caído e colorido todo e qualquer canto do lugar.

Não consigo segurar a risada.

— E por falar em cores... — continuo, sorrindo. — Esses copos que estão segurando foram programados para funcionar como nosso aplicativo! Alguns sortudos terão a chance de encontrar matches da mesma cor ainda esta noite. Vocês não queriam saber quem será O Casal deste ano? Quem sabe a gente não tem a chance de descobrir junto!

Mais aplausos e gritos povoam a noite. Eu me viro e entrego o cheque à dona Sila, que está com os olhos cheios de lágrimas e agradece baixinho.

Os copos que piscavam devagar começam a acelerar.

— E os matches vão começar em três... — começo a contar — dois... um!

De repente, os copos que estavam piscando se apagam. Meu primeiro instinto é olhar para Gui. E se algo deu errado? Mas em menos de um segundo voltam a se acender. Alguns voltam a ficar brancos enquanto outros continuam piscando em várias cores. Segundo Gui, os brancos ainda não encontraram o match.

Eu me permito, então, olhar ao redor e ao longo da multidão. Consigo ver vários copos coloridos e combinando. O príncipe e a futura princesa compartilham taças em vermelho-vivo. Um casal de mulheres parece surpreso ao ostentar copos de uísque azulados. A vibração é viva; todo mundo começa a olhar ao redor em busca de seu match.

O experimento foi um sucesso, e qualquer mágoa sobre o beijo desaparece da memória.

Tudo o que quero é correr em direção a Bruna e Gui para comemorar por alguns segundos este momento de glória.

Sou rápido para encontrar o olhar deles, mas, em vez da boa surpresa, Bruna me olha com mágoa. Sua taça ostenta um roxo. Então, meu coração acelera e olho para meu melhor amigo.

Guilherme parece confuso. Na mão dela, a taça brilha em um roxo vibrante, enquanto a taça dele brilha em um amarelo vibrante.

Então olho para baixo e percebo que minha taça brilha na mesma cor.

XXIV

Veritas Lux Mea

É comum pensar que vivemos em um tempo de muito mais futilidade. Que os tempos antigos eram cercados por descobertas que moldaram a sociedade humana e nos levaram até esta era de avanços pós-modernos em que vivemos.

Não me leve a mal, os avanços existiram mesmo. Não é como se a Grécia não tivesse nos dado nomes incríveis como Platão e Aristóteles. É só que os tempos antigos encontraram tempo para muitas futilidades, assim como você hoje em dia, abrindo o Instagram em busca de fofocas mal contadas sobre alguma subcelebridade.

A diferença gritante é que, em vez de virar manchete no Léo Dias, antigamente uma fofoca mal contada poderia fazer com que você acabasse virando uma árvore. Ou pelo menos é o que contam de Dafne, uma ninfa inocente que acabou presa entre o ego de grandes deuses.

O que mais me encanta nesse mito é que esse é um dos quais participo. Só que, em vez do herói que salva Psiquê de um monstro e a transforma em madame do próprio castelo, nele sou o vilão traiçoeiro e imaturo que acaba punindo apaixonados por simples e puro despeito.

Ou seja, uma versão muito mais alinhada com a realidade. A história de Dafne e Apolo poderia ser quase um "baseado em fatos reais", se não fosse a heterossexualidade desmedida presente no mito.

A protagonista da história supostamente era filha de Geia e de um deus-rio chamado Ladão. Como sempre, era dona de uma beleza única e espetacular, tão radiante que acabou chamando a atenção do deus-sol em pessoa.

Apolo foi dominado por um desejo tão intenso que não conseguiu aceitar uma negativa da moça, que não tinha nenhum interesse em se envolver com o olimpiano. Tendo faltado à aula de letramento divino sobre consentimento, aquela versão de Apolo a perseguiu de um jeito tão insuportável que levou a garota à loucura. Desesperada, ela pediu ajuda ao pai para que a transformasse em algo que Apolo nunca pudesse ter.

Pais ou não, deuses sempre tiveram sensos de humor meio deturpados, e Ladão transformou a filha em um loureiro, a árvore favorita de Apolo.

Essa por si só poderia ser uma história trágica o suficiente para entreter os gregos, mas não, faltava um toque diabólico, e é aí que eu entro na história. Ou melhor, Eros entra.

Acontece que esse amor intenso de Apolo teria sido causado por esse que vos narra, depois que o Deus do Sol fez uma brincadeirinha sobre meu arco e flecha. Segundo boatos (deuses menores sem nada para fazer), Apolo disse que ele era o verdadeiro Deus da Arquearia e que as armas do Deus do Amor eram apenas brinquedos de um menino travesso.

O que Apolo não imaginava era que Eros tinha na aljava uma flecha capaz de causar devoção e outra capaz de gerar a mais pura repulsa no destinatário. E com raiva do próprio tio, o Deus do Amor feriu Apolo com a flecha do amor enquanto, para Dafne, enviou a da aversão.

Assim, apesar da beleza de Apolo, Dafne preferiu virar uma árvore.

Segundo os mitógrafos, a história toda é mais uma metáfora sobre amores não correspondidos. Para mim é mais uma forma de tortura.

No momento em que minha taça brilha na mesma cor da de Guilherme, tudo em que penso é como o que mais preciso é de uma flecha antiamor. Se tal artefato existisse, há anos eu já teria flechado meu melhor amigo para que pudéssemos ser apenas bons amigos.

Não poetas torturados por uma epopeia fadada ao trágico.

O breve silêncio que se segue depois que minha taça escolhe uma cor é tão profundo que transforma minha audição em um superpoder. Primeiro, tudo o que consigo escutar é um retumbar potente.

Será que está todo mundo ouvindo?

Então minhas sinapses entram em ação e percebo que não, ninguém está ouvindo aquilo. É só meu coração batendo mais forte do que deveria.

Ao fundo, ouço um barman preparando algum drinque, provavelmente um gim-tônica; percebo a tentativa dele de gelar a taça seguida pelo barulho característico de uma latinha de alumínio sendo aberta. Alguém nos bastidores esbarra em um prato de bateria e logo em seguida se desespera e outra vez o som metálico se espalha. Os sussurros começam a aparecer como uma onda leve. Primeiro ouço alguém à esquerda falar:

— O que ele está fazendo?

E logo em seguida todo mundo começa a se questionar.

— Eu sabia, era tudo uma farsa, olha lá, ele agora vai arrumar um namorado — sussurra um homem no meio da multidão. — Esse negócio de Match é tudo combinado...

— Meu Deus, que escândalo, aquele não é o sócio dele? — comenta uma jornalista conhecida em algum outro lugar.

Na frente de todos eles, até tento não olhar na direção de Guilherme e Bruna, mas acabo dando de cara com o olhar intenso e o sorriso travesso que perpassa o rosto de tia Gigi. Ao que parece, a ideia de que eu, entre todas as pessoas do mundo, termine com o filho dela a agrada.

É provável que tudo isso tenha acontecido em poucos segundos, mas em minha mente tudo parece longas horas. Vejo dona Ana vindo em minha direção e, mais uma vez, meu cérebro entra em ação e envia um choque por todo o meu corpo. Não posso deixar a atuação de lado; é isso que meu avô espera.

— Bom! Acho que esse copinho aqui vai precisar esperar! — Decido optar pelo humor. — Porque o único homem que me interessa agora é Jack Antonoff! Senhoras e senhores: Bleachers!

Logo o silêncio é preenchido por uma sucessão de gritos e comemorações. Continuo no palco o suficiente para receber alguns membros da banda. Em uma outra ocasião, talvez eu tivesse aproveitado a situação e dado um abraço mais demorado no vocalista. Só que a pressa para fugir daqui faz com que apenas um rápido aperto de mãos seja o suficiente.

Saio da vista de todos o mais depressa que posso e corro sem direção até encontrar alguma coisa na qual possa me apoiar. Dona Ana não sai de minha cola, então não consigo nem disfarçar quando começo a hiperventilar. Começo a arranhar o pescoço em desespero em uma tentativa falha de afrouxar a gravata-borboleta. Minha assistente parece preocupada e toma a iniciativa.

— Theo! Theo, respira! — Ela começa a simular a ação para que eu a acompanhe. — Vem comigo, vai...

Até tento repetir o movimento, mas as respirações curtas ainda me assustam e sinto a visão ficar turva. Não sei se são as lágrimas que começaram a escorrer em algum momento ou se, enfim, cheguei perto do limite. Talvez tenha chegado a hora de padecer depois de anos de imortalidade.

Na hora não percebo, mas dona Ana começa a me levar para algum lugar. Ao meu redor tudo é turvo, escuro. Fios e geradores parecem monstros e cobras prontos para dar o bote. Será que Medusa ainda existe? Talvez não fosse uma má ideia mandar um oi para ela e implorar para virar uma estátua de mármore. Será que estátuas sentem dor?

Entre respirações entrecortadas, minha mente começa a divagar pelas consequências do que acabou de acontecer.

Essa história com Gui vai agradar e muito a imprensa. A ideia de que O Match desse ano aconteça entre dois sócios do próprio Finderr é uma polêmica e tanto. Como alguns já questionaram, seria tudo armado, uma farsa? Ou será que eles tomariam uma abordagem mais romântica, deduzindo que era o amor verdadeiro que havia superado todas as burocracias diárias?

Bruna. O que será que minha amiga está pensando agora? Será que ela ainda me deixará chamá-la assim? Será que agora mesmo está terminando tudo que mal começou com Gui?

Guilherme. Eu poderia ter sido mais cuidadoso com ele. Começando pelo fato do maldito aplicativo que ele mesmo instalou em meu celular!

As infinitas perguntas não me permitem perceber para onde estou sendo levado. Apenas depois de alguns minutos é que minha visão volta a funcionar e percebo que estou em um trailer. Dona Ana informa que é um dos camarins da banda e então vejo algumas palhetas espalhadas e latinhas de cerveja amassadas em um canto. Minha vontade é destruir tudo, começando pelo meu celular. Só que, antes que o faça, percebo que existe alguém que pode me ajudar a recuperar minha sanidade, então começo a ligar em desespero para ela.

— Theo! Theo, por favor, bebe isso! Vai ajudá-lo a se acalmar. — Ela tenta falar comigo, mas sem sucesso. — Theo, pelo amor dos deuses, dá esse celular aqui. — Ela consegue pegar o aparelho de minha mão. — A dra. Emi é sua terapeuta? Vou tentar falar com ela.

Decido aceitar a água que ela me oferece e desabo em um sofá cheio de almofadas. Ao fundo, ouço Bleachers tocando minha música favorita. O pior de tudo é que "Everybody Lost Somebody" é a canção perfeita para a situação. Afinal, existem grandes chances de que eu tenha perdido todas as pessoas mais importantes de minha vida em uma só noite.

E o mais bizarro é que uma parte egoísta de mim fica aliviada.

Entre todas as mentiras que carrego, mentir sobre o que eu sentia por Gui é uma das mais difíceis. Mentir sobre estar apaixonado por ele significa insistir em um teatro no qual não me permito sentir nada. Depois de alguns séculos, estou exausto.

A água deve ter alguma propriedade mágica, pois aos poucos consigo sentir a sanidade voltando. Por quanto tempo vou continuar aguentando essa maldição? Será que vou ter que fazer um espetáculo como Edward Cullen e anunciar em uma praça pública que sou o Deus do Amor? Será isso suficiente para fazer com que um raio caia dos céus e acabe com tudo de um jeito rápido?

— Ela não atendeu, mas mandei uma mensagem dizendo que você precisava falar com ela o mais rápido possível. — Ela me devolve o celular e puxa uma cadeira para ficar de frente para mim. — Agora que você está mais calmo, será que consegue me contar por que sinto que acabei de salvar sua vida?

A princípio não respondo, mas dona Ana é insistente:

— Theo, fiquei preocupada de verdade! Você ficou branco igual a uma vela. Nunca vi ninguém com tanto medo, e vai por mim… sei uma coisa ou duas sobre medo. Sei que não sou a dra. Emi, você nem precisa contar tudo se não quiser… mas falar um pouco pode ajudar.

Não sei se são os olhos brilhantes e ao mesmo tempo intimidadores da dona Ana que me fazem escolher fazer o impensável. Talvez os dois.

Quando enfim abro a boca para falar alguma coisa, conto tudo. E isso, cara pessoa leitora, não é um eufemismo... Conto tudo mesmo. Quem sabe, em vez de uma praça pública, desabafar para minha assistente seja o suficiente para despertar a fúria letal de meu avô imortal.

Ela não fica tão chocada quanto deveria quando falo que sou o Deus do Amor.

Algo que não me surpreende tanto assim. Já desconfiava de que dona Ana não fosse das pessoas mais céticas; afinal, segundo ela, toda vez que alguém recebe um elogio de um estranho, essa pessoa deveria se banhar com sálvia. "Para tirar o mau agouro."

Se ela não reage ao fato de que sou uma entidade imortal, a revelação de que sou perdidamente apaixonado por Guilherme também não a pega de surpresa. Segundo dona Ana, todo mundo já desconfiava de que alguma coisa tinha rolado entre a gente.

— Querido, sei que você não consegue ver tudo ao mesmo tempo, até os deuses têm seus limites mesmo que espalhem por aí boatos de onipotência. Qualquer um percebe o jeito como vocês se olham quando acham que ninguém está prestando atenção. Gui consegue disfarçar ainda menos; você é como se fosse o sol para aquele menino.

Parte de mim, o ego, obviamente, fica feliz em saber que mesmo depois de anos, Gui ainda me enxerga assim.

Bom, também não vou fazer a linha sonsa, protagonista nerd de óculos e tímida que finge "Ai, eu nem imaginava que ele também sentia algo por mim", porque aí já é demais.

Eu sabia, mas é sempre bom ter certeza e ver a coisa sob os olhos de outra pessoa.

— É... acho que eu sempre soube também... Só que essa nem é a pior parte, tudo piorou quando meu avô decidiu me castigar por unir casais queer usando o Finderr.

— Zeus obrigou você a fazer alguma coisa? Como assim? Não estou entendendo...

É sério que essa é a parte que ela não entende? A parte em que deuses imortais existem e que a maioria das religiões do mundo é só reaproveitamento de religiões que vieram antes ela aceita numa boa. Porém, o maior deus do panteão grego me obrigando a fazer qualquer coisa a pega de surpresa.

— Sim, ele é chegado a jogos e ultimatos, desde sempre foi assim. No dia de meu aniversário, ele me obrigou a unir o primeiro casal que eu encontrasse sem usar os poderes, ou ele mataria todo mundo com quem me importo, o que acabei de perceber que inclui você... Não te assusta que talvez eu tenha condenado você à morte e tudo mais?

— Theo, foco! — Dona Ana estala os dedos em minha frente. — O que Zeus falou exatamente?

— Calma, vou chegar lá, dona Ana. As primeiras pessoas que encontrei naquela noite foram Bruna e Guilherme! Venho manipulando os dois desde então, tentando fazer com que fiquem juntos, mesmo sabendo que Gui é a fim de mim desde que ficamos alguns anos atrás...

— Mas, Theo, isso não faz sentido... — Dona Ana ainda parece confusa com alguma coisa. — Por que você não só se negou a fazer tudo isso?

— Não dá para dizer não para meu avô.

Em algum momento, enquanto contava história, comecei a chorar de novo. As lágrimas deixam tudo turvo, mas, de um jeito estranho, meu coração vai ficando cada vez mais leve. Talvez a paz que vem ao revelar minha farsa para alguém além de minha terapeuta seja o último sentimento bom que eu sinta antes de ser fuzilado pelos poderes de meu avô.

Como se existisse alguma parte boa em tudo isso.

Veja só, uma parte bem engraçada da imortalidade é que, depois de tantos anos, você começa a acreditar que, depois de viver e presenciar tantas tragédias, vai acabar acumulando algum aprendizado. Acontece que essa é uma das maiores mentiras que vem junto à vida eterna. O que eu já devia ter decorado é que, mesmo quando tudo parece ruim, as coisas ainda podem piorar. Pelo visto, sim, Murphy estava certo.

Em uma nova tentativa de ligar para a dra. Emi, resolvo sair do trailer e tomar um ar. Só que, na entrada, encontro meus dois melhores amigos. Algo no olhar dos dois me dá a certeza de que a mágoa que encontro ali não é apenas sobre os copos.

Os dois ouviram tudo o que acabei de contar.

XXV

Deus Ex Machina

5 ANOS ANTES

Para entender o tamanho da merda em que me meti, é preciso voltar para o começo. Mas vou logo adiantando que, neste livro, este é o último flashback.

Onde foi que eu tinha parado mesmo? Ah, sim, na camisa do Paramore. O toque de Gui era gentil, quase como se ao mesmo tempo que ele acariciasse meu cabelo também estivesse com medo de cometer algum erro e estragar o momento. Mal sabia ele que eu sentia o mesmo. A cada centímetro do corpo dele que percorria, eu me questionava se aquilo estava acontecendo mesmo, se tudo não era só mais um sonho. Apenas mais um dos momentos em que eu fantasiava que ele poderia ser meu.

Clichê, eu sei, mas tinha lido em algum lugar que a maioria dos clichês não passavam de verdades com outros nomes.

Como a coisa mais natural do mundo, fomos parar na cama e, uma vez em cima dele, consegui notar alguns detalhes que os anos de observação à distância não permitiram. Os sinais que pontilhavam seu peito e seus ombros, as estrias na pele da cintura. Consegui, depois de anos imaginando, sentir o gosto do hálito dele em minha boca. Uma mistura almiscarada de cerveja, enxaguante bucal e bom, ele. Quando nossas línguas se tocaram, foi como se diferentes fontes de energia se conectassem a meu corpo.

Guilherme me fez dele em diferentes momentos naquela noite. Óbvio que daquele jeito em que todos estão pensando, mas também em inúmeros outros que eu nem imaginava ser possível. O jeito que ele fazia carinho em minha cabeça enquanto eu passeava pelo corpo dele, as vezes em que fazia questão de me fitar nos olhos e só sorrir em silêncio. A barba por fazer arranhando minha nuca.

Fazia anos que eu estava acostumado com meu nome atual, mas ouvir "Theo" na voz rouca dele parecia algo de outro mundo. Como se o estivesse ouvindo pela primeira vez. Ali, naquele quarto, desejei ouvi-lo repetir todos os nomes que tive desde que nasci.

Que me chamasse pelo epíteto de todos que eram iguais a mim. Que me chamasse de Jacinto. Pátroclo. Alexandre. Leonardo. Harvey. Aquiles. Alan. Oscar. Fernando.

Eros.

Amor.

De Cupido.

No dia seguinte quando acordei, evitei abrir os olhos de imediato. Eu me permiti ficar mais alguns minutos naquela pequena bolha de felicidade em que estávamos juntos, mas foi inevitável sorrir quando senti o cheiro dele ainda em mim.

Quanta sorte é necessária para que uma pessoa tenha a chance de encontrar duas vezes, em uma mesma vida, alguém com quem dividir toda a existência?

Foi inevitável não pensar em Narciso.

Só que, diferente do que se imaginaria, não fui dominado pela culpa. Ele e Gui eram de universos diferentes. Dois asteroides raros com os quais tive o prazer de colidir.

A culpa que me preencheu não tinha a ver com a capacidade de me apaixonar por outra pessoa, mas sim com o fato de que foi bem isso que fez com que eu perdesse Narciso da primeira vez. Foi então que o medo assumiu o lugar da calmaria e eu, por fim, abri os olhos.

O quarto estava mergulhado na penumbra típica de uma manhã que acabara de começar. Procurei ainda meio zonzo o celular. Eram oito da manhã; isso significava que tínhamos dormido por cerca de três horas. O fato me pareceu estranho, porque me senti mais disposto do que nas semanas que antecederam aquele momento. Na cama, vários traços se espalhavam pelo lençol, fruto da luz do sol que insistia em invadir a persiana entreaberta. Quando me virei para me certificar de que Guilherme estava ali, inteiro, o pânico enfim tomou conta.

A cama estava vazia.

— Gui? — chamei em direção ao banheiro. O silêncio respondeu. — Gui?! — repeti, um pouco mais alto que a primeira vez.

Fiquei desesperado. Será que meu avô estava me vigiando cem por cento do tempo? Observando cada movimento com a onipresença imortal? Da última vez, consegui me esconder por anos, agora não deveria ser diferente. Não era possível que a tecnologia dos deuses tivesse evoluído a ponto de estarmos de fato vivendo dentro da obra de Orwell. Em meu caso, em vez de um grande irmão, um grande avô sociopata e homofóbico.

Decidi fazer alguma coisa. A ideia de sair do quarto e não encontrar Guilherme era devastadora. O silêncio estava começando a parecer cada vez menos acolhedor. Abri a persiana por completo e deixei a luz entrar no quarto. Talvez assim eu conseguisse encontrar as roupas e não precisasse sair desesperado pela casa só de cueca. Assim que achei uma calça enroscada no colchão que eu deveria ter usado na noite anterior, a porta se abriu e quase me matou do coração.

— Você me chamou ou estou ouvindo coisas? — disse Guilherme à soleira da porta, segurando uma bandeja de café da manhã.

O alívio que percorreu meu corpo só não foi mais rápido do que a felicidade de ver meu melhor amigo são e salvo e usando minha camiseta velha do Paramore. Atravessei o quarto em um segundo, tempo suficiente para que Gui largasse a bandeja e me recebesse com um abraço de urso. De perto, consegui perceber que a pequena tatuagem de uma tartaruga marinha no braço direito dele agora dividia espaço com pequenos arranhões.

Ele me percebeu olhando.

— Você devia ver como ficou o outro cara! — comentou ele, entre risadas. — Preciso devolver sua camiseta antes de você sair do quarto. Talvez eu tenha exagerado com as mordidas nas suas costas.

Ele não conseguia nem imaginar que o alívio que eu sentia era maior do que qualquer vergonha em ostentar marcas de nossa noite. A tranquilidade de saber que ele ainda estava lá era tanta que acabei devorando o café da manhã em uma velocidade absurda. Porque, se fosse para me demorar em alguma coisa, com certeza seria na melhor sobremesa de todos os tempos: Guilherme.

Minha sorte era que ele sentia o mesmo e, quando dei por mim, passamos o dia inteiro recuperando o tempo perdido. Compensando todas as vezes em que tivemos vontade de fazer o que fizemos, mas sempre nos impedimos. Com medo do trovão, do preconceito e da possibilidade de que, quando tudo acabasse, a gente não fosse mais "a gente".

Lá para o meio da tarde, com o sol já do outro lado do quarto, eu estava deitado no peito de Gui enquanto ele enrolava meu cabelo nos dedos e cantava o que parecia "Gita". Na vitrola, o álbum do Raul Seixas harmonizava as duas vozes.

— Eu imaginei isso aqui tantas vezes... — falei em um suspiro.

— E agora está decepcionado? — concluiu ele, rindo.

Levantei a cabeça e dei um soco no ombro dele.

— Óbvio que não, tonto. — Fingi uma irritação que não existia. — Por mim eu ficava aqui para sempre, sabia?

— Eu também — respondeu, segurando minhas mãos e me puxando de volta para ele. — Eu também queria *isso aqui* faz um tempão, desde que a gente se viu pela primeira vez, na verdade. Mas ficar aqui para sempre? Não, eu sentiria falta da praia...

Voltamos a rir e acabei me dando conta de que provavelmente estávamos naquele quarto havia mais ou menos umas doze horas. Todo mundo já devia estar se perguntando o motivo...

— Relaxa — respondeu ele, lendo minha mente quando comecei a olhar para a porta. — Minha mãe sabe que sou a fim de você desde sempre...

— E ela é de boa com isso? Quer dizer... você ser... — Deixei o restante em aberto.

Eu não sabia bem o que aquilo, a gente, significa para a sexualidade de Gui.

— Ser bi? Ah, eu contei para todo mundo logo que percebi que era a fim de você. — A resposta me pegou de surpresa. Ao que parece, na conversa da noite anterior, a irmã dele já sabia como ele se sentia. Espertinha. — Ninguém ligou muito, eles só querem me ver feliz. Queria eu ter reagido como eles...

Meu primeiro sentimento foi um pouco de inveja... Que sorte ele tinha de ter uma família que foi "de boa" com tudo. Família essa pela qual eu já nutria um profundo respeito mesmo antes de saber o quanto poderiam ser incríveis.

— Como assim? — perguntei, ainda mais curioso.

Parecia que eu estava conhecendo um Guilherme todo novo.

— Ah, eu não reagi muito bem. Olhe só, eu já tinha imaginado umas coisas e assistido a outras, se é que me entende, mas eu nunca tinha tido a coragem de ir adiante com outros caras — contou ele. — Então desde a adolescência eu vinha colocando uma pedra nesse assunto. Se eu não pensasse, se namorasse garotas o suficiente, talvez essa curiosidade fosse embora. Talvez se eu me apaixonasse, tudo desaparecesse. Até que conheci um calouro na monitoria de Cálculo I.

As palavras me trouxeram ainda mais lembranças. Eu senti uma conexão instantânea com Gui. Não havia sido nada calculado (escolha de palavras proposital), só tinha acontecido. A diferença era que eu nunca havia imaginado que era recíproco. Que tudo o que eu tinha sentido, ele também sentira.

Vai ver aquele era o verdadeiro significado de uma conexão, né?

— Demorei pelo menos o primeiro ano até entender por que eu queria ter você sempre por perto — continuou ele. — Tudo ficou pior quando aceitei que os motivos eram outros além de uma pura amizade. Gostar de você não é mole, não, Theo. Na verdade, agora eu sei que não tem nada de mole em você.

— Ah, é? Discorra sobre o tema, sr. Guilherme — falei, erguendo a cabeça de novo.

Ele cruzou as pernas e ficou de frente para mim.

— Sobre a dureza? — Ele riu. A luz do sol que se infiltrava pela janela fez com que ele parecesse ter uma auréola. — Você nunca pegava ninguém, nunca falava de sexo, relacionamento... Sou seu amigo há anos e nunca ouvi você falando de amor. Isso me deixava louco, sabia? Eu vivia imaginando se você curtia caras, meninas ou qualquer coisa. — Ele segurou minhas mãos. — E ao mesmo tempo vivia desesperado achando que chegaria a hora em que você contaria sobre outra pessoa e aí eu perderia todas as chances.

— Você também não facilitou, garanhão — rebati, com ironia. — Tive que passar por todos seus namoricos, sabia? Ouvir sobre todos.

— Se soubesse a quantidade de vezes que eu falava na esperança de causar algum ciúme em você. — Ele colocou um de meus cachos atrás da orelha. — É que era difícil tentar imaginar o que se passava aí dentro.

Nessa hora, me levantei e comecei a andar pelo quarto. Tentei me colocar no lugar de Gui e percebi que, sim, devia ser complicado tentar imaginar o que se passava em minha cabeça. A verdade era que às vezes nem eu sabia.

Hoje em dia, cinco anos depois, consigo perceber que tanto naquela noite em que ficamos pela primeira vez quanto até os dias de hoje, sempre brinquei com os sentimentos dele. Uma eterna balança entre o interesse e o desinteresse. Tudo para mantê-lo por perto, mas nunca perto o suficiente.

Só que naquele quarto eu ainda acreditava que existia um futuro para nós dois, então apenas me deixei levar:

— É complicado, Gui... — falei, quase um sussurro. — Minha família, eles...

— Ei, ei, ei... — Ele se levantou da cama e me puxou de volta para seu peito. — Não precisa se justificar em nada, tá? Nem eu entendo tudo da minha bissexualidade. Temos todo o tempo do mundo para descobrir juntos, tudo bem? — Ele levantou meu queixo até meu olhar encontrar o dele. — Eu aposto na gente.

Deuses, como eu queria que o mundo tivesse parado naquele momento. Como eu queria que nosso plano tivesse seguido adiante, que, mesmo que Guilherme sentisse saudade da praia, a gente tivesse ficado ali para sempre. Presos naquele momento em que não existia mundo exterior, só existia eu, ele e a "falsa certeza" de que tudo estava como deveria ser.

Naquela mesma noite, depois de um dia inteiro no quarto, encontramos o resto do pessoal para um banho de rio noturno. A noite estava tão quente quanto o dia e ficamos bêbados de uma juventude que já estava quase no fim. De algum jeito, o sentimento era o de que tudo o que aconteceria depois da formatura mudaria o jeito como cada um via o mundo. E mudou, mais rápido do que gostaríamos.

Enquanto brincávamos no rio, o celular de Danilo, um de nossos colegas, começou a tocar sem parar. Mesmo com nossa insistência para que ele ignorasse as ligações, ele saiu para ver quem ligava com tanto desespero. Foi o telefonema que acabou com nossa viagem, com meu futuro com Gui e, para a tristeza de todos, com a vida do irmão de Danilo.

Em uma viagem nos Estados Unidos, o irmão caçula de nosso amigo decidiu ir a uma balada com os amigos. Na exata mesma noite em que comemoramos nossa formatura ao redor da fogueira, um monstro decidiu que a felicidade gay não era digna de ser vivida e abriu fogo em uma boate repleta de jovens com futuros brilhantes pela frente. Ao todo, foram cinquenta e três mortos.

Ao redor do mundo, milhares de pessoas sofreram a morte de amigos, irmãos caçulas e, em sua maioria, estranhos que mais uma vez haviam sido vítimas da intolerância.

Fiquei sem chão. Não poderia ser coincidência, né? Ainda dentro da água, no mesmo momento em que Danilo nos contou o que tinha acontecido, consegui ouvir a voz de meu avô: "Entre punir você ou punir as outras aberrações, qualquer opção me parece bastante tentadora".

Então era disso que meu avô estivera falando. Ousei desafiá-lo, e cinquenta e três jovens tinham morrido. Um lembrete escrito em sangue inocente de que, diante do Deus dos Deuses, eu sempre sairia perdendo.

Não, não fora coincidência.

O timing assustador de tão perfeito, o irmão de nosso amigo. Aquela era minha punição por ter me entregado a Guilherme.

Não é difícil imaginar o que aconteceu depois. No meio de tanta tristeza, Guilherme e eu acabamos nos colocando em segundo plano. Nunca o deixei se aproximar o suficiente para conversarmos a respeito de tudo que rolou durante a noite. Oferecemos o apoio inabalável de que Danilo precisava naquele momento.

Na semana seguinte, enviei uma mensagem para meu melhor amigo:

Aquela noite foi um erro. Eu me deixei levar. Podemos continuar só amigos?

E assim foi. Até agora.

XXVI

Pater Mendaciorum
Diabolus Est

Durante alguns minutos ninguém fala nada. Sem querer dou alguns passos para trás e entro de novo no trailer.

Eles me seguem.

A primeira que tenho coragem de encarar é Bruna, e percebo que foi uma péssima decisão. Acho que nunca recebi um olhar com tanto desprezo na vida, nem de meu avô. O que denuncia que tudo pode ser mais sério do que parece são os olhos um pouco umedecidos. Sei que minha amiga odeia qualquer tipo de demonstração de fraqueza e ali, em minha frente, ela tenta se agarrar com força ao ódio para não sucumbir à mágoa.

Guilherme está logo atrás dela, boquiaberto e olhando de mim para dona Ana como se procurasse por um bote salva-vidas. Uma justificativa plausível para tudo o que ouviu nos últimos minutos, algo que faça parecer que talvez tudo não passe de uma brincadeira sem graça. Que talvez eu possa continuar a ser a pessoa que ele achava que eu era.

Só tenho a certeza de que longos minutos se passaram quando dona Ana resolve romper o silêncio constrangedor. Ela dá um passo à frente, mas não consigo prestar atenção ao que ela fala. Não consigo desviar o olhar de Guilherme e de Bruna.

— Não! — diz Bruna, mais alto. — Não quero falar com você!

O susto me traz de volta à realidade. Então percebo que o grito foi direcionado à dona Ana. Pelo visto ela estava tentando amenizar a situação.

— Bruna, eu... — Mas não consigo terminar de falar.

Por incrível que pareça, não é Bruna quem me interrompe.

— Cale a boca, Theo! Pelo amor de Deus, cale a boca ou eu mesmo vou calar! — grita Guilherme.

Eu me calo. Em todos esses anos, Guilherme nunca foi chegado a violência. Não é agora que farei com que ele aja diferente.

— Sempre desconfiei que você fosse um babaca narcisista, sabe? — O uso perfeito da palavra por minha amiga me causa arrepios. — Eu só não imaginava que o caso era tão sério...

— Bruna, não sei o que você ouviu... — tento falar de novo. — Mas eu fiz tudo para nos proteger. Meu avô...

— Ah, vai se foder, cara! — solta ela em um grito. Logo em seguida, tenta se recompor. — Tenho cara de otária por acaso? Com essa historinha de porra de avô, magia e cumbaiá? Acabou, Theo! Eu estou aqui, você pode falar a merda da verdade na minha cara. Não sou alguém que você pode encantar com historinhas ridículas para esconder a simples verdade de que você é um bosta!

— Mas eu estou falando a verdade!

Bruna só se vira de costas e coloca as mãos no rosto. Se para diminuir a fúria ou para secar as lágrimas que começavam a surgir nos olhos, nunca vou saber.

— Claro! Tudo isso é verdade! — continua ela. — Nada disso é só um plano para arranjar mais publicidade para o Finderr! Não, nada disso é um projeto para aumentar a pauta de inclusão para a imagem da empresa, né? Imagine só, diretora de operações trans se envolve com CTO bissexual! Resolveria todos os seus problemas!

À primeira vista, as conclusões parecem absurdas, mas, passados alguns segundos, consigo perceber o quanto parecem fazer sentido. Bom, eu não poderia esperar que todo mundo fosse se convencer com tanta facilidade como a dra. Emi ou dona Ana, né? Alguém acabaria me acusando de ter perdido a cabeça, ou, nesse caso, de coisas ainda piores.

— Ou o quê? Virei um caralho de um caso de caridade? — Ela começa a gargalhar de maneira histérica. — Olhe lá minha amiguinha assexual... e se eu resolvesse brincar com a porra dos sentimentos dela?

— Bruna, não! Pelo amor de Deus, acredite em mim. — Minhas palavras começam a parecer um pedido de socorro. — Não planejei nada disso! Eu juro!

Cometo o erro de tocar no braço dela e tudo ocorre tão rápido que demoro a entender o que aconteceu. É só quando sinto um ardor na lateral do rosto que consigo perceber o tapa.

Bruna não consegue perceber, mas o toque que ela dá em meu rosto espalha uma onda de energia que balança toda a estrutura do trailer. Talvez fosse apenas visível a olhos imortais.

Encosto no próprio rosto no ponto que minha amiga me bateu.

O toque da traição.

— Você é uma das pessoas mais sujas que já passaram na minha vida — acusa Bruna. — Nem agora você consegue sair dessa porra de personagem e prefere mentir sobre o universo a assumir o lixo que você é! Estou fora! Arrume outra estúpida para fazer seu trabalho por você. Eu te desejo tudo de pior que existe.

Quando ela sai do trailer, ainda encaro o nada enquanto seguro o rosto. O tapa não incomoda. De um jeito meio sádico, a dor faz com que tudo se torne mais real e me mantém de pé e longe da insanidade que me espera a partir do momento em que eu ousar ficar sozinho.

Por um instante, penso que Guilherme vai correr atrás dela e eu vou ficar ali, sem ter uma chance de me explicar. Parte de mim espera por isso, mas os passos de Bruna se distanciam e ele continua olhando para mim. Ao que parece, é a hora de ele falar e, pela primeira vez em nossa história, meu amigo não parece estar do meu lado.

— Eu... eu ainda não consegui absorver direito o que está rolando aqui... — começa Guilherme.

— Guilherme, veja, tudo que Theo está falando é verdade — defende dona Ana. — Quer dizer, eu acredito em tudo o que ele está falando...

Guilherme resolve se sentar. Acho que a confusão supera todos os outros sentimentos, porque ainda se comporta como se tivesse levado um soco. Tento uma estratégia diferente da que usei com Bruna.

— Guilherme, sei que eu não estou no direito, sei que tudo parece um caos agora, mas preciso que você me escute por apenas alguns segundos, tudo bem? — falo, me sentando de frente para ele.

Exatamente onde dona Ana tentava me acalmar alguns minutos antes.

Interpreto o silêncio que vem em seguida como a chance para contar minha versão da história, então conto. Pelo visto, meu segredo mais bem guardado virou tudo menos um segredo. Alvinho, dra. Emi, dona Ana e agora Guilherme e Bruna. Se o Olimpo já estava puto comigo antes, imagine agora.

Guilherme ouve tudo com atenção. Enquanto o encaro nos olhos, percebo um misto de emoções passando por seu rosto. Medo, mágoa, angústia e traição brigam entre si para ver quem vai sair vencedor.

— Gui, preciso que você entenda… — Nunca imaginei que as palavras a seguir seriam verbalizadas algum dia. — Eu te amo, te amo desde o momento em que vi você, e eu nem acredito no amor! Mas, se essa merda existe, é porque a gente existe. Fiz muita besteira, eu sei, mas fiz com medo de colocar você em perigo. Aquela noite na casa de seus pais foi a mais perfeita de toda a minha existência… Por favor, acredite em mim.

Em algum momento que não percebi, dona Ana saiu do trailer e nos deixou sozinhos. Guilherme se aproxima e coloca minhas mãos entre as dele, e por alguns segundos consigo acreditar que vai ficar tudo bem. Sinto-me invencível. Pronto para enfrentar quantos deuses forem preciso para ficar ao lado dele.

Só que, como nos melhores mitos gregos, as coisas nunca são tão fáceis assim. Guilherme solta minhas mãos e vai em direção à porta.

— Theo, não consigo separar mais o que é verdade do que é mentira — sussurra.

Também me levanto e vou até ele. Coloco as mãos em seu rosto e o beijo. Não sei se essa é a atitude mais madura, mas faço mesmo assim. Só para parar em alguns segundos ao perceber que o beijo não é retribuído. Que estou sozinho nessa.

— A gente é de verdade, Gui — argumento. — Tudo que eu acabei de falar sobre a gente é verdade. Isso não basta?

— Você não está entendendo, Theo…

— Então me explica, por favor, me dá uma chance de me redimir. — Agora estou implorando.

Guilherme fecha os olhos e me empurra. Quando os abre, não tenho mais dúvidas do que ele está sentindo.

— Porra, Theo! Nem tudo gira em torno da merda do seu umbigo! Ser um imortal, ou sei lá o que você é, não te dá o direito de sair por aí brincando com as pessoas, cara! Já parou para se colocar no lugar de *qualquer um*? Sei lá, alguma vez nesses anos todos?

Não consigo responder. É óbvio que Guilherme tem razão. Está no traço genético dos deuses (se é que possuímos algum) sermos ególatras apaixonados por nada além de nós mesmos. Eu que fui tolo em acreditar que poderia ser diferente. Mesmo quando construí um império tecnológico fazendo bem isso e brinquei de ser uma divindade onipotente do amor.

— E daí se você estiver falando a verdade? E daí se, sim, você for um deus imortal e fez tudo sob a ameaça de um megadeus imortal? — Em outra situação, ouvir tudo isso seria engraçado. — Não muda nada do que você fez, Theo, comigo, com Bruna... — A voz dele falha. — Com o Finderr!

Então entendo. É só neste momento que compreendo tudo. As frases que saem da boca dele logo depois só confirmam o babaca egocêntrico que me tornei.

— Suas verdades me transformam numa farsa! — Ele não está mais gritando. Por algum motivo, eu gostaria que estivesse. — Minha vida, o cara que eu amo, todo o trabalho ao qual me dediquei por anos, tudo é mentira. Todos os sonhos que realizei, todas as minhas conquistas, são frutos de uma enganação. O que isso faz de mim, Theo?

Guilherme está borrado à minha frente. O que deu em mim? Seriam essas as lágrimas acumuladas dos últimos vinte anos?

— Te amo há tanto tempo que nem consigo mais separar isso de qualquer outro sentimento que eu esteja sentindo agora — completa ele. — Mas eu preciso. Porque o que senti por você todos esses anos não é mais suficiente. Não consigo mais ficar carregando isso por nós dois, Theo. Espero que consiga resolver todos os seus problemas. Mas, por favor, me mantenha fora deles, tudo bem? Me deixa de fora da sua vida.

As últimas palavras ecoam em minha cabeça mesmo depois que ele fecha a porta e sai do trailer. Fico parado exatamente onde estive por vários minutos. Em uma só noite, perdi as duas pessoas mais importantes de minha vida em uma tentativa clara de manter todo mundo a salvo.

Pelo amor dos deuses, a quem estou querendo enganar? Em uma tentativa de me manter no poder, no controle; fiquei nos bastidores brincando com a vida de todo mundo como um jogo sádico. Uma atitude idêntica à da pessoa que mais odeio. Zeus, no fim das contas, venceu, bem como disse que faria.

Porque, mesmo fazendo o que ele mandou, ainda assim perdi tudo.

XXVII

Non In Solo Pane Vivit Homo

Uma coisa que a maioria dos mitos gregos sempre fez questão de enfatizar é que existem heróis e vilões. Em geral, os primeiros são os únicos a serem dignos de uma redenção mesmo depois dos mais deploráveis erros. Eles mentiram? Enganaram? Estupraram? Nada disso importa, no final eles encontraram o amor ou o perdão dos deuses por salvarem alguma princesa acorrentada em uma pedra.

Já os vilões são eternizados pela história, pelo mau-caratismo e por entrarem no caminho dos guerreiros protagonistas. Hollywood fez muito dinheiro com essa dinâmica. O eterno embate entre o bem e o mal sempre priorizava os santos — por mais dúbios que fossem — em detrimento dos pecadores.

Dos mitos gregos que são difundidos por aí, meu vilão favorito sempre foi Páris. Aquele mesmo, o que foi responsável por começar a famosíssima Guerra de Troia e que acabou flechando Aquiles no calcanhar. O que a maioria das pessoas não conhece é o passado de um dos vilões mais famosos da mitologia.

Páris era filho do rei troiano, Príamo, e Hécuba. Sua mãe, já no fim da gravidez, acabou tendo um sonho em que dava à luz uma tocha que incendiaria toda Troia. Apesar dos conselhos para que matasse o recém-nascido tão logo ele saísse do útero, Hécuba, em desespero, decidiu dar a criança para um pastor. Não do tipo de igreja, daqueles que cuidam de cabras mesmo.

Anos depois, ao cruzar com Cassandra, sua irmã e profetisa, Páris foi enfim reconhecido como o filho perdido do rei e reintegrado à família real.

Não conheci Páris, mas consigo entender sua felicidade. Imagine passar uma vida inteira sem saber quem é sua família e depois reencontrá-la como sendo a mais importante de toda a região? A transformação de órfão para príncipe era, sim, muito atrativa, quase um bálsamo para todos os traumas colecionados ao longo da breve vida.

Só que em um mundo governado por deuses não existem finais felizes. Páris não teve a paz merecida e logo foi tragado pela narrativa de Zeus. O Deus dos Deuses viu na honestidade do garoto a chance para resolver um de seus problemas. Na época, as três deusas principais do Olimpo, Hera, Atena e minha queridíssima progenitora, Afrodite, entraram em uma disputa para decidir qual das três era a mais bonita.

A primeira precisava do título, afinal era a rainha dos deuses e, por natureza, isso já implicava uma beleza surreal. A segunda não tolerava que a inteligência fosse descartada na hora de considerar uma divindade como linda. E a terceira argumentava que a Deusa da Beleza deveria ser considerada, óbvio, como a deusa mais bela de todas.

As três imortais foram até Páris e lhe fizeram uma oferta.

Hera prometeu que, caso a escolhesse, Páris ganharia todo o império da Ásia. O que o transformaria em um dos homens mais poderosos do mundo. Só que Páris já era um príncipe que tinha crescido como um simples pastor de ovelhas. Poder nunca esteve entre suas ambições.

Atena ofereceu sabedoria e uma vitória em todos os combates. Contudo, mais uma vez tentando me colocar no lugar do pastor, de que adiantaria vitórias se ele não fosse um combatente por natureza?

Então, minha mãe fez a oferta. Afrodite garantiu o amor da mulher mais bonita do mundo, naquela época, Helena. Esposa de Menelau e rainha de Esparta.

Agora, cara pessoa leitora, responda: como um jovem que cresceu órfão e sem amor vai dizer não a uma oferta dessas? Tendo planejado ou não, Afrodite conseguiu oferecer exatamente o que o coração de Páris mais clamava: ser desejado por alguém. Imagino que era isso que ele buscara desde sempre.

O resto da história é famoso mundo afora. Páris rapta Helena. A Guerra de Troia acontece. Ele flecha Aquiles e mata o que provavelmente foi o maior herói grego depois de Héracles para no fim acabar morrendo também flechado e encarando o olhar de desprezo de Helena. Que, apesar de amá-lo de início, foi vencida pelo tempo e pelo horror que apenas uma guerra sangrenta como a de Troia pode gerar.

O inocente pastor foi condenado pela história. Ninguém se importa com as motivações que transformaram um vilão em um vilão. A redenção é um privilégio presenteado para os que geralmente menos precisam dela.

Estou sonhando com minha morte, agonizando por uma flechada, quando a luz que escapa da persiana me acorda.

A primeira sensação é de alívio; talvez tudo tenha sido só um pesadelo e neste momento eu esteja acordando para começar a me arrumar para o baile mais tarde. A alegria dura poucos segundos. Só até eu pegar o celular na mesa de cabeceira e olhar a data: vinte e dois de dezembro. Ontem foi o solstício de verão, e o prazo final para cumprir a tarefa dada por meu avô.

Quando enfim resolvo aceitar a realidade de que tudo aconteceu, consigo também encarar as treze ligações perdidas de um número desconhecido. A deduzir pela insistência, deve ser algum jornalista desesperado procurando uma exclusiva sobre os copos que brilharam com o match.

Enfim me sento e repasso depressa como vim parar no quarto. Depois que Guilherme foi embora, levou alguns minutos até meu cérebro processar tudo o que tinha acontecido. E então corri. Corri sem rumo até magicamente encontrar a limusine que me levou ao baile e me encolher no banco dos fundos. Dona Ana me encontrou ali depois de algumas horas, já de manhã e muito preocupada.

Depois disso, lembro-me de quase nada. Sei que ela me trouxe até o apartamento, deu-me alguns comprimidos para dormir e me ajudou a tirar os sapatos, o que foi muito além de suas funções como assistente. Quando escuto um barulho na cozinha e um leve assobio afinado, percebo que ela ainda está aqui.

No caminho para a cozinha, encontro o sofá transformado em uma cama improvisada. Com uma manta servindo como lençol e almofadas amassadas demonstrando que foram usadas como travesseiros.

— Dona Ana, o mínimo que a senhora poderia ter feito era ido para o quarto de hóspedes — digo, dando um susto na pobre coitada.

Pelo cheiro, ela está preparando o almoço. Mesmo que já passe das duas da tarde.

Dona Ana faz pouco caso.

— Não, não! — Tento expressar melhor minha preocupação. — Falo porque deve ter sido desconfortável!

— Imagine! — Ela dá a volta no balcão da cozinha para me dar um abraço. — Eu queria ficar de olho em você, garoto!

— De qualquer jeito, muito obrigado por ontem, de coração.

— Como você está?

Ela larga a colher suja na pia e se aproxima.

Engulo em seco. A vontade é de dizer que continuo me sentindo bem como ontem, um caco prestes a virar pó, mas, em vez disso, mudo de assunto.

— Que cheiro é esse? É açafrão? — pergunto.

— É! — A resposta positiva dela atiça ainda mais minha curiosidade. Nunca compro temperos tão diferentes assim. — Ah, eu comprei umas coisas para sua dispensa. O fofo do seu Gabriel da portaria até me ajudou a subir. Imaginei que você ficaria um tempo em casa.

— Como assim?

Dona Ana agora larga uma panela dentro da pia e olha para mim, intrigada. Existe algo que ela não está me contando.

— Theo, você entrou na internet hoje?

— Não. Meu celular não parava de tocar, e eu não queria falar nada antes de alinhar alguma coisa com Guilherme ou até Bruna... Espera, você acha que não devo procurar Gui ou Bruna?

Enquanto continuo falando sem parar, dona Ana seca as mãos em um pano e para do meu lado com o celular na mão.

— Dá uma olhadinha nisso...

Ela estende o celular em minha direção.

De início não vejo nada de diferente acontecendo. O vídeo do YouTube que ela me mostra foi filmado na noite anterior por algum participante do baile e é apenas uma gravação de meu discurso. Na imagem, pareço muito mais inspirador do que imaginava, mas ainda não entendo do que ela está falando.

— Olhe as visualizações — orienta ela, quando a encaro ainda sem entender nada.

— Puta que pariu!

Dois milhões de visualizações em um vídeo feito pouco menos de vinte e quatro horas atrás. Isso deve ser um recorde no mundinho de sub-celebridades.

— Lá embaixo está lotado de jornalistas — explica dona Ana. — A maioria quer saber do match com Guilherme... outros querem só suas reações sobre o novo viral... Você não vai atender mesmo o telefone?

— Não, deixa esses abutres esperando um pouco, tenho coisas mais importantes nas quais pensar agora.

Como se não bastasse ser desmascarado, todo o circo em volta de meu nome também ajuda a corroborar a teoria de Bruna. De que tudo o que fiz foi mesmo por atenção, até a escolha da Casa de Mãe como instituição deste ano.

Tudo parte de um grande plot para virar o novo ícone LGBTQIAPN+ do país e encher os cofres do Finderr de pink money.

A pergunta que me faço é: no lugar dela, eu pensaria diferente? O timing é perfeito. A empresa não parava de receber críticas, então decidi anunciar a escolha da Casa de Mãe. Logo em seguida me assumi gay na Comic-Con e depois fiz um discurso inflamado no momento de maior destaque do Baile dos Solteiros. Tudo se encaixa com tanta perfeição que é até compreensível ela não cair na ladainha de que sou um deus grego disfarçado de empreendedor da tecnologia.

— Theo, leia os comentários! — pede dona Ana, ao me ver ainda cabisbaixo.

Para minha surpresa, a grande maioria é positiva. Óbvio, entre um e outro dá para conseguir encontrar os típicos comentários ridículos de haters. Só que a grande maioria é de pessoas inspiradas por tudo o que falei, adolescentes que se sentiram tocados e mães dividindo histórias sobre os filhos queer.

Só percebo que estou chorando quando dona Ana seca uma lágrima de meu rosto. Estou longe de ter pelo que comemorar, mas é bom saber que a noite anterior, pelo menos para algumas pessoas, foi positiva.

A vontade de dividir esse momento com meus melhores amigos é desoladora.

— Acha que devo ligar para eles, dona Ana?

— Ah, Theo, eu queria que uma ligação resolvesse tudo, mas acho que vai ser um pouco mais complicado do que isso. — Ela me dá outro abraço. — Mas também acredito que você deva correr atrás dessa segunda chance. O que você sente pelos dois é verdadeiro e, pela minha experiência de vida, perdão é sempre algo pelo qual vale a pena lutar.

Retribuo o abraço. Minha assistente é de outro mundo mesmo.

— Bom! Vamos deixar esse dia um pouco mais animado?

Ela começa a arrumar a mesa. Eu me levanto para ajudar.

— O que teremos no cardápio hoje? — pergunto.

— Risoto de açafrão. Uma receita que sempre fez sucesso com meu ex-marido!

O telefone continua tocando, mas a tarde passa sem que eu perceba. É fácil ficar com dona Ana, sobretudo quando o prato está cheio de uma das melhores receitas que já comi na vida. Ela não exagerou quando falou que o risoto fazia sucesso.

Além dos óbvios problemas, emendamos os diálogos com conversas sobre música, lamentamos ter perdido o show do Bleachers e ela aproveita para me contar das fofocas que rolaram no baile enquanto eu estava desaparecido. Ao que parece, um ator famoso foi pego no flagra no banheiro beijando o barman e, se não fosse meu match com Guilherme, esse provavelmente seria o assunto dos principais tabloides no momento.

O sol já está começando a se pôr quando dona Ana passa a se organizar para ir embora.

— Certeza que não quer que eu volte? — pergunta ela pela terceira vez. — Posso ir rapidinho colocar comida pro meu gato e volto com um vinho.

A oferta é tentadora, mas eu já tinha abusado mais do que deveria.

— Não, dona Ana, eu vou ficar bem. Vou pedir algum jantar gorduroso mais tarde e faço maratona de algum reality show dublado na TV.

Antes de sair, ela me dá outro abraço apertado. Percebo, então, que estou começando a desenvolver um tipo de vício nesses momentos de acalento.

— Theo, sei que está acontecendo muita coisa nesse momento, mas acho que a gente também precisa conversar... — comenta ela.

— Dona Ana, espero que não esteja pensando em pedir demissão. Não consigo lidar com mais nenhuma perda!

— Não, menino, não é nada disso! Mas amanhã vamos sair para almoçar, pode ser? — rebate ela, tranquilizando-me. — E já que você tocou nesse assunto de emprego, eu vou atender seu telefone porque não aguento mais esse troço tocando!

Se eu também não estivesse tão irritado com a insistência, não deixaria dona Ana ter mais esse trabalho. Contudo, antes mesmo que eu me oponha, ela já está em meu quarto. Tento escutar alguma coisa, mas o esforço nem vale a pena. Não passam nem alguns minutos quando ela volta, ofegante, com o celular em mãos.

— Theo, vamos, troca de roupa! — A frase que ela fala em seguida piora ainda mais meu dia. — Teve um incêndio na Casa de Mãe! O lugar todo está pegando fogo.

O mundo inteiro vira um grande borrão.

Corro para o quarto, me visto com a primeira coisa que vejo e saio de casa. No caminho, ainda consigo gritar "sem comentários" para alguns jornalistas que estão parados na frente do apartamento.

A viagem, que duraria em média trinta minutos, se transforma em agonizantes quarenta e cinco, mas a rua deve estar cheia de caminhões de bombeiros, e mesmo aos domingos algo assim deve fazer diferença.

Já de longe consigo enxergar a fumaça escura que indica a destruição do legado construído pela dona Sila e a esposa.

Quando viramos a esquina, a surpresa vem do fato de que não vejo vários caminhões de bombeiro. Apenas um trabalha incessantemente com uma mangueira na frente da casa, e quatro ou cinco ambulâncias dividem o pouco espaço restante na rua. Abro a porta com o carro em movimento, mesmo contra os gritos da dona Ana, e corro os últimos metros até a entrada da casa em um ritmo muito além de minha capacidade física.

Quando paro, ofegante, consigo perceber que não importa minha pressa, nada conseguiria salvar a Casa de Mãe. Está tudo perdido. A propriedade é só um bloco preto emitindo fumaça sobre o entardecer. Tudo virou cinzas.

Junto da chuva fraca que cai em mim, sinto as lágrimas escorrendo.

Sou trazido de volta por um toque no ombro. Dona Tatu está sã e salva, e é um sopro de felicidade vê-la de pé e saudável. Minha única reação é prendê-la em um abraço forte regado a choros e pedidos de desculpa.

Antes de quaisquer teorias, acho importante ressaltar que o incêndio foi criminoso. Ao que tudo indica, alguns conservadores irritados com meu discurso na noite anterior resolveram tomar alguma atitude e lançaram coquetéis molotov pela janela no fim da manhã. A fiação velha e a fraca estrutura da casa só contribuíram para o sucesso deles.

— Não tem pelo que pedir desculpas, filho — retruca dona Tatu. — Não é de hoje que recebemos essas ameaças. Vem, vamos sair da chuva! Os bombeiros já estão fazendo o melhor que podem.

Ela está absurdamente calma para quem acabou de perder tudo. Talvez em uma tentativa de não ceder ao desespero e acabar deixando de servir de suporte para todos os jovens que mais do que nunca vão precisar dela. Ou, talvez, os anos em enfermarias públicas do Brasil a tenham ensinado uma coisa ou outra quanto a calamidades. Enquanto caminho, consigo ficar um pouco mais tranquilo. Nas ambulâncias, quase todos os moradores estão presentes. Alguns apenas sujos, enquanto outros se dividem tomando oxigênio. Quando chegamos embaixo de um toldo vizinho, corro na direção da dona Sila.

— Pelos deuses, estou tão feliz que vocês estão bem! — falo no ouvido dela, o que provoca ainda mais soluços na velha senhora.

Tento acalmá-la e, sobre o ombro, presto mais atenção às minhas novas amigas. Ambas estão muito limpas. É então que tudo se encaixa e ao mesmo tempo se desmorona. Eu me afasto da dona Sila e a encaro. Neste momento, ela percebe que entendi tudo. As duas não estavam no abrigo.

Naquele fim de semana, quem ficou cuidando de tudo foi Bruna.

XXVIII

Memento Mori

O barulho constante das máquinas em funcionamento na UTI são a única coisa que me impede de surtar.

Já é o terceiro dia que eu, dona Sila e dona Tatu nos revezamos ficando por ali. O dia está lindo; parece até sorrir. O que seria perfeito, caso não estivéssemos em um quarto de hospital com Bruna lutando a cada segundo pela própria vida.

Ao perceber o incêndio, Bruna concentrou seus esforços em retirar todo mundo da casa em segurança. Mesmo depois de escapar, fez questão de entrar de novo na casa e se certificar de que não sobrara ninguém.

Ela foi resgatada antes que algo de mais grave acontecesse, mas a inalação de fumaça já tinha sido o suficiente para causar um grande estrago. Aparentemente, alguma coisa liberou cianeto ao ser queimada, causando envenenamento. Todas as medidas possíveis da medicina moderna (e mortal) já haviam sido feitas; agora, segundo os médicos, é questão de tempo.

Que Bruna lutasse para ficar aqui.

Entre tantas injustiças, ainda mais essa, Bruna teria que continuar lutando.

Mais lágrimas estão rolando quando percebo a sombra parar à minha frente. Dona Ana usa um terninho verde-escuro e consigo notar que ela acabou de sair de casa. A lavanda domina toda a minha existência quando a abraço.

— Você tem comido? — pergunta, toda maternal.

— Aham. Eu e a maquininha do sexto andar somos melhores amigos. Mais duas visitas e completo a lista de todos os lanches.

Ela sorri em silêncio e se senta a meu lado.

Durante uns bons vinte minutos, não falamos nada. Não preciso explicar para dona Ana o quanto a situação faz com que eu me sinta culpado. Precisei desmarcar a sessão de terapia na última terça por conta dos horários de visita no hospital, então também não consegui desabafar no local mais propício para isso.

Ainda assim, é doloroso imaginar que sou tão culpado pelo estado de minha melhor amiga quanto Zeus. Na tentativa de preservar meu status, deixei que ela fosse usada como massa de manobra de seres, ainda que mais covardes, muito mais poderosos do que ela.

Quando disseram que Bruna estava em coma e sem perspectivas concretas para acordar, precisei ser forte pela dona Sila e ajudá-la a encontrar atendimento médico o mais rápido possível. Irônico, porque fiz tudo isso enquanto me esforçava ao máximo para não sucumbir a mais um ataque de pânico. O trauma faz coisas engraçadas com as pessoas.

Manter Bruna viva e longe de perigos fora durante muito tempo sua missão de vida e, justo no local que a acolheu, ela quase fez seu descanso final. Foi injusto, foi abrupto. Só que a voz de minha consciência fazia questão de deixar claro: não são assim todas as tragédias?

— Theo. — Dona Ana rompe o silêncio. — A gente precisa ir.

Passadas as primeiras horas do incêndio, precisei lidar com todas as burocracias envolvendo o Finderr. A empresa precisava dar uma declaração, e eu não podia mais fugir dos jornalistas quando minha funcionária e amiga tinha quase morrido em um incêndio criminoso causado por reações a meu discurso. A responsabilidade pairava à minha espera e eu precisava assumi-la.

Bruna merecia isso.

Nas últimas quarenta e oito horas, fui o que precisavam que eu fosse. Cumpri as obrigações da empresa, mas para qualquer coisa além disso eu educadamente taquei o foda-se. Encontrei Guilherme em cinco reuniões diferentes e, ainda assim, não trocamos uma palavra. A dor falava por si.

Só que existia um limite até onde eu e ele poderíamos fugir de nosso confronto. Aquele era o dia.

O conselho se reuniria, eu seria deposto como CEO da empresa e venderia toda minha porcentagem do Finderr para Guilherme. Nossa parceria chegaria ao fim e viraríamos mais um caso de ex-amantes, ex-amigos, ex-sócios e todos os potenciais infinitos e não vividos que caberiam naquela história.

Mas a que deuses eu poderia culpar? Não era a vida uma coleção de momentos não vividos?

Só que, depois de vinte e oito horas sem dormir, tudo o que eu sentia era cansaço.

— Eu sei. — Respiro fundo e fecho os olhos. — Bora.

Envio uma mensagem para dona Tatu, que prontamente me responde estar a caminho. Bruna não vai ficar mais do que alguns momentos sozinha e todos os médicos já têm meu contato para avisar caso haja alguma mudança de status em sua saúde.

Quando estamos em frente ao elevador, a porta à nossa esquerda se abre e um homem negro e de aparentes 60 e tantos anos nos cumprimenta.

— Bom dia. — Ele soa triste. — Podem me falar onde eu consigo informações sobre os quartos? Preciso visitar Bruna Tavares.

Dona Ana, que possui muito mais carisma que eu no momento, começa a falar sobre as burocracias para visitas na UTI. Apenas familiares e amigos próximos, como eu, dona Sila e dona Tatu, somos autorizados. Por isso, a curiosidade vence minha apatia e acabo perguntando:

— Posso perguntar uma coisa? O senhor é o que dela?

Bruna foi parte de minha convivência pelos últimos dois anos e nunca comentou sobre ninguém parecido com aquele homem.

A resposta não é rápida. Ele primeiro engole em seco e retira a boina que está vestindo. Não sei se por desconforto ou pelo fato de não esperar aquela pergunta. Talvez pelos dois.

— Sou pai dela — responde ele. — Peço licença.

Como desconfiava, aqueles olhos são os mesmos que encontro em minha melhor amiga. A partir daquela resposta, uma irritação toma conta de mim. Enquanto tento ignorar o homem, dona Ana continua olhando na direção dele por mais tempo. De algum jeito, ela parece sentir empatia pelo estranho. Aquele mesmo sentimento que foi negado várias vezes para Bruna.

Então nosso elevador chega.

O Finderr está a todo o vapor.

O time de marketing segue afundado em pautas e tentando desmistificar a alegação da imprensa de que os dois melhores amigos e sócios da empresa são o Match do ano. Tudo isso enquanto nega que o amor condenado foi o que levou um dos sócios, eu, a sair do comando da empresa.

O mundo se divide em chamar o baile deste ano de sucesso absoluto ou fracasso sem precedentes.

Mesmo com todo mundo voltando a trabalhar, ir até a sala de reuniões é uma tortura, com cada vez mais pessoas me parando no caminho para dizer o quanto sentem por tudo o que aconteceu com Bruna, ou, alguns, sem completa noção, cobrando-me a respeito dos responsáveis pelo incêndio.

Quando entro na sala, os poucos comentários cessam. O silêncio se instaura e pelos quarenta e cinco minutos seguintes apenas os advogados falam. Não é fácil olhar para Guilherme do outro lado da sala. Vê-lo assinar todos os documentos que davam a ele acesso total à nossa criação. Mas a quem quero enganar? O Finderr sempre foi mais dele do que meu, mesmo. Nada mais justo que ele desse continuidade ao projeto e, agora, sem os dramas e as mentiras de um deus grego fracassado.

Depois de breves agradecimentos e despedidas de outros membros do conselho, incluindo uma bem falsa de Jones, que foi oficialmente contemplado para a função de CEO do Finderr EUA, Guilherme me pede para ficar na sala. Lanço um olhar de socorro à dona Ana, que apenas me responde com uma piscadela. Não tem como fugir dessa conversa.

Ficamos em silêncio por um tempo.

— Você veio do hospital? — pergunta Gui. — Alguma novidade da Bruna?

— Nada ainda. Os médicos falaram que agora é acompanhar de perto, depende só dela.

Ele solta uma risada seca. É irônico acreditar que, mesmo enquanto vítima de um atentado, Bruna ainda carregue todo o peso e responsabilidade de se recuperar.

— Bom, eu não vou ser CEO — informa meu melhor amigo, depressa. — Nem sei se vou ficar muito tempo no Finderr. Tenho outras ideias e, enfim, quero dar uma chance à carreira solo.

A frase é como uma adaga em meu coração. Merecida, mas ainda uma adaga.

— Óbvio que eu não vou sair agora. Só abriria precedentes para mais boatos, e não quero que Carmen tenha um burnout lidando com tudo. Quero te pedir que desminta os boatos sobre... — Ele pigarreia. — O Match. Sei que você estava evitando falar disso, mas é importante para a gente continuar fazendo um bom trabalho aqui, que o mundo inteiro acredite que ainda somos apenas sócios e melhores amigos.

— Claro, claro. Mais uma mentirinha quando na verdade não somos nada.

— Não vai ser uma grande dificuldade para você.

Sendo sincero, estou cansado demais para outra briga. Não preciso de mais frases ácidas de Guilherme para me sentir pior do que já me sinto. Decido recolher os papéis e sair dali; uma caixa me espera no escritório. Estou contando que esta seja a última vez que piso no Finderr.

Quando estou quase de saída, Guilherme me impede de abrir a porta.

— Sabe o que é mais engraçado? Eu acho que eu teria acreditado — fala ele.

— No quê?

— Em tudo. — Gui apoia a mão no rosto e me encara entre lágrimas e fúria. Um olhar bem diferente do que estou acostumado a ver naqueles olhos verdes. — Se você me dissesse que era um vampiro, um sociopata, qualquer coisa. Eu teria acreditado e ainda assim encontraria um jeito de amar você.

— Guilherme, eu...

— Você lembra quando falei do Finderr pela primeira vez? Eu estava me abrindo para meu melhor amigo. Revelando ambições minhas que eu nunca nem sequer tinha pensado em falar em voz alta. Já naquela hora, você pensou em transformar isso em uma ferramenta para você fazer seu trabalho?

— Já — respondo. Não existem mais razões para mentiras. — Você me falou, e eu vi que era a oportunidade perfeita.

Guilherme dá um soco na mesa e cobre o rosto com as mãos. Ele chora com fúria, como se as lágrimas fossem a única alternativa que o prende à própria sanidade.

— O mais doloroso é que eu ainda fico tentando encontrar formas de amar você. Tentando justificar que, mesmo que lá no fundo, esse sentimento entre a gente era verdade.

— Gui, mas era. É verdade... eu não...

— Theo, chega. — Ele levanta o rosto e me encara. — Você não tem como saber se era verdade ou não. Quando se passa tanto tempo mentindo, é fácil usar de mais mentiras para acobertar falsas verdades. Saiu da sua própria boca que, quando falei do meu sonho, você enxergou uma vantagem. De imediato. Para de mentir para si mesmo, Theo. É quase tão patético quanto minhas tentativas de encontrar motivos para continuar apostando na gente.

Horas depois, o Finderr já está silencioso.

A noite caiu, e sigo enrolando para colocar objetos descartáveis em uma caixa demissionária. Quero me permitir o drama de sair carregando um papelão cheio de itens só para sentir ainda mais pena de mim mesmo.

Como Guilherme bem apontou, sou patético.

— Precisa de ajuda? — Dona Ana enfia a cabeça pela porta. — Tecnicamente ainda sou sua assistente.

Enquanto trabalhamos, ela até dispara algumas perguntas, mas desisto de tentar respondê-las de forma monossilábica e me concentro apenas na tarefa. Meus pensamentos ficam se alternando. Guilherme. Finderr. Zeus. Até que se voltam para Bruna.

Durante todos os anos de amizade, ela nunca falou muito da família biológica. Além daquele dia no restaurante, nunca reclamou de saudade nem sequer de preocupação. Ela sempre soube que estava sozinha.

Fácil de entender, afinal foi nossa família que nos ensinou: no mundo real, o amor só é reservado para aqueles que obedecem às regras. Essa criação humana não foi feita para qualquer um que ouse ser diferente.

Seu pai, que apareceu para visitá-la em um momento de fragilidade, foi o primeiro a partir o coração de Bruna. O pioneiro em colocá-la sob os perigos de ser uma criança sem família.

Foda-se se ele agora está triste. Fecho uma gaveta com raiva.

Fica evidente que dona Ana não faz ideia de minha fúria, ou, se faz, finge muito bem a cara de surpresa. Continuo jogando no lixo qualquer lembrança sobre a construção desta empresa que vá me machucar.

As fotos de quando Guilherme e eu enfim compramos o prédio, nosso primeiro escritório improvisado nos fundos de meu apartamento. Cada detalhe de uma história que sempre esteve fadada a esse fim.

Dona Ana continua me encarando e só rompe o silêncio para me perguntar se quero ou não guardar alguma coisa. Mesmo que a resposta seja sempre quase a mesma. A atuação de um homem forte e decidido dura até o momento em que encontro uma foto minha e de Gui na comemoração de nossa formatura.

A foto iluminada pela fogueira mostra nós dois abraçados e rindo de alguma piada interna que o álcool fez parecer ainda mais engraçada. É quando enfim o orgulho sai de cena e a ficha cai. Nas últimas setenta e duas horas, precisei me despedir de tudo aquilo pelo que eu mentia e manipulava. Se Gui e Bruna faziam parte do clã que tentei proteger, estar aqui sem eles só comprova ainda mais minha derrota. Então a raiva vence o silêncio, e acabo descontando em quem não merece.

— Ele não tinha o direito, sabe?

Dona Ana mais uma vez olha para mim como se não entendesse nada.

— Aquele homem! O pai de Bruna! — falo, mais alto. — Ele é um dos responsáveis por toda a vida difícil que minha amiga teve!

Ela larga tudo o que está fazendo e tenta se aproximar. De forma grosseira, esquivo-me.

— Theo, as coisas são mais complicadas do que isso...

— Complicadas? Aquele homem é um monstro! Capaz de ignorar a existência da própria filha só para depois aparecer como um cão arrependido e ganhar a simpatia de gente que nem você! — Agora estou gritando. — Você não sabe o que é complicado, dona Ana!

Contra quem era minha raiva, o pai de Bruna ou a mim mesmo? Acho que considerei a minha crise de culpa fora da equação muito cedo.

Se o pai dela fosse um monstro, talvez fôssemos da mesma espécie. Retirar dele qualquer forma de redenção também era um jeito de extinguir qualquer chance de ir em busca da minha. Qualquer estudante de psicologia conseguiria observar que tudo o que eu estava gritando caberia bem em um caso de projeção. Se eu mesmo sabia da história de Bruna, por que ainda assim tinha usado seus sentimentos como degraus para alcançar meus objetivos?

— Meu filho, veja bem, entendo sua raiva, entendo a raiva de Bruna! — Dona Ana se senta à minha frente. — Esse sentimento não é inválido! Não estou aqui diminuindo o abandono que ela sofreu ou tudo o que a família dela possa ter feito. Não estou redimindo ninguém, Theo, só consegui sentir empatia pelo homem...

Continuo encarando-a.

— Além do mais, quando olhei nos olhos do pai de Bruna, pude ver algo ainda pior que raiva... vi arrependimento.

— É fácil se arrepender quando a pessoa está à beira da morte!

Dona Ana então respira fundo e olha para mim, como se estivesse me enxergando pela primeira vez. Em algum momento de nossa conversa, ela começou a lacrimejar.

— Nem todo mundo consegue se arrepender a tempo, menino. Poucos são os que têm essa chance, na verdade. A maioria das pessoas não sabe, mas o arrependimento é um dos atos que mais necessitam de coragem. É preciso muita força para se permitir reconhecer um erro.

De algum jeito, toda a conversa deixa meu coração acelerado. Não consigo tirar os olhos dela.

— Principalmente quando o assunto são os pais! Somos ensinados a acreditar que sabemos tudo de nossos filhos. Então se arrepender também significa reconhecer que não sabemos de tudo.

A escolha de palavras me intriga. Dona Ana, até então, não havia falado da existência de seus filhos. Começo a respirar com dificuldade. De algum jeito, meus instintos me preparam para um impacto.

— E sei disso tudo, Theo, porque vivi na pele o que é perder dois filhos pela incapacidade de se arrepender. Sei disso tudo porque sou sua mãe.

XXIX

Alma Mater

Antes que me julgue e trate essa situação como uma daquelas em que ninguém reconhece Clark Kent só porque ele usa óculos, já vou adiantando: pare. Tenho dois argumentos que vão justificar o fato de eu estar tão chocado com essa revelação quanto qualquer um.

Primeiro: eu não via minha mãe fazia séculos, e não é uma hipérbole. Não, literalmente eu não via minha mãe desde que Zeus me chutou do Olimpo, proibiu-me de me apaixonar e me amaldiçoou a unir casais héteros pela eternidade. Ou seja, muito, muito, muito tempo.

Além disso, um dos principais poderes da não tão querida Afrodite é a manipulação. Tanto de imagem quanto de pessoas.

Ela sempre teve a habilidade de fazer qualquer ser (humano ou imortal) ver o que ela queria que fosse visto. Se quisesse que vissem sua verdadeira face, ali estaria ela, no resplendor imutável da mulher mais bonita do universo, a Deusa da Beleza e do Amor. Se esse não fosse o caso, ela poderia se apresentar como o maior pesadelo ou o maior desejo da pessoa. Desde que fosse uma imagem humana, ela conseguiria enganar qualquer um, até mesmo Zeus.

Agora, em minha frente, não vejo mais apenas dona Ana. É como se um véu invisível se desfizesse e eu enfim enxergasse minha querida mãe, em carne e osso, em uma versão mais velha. Aparentando 60 e poucos anos, quando sei que ela tem muito mais.

Não falamos nada por um bom tempo. Afrodite me encara com os mesmos olhos que um dia já achei bondosos em minha assistente. Um olhar mortal disfarçado de um pedido de explicações. Como se eu fosse estúpido o suficiente para acreditar em qualquer coisa dita por ela a partir de agora.

— Theo... eu...

Minha reação é só estreitar os olhos. Deuses, como eu pude não reconhecer essa voz?

— Olhe, eu não sabia se você já desconfiava ou não — continua Afrodite. — Meus poderes não são os mesmos de antes, e os imortais sempre foram mais difíceis de enganar...

Solto uma risada. Diga isso para todos os deuses menores que já sucumbiram a algum capricho da Deusa do Amor. Imortais apenas na teoria, porque quando o assunto eram as vontades de Afrodite eles não passavam de pequenos insetos no caminho.

Mesmo assim, o que ela fala me deixa com uma pulga atrás da orelha. Os poderes dela não são os mesmos? Como assim? Será que enfraqueceram?

Agora que ela já se revelou para mim, por que sua imagem ainda é a de uma senhora? A Afrodite que assistiu à minha queda depois da morte de Narciso não aparentava ter mais que 30 anos. Será que é tudo parte de outra manipulação? Mas, então, outra revelação domina minha mente.

— Bom, enfim está tudo explicado.

Dona Ana, Afrodite, ou sei lá que nome ela usa hoje em dia, olha para mim, confusa.

— O timing de quando ativei os poderes no Finderr para unir casais queer... Zeus soube de tudo no mesmo dia! Uma deusa maior conseguiria captar isso na hora, principalmente de tão perto. Guilherme e Bruna chegando para me encontrar no banheiro juntos. Não, melhor, eles dois casualmente indo ao trailer certo ouvir a conversa que você me pressionou a ter! — Começo a gritar. Minha mãe tenta argumentar, mas a raiva é tanta que não quero escutar nada. — Alguém precisava saber que Bruna estava no abrigo! Se ele queria me atingir de verdade, alguém deve ter contado para Zeus que ela estava lá!

Afrodite me olha, fingindo surpresa.

Minha cabeça começa a latejar. É como se uma sinfonia de bumbos ocupasse meu crânio. Juro que consigo ouvir toda e qualquer sinapse sendo transmitida no cérebro. O barulho de cada uma delas é infernal.

— Theo! Não! Eu nunca machucaria Bruna! — rebate ela em tom de súplica. — Nem Guilherme! Machucar os dois seria machucar você, e eu não conseguiria fazer isso!

Era só o que me faltava mesmo. Parece que minha cabeça vai explodir, mas em vez disso o que explode são as janelas às minhas costas. A raiva que sinto é tão grande que me extrapola. Afrodite não é rápida o suficiente, e alguns pedaços de vidro cortam seu rosto. Pelo pinicar que sinto nas costas, também não saio ileso.

— Como posso acreditar nisso, *mamãe*? — O uso da palavra a faz se encolher. Agora não é só mais um deboche. — Você sempre ficou do lado de Zeus! Narciso está morto por sua causa! Tudo de pior que aconteceu comigo foi responsabilidade sua, porra!

Depois da súbita onda de poder que emana de mim, fico exausto. Os cortes não doem mais como simples pinicados, então desabo na cadeira mais próxima. O suor que escorre por minha testa se mistura à saliva de meus gritos.

Parece que acabei de sair de um ringue de boxe.

Afrodite não fala por um tempo. Por minutos, ela só me olha, ainda parecendo desesperada. Somente quando percebe que estou exausto demais para continuar gritando ela dá o primeiro passo para retomar a conversa.

— Não existem dúvidas de que errei muito, Theo — diz ela, com uma postura mais calma. — Narciso talvez tenha sido um dos maiores erros. Você não faz ideia do quanto me arrependo. Era um período de mudanças; os mortais não nos adoravam como antes. Eu era ingênua, imatura, estava no ápice da imortalidade, se é que isso existe, e Zeus já tinha umas teorias sobre meus poderes... Ele é paranoico, Theo. Sempre foi movido a profecias que previam novos deuses mais poderosos. Acha mesmo que Apolo foi condenado do nada a uma vida de servidão eterna carregando a carruagem do Sol? No apogeu grego, casais queer não eram incomuns, então porque Zeus ainda assim mandou matar Jacinto, o amor da vida do seu tio?

A essa altura, as suspeitas de que Apolo fosse aquele tio gay se confirmaram. Mesmo assim, é interessante descobrir os motivos que levaram meu tio a se isolar. Mais uma existência condenada pelas ditaduras de um deus megalomaníaco.

— Além de matar Jacinto, Zeus fez bem o trabalho e espalhou histórias e boatos. Mitos nos quais ele era horrível com a humanidade, você bem sabe. Então, os poderes de Apolo, que estavam crescendo com sua adoração, foram reduzidos — continua ela.

Volto a rir.

— Então quer dizer que, mais uma vez, você agiu pensando em si? Com medo da punição que receberia de Zeus, resolveu entregar a vida do próprio filho à desgraça? — pergunto.

— Não! Eu tinha medo por você, então decidi tomar o controle da narrativa. Assim que Narciso me procurou, resolvi clamar a Zeus. Eu só não esperava que Anteros fosse até ele antes. — Afrodite soa desesperada. — Você precisa entender que não existia salvação para ele. Meu filho, como vocês acham que conseguiram viver tanto tempo escondidos?

Uma onda de choque percorre meu corpo. Ela sabia desde o início? É isso que ela está tentando dizer?

— Naquele momento, precisei contar a Zeus antes que algum outro deus, ou o próprio Anteros, contasse que eu fazia parte de tudo. Ele só não contou porque pensou que ter uma informação contra mim talvez lhe fosse útil no futuro — diz Afrodite. — Veja, nada disso exime minha responsabilidade na morte de Narciso. Não vim aqui apenas para pedir perdão e falar que mereço um prêmio de Mãe do Ano, mas ao contar a Zeus eu podia fazê-lo acreditar no que eu quisesse. Podia ao menos ajudar a escolher seu castigo.

— Pena que seu filho favorito foi mais rápido — retruco, com desprezo.

— Anteros nunca foi meu, Theo! — grita ela, enfim. — É ingenuidade sua acreditar que só porque ele ficou no Olimpo ele era meu filho. Perdi meus dois meninos por conta da paranoia e sede de poder do seu avô. Um criado por animais e o outro criado por um monstro. Nunca tive a chance de ser a mãe de nenhum de vocês.

Eu me levanto. De repente, sinto como se a história que vivi, a qual sempre acreditei ser real, tivesse camadas e mais camadas que eu ainda não tinha descoberto.

Ficamos em silêncio por vários minutos. O vento das janelas destruídas até ameaça incomodar, mas a única coisa que se mexe são algumas folhas de papel voando por conta da brisa.

— Fui eu que dei a ideia de te transformar no Cupido — afirma Afrodite depois de um tempo. — Eu que dei a ideia, e ele regozijou com a possibilidade de me enfraquecer. Mas, em volta dela, vi uma chance de evitar que você fosse enviado direto para o Submundo ou condenado a viver uma vida de servidão eterna.

— Isso não deu muito certo, né?

— Acredite, poderia ser pior. Como Cupido, você receberia todos os meus poderes, e ainda poderia ser livre para ir e vir. Além de, claro, ficar perto de mim. Como Deusa do Amor, eu sempre saberia de você. Como disse antes, nunca aprendi direito o que significava ser uma boa mãe, mas como Deusa do Amor eu tinha certeza de que nenhum sentimento se igualava ao que eu sentia por você.

De forma irônica, as pessoas que me surgem à cabeça são Bruna e Gui. É impossível não me colocar no lugar deles. Aqui estou eu, com alguém que jura me amar incondicionalmente e ainda assim ajudou a transformar minha vida em uma grande mentira.

— Parece que você demorou nessa missão de me manter por perto, né? — falo, sarcástico. — O quê? Tirou algumas eras para se preparar? Fez um curso de milênios sobre "Como virar uma mãe decente"?

Mais uma vez percebo que ela recua minimamente, como se tivesse levado um tapa. É prazeroso exercer o mínimo de dor em alguém que transformou minha vida em um inferno, mesmo que ela agora diga que na verdade estava tentando me impedir de ser enviado direto para lá.

— Nem eu consigo entender de todo a origem dos nossos poderes, Theo — responde, ainda tentando manter a calma. — Naquele exato dia em que Zeus te nomeou Deus do Amor, vi meus poderes serem minados. É quase como se o universo não aceitasse a existência de duas divindades.

O amor virou sua fonte de poderes, e passei a ser apenas a Deusa da Beleza. Ironicamente, comecei a envelhecer.

Ela ganha minha atenção de novo.

— Sabe essa imagem que você está vendo aqui? Não é manipulação. É minha verdadeira aparência. Claro, ainda envelheço mais devagar que os mortais, mas mesmo assim vou acabar sucumbindo em algum momento. As pessoas deixaram de oferecer sacrifícios a uma deusa superbonita e começaram a venerar um anjo-bebê que atirava flechas.

Então aí está a resposta: ela parecia mesmo uma senhora de 60 e poucos anos. Uma muitíssimo bem cuidada e que se submeteu a alguns procedimentos estéticos, mas ainda assim. Seria esse o motivo pelo qual meu avô também parecia um homem mais velho?

— Faz anos que não consigo me esconder por completo de imortais — prossegue ela antes de me deixar chegar a uma resposta. — Provavelmente você não me reconheceu porque, afinal, nunca me viu assim. Isso deve ter ajudado um pouco na ilusão.

Tenho dificuldade em deixar a familiaridade que eu tinha começado a nutrir por dona Ana ir embora. Ainda é a voz dela conversando comigo, ainda é o rosto dela com leves machucados que causei por um ataque de fúria. Talvez seja difícil até de admitir, mas uma verdade que sempre fiz questão de esconder entre tantas mentiras é a de que sempre senti saudade de minha mãe.

A dra. Emi vai entrar em êxtase quando souber que enfim admiti isso para mim mesmo.

Nunca entendi por que a Deusa do Amor não conseguia me dar aquilo de que ela mais entendia. Talvez daí tenham nascido as raízes de minha crença de que o sentimento não passa de uma grande mentira recontada várias vezes.

Parte de mim sempre quis desesperadamente ser amado por ela.

— Eu não esperava que Zeus fosse banir você do Olimpo, mas a morte de Anteros o deixou em alerta — explica ela. — Não é comum deuses saírem matando deuses assim. Todos achavam que só Zeus conseguia fazer isso. Se eu contar tudo o que aconteceu depois… Enfim, o ponto não é esse. Eu não conseguia te encontrar em lugar nenhum do mundo e, com meus poderes cada vez mais limitados, a tarefa ficou quase impossível. Histórias se espalharam, mas todas eram alimentadas pelo próprio Zeus. Como aquela baboseira com Psiquê. — Ela solta uma risada ao falar a última frase.

Desde o incêndio, essa é a ocasião que mais me aproxima de um sorriso. O desespero de meu avô em manter tudo dentro de uma falsa cisheteronormatividade é hilário. É absurdo que ninguém nunca tenha questionado suas intenções com os boatos. Ele sempre era retratado como o vingador, o inquestionável. Enquanto os outros deuses eram retratados como ingênuos, mesquinhos, vingativos ou maldosos, o babaca do Zeus, até quando era um babaca, saía como uma figura ainda mais poderosa.

— Foram mais de trezentos anos atrás de pistas até que cheguei aqui. Vi você numa entrevista há uns dois anos. Você não mudou quase nada. Até pensei em me apresentar como Afrodite, mas tive medo da sua reação. Então tomei o caminho mais fácil e típico da nossa família: menti.

Mesmo com todas as explicações de por que não consegui identificá-la, é impossível não ficar frustrado. Estava tudo bem ali em minha frente. Toda aquela história que dona Ana tinha contado sobre ter um pai tirano, viver um amor pela metade e acabar se casando com um militar eram na verdade sobre meu avô, algum pobre coitado e meu pai. Quer dizer, na história que todo mundo conhece, minha mãe era uma vadia e Ares, o garanhão de quem ela era a fim. Mas a essa altura espero que todo mundo já esteja acostumado com as fofocas contadas de jeitos diferentes pela história.

— O que você quer de mim? — pergunto enfim o que está preso em minha garganta desde que ela se revelou.

— Quero que você me dê a chance que tanto gostaria de receber dos seus amigos — diz Afrodite, jogando sujo. — Você pode até sustentar essa baboseira de que não acredita no amor, Theo, mas você sabe muito bem o que é mentir em nome dele. Você também cometeu sua dose de erros em nome do amor.

Touché. Ela tem um ponto, mas ainda assim não sei se sou maduro o suficiente para aceitar esse argumento. É fácil se fazer de vítima, difícil é estar no lugar de uma. Ver diante de si alguém que mentiu repetidas vezes pedir perdão em nome de um sentimento que você achava nutrir incondicionalmente por ela. O que tenho a ganhar com esse perdão? Como inserir minha mãe em minha vida ajudaria a lidar com toda a raiva e dor que estou sentindo agora?

— Sei que você deve estar pensando nos motivos pelos quais deveria fazer isso. Eu conheço você, Theo. Sou sua mãe, no fim das contas. Eu pensaria a mesma coisa. Só que estou pedindo isso exatamente porque te amo incondicionalmente.

Dona Ana afasta mais alguns cacos de vidro e digita alguma coisa no celular. Então recolhe a bolsa e se prepara para sair da sala. Da soleira, ela se despede.

— Diria para você tomar o tempo que precisar para pensar em tudo, mas acho que você não deveria se desapegar dessa raiva ainda. Ela pode ser útil — afirma, e levanto as sobrancelhas, sem entender. — Mandei meu endereço. Se quiser conversar, é só aparecer. Não precisa avisar.

Olho para baixo. Não quero aceitar muito rápido e deixar alguma lágrima escapar. Porém, levanto o olhar quando ela chama meu nome.

— Theo, eu me aproximei porque eu te amo e vou entender se não quiser me dar essa chance. De verdade. — Ela segura a maçaneta. — Mas, se isso não for o suficiente... ainda acho que você deveria me procurar.

E então ela fala a frase que ajuda a selar tudo com um sorriso de canto de boca:

— Porque talvez eu também saiba como acabar de uma vez por todas com seu avô.

XXX

Sementem Ut Feceris, Ita Metes

A mitologia grega não é muito famosa por retratar mães com olhares muito devotos. Hera, que teoricamente era a deusa-mãe, sempre odiou os filhos bastardos de Zeus e nunca teve nenhum problema em criar intrigas entre os próprios "filhos" a seu bel-prazer.

Afrodite, bem, acabamos de ver no último capítulo as decisões duvidosas que a Deusa da Beleza tomou em relação aos próprios filhos. Sem escolhas ou não, ela está bem longe de ganhar o prêmio por excelência na maternidade.

Só que, já que estamos falando dos mitos e não da verdade, uma personagem que sempre me causou fascínio foi uma coadjuvante na história de um dos maiores heróis gregos. Tétis, a mãe de Aquiles.

Conhecida como a mais bela das nereidas, Tétis era filha do antigo Deus do Mar e uma pupila pessoal de Hera. Porém, com seu amadurecimento, a nereida acabou chamando a atenção de dois grandes deuses. Zeus e Poseidon estavam encantados e desejavam tê-la para si. Afinal, como ambos não poderiam ter a divindade mais bela dos oceanos?

Pausa para que você, assim como eu, possa revirar os olhos.

Porém, nesse caso, uma profecia apareceu para salvar Tétis. Uma oráculo de Têmis revelou que, caso a nereida viesse a ter um filho com algum dos dois deuses, o fruto dessa união seria mais poderoso que o próprio pai.

Nada como a ameaça de perder o poder para fazer com que dois homens cishétero simplesmente desistissem de conquistar uma mulher.

Os deuses então se empenharam para que a deusa na verdade se casasse com um mortal. O escolhido foi o rei Peleu. O casamento dos dois foi uma festa cheia de problemas, e onde começou aquela confusão da deusa mais bela, sabe? Que levou o pobre Páris a tomar uma decisão que arruinaria várias vidas.

Da união entre deusa e mortal nasceu um dos heróis mais famosos da história. Aquiles era lindo, e nasceu predestinado a grandes coisas, inclusive a uma morte heroica durante a queda de Troia. Tétis, desesperada para salvar o filho, blindou-o de tudo de mal que poderia existir no mundo. Tentou de todas as formas afastá-lo da guerra, da luta.

O desespero da mãe foi tanto que ela até chegou a revelar a verdade sobre a profecia e pediu que Aquiles nunca matasse Heitor, pois, quando fizesse isso, seu fim chegaria logo em seguida. Porém, Tétis não contava que perder o grande "melhor amigo" Pátroclo levaria Aquiles à loucura. No fim, o guerreiro cumpriu seu destino e morreu jovem e no alto de sua glória.

Já Tétis viveu na pele imortal a dor de perder o filho, sua própria versão do calcanhar de Aquiles. Seu ponto fraco.

Depois de conhecer várias verdades pela voz de minha mãe, é inevitável pensar em Tétis e no quanto a maternidade é cheia de nuances que nunca conseguirei entender.

Quando fecho a porta do Uber e saio no frio da madrugada de São Paulo, percebo que tomei a decisão certa de vir até aqui. Afinal, depois de tantas notícias avassaladoras, fiz o que qualquer outra pessoa madura faria: liguei para minha terapeuta.

Preciso de uma boa dose de realidade, com alguém que faria mais do que apenas me julgar como um hipócrita.

Dessa vez, a dra. Emi me atendeu no segundo toque e, depois de ouvir um resumo de tudo o que aconteceu, optou por me receber no consultório (que, pelo que descubro, fica logo embaixo de seu apartamento). Ela usa um roupão bege e tem uma caneca fumegante na mão. Pelo cheiro herbal, um chá.

Em vez das luzes principais, ela me recebe na penumbra de um abajur. Tenho minhas dúvidas de se ela não optou pela iluminação só para tirar uns cochilos durante algum de meus monólogos, mas descarto a ideia quando noto a disposição com que ela me cumprimenta.

— Sua cara está até boa para alguém que passou por tudo o que você passou — comenta ela, tentando me alegrar.

— Guardei algumas lágrimas para meu divã favorito. Acho melhor pegar duas caixinhas de lenço hoje — digo, com um sorriso.

Depois das primeiras horas, fica claro que aquela não é uma sessão comum. Diante de tudo o que aconteceu, quarenta e cinco minutos não seriam suficientes para que ela avaliasse tudo do jeito certo.

— Acho que você devia confiar em sua mãe — declara ela quando termino de contar tudo. — E sinto muito por Bruna. Tudo o que aconteceu foi uma tragédia e espero que você saiba que, apesar de ter errado, essa culpa não é apenas sua.

É difícil acreditar em qualquer parte de minha inocência, mas o jeito como dra. Emi apresenta os argumentos é tentador. De repente me pego pensando em sair do papel de vilão-vítima que estou tão acostumado a performar.

Culpar-me é uma tentativa hipócrita para que, em vez de raiva, as pessoas sintam pena de mim. "Olha só, já me sinto péssimo o suficiente por tudo o que fiz, porque ainda assim quer me responsabilizar?"

É uma atuação falsa.

Bancar meus erros sem me colocar em um lugar de vítima me parece mais difícil do que a possibilidade de enfim confrontar Zeus, como minha mãe disse saber fazer.

— É, eu sei — respondo, para a surpresa dela e minha.

— Existe uma diferença entre culpa e responsabilidade, Theo — declara a dra. Emi. — A primeira fez você vir aqui em busca de uma reflexão. A segunda talvez leve você até o endereço que está em seu celular.

Passamos mais alguns minutos conversando, até que noto já passar das três da madrugada. Quando vejo o terceiro bocejo de minha terapeuta, decido que é hora de ir embora e encarar as consequências de minha decisão.

— Como acreditar nesse amor de que tanto falam, quando tudo o que faz é limar pessoas de minha vida? — pergunto, enquanto jogo os lenços usados na lixeira.

— Como não acreditar no amor quando também trouxe tantas pessoas para sua vida?

Já na porta do consultório, apertando o próprio roupão para se proteger do frio, a dra. Emi cumpre a tradição e me solta um último comentário:

— O Conselho de Psicologia provavelmente tiraria minha licença se me ouvisse agora, mas foda-se, nunca me prepararam para lidar com uma divindade grega. — Então a dra. Emi me puxa para um abraço. — Pelo que falou, Zeus sustenta a maior parte do império por meio de mitos. Mas não se esqueça de uma coisa, Theo: até uns anos atrás eu também achava que você era só uma lenda. E, mesmo assim, aqui está você. Use isso a seu favor.

A casa de Afrodite tem uma pintura salmão desbotada e, como vizinhas, casinhas idênticas de cores amarelas e laranja. A Vila Mariana está pacífica a esta hora, apenas um senhor passeia com um cachorro quando saio do carro e toco a campainha. É uma casa simples, mas tem um charme. Sobretudo com o jardim de rosas bem cuidadas que dá para ver pelo portão.

Afrodite sempre foi chegada a rosas.

Enquanto aperto a campainha, um turbilhão de lembranças assoma minha cabeça. A visita de Ártemis. O fracasso de algumas de minhas "flechadas". A tentativa eterna de meu avô de me manter longe de qualquer homem.

Quando Afrodite abre a portão, não parece nada surpresa ao me encontrar aqui. O que fere meu ego um pouquinho; odeio ser óbvio. Ela tinha certeza de que eu viria.

— Bom dia, Theo.

Ela faz menção de me dar um abraço, mas desvio para que seja apenas um toque nos ombros. Ainda não estou pronto para demonstrações de afeto tão definitivas.

Quando entro na casa, o cheiro de café me atinge em cheio. O ambiente é arrumado e tem um jeitinho de casa de avó. Não imaginava que a Deusa da Beleza vivesse naquela simplicidade, mas o local exala a mesma energia que dona Ana. Se eu fosse imaginar a casa dela, essa seria a retratação perfeita.

Ainda é difícil imaginar que as duas são a mesma pessoa.

— Aceita um cafezinho? — pergunta, e confirmo com a cabeça.

— Visitas?

Aponto para a mesa cheia de taças sujas. A curiosidade vence a discrição.

Afrodite suspira e se vira para mim.

— Não tem por que mentir. Eu imaginei que você viria, então me adiantei e chamei alguns amigos. Falei com eles sobre que o que vamos fazer... isso é, se você veio aqui para o que imagino...

— Vim.

— É, então... acho que vamos precisar de alguns aliados.

Não consigo nem imaginar de quem ela esteja falando. Só que, antes que possa perguntar, um gato laranja pula em meu colo e quase me mata de susto. Ele começa a ronronar enquanto esfrega a cabeça em minha barba malfeita.

— Esse é Anteros — explica ela, com um sorriso. — Mas não se preocupe, ele é muito mais legal que o original.

Meu irmão.

Evito pensar nele e em como, além de uma figura fraterna, também acabei sendo seu assassino. Mas, ao encarar os olhos amarelos do gato, percebo que também nunca me enxerguei como a figura que tirou um filho de Afrodite. Sabe como é, estava focado demais em me fingir de vítima indefesa.

— Dona An... — começo, mas me corrijo. — Afrodite, não tive a chance de pedir desculpas pelo Anteros. Eu estava cego de raiva e... enfim, não justifica, mas eu...

— Theo. — Ela larga a xícara sobre a mesa e segura minha mão. — Aceito suas desculpas.

Sentamos à mesa enquanto um raio de sol entra pela janela e cobre Afrodite com uma espécie de auréola dourada. Consigo entender todos os mitos trágicos que envolviam a beleza dela; ela é mesmo um espetáculo.

— Sabe, apesar de amá-lo muito, Anteros nunca foi uma boa pessoa. Tentei guiá-lo, mas a presença de Zeus era constante, e suspeito que o caráter dele sempre esteve mais alinhado com o de Ares do que com o meu.

Solto uma risada, ela me acompanha.

— Ah, mas a quem eu quero enganar? Também tive minhas fases — confessa Afrodite, meio triste. — Também já fui uma deusa tola, ambiciosa e atraída pelo poder. Só isso justifica dar uma chance ao troglodita do Ares, que, apesar de gostoso, sempre foi um cabeça-oca.

Faço uma cara de nojo com a escolha do adjetivo. Meu pai é uma pessoa em quem evito pensar o máximo possível. Imaginá-lo como alguém desejável é ainda mais repulsivo.

— Você disse que muita coisa aconteceu depois que fui embora do Olimpo… — começo. — Isso tem a ver com a conversa de hoje?

— Claro. Mas, primeiro, preciso dar um pouco mais de contexto do que aconteceu antes.

— Antes de Narciso?

— Não, Theo, antes de você nascer. — Ela então entra em uma narrativa toda inédita para mim. — Na paranoia eterna para manutenção do próprio poder, Zeus com frequência consultava os oráculos.

Ou seja, estou escutando tudo pela primeira vez, assim como você, pessoa leitora.

— Zeus sabia que um dia o poder dele seria desafiado; era assim que funcionava a dinâmica entre os deuses. Então, vivia em busca de potenciais dicas de como evitar que um destino no qual ele não estivesse no comando se concretizasse — explica Afrodite.

— Mas dá para impedir uma profecia de se concretizar?

— Claro. O destino não está escrito em pedra, meu bem. Com as informações certas e uma boa dose de paranoia, dá para garantir mais uns milênios de tirania. A cada nova profecia, Zeus ia traçando novas estratégias. Deuses sumiam, poderes eram anulados, templos eram queimados…

Ela segue contando que tudo mudou quando uma profecia mais direta falou da queda do próprio Zeus.

Ó anciãos dos céus, ouça a revelação:
No seio do panteão imortal,
Ergue-se a deidade que, com seu poder,
A voz do trovão calará em seu silêncio profundo.
Da queda de um igual, assim se desenrolará,
O destino, inexorável, cumprindo seu curso.
Mas, ah! Somente ao toque do verdadeiro amor,
Ver-se-á o finito da era divina,
E os ecos do passado ressoarão eternamente.

A partir do dia que recebeu essa profecia, Zeus transformou a vida do panteão em um inferno. Diversos semideuses foram mortos na tentativa de evitar que o novo deus da profecia viesse ao mundo.

Faço a pergunta óbvia:

— Por que ele não parou de criar deuses?

— Sem deuses nos quais acreditar, a humanidade se distancia da adoração. Sem adoração, o que seria dos deuses?

Um argumento perfeito.

— Zeus foi primeiro atrás de Poseidon. Da queda de um igual se desenrolará, afinal de contas... — cita minha mãe de novo. — Hades e, em certo momento, até eu e os outros olimpianos sofremos as consequências. No começo Zeus não me via como uma igual; beleza e amor não eram páreos para trovões. Mas depois que minha querida madrasta o lembrou de que teoricamente eu era irmã dele e, portanto, uma igual, ele começou a me enxergar.

Ela pausa, olhando para o nada como se recuperasse a lembrança de um dia recente. Uma quinta-feira qualquer do último mês.

— Então ele fez o que sabe fazer de melhor. Manipulou. Ditou — continua Afrodite. — Deuses não podiam se apaixonar, afinal sua ruína viria do toque de um verdadeiro amor. Apolo perdeu Jacinto. Eu fui impedida de ficar com o homem que amava. Então... depois que ele arranjou minha união com Ares para garantir que eu nunca tivesse um toque de amor, foi além.

— Como assim?

— Mesmo com as limitações de Zeus, meus poderes cresciam, Theo. O amor era o sentimento mais famoso do mundo. Eu estava no ápice das adorações. Então ele me transformou numa adúltera.

Então me lembro de Hefesto. O meu tio mais rabugento que também é o corno mais conhecido da Antiguidade.

— Nunca me envolvi com Hefesto, mas que jeito melhor de minar a reputação de uma mulher do que a rotulando de puta? — Afrodite me encara, triste. — Então meu arranjo com Ares se transformou numa traição ao meu fiel e horroroso marido. Durante um tempo, isso foi suficiente e Zeus me deixou em paz.

Zeus só foi perceber que estava mais uma vez procurando no lugar errado quando Afrodite engravidou. No nascimento dos dois filhos, ele enxergou parte da profecia se concretizando. Da queda de um igual só poderia falar sobre gêmeos!

De repente o ódio que Zeus sente de mim faz todo o sentido. Não é só fundamentado no fato de ser gay, não; ele me odiou a partir do momento em que respirei pela primeira vez.

A intolerância só se aliou ao medo de que eu ameaçasse a supremacia dele.

— Quando vocês nasceram, Zeus consultou Atena. Ela sugeriu uma estratégia diferente à morte. Matar duas crianças não impediria que a profecia se complementasse — prossegue ela. — Só quando adultos poderiam se provar serem os deuses antevistos ou não. Seu avô não estava matando deuses, estava apenas assassinando inocentes. Então, assim que dei à luz, Zeus decidiu que você e seu irmão seriam criados separados. Anteros foi criado para matar você — conta Afrodite, desolada. — Mandar você para a floresta foi uma estratégia de lhe enviar direto para o abate. Zeus só não contava com Apolo. Ele tem um defeito de ignorar quem ele considera fraco, e é com isso que estamos contando agora.

Meu coração se enche de gratidão ao me lembrar de meu tio. Nunca fui um grande guerreiro, mas ainda assim ele garantiu que ao menos eu soubesse me defender com um arco. Talvez não fosse suficiente para impedir Anteros, mas ao menos me dava uma chance. Isso era muito mais do que o Deus dos Deuses me achava digno de merecer.

— Ele não esperava que você fosse ficar tão poderoso e, menos ainda, que conseguisse eliminar a única coisa que a profecia previa ser capaz de te derrotar. Mas o mais importante, Theo, Zeus não fazia ideia de que, ao nomeá-lo como deus, ele mesmo estava dando a você o poder que tanto temia. Ele achava que por ser inferior a ele, o amor não te faria tão poderoso quanto a mim.

Não faço a mínima ideia de aonde minha mãe quer chegar.

— Calma, calma. Entendo os motivos que levaram Zeus a me banir. Ele me impediu de me apaixonar, com medo de que eu virasse o motivo da queda dele. E conseguiu: aqui estou eu, sozinho. Guilherme me odeia, e todos os outros homens que amei permanecem mortos. Ainda não faço ideia de que poder é esse.

Afrodite sorri para mim e, pela primeira vez, sinto medo ao encarar os olhos doces da antiga dona Ana.

— Até quando vai seguir achando que, quando se trata do amor, é tudo tão óbvio?

XXXI

Ne Jupiter Quidem Omnibus Placet

Ainda não é fácil acreditar que poucos dias antes eu me preparava para o baile e agora descobri que 1) minha assistente é na verdade minha mãe; 2) meu sócio me odeia; 3) minha melhor amiga quase morreu por um crime cometido por meu avô, ou pelos seguidores dele, o que dá na mesma; e 4) que uma profecia, entre todas as coisas do mundo, previu que eu seria o responsável por acabar com a era dos deuses.

Eu, um viadinho dramático, fã de Britney Spears e apaixonado pelo melhor amigo.

Como se tudo isso não bastasse para me deixar louco, acabo passando horas elaborando com minha mãe um plano para destronar o maior deus do Olimpo. Ou, no pior dos casos, garantir pelo menos nossa liberdade de suas tiranias.

Se vai dar certo? Bom, não faço a mínima ideia. Só que como falei para dona Ana, quer dizer, Afrodite, na noite anterior: o que temos a perder? O Submundo não deve ser muito pior do que o inferno em que Zeus transformou nossas vidas.

Acho que foi por isso que não optei por esperar mais tempo. Nunca fui um grande guerreiro, e os poderes do Deus do Amor nunca foram muito úteis em combate. Tudo o que posso esperar é que o plano saia exatamente como o esperado e que talvez, só talvez, eu consiga dar algumas flechadas no pescoço de meu queridíssimo avô.

Além do mais, preciso que a raiva da possibilidade de perder Bruna me ajude a seguir adiante. Se existe alguém por quem vale a pena lutar, é ela.

Entro no elevador que levaria até meu apartamento e chamo por ele. Uma vez só, com vontade o suficiente, deve ser o bastante para que atenda a meu chamado. Ele não perderia a chance de regozijar de minha derrota. Além do mais, Afrodite garantiu que Zeus estaria à minha espera.

Quando as portas se abrem, em vez de sair no corredor de meu prédio, estou de volta no lobby de um grande tribunal. As portas à minha frente são douradas e, é claro, contam com entalhes no formato do rosto de quem comanda tudo isso. Além de babaca, ainda é egocêntrico.

Até chegar à maçaneta, tudo o que escuto são meus passos ecoando pelo espaço vazio e minha respiração pesada. Foco, Theo! Parte do sucesso desta noite está em minha habilidade de manter a calma. As palavras de Afrodite voltam a ecoar em minha mente: "Zeus não é um grande guerreiro, ele sempre contou com trovões para fazer o trabalho sujo, mas é um ótimo incitador. Tudo que ele precisa fazer é irritar você o suficiente para que os outros deuses lhe subjuguem. Não dê esse gostinho a ele".

Espero não seguir o padrão que fiz até hoje de decepcionar minha mãe. Então, antes de abrir as portas douradas, respiro fundo uma última vez. No nascer do sol do próximo dia, estarei livre ou morto.

O que a esta altura de minha existência parece a mesma coisa.

No salão à frente, Zeus está sentado na mesma cadeira de antes. Uma mistura de trono e cadeira de escritório. Ele ainda ostenta a mesma aparência, um homem de 50 e poucos anos, vestindo um terno escuro como a noite e com uma barba aparada com perfeição. A surpresa, que tento esconder sob infinitas camadas de desespero, vem quando percebo que não estamos sozinhos na sala. Atrás dele consigo ver mais ou menos doze pessoas. Alguns olimpianos, outros deuses menores e à direita dele, ostentando um orgulho familiar, meu pai.

A tentativa de me intimidar é um sucesso, mesmo que eu não deixe transparecer. Diferente da maioria dos outros deuses, Ares envelheceu consideravelmente menos e passaria fácil como alguém de no máximo 40 anos.

Vai ver a guerra ainda é uma ótima fonte de poderes.

Meu pai usa, assim como os outros deuses, uma roupa que flerta com a de um agente da Receita Federal. Mas que, aqui entre nós, só faz parecer que Zeus está cercado de seguranças particulares.

— Ora, vovô, você se esqueceu de avisar que teríamos visita! Pensei que essa seria apenas uma conversa amigável — falo primeiro. — Mas ainda bem, porque também tenho alguns convidados a caminho.

A menção de que existem outros deuses a meu lado faz com que a teoria de minha mãe esteja certa: de algum jeito, ele se sente intimidado. Mesmo que se esforce para esconder, percebo um leve tremor na sua pálpebra direita. Não me viro para me certificar, não é necessário. O barulho do salto alto me garante que Afrodite também estará a meu lado esta noite. Ela se posiciona um passo para trás de mim.

— Afrodite, minha filha! — exclama Zeus, levantando-se e abrindo os braços. — Vejo que enfim encontrou sua prole! A que devo a honra de recebê-los aqui, entre nossa família?

Óbvio que ele se dirigiria a ela, e não a mim. Sou apenas um rato correndo em círculos dentro de uma jaula que ele criou. Um inconveniente que ele a qualquer momento pode eliminar com um simples raio.

— Vim reivindicar minha liberdade, avô — falo antes de minha mãe. — Qualquer penitência que você tinha para mim já foi cumprida por tempo o suficiente.

Depois de dois segundos de silêncio, o salão irrompe em risadas. Meu avô mal consegue se controlar e se apoia em meu pai enquanto os dois riem juntos.

— Sabe, Cupido, sempre me perguntei como pude fazer um filho que não tivesse absolutamente nada em comum comigo — diz Ares. — Mas agora, vendo sua audácia, dá para ver que até existe algum tipo de coragem dentro de você.

— Coragem? O que você sabe sobre coragem, Ares? — Eu me nego a chamá-lo de pai. — Que coragem existe em viver à sombra de um deus mais poderoso que você? Quando foi a última vez que você tomou uma decisão por conta própria?

Como em um piscar de olhos, uma lança se materializa nas mãos de meu querido pai. É claro que ele partiria para a violência. Afinal, o que esperar do Deus da Guerra? Em retribuição, puxo com calma uma flecha da aljava que carrego às costas. A haste está quente; como se todas elas sentissem saudades de serem disparadas em inimigos em vez de amantes.

É com esse ato que ganho a atenção definitiva de todos os deuses. Uma sombra de seriedade passa pelo rosto de Zeus. Se estou pronto para lutar com o melhor de seus combatentes, então com certeza estou falando sério.

— Meu querido neto, você não sabe o quanto eu gostaria de acabar com essa obrigação indigna! Como gostaria de tê-lo aqui, ao meu lado! — discursa Zeus. — Mas ambos sabemos que você não tem sido dos mais obedientes! Misturando-se com mortais e até usando os poderes que lhe dei para seus fins... sórdidos.

Não respondo. Afrodite me preparou para este momento. Zeus precisa completar os discursos; ele é mestre na arte de convencer até mesmo os inocentes de crimes que ninguém cometeu.

— Até lhe dei uma chance para reconquistar meu perdão e salvar quaisquer mortais a quem você pudesse ter... se afeiçoado — continua ele.

— Mas ele cumpriu, pai. Os primeiros mortais que ele encontrou começaram a se apaixonar! — declara Afrodite. — O casal não está junto por uma tragédia... digamos que, abrupta.

Zeus parece irritado com a contestação. Alguma parte dele esperava que tudo seria resolvido por um discurso fraco como aquele. A fachada de pai feliz por reencontrar a filha desaparece e, se ele pudesse, reduziria minha mãe a pó naquela mesma hora com um único olhar.

— Ah, Afrodite, as coisas não são tão simples quanto parecem...

— Na verdade, são, a não ser que esteja disposto a me fazer fracassar de qualquer jeito — interrompo. Meu primeiro erro. — O que não faria sentido, né? Já que você mesmo impôs todas as condições. Eu uniria um casal formado por um homem e uma mulher...

— Aquilo era uma abominação! — Zeus enfim perde um pouco da compostura.

A raiva me preenche e, se não fosse o toque sutil de minha mãe em meu ombro, provavelmente eu perderia o controle e enviaria uma flecha direto no peito daquele desgraçado. Mais uma vez respiro fundo e tento me lembrar da estratégia: evitar ao máximo um combate. Ou ao menos ganhar mais tempo para a chegada de nossos poucos aliados.

— Ah é, vovô? Abominação? — É minha hora de discursar. — Então me explica, se mulheres como Bruna te incomodam tanto, por que elas continuam existindo? Já que você é tão poderoso, porque ainda não eliminou essa "praga", como você alega ter feito com várias ao longo da história? Calma, eu respondo para vocês.

Mais uma vez minha coragem o tira do sério. Zeus fecha as mãos em punho e ameaça se aproximar. É dessa surpresa que preciso para ganhar tempo. Qualquer que seja o tipo de vantagem que eu consiga, preciso explorá-la ao máximo.

— Ano após ano, meu povo continua resistindo. Faz quanto tempo desde Narciso? Desde Apolo? — Percebo alguns deuses se olhando. Ao que parece, Zeus não divide a verdade com todos os lacaios. — As décadas passam, todos os dias sofremos baixas irreparáveis, mas ainda assim estamos lá. Em cada pedaço da história. Por mais que você queira nos transformar em pecadores...

— Um acaso! Uma peste! Não posso sair matando mortais a todo tempo. Não é assim que funciona ser um deus, seu moleque atrevido — responde ele, impaciente.

Ótimo, é exatamente assim que preciso dele.

— Não é? Ah, me desculpe, então, é que eu pensei que você fosse o deus mais poderoso a pisar na Terra. Pensei que não existissem vírgulas ou cantos para se esconder de sua raiva. — Ouço minha mãe rindo atrás de mim. — O fato, Zeus, é que todas as formas diferentes daquilo que você chama de *normal* resistem a cada tentativa sua de nos derrubar. Você mata, e renascemos mais fortes.

A tensão é tão forte na sala que é impossível ouvir qualquer respiração. Meu pai treme de raiva. Não existe nada que ele queira mais do que entrar na batalha, mas não fará nada antes que a luta seja ordenada.

— Mas essa não é minha única dúvida, Zeus. Eu me pergunto até onde vão seus poderes mesmo. Será que você é mesmo tão onipotente como faz esse bando de idiotas acreditar que é? — Aponto para os outros deuses. — Será que sua caça à minha comunidade foi unicamente para proteger qualquer preceito religioso ultrapassado ou você tinha os próprios motivos para evitar que eu me apaixonasse?

— Uma farsa! — O grito dele ecoa.

Nesta hora, o sinal que eu estava esperando chega. As portas às minhas costas são abertas e escuto os passos de meus aliados chegando. Pelos meus cálculos, não tantos quanto eu gostaria, mas o suficiente para deixar meu avô ainda mais nervoso. Não há tempo para verificar quem apareceu, pois o que faço em seguida é a faísca que falta para explodir tudo.

Disparo uma flecha em direção ao trono.

A flecha não cumpre nem metade da trajetória antes de virar um monte de estilhaços. Nessa mesma hora os olhos de Zeus explodem em raios. Ouço o som de armas sendo invocadas e Ares enfim assumindo uma pose de batalha.

Os trovões ecoam ainda mais alto, e tudo à minha volta se perde no meio de um clarão branco.

É a minha chance.

Quando o primeiro relâmpago surge nas mãos de meu avô, percebo a formação de uma lança de raios prestes a ser disparada. Então, digo uma única palavra:

— Não.

E a profecia se cumpre.

XXXII

Oculum Pro Oculo, Dentem Pro Dente

Zeus dispara a lança, mas, assim que me manifesto, ela desaparece. Os lacaios que corriam em disparada (e com prazer estampado nas faces) na direção de meu exército de desajustados param de súbito. Ao meu lado, meus aliados tentam manter a compostura, mas consigo ouvir alguns sussurros que acabam entregando que nem eles esperavam que eu conseguisse fazer isso.

— A profecia? — sussurra Éris, Deusa da Discórdia, atrás de meu pai.

Logo que compreendem o que acabou de acontecer, os olhares de surpresa são substituídos por descrença. O Deus do Amor conseguiu impedir um ataque do Pai do Olimpo em pleno movimento. Evaporei a lança de raios do mesmo jeito que ele fez com inúmeros inimigos e inocentes.

Lá fora, o céu que havia ficado nublado só alguns segundos antes ostenta um dia calmo. Uma tarde ensolarada domina o horizonte de prédios.

Nos poucos segundos que ganho com o susto, consigo engatar uma outra flecha e olhar ao redor para perceber quem luta a meu lado. Minha mãe está pronta para a batalha, segurando duas adagas douradas e longe de parecer a senhora assistente que conviveu comigo nos últimos meses. Ela me pega olhando e dá uma piscadela.

Olho para a direita e não consigo parar de sorrir. Em carne e osso, ou sei lá do que os olimpianos são feitos, está meu tio Apolo. Ele segura um arco e flecha como eu e olha para a frente com o ódio acumulado por dias e dias de servidão. Se existe alguém que viveu cada dia como uma tortura, essa pessoa é o Deus do Sol.

A seu lado, com o cabelo loiro preso em grandes tranças boxeadoras e uma pele de alabastro impecável, está minha tia Ártemis.

— Pegou a dica, hein, queridinho — comenta ela, referindo-se a nosso último encontro. — Não é todo dia que provam que eu estava errada.

Não me leve a mal, não é que eu não goste da Deusa da Lua, é só que ela sempre foi meio ausente, mesmo em meus tempos de Olimpo. Mas, depois de sua última visita, não é uma surpresa tão grande vê-la aqui a meu lado e com um olhar assassino na direção dos outros deuses.

Além dela, há Hipnos, que carrega algo parecido com uma espada. Nice até poderia parecer uma fada indefesa não fosse pelo machado afiadíssimo que carrega nos ombros e os Air Jordans novos em folha. E, completando o exército de desesperados, uma dupla de titãs que, pela aparência meio acabada, provavelmente não possui muito poder de batalha. Os dois não devem durar muito contra um deus como Ares, mas juntos devem fazer algum estrago com os poderes sustentados pelo rancor contra o Olimpo.

Não seria um número desesperador, oito contra doze. Apolo é um grande guerreiro e Ártemis é líder de um bando de caçadoras; ela deve conseguir se garantir em uma batalha. Só que qualquer gota de esperança se esvai quando, atrás de meu avô, surge meu primo não tão adorado, Héracles, trazendo consigo mais uma dezena de guerreiros fortemente armados que devem ser semideuses ultramusculosos com nomes terminados em "-eu".

Em minha cabeça, o único pensamento que surge é "fodeu".

— Quem você... — começa meu avô.

Só que, antes que ele complete qualquer que seja a frase, Ares, que já esperava de forma impaciente por um comando de ataque, sai gritando. Os outros lacaios olham confusos para o mestre, mas ele os responde com um simples gesto de mão. Todos continuam presos nos próprios lugares.

Ares, por sua vez, em um ataque de fúria, parte em minha direção, mas é interceptado por um vulto que só depois de alguns segundos identifico como Ártemis. De suas costas surgem duas haladies de mármore que impedem o ataque de lança de meu pai.

Não precisa se impressionar, eu só soube que as duas facas com pontas duplas se chamavam assim porque trabalhei durante um tempo em uma loja de antiguidades na Índia.

Eu precisava parecer convincente.

Ares parece ficar ainda mais irritado quando percebe que seu ataque foi interceptado por uma mulher com metade de seu tamanho. A luta, se é que podemos chamar assim, dura menos de um minuto. Ares é um excelente guerreiro, mas não é rápido o suficiente para desferir qualquer golpe em Ártemis. Em questão de segundos e alguns mortais de fazer inveja a qualquer atleta olímpico, a Deusa da Caça o derruba no chão e posiciona firmemente uma das facas na jugular do Deus da Guerra. Pode até chamar de daddy issues, mas toda a cena me causa muito prazer.

É ótimo ver pela primeira vez na vida meu pai ajoelhado e subjugado.

— Zeus, eu queria que você controlasse seus serviçais — declaro. — Não podemos manter uma conversa civilizada?

— Engraçado, já que foi você que disparou a primeira flecha e trouxe convidados à minha casa prontos para a batalha — retruca Zeus. — Eles parecem muito mais seus serviçais do que qualquer um dos meus generais.

— Ninguém aqui está contra a própria vontade, Zeus. Na verdade, é exatamente o contrário, o risco de estar desse lado é grande, mas a vontade de se livrar de você é ainda maior.

— Sabe, Cupido, toda essa conversa me diverte muito. — Ele volta a se sentar no trono. Ao redor dele, os lacaios relaxam. — Porque faz parecer que você acredita mesmo que pode me vencer.

— Mas eu posso.

Zeus começa a rir, histérico. Uma risada maníaca, que na verdade esconde como ele se sente ameaçado. O truque com o raio abalou mesmo sua confiança, ainda que ele minta, como sempre. Seja para manter todo o Olimpo atento a todas as suas encenações ou só para esconder o fato de que ele é só mais um homem branco cishétero com problema de ego.

— E digo mais — continuo —, se ousar ficar contra mim, essa luta pode acabar mais rápido do que Ártemis acabou com seu... general.

— Ah, é? E como você pensa em fazer isso? Com seu exército composto de deuses que fugiram de uma casa de repouso e os supergêmeos? — zomba ele. — Sabe, vou ser um deus misericordioso. Vou lhe dar uma última chance: entregue seus poderes por conta própria e talvez eu poupe a vida desse… como é que dizem mesmo… "rebanho perdido".

— Sua escolha de palavras é interessante, pai… — Dessa vez é Apolo que fala. — Por que Theo precisa lhe entregar os poderes? Por que você não só os toma?

Essa é minha deixa. Tão perfeita que parecia até que eu tinha combinado previamente com Apolo, como se a última vez que eu tivesse encontrado meu tio não tivesse sido quando ele me abandonara aos cuidados de meu avô e Afrodite.

Não que eu guarde rancores, claro.

— Ah, eu respondo essa, Apolo — afirmo, aproximando-me do meio do recinto.

Estou inseguro, mas o maior dos clichês surge em minha cabeça: o lado bom de perder tudo é que não há mais nada a se perder.

— Não sei se todo mundo aqui sabe, mas eras atrás Zeus condenou Apolo a puxar a antiga carruagem do titã Hélio — começo o discurso. A esta altura já deveria estar acostumado a eles. — O argumento? A paixão de Apolo por Jacinto era uma abominação, como ele gosta de falar. Só que a verdade é um pouco diferente. Na mesma época da condenação, Apolo estava crescendo em adoração, o povo o venerava e templos novos eram erguidos dia após dia. Nem preciso falar o que isso significa, né? Ele transformou o Deus do Sol no Deus da Peste, afastando-o de seus adoradores e, ao mesmo tempo, garantiu que a profecia sobre sua queda não se cumprisse.

Noto algumas sobrancelhas arqueadas.

— Apolo nunca foi punido por ser quem era, Zeus só encontrou um argumento conveniente para pôr fim ao crescimento dele, afastá-lo dos mortais. O pobre Jacinto foi só a desculpa perfeita.

Neste momento, sinto Apolo prender a respiração. Se o que Afrodite me contou for verdade, meu tio acreditava ter sido punido exclusivamente por ser gay. A sala inteira presta atenção em mim. Consigo perceber até o olhar carregado de Ares às minhas costas.

— Mas pensem comigo, nunca acharam nada estranho? Os maiores aliados de Zeus caindo em desgraça de uma hora para outra. Deuses com os poderes reduzidos sem explicação... tudo acontecia para conservar o único poder que importava: o dele. O bode expiatório da vez sou eu. Não sei se perceberam, mas, enquanto alguns de vocês envelheceram, eu continuo assim. Se quisesse, poderia aparentar ter 15 ou 35 anos sem problemas. Em um estalar de dedos.

Alguns deuses começam a cochichar.

— Isso porque meus poderes só cresceram ao longo dos anos! — grito. Deixo o poder atravessar as palavras. — Desde que me transformou no Deus do Amor, você nunca conseguiu me dominar, vovô. Só me fez *acreditar* que era o caso. E, antes que comecem a se perguntar o motivo de Zeus não conseguir retirar meus poderes, já vou adiantando que é muito mais simples do que parece: sou mais poderoso que ele! Ao longo de todos esses séculos, a humanidade deixou de temer os trovões! Agora, sua maior arma é explicada perfeitamente pela ciência. Não é mais um deus raivoso e vingativo...

Zeus olha para mim com a mandíbula tensa. Não duvido de que ele adoraria invocar um raio e provar que estou errado, mas não consegue. Mesmo sentado no trono, ele vivencia um papel que nunca havia tido antes. O de incapaz.

— A cada dia, a humanidade acredita ainda menos em deuses, e menos ainda em deuses coléricos como você. Vivi tempo suficiente para assistir a inúmeras religiões sucumbirem. Vi impérios caindo. Nascentes secando — continuo explicando. — Mas eu continuo aqui. Até os mais céticos anseiam por mim em segredo. Desejam o sentimento que povoa filmes, livros e lendas.

Noto minha mãe sorrindo. Olho para trás e aceno de volta em um último ato para recolher forças.

— O amor, sua maldição para mim, foi exatamente o que me tornou quase onipotente, querido vovô. O que me transformou no deus mais poderoso deste salão. — Hora da cartada final. — Quando os mortais se ajoelham, não rezam para Afrodite, não rezam para Zeus, a maioria deles pede e clama por mim! Diferente de você, avô, eu nunca me tornei um mito. Virei um ideal.

Alguns deuses recuaram. Enquanto eu falava, outros semideuses saíram de fininho. O exército de Zeus começa a ruir à minha frente.

— O que me leva a devolver a pergunta: você acredita mesmo que pode me vencer? — finalizo.

Olho para trás e sinalizo a Ártemis que liberte meu pai. O que ela faz com muita hesitação, e não antes de chutá-lo e chamá-lo de bostinha. Ele recua para o lado direito de Zeus, que agora, de maneira surpreendente, olha-me com respeito. Ou talvez seja apenas outra encenação para esconder o medo.

— Você está enganado se acha que esse poder não vai consumi-lo por dentro! — Zeus fala um pouco mais baixo. — A profecia não se cumpriu. Ainda posso derrotá-lo.

— Pode? Acha que, por ter me afastado da humanidade todos esses anos, conseguiu me afastar do amor? Ah, Zeus! Sempre ignorando aquilo que lhe parece fraco. A profecia falava que eu seria tocado pelo amor e fui, por todos os amigos que conheci durante minha existência… pela amiga que você tentou tirar de mim!

Ele ameaça se levantar.

— Já chega dessa palhaçada.

— Não! — corto, com um grito. — Diferente de você, não tenho a mínima intenção de parecer misericordioso! A partir de hoje, você não conseguirá mais ferir mortais, não conseguirá mais invocar outro raio! Você não sai daqui vivo!

A última frase sai em um só grito, acompanhada de uma nova onda de poder. Um clarão toma conta de minha visão e meus ouvidos ecoam como se os tímpanos estivessem estourados.

Os aliados de Zeus, que agora caíram pela metade, saem disparados em nossa direção. A dupla de titãs se adianta para trocar espadas com Héracles e demonstra estar muito mais em forma do que eu teria imaginado.

Éris e Nice engatam em um combate rápido, mas a Deusa da Sorte demonstra precisar pouco do epíteto. Não é necessário ter a sorte a seu lado quando se tem a habilidade. A cena é tão bonita de assistir que eu queria ser apenas um espectador na sessão de estreia do filme de adaptação dessa história, mas Ares está correndo em minha direção e preciso desviar de sua lança com rapidez.

Pela visão periférica vejo Afrodite engatada em um combate com Zeus. Hipnos está desviando de golpes certeiros de Fobos, o Deus do Medo.

— Vai continuar fugindo?! — berra Ares. — Ou vai me enfrentar como homem?

Sigo recuando; preciso de alguma distração que me permita ganhar alguma distância para perfurar aquele desgraçado com umas dezoito flechas. Uso as colunas jônicas como escudo e começo a dispará-las. Com tão pouco espaço, não alcançam a velocidade que preciso, mas ainda assim deixam cortes pelos braços de meu desquerido pai.

Quando enfim estou de costas com Apolo, que luta contra Leto, Deusa do Anoitecer, percebo que vou ter que recorrer a um novo plano para derrotar meu pai.

— Tio! — grito para Apolo. — Preciso de alguns segundos.

— É para já. Feche os olhos...

Apolo então explode em um clarão digno de uma supernova.

Leto cai no chão com os olhos em chamas.

— Filho da put... — começa ela, mas é impedida de completar a frase quando uma de minhas flechas atinge sua têmpora.

Ares é poderoso demais para ser incapacitado pelo clarão de Apolo, mas esfrega os olhos, o que me dá os segundos de que preciso para engatar uma nova flecha. Quando dou um giro e miro na direção do Deus da Guerra, sou tomado por uma surpresa.

Hebe, Deusa da Juventude e que até então estava do lado de Zeus, segura Ares pelo pescoço com a ajuda de um chicote.

— Madame, agora! — grita ela.

Do lado esquerdo, em um digno grito de guerra, Atena abre espaço para fazer a cabeça de meu pai seguir o caminho oposto do corpo.

Meu rosto é puro choque enquanto encaro a Deusa da Sabedoria.

— O quê? — responde ela ao meu olhar perplexo. — Eu tenho raiva desse lixo desde que ele ficou com o título de Deus da Guerra em vez de mim. Além do mais... eu sabia que tudo isso aconteceria no momento em que ele lhe deu o título de Deus do Amor.

— Sério? — pergunto de forma tola.

Ela revira os olhos.

— Nunca fui fã do trabalho do meu pai, garoto — explica Atena. — E Hebe não aguentava mais uma eternidade preparando banhos para Ares. Sua mãe me ligou ontem, mas achei que pegar Zeus de surpresa fosse ser mais efetivo.

Ter duas grandes deusas, como Hebe e Atena a meu lado, não estava em meus planos. Ganho uma dose extra de energia para ir atrás de meu verdadeiro objetivo: Zeus.

Quando parto na direção dele, sou impedido por um toque no ombro. Hipnos então aponta para minha mãe, subjugada pelo raio de Zeus que a segura quase desmaiada pelo cabelo.

— Chega! — grita Zeus. — Nenhum movimento ou a desgraçada aqui morre.

— Você não consegue... — respondo, calmo.

Mesmo sabendo que eu poderia impedir qualquer golpe de Zeus, preciso tomar cuidado com eventuais armas que ele use contra Afrodite.

Só que, antes que precise me preocupar com isso, dou uma olhada ao redor. O Deus dos Deuses faz o mesmo. Ele está encurralado.

A cabeça de Ares repousa a seus pés. Héracles e Fobos estão presos, e Éris não está à vista. Vários guerreiros de Zeus estão mortos.

Do nosso lado, apenas um dos titãs repousa de olhos abertos. Tirando Afrodite, que está desmaiada, acredito que essa seja nossa única baixa.

Torço para que seja apenas isso.

Zeus aponta a lança de raio para mim, mas em vez de atirá-la apenas clama por um trovão. O espaço inteiro se enche de luz.

Fecho os olhos por instinto e, quando volto a abri-los, meus aliados e eu estamos sozinhos no salão, em frente a um trono vazio.

De pé onde acabamos de derrotar o maior dos deuses.

XXXIII

Sapientia Est Potentia

— É sério que você nunca desconfiou, Theo? — questiona Ártemis, dando risada.

Entre todas as possibilidades de como esta noite poderia terminar, eu não esperava que seria assim, com um grupo de imortais sentados em minha sala, bebendo litrões que compramos no bar da esquina.

Logo depois da breve batalha, meu avô evaporou. Ficamos na dúvida de se eu tinha causado alguma coisa contra ele, mas Apolo garantiu que Zeus continua vivo, só se escondeu em sua nova insignificância. Ele pode não usar mais os poderes, mas vai tentar se agarrar ao máximo à única coisa que lhe restou: a imortalidade.

O titã que sobrou foi embora. Alegando que não tinha mais idade para comemorações de qualquer tipo. Ele enfim conseguiu um pouco de paz, algo pelo qual esperava havia muito tempo.

Acredito que depois de anos aprendendo a respeitar hierarquias, eles não bateriam de frente com um deus que se provara muito mais poderoso do que o antigo chefe. Espero, de verdade, que tenha sido a última vez que tive que lidar com qualquer um deles.

— Pelo amor dos deuses, até a história que Zeus contou era suspeita! — Ártemis continua rindo da minha cara. — Deusa que nunca se casou e vive caçando com um monte de mulheres que também nunca se casaram? Isso grita sapatão!

Todos voltamos a rir, descontrolados. É hilário o fato de que todos tenhamos sido vítimas das mentiras de Zeus e, ao mesmo tempo, acreditado nas histórias e mitos. Aquele desgraçado era mesmo um expert em espalhar fofocas falsas por aí.

Afrodite está bem. Depois de uma boa dose de ambrosia, ela só acordou com um pedaço do cabelo chamuscado e um galo enorme atrás da orelha.

Em uma conversa, descubro que Hipnos só apareceu para lutar ao nosso lado porque desde a época do Olimpo nutria um sentimento por minha mãe. Sabe aquela história que dona Ana contou sobre um grande amor não vivido? Bom, Hipnos era o artista por quem minha mãe foi apaixonada, mas nunca pôde viver o sentimento porque meu avô tinha pavor da ideia de um deus se apaixonando. Então qualquer candidato já se tornava indigno de ser parceiro da grande Deusa da Beleza e do Amor.

Atena e Hebe não aguentavam mais o ciclo de servidão. Atena sempre quis conhecer o mundo, mas tinha que ser a estrategista oficial de Zeus nas infinitas batalhas que ele imaginava que aconteceriam toda semana.

— "Veja, é um maremoto na Ásia." — Ela imita a voz do rei dos deuses. — "Deve ser Poseidon acordando para uma Guerra."

Enquanto rimos, noto a mão de Afrodite repousada de leve na coxa do Deus do Sono.

Não preciso ativar os poderes para entender que eles ainda conservam um grande carinho e que, talvez, agora que Zeus está fora da equação, possam recuperar o tempo perdido em encontros às escondidas regados pelo medo de serem descobertos.

— Que foi? — pergunta minha mãe quando me pega encarando.

— Nada, só estou feliz que a gente conseguiu — respondo, sorrindo.

— Estou feliz em ver você conseguindo! Esperei muito tempo por isso aqui — revela ela, apontando para mim.

Quando estamos falando de deuses, as comemorações nunca têm hora para acabar. Logo o apartamento se enche de ninfas e outras divindades menores e desconhecidas.

Uma outra verdade sobre a época do Olimpo é que os artistas daquele tempo sabiam mesmo o que estavam fazendo quando pintavam todos os deuses naquele estado eterno de comemoração e festas. Era tudo ambrosia, vinhos e um open bar de adoração e sacrifícios.

O que parece ser a vida de Nice, que não tem nenhuma vergonha em admitir que é provavelmente uma das deusas mais ricas de todo o panteão na modernidade.

— Está vendo isso aqui? — Ela aponta para os Air Jordans. — Isso aqui, meus queridos, é uma nova forma de adoração! Quase ninguém sabe, mas esse símbolo aqui representa minhas asas! Então, cada vez que desejam um tênis, é mais imortalidade para esse rostinho e mais dinheiro para minhas contas bancárias! E, agora, sem repassar nada para um velho fedorento com mania de grandeza!

A conversa passa para as maravilhas do mundo moderno, e começo a divagar sobre o que vai acontecer a partir de agora. É neste momento que observo Apolo fumando em minha varanda. Entre tantas risadas, nem percebi que ele havia se afastado.

— Então o Deus do Sol é fumante? — pergunto enquanto me aproximo.

— Essas coisinhas eletrônicas saborizadas são um vício! — explica ele. — Eu queria que tivessem existido na Grécia, talvez eu continuasse andando com cachimbos por aí até hoje.

Sorrimos em silêncio por algum tempo.

— O mundo não parece vazio sem ele? — pergunta Apolo, e sei que está se referindo a Narciso. — Sinto tanta saudade de Jacinto que durante muito tempo da minha eternidade me perguntei o que poderia fazer para encontrá-lo de novo no Submundo.

É impossível não lembrar de meu primeiro amor.

Perder um grande amor — não sei se sou mais tão cético a respeito disso — é o tipo de dor que lhe acompanha por toda a vida. Mesmo que essa vida, como em nosso caso, não tenha fim.

— Apolo... — Toco no braço dele. — Jacinto sabia o quanto você o amava. Você precisa se lembrar disso, porque continuar vivendo e até... amando, é o jeito que celebra a existência dele. Uma vez alguém me falou algo parecido...

Apolo olha para mim com os olhos brilhando e dá de ombros.

— Se o Deus do Amor está falando, né… quem sou eu para discutir — rebate meu tio, e voltamos a rir. — Sabe, estou muito orgulhoso por ter entendido meu presente!

O quadro de Mignard. A pista que plantou a semente em minha cabeça de que talvez meus poderes fossem muito maiores que os de Zeus; afinal, o tempo só fez com que o amor se fortalecesse. Essa conclusão foi o que me levou (com a ajuda de Afrodite, claro) a descobrir que toda a ira de Zeus era motivada pelo medo de que eu tomasse o Olimpo dele.

E que no final consegui, o que me leva a crer que aquele bosta deveria ter tentado uma estratégia muito mais amigável do que me fazer perder todos que amo.

— Obrigado! Eu não teria conseguido sem você.

— E sem mim, né?

Afrodite se aproxima da gente.

De repente, sinto-me o deus mais sortudo do mundo. Perdi muita coisa pelo caminho, mas a verdade é que, de agora em diante, não estou mais sozinho em minha família. A dra. Emi ficaria radiante ao descobrir que enfim me acertei com minha mãe, e Apolo sempre foi o que tive de mais próximo a um pai, mesmo. Para quem sempre teve a família como maior pesadelo é bom finalmente encontrar um porto seguro.

— Sei que é cedo, mas você já tem ideia do que vai fazer agora? — questiona Apolo. — Sempre ansiei pela liberdade, e agora não faço a mínima ideia do que fazer com isso.

— Bom, eu tenho algumas ideias — confesso. — Mas antes de tudo preciso levar você na Augusta para mostrar o quanto pode ser maravilhoso ser uma bichona hoje em dia!

— Ah, sei lá! Não sei se consigo ficar com outros caras — responde Apolo, meio cabisbaixo.

— Não me faça flechar o primeiro que passar na rua — brinco. — Conselho de quem sempre lidou com o amor como se fosse uma doença: não é como catapora. É raro, mas dá para ser contagiado mais de uma vez.

Apolo cai na risada.

— Mas, falando sério, meu avô tinha razão em uma coisa… — Enfim digo o que vem atormentando minha cabeça nas últimas horas.

— O quê? Que você precisa viver a vida flechando gente? — pergunta Afrodite, brincando.

— Não, não! De que esse é um poder muito grande para mim. Olha, sei que tomei muitas decisões por medo, mas em alguns casos fiz certas coisas para preservar meu status, meus poderes. Não confio em mim para lidar com a responsabilidade que vem com a posição de ser um deus megaultrapoderoso! Por isso, Apolo... eu queria pedir um favor...

— Ih, nem vem, querido! — retruca ele, depressa. — Já fiquei preso às responsabilidades tempo demais! Preciso de férias, pede para sua mãe ou para Nice, a rainha do capitalismo.

Péssima ideia. Não gosto do cenário em que o mundo inteiro usa roupas esportivas e Air Jordans. É hétero demais para meu gosto.

— Não é isso! Eu queria saber se você ainda tem contato com Caronte — explico. — Nem sei mais se esse é o nome que elu usa.

— Ah, Cacá! Talvez eu tenha o contato, elu ainda vive viajando. — Afrodite é quem fala. — Mas, Theo, para que você quer o contato de Barqueire dos Mortos?

Eu me viro para olhar para eles.

— É hora do amor ganhar uma nova deusa.

XXXIV

Verba Volant, Scripta Manent

A jornada da morte para os gregos era uma coisa um pouco complexa. Primeiro, quando alguém morria, era necessária uma grande preparação de ritos fúnebres. Veja, a forma que esse velório acontecia era de fundamental importância para decidir se a alma da pessoa encontraria a paz do outro lado. Então, valia tudo, de moedas na boca do morto até celebrações que duravam dias e envolviam muito vinho e comida.

Caronte, na versão dos mitos, era o barqueiro que levava as almas pelo famoso Rio Estige em direção ao julgamento. Dali que vinham as moedas: um pagamento para que o barqueiro levasse as almas em segurança até o juízo final. Não vou negar, essa parte dos mitos sempre me deixou muito intrigado, sobretudo porque eu sempre pensava: como se mantém uma alma em segurança? O que pode acontecer a um ser que não está vivo?

Bom, depois de alguns minutos conversando com Caronte em pessoa, a caminho do Submundo, consigo minha resposta.

— Isso tudo é mito — afirma elu. — Sempre gostei de levar todos em segurança. Mas, às vezes, recebo umas almas excepcionalmente ruins e não me importo de atingi-las com o remo por acidente e deixá-las afundarem no Rio Estige.

— E o que acontece? Quando se afunda no Estige?

— Você esquece. É esquecido. E, se ninguém lembra de você, será que existiu mesmo?

A pergunta final me deixa com um gosto amargo na boca.

Quando Caronte deixava a alma nos portões, era a hora de passar por um julgamento. Se a alma fosse considerada impura ou corrupta, o Tártaro seria a hospedagem final. Uma versão muito mais drástica da descrição cristã de um inferno.

Se fosse básico como uma blusinha branca e não tivesse feito grandes coisas, seria julgado como uma alma meio chuchu e levado até o Campo de Asfódelos. Um lugar intermediário, quase como uma sala de espera de um banco. Não era o paraíso, mas ao menos estava no ar-condicionado e não queimando ou fugindo de demônios.

Agora, se fosse uma alma boa, justa e honesta, os Campos Elíseos eram o caminho.

Quando se pensa nos Campos Elíseos, em geral surgem aquelas cenas que povoam cartilhas das testemunhas de Jeová. Pessoas vivendo em alegria entre tigres, animais selvagens e famílias cishéteros e loiras. Só que na verdade o território que Hades criou para que algumas almas pudessem viver uma eternidade de paz é um pouco diferente.

Os Campos Elíseos vão sempre representar aquilo que a própria alma entende como conforto. Seja um festival de pop-punk ou uma casinha no meio do nada.

Quer dizer, se o sinônimo de paz interior for um campo bucólico com leões domesticáveis e famílias tradicionais, isso é bem válido também. Pode ser arranjado com facilidade pelo Deus dos Mortos. Mas, na grande maioria, as pessoas sempre acabam passando dias em exatos reflexos de suas melhores lembranças.

Ou, como no caso de minha antiga funcionária, seus maiores sonhos.

Mesmo que Bruna ainda estivesse entre a vida e a morte, sua alma já estava no Submundo. Hades era conhecido por ser um deus inflexível quando o assunto era vida ou morte, mas justo em casos mais cinzentos como o de minha amiga.

Boatos circulavam que, em casos de coma, a alma da pessoa teria o direito de escolher o próprio destino. Se ela quisesse, poderia viver para sempre e em paz nos Campos Elíseos. Caso não, poderia voltar à vida em uma recuperação que a medicina chamaria de milagre e sem nenhuma lembrança sobre o Submundo.

Quando chego aos Campos Elíseos, torço para que Bruna ainda não tenha tomado sua decisão.

O prédio da Casa de Mãe que encontro lá ainda lembra a casa em que Bruna cresceu, mas agora parece muito mais nova e renovada. Quase como uma evolução do local onde ela aprendeu que a vida pode ser sinônimo de amor.

Quando chego perto, encontro-a sentada na escadaria da frente, tomando uma cerveja. Ao lado, outra garrafa gelada aparenta me esperar.

— Você está com uma cara péssima para uma vagabunda que nem morta está — comenta ela, meio sarcástica, quando enfim me nota.

Fico com medo de como conduzir a conversa, mas ela logo me acalma e me oferece a cerveja reserva.

— É muito clichê se eu falar que a morte lhe cai bem?

— É, ainda não estou cem por cento decidida quanto a isso. Então nada de me chamar de morta — responde Bruna. — Mesmo com esse cenário incrível e um freezer que se enche automaticamente. Agora me explica: para que cerveja se não fico bêbada?

Apenas dou de ombros. Não sou o maior expert em regras do Submundo. Afinal, a maioria das cagadas que fiz na vida foi bem tentando não vir para cá.

— O que está fazendo aqui? — pergunta ela, agora mais séria. — Veio se vangloriar do fato de que quase tudo o que falou desse lance de deuses é verdade?

— Não — respondo, rindo. — Se bem que poderia, né?

— Nada disso! Até pensei em pedir desculpas, mas isso não muda o fato de que você foi um grande cuzão.

— Fui mesmo. Acho que é por isso que vim.

Ficamos em silêncio, encarando a vista por um tempo. Não existe nada além da Casa de Mãe, mas o cenário pode mudar de acordo com a vontade de Bruna. Neste momento enxergamos a verdadeira face dos Campos Elíseos. Um eterno pôr do sol, com várias almas caminhando.

Pessoas mortas, indo e vindo, explorando os limites das próprias versões da eternidade.

— Eu tenho uma proposta para fazer — declaro, rompendo o silêncio. — Mas, antes, preciso contar tudo o que aconteceu desde seu... — minha voz falha — ... acidente.

Então mais uma vez assumo o papel que mais reproduzi em minha existência e conto a história de como derrotamos Zeus, de como tudo foi uma ideia da dona Ana e de como a assistente que ela contratou na verdade era minha mãe, Afrodite.

Bruna ouve tudo com atenção desta vez, mesmo que entre uma frase ou outra faça menção de querer falar. Ou, se bem conheço sua natureza cética, questionar a coerência de tudo. Boba, mal sabe ela que é o caos que faz do universo o universo.

— É, pelo visto a mentira é quase como uma herança genética na sua família — opina ela depois que termino. — Até dona Ana, rapaz, parecia tão boazinha. Olhe, minha vida não fica fácil nem depois da morte...

Ela nem imagina que, além de voltar com o rabinho entre as pernas, eu ainda vou pedir um favor que pode deixar tudo ainda mais complicado.

— Então, sobre a proposta... — começo.

— Certo.

— Agora que meu avô foi meio que deposto, a posição de Deus do Amor virou a mais importante de todo o panteão dos deuses. — Reúno coragem para enfim admitir em voz alta algumas coisas que, até hoje mais cedo, nunca achei que fosse conseguir falar. — Mas não consigo assumir esse papel. Vivi tempo demais numa posição de privilégio para sequer começar a entender o que significa de verdade o amor, sabe, Bruna?

Bruna continua ouvindo com atenção.

— Mesmo antes, eu não entendia a coisa toda, achava que o amor era uma fórmula, mas, putz, eu estava tão errado.

— Se você me chamar para ser sua assistente, quebro sua cara — brada Bruna. Olho para ela com os olhos semicerrados. — Certo, tá, calando a boca.

— Além do mais, já tive minha cota como Deus do Amor, e olha como tudo acabou. Na verdade, Bruna... vim lhe oferecer o cargo. —

É a hora que respiro fundo. — Vim aqui perguntar se você aceita ser a nova Deusa do Amor.

Demora o que parecem horas antes que Bruna responda. Não consigo calcular como o tempo passa no Submundo. Mesmo assim, paro para pensar no que farei caso ela diga não. Lidarei com as consequências de tudo o que fiz? Essa não deveria ser a atitude mais madura?

É injusto que, mais uma vez, como em todos os anos que trabalhamos juntos, eu esteja colocando a solução de todos os meus problemas nas mãos dela. *Deuses, Theo! Que decisão horrível vir até aqui. Você precisa encarar isso de frente, foda-se se não consegue lidar com tantos poderes. É sua responsabilidade descobrir a resposta para esse impasse.*

— Está fazendo isso porque sente que precisa me salvar? — pergunta Bruna, sem rodeios.

— Não. Estou fazendo isso porque, para começo de conversa, se eu tivesse sido um amigo melhor, ou, sei lá, um ser humano decente, você não estaria aqui.

— Show, eu não quero ser salva por ninguém. E não preciso. Estou aqui porque tomei uma decisão, meu bem. Tenha sido Zeus ou o caralho a quatro que causou o incêndio, fui eu que decidi entrar na casa para tirar todo mundo.

— Eu sei. Já falei, não estou aqui para te salvar — repito, com firmeza. — Além do mais, Bruna, se tem salvação nessa história, vem de você. Ao aceitar essa função, também pode salvar muita gente das merdas que posso fazer. E isso não é um eufemismo, você me viu na função...

Soltamos uma risada fraca, e o silêncio volta a preencher o local. Passam mais alguns minutos até que Bruna responda.

— Então eu topo — responde Bruna antes que eu me levante e desista de toda a proposta.

— Sério?

— Sério.

— Você não quer mais uns dias para pensar? Cheguei à conclusão de que é meio merda de minha parte vir aqui do nada... — admito, e ela me olha com seriedade. — Não quero que se sinta obrigada a nada, Bruna...

Antes que eu me desespere e acabe com os joelhos no chão, pedindo mais uma vez desculpas por ser um egocêntrico de merda, Bruna toca meu braço e me acalma com um sorriso.

— É meio babaca, sim, mas um babaca com chance de redenção — argumenta ela. — Ao menos dessa vez você me perguntou o que eu queria, em vez de só olhar para mim com cara de desespero.

Ela se levanta, fica de frente para mim, respira fundo e passa alguns segundos olhando ao redor.

— Além do mais, nunca fui do tipo de negar um bom trabalho mesmo! E esse trabalho vem com muito poder, juventude eterna e provavelmente grana acumulada das boas — constata Bruna, e solto uma risada. — Só que o benefício mais importante, Theo, é algo que a maioria das pessoas como eu não têm: a chance de fazer mesmo a diferença. Estando numa posição de poder, claro.

Meus olhos se enchem de lágrimas. É óbvio que Bruna pensaria por esse ângulo; é exatamente isso que faz dela a pessoa perfeita para o cargo.

— Milhares de crianças trans crescem todos os dias achando que não são dignas de amor, como é que posso me negar a cuidar delas?

Desde o momento em que meu avô jogou essa maldição em mim até agora, só consegui colecionar um mérito como Deus do Amor: encontrar uma sucessora que enfim fará melhor do que todos os deuses que conheci até então.

— Claramente já deixamos a responsabilidade e o poder na mão de vocês por tempo demais. Não dava para esperar outro resultado, sem querer ofender. — Ela dá uma piscadela. — Então vamos lá, pode mandar! Estou oficialmente pronta para ser o que eu já sentia que era: uma deusa gostosa pra caramba.

De repente, as lágrimas de emoção substituem as de tristeza e estamos rindo como dois bobocas. A transição de poderes aconteceu no exato momento em que ela aceitou, mas não preciso entrar nos pormenores agora. Mais tarde, quando estivermos de volta ao mundo superior, Afrodite pode explicar todas as regras de virar um imortal. Não que haja muitas no caso de Bruna, claro.

— Você acha que podemos ficar aqui mais um pouco? — pergunto, quase em um sussurro.

Bruna faz uma última visita ao freezer infinito e pega mais duas cervejas para a gente. E alternamos pequenas conversas com grandes silêncios. A verdade é que estou exausto demais para me mexer agora e, estranhamente, o sinônimo de paz de minha amiga ajuda a renovar a minha.

— Sabe, vai chegar uma hora em que a gente vai ter que falar do Guilherme... — começa Bruna, enquanto bebe os últimos goles da terceira garrafa de cerveja. — E nem preciso da ajuda desses novos poderes para saber que você é completamente apaixonado por ele.

— Sou, não vou negar isso e acredito que por muito tempo continuarei sendo. Mas preciso seguir em frente e deixar ele fazer o mesmo. Machuquei Gui demais já.

Bruna assente e me olha como se conseguisse ler meus pensamentos. Não falamos nada por um minuto.

— Sabe, quando eu estava apaixonadinha pelo Gui — prossegue ela —, eu sempre soube que ele não estava por inteiro ali. Parte dele estava em outro lugar, em outra pessoa... é absurdo o quanto eu aceitei migalhas, né?

— O quê? Pelo que me lembro, você vivia partindo corações por onde passava. Lembra daquele garçom em Punta Del Este?

Nós dois rimos com a lembrança e todos os comentários dos inúmeros crushes colecionados ao longo dos anos de nossa amizade. Vivemos tanto juntos e a possibilidade de que poderíamos viver ainda mais coisas é o que traz à tona toda a culpa. Decido, mais uma vez, lidar com ela de frente.

— Você me perdoa? — pergunto.

— Perdoo.

Só que algo em sua expressão me diz que isso, de algum jeito, não é o suficiente.

— Acha que podemos voltar ao que éramos antes?

— Não sei, Theo — responde ela depois de pensar por alguns segundos. — Perdoar você é a parte fácil, esquecer tudo o que me causou é um pouco mais complicado.

Respondo com um aceno de cabeça. Tenho medo de que qualquer palavra deixe que as novas lágrimas que estou segurando escapem. O que eu esperava? Que tudo ficasse bem de uma hora para outra?

Ela se levanta e limpa a calça jeans. De algum jeito, sei que nosso tempo ali acabou.

— Certo, acho melhor eu ir embora. Estou cansada de estar quase morta. — Bruna sorri. — Lá em cima, todo mundo vai saber que sou uma deusa?

— Não. Você só vai ter uma recuperação milagrosa mesmo. — Tento espantar as lágrimas que sinto vindo. — Vai ser como se tudo continuasse de onde parou.

Bruna não faz nenhuma menção de me abraçar. Acredito que, depois de tudo que aconteceu, alguns danos sejam um pouco mais definitivos. Mesmo na vitória, na vida adulta isso quase sempre significa perder alguma coisa. Ou alguém.

Ela se encaminha para a porta da versão da Casa de Mãe. Ao atravessá-la, ela estará de volta ao mundo dos vivos.

— Você vem? — questiona Bruna, olhando para trás.

— Vai na frente — respondo, secando as lágrimas que inevitavelmente escorreram. — Ainda preciso encontrar uma pessoa aqui embaixo.

XXXV

Finis Coronat Opus

— Nossa Senhora das Tcholas Virgens! — grita uma voz conhecida em meio à música, e sei que encontrei o que procurava. — O viado enfim morreu.

A versão da Toca das Baitolas do Submundo é uma cópia idêntica à conhecida nos anos 1980. Suja, um tanto decadente e pulsante como um coração apaixonado. Não tinha dúvidas de que encontraria meu melhor amigo ali, vivendo uma eternidade de flertes, cubas-libres e músicas de Cazuza.

Quer dizer, se ele fosse esperto, poderia até mesmo curtir com o cantor em pessoa.

Não existia a possibilidade de visitar o Submundo sem que eu aproveitasse a quebra de regras para encontrar Alvinho. Quando era apenas um deus arqueiro, não tinha coragem de explorar o reino de Hades sozinho. Mas, já que tinha sido promovido a rei da porra toda, por que não tirar uma casquinha da soberania divina, né?

— Não morri, não, sua puta desgraçada! — berro de volta, e puxo meu amigo para um abraço. — Você vai ter que esperar mais um pouquinho, porque é só uma visitinha.

Já durante o abraço, estamos chorando. A felicidade da surpresa cede lugar à saudade e, principalmente, à nostalgia de nos encontrarmos do jeito que mais vivemos. Entre vários desviados cantando música pop a plenos pulmões.

— Eu não posso ficar muito tempo — falo no ouvido de meu amigo. — E queria conversar contigo.

— Problema seu, visse? — responde Alvinho, gritando para se fazer ser ouvido no meio da música. — Se quiser os conselhos, vai ter que dançar pelo menos umas vinte com a gente.

E então ele se perde no meio da multidão, bem como fazia nos infinitos carnavais que vivemos no Recife. Um evento astronômico que poucos tinham a chance de vivenciar.

Quando confronto a realidade de que não existe muita coisa que esteja me esperando na vida "lá em cima", decido ceder ao convite de meu melhor amigo e me jogar na pista. Além do mais, como dizer não quando Whitney está cantando no volume máximo "I Wanna Dance With Somebody"?

Passam-se umas oito músicas até que eu encontre Alvinho de novo, encostado no bar conversando com uma versão mais velha de nosso amigo Júnior.

— É sério que sua versão do paraíso é você trabalhando na Toca? — pergunto.

— Não! Ninguém trabalha aqui, não tem como ficar bêbado — responde Júnior. — Essas bebidas aí são tudo encenação. Dizem que a "chefia" — ele faz uma expressão apavorada, como se estivesse falando de Satanás, e não de um deus recluso como Hades — não gosta de nenhum tipo de droga por aqui. Nem das legais.

Solto uma risada; parece mesmo com uma regra que Hades criaria.

— Eu não fico aqui! Só venho de vez em quando, para matar a saudade do pessoal — conclui ele.

Quando olho ao redor, começo a perceber vários rostos conhecidos, de amigos que também perderam a batalha nos anos 1980 contra aquela doença desgraçada. Sou tomado por uma espécie de paz por imaginar que na pós-vida eles podem aproveitar uma versão mais sóbria do que perderam em vida.

— Será que a rainha de Sabá pode me dar uns segundos agora? — pergunto a Alvinho, que bebe sem empolgação um copo de Coca.

— Bora!

Ele sorri e me leva em direção à saída.

Da porta, já saímos direto em nosso antigo apartamento. Esses atalhos do Submundo seriam muito bem-vindos em minha rotina. Imagina nunca mais ter que enfrentar o trânsito da Marginal de Uber?

— Vai, fala. Só espero que não venha me pedir conselhos amorosos. — Alvinho se joga no pufe e cruza as pernas. — Tu sabe que eu sou uó em relacionamentos.

Nas quatro horas seguintes, ficamos conversando sobre tudo o que aconteceu. Meu amigo não consegue acreditar nas mudanças que aconteceram lá em cima, mas também não fica surpreso quando conto que outras coisas continuam do mesmo jeitinho.

Quando menciono minha vida, não consigo segurar as lágrimas. Apesar de estar familiarizado com a sensação da vitória e de distribuir sorrisos todas as vezes que encontro Afrodite, a verdade é que não consigo sentir que venci. Parece que existe um bolo em minha garganta que nunca desaparece, não importa quantas garrafas de vinho eu use para aplacá-lo.

— É arrependimento — declara Alvinho na cara dura.

— Como assim?

— Esse bolo na garganta. Quando a gente chega aqui e vê que a vida acabou mesmo, quase todo mundo fica com isso um tempão. As coisas que não vivemos, os "eu te amo" que não falamos. Sabe, aquelas frases clichês de caminhão? Então, é bem por aí mesmo.

Alvinho não sabe que agora as frases decoram posts inspiracionais no Instagram.

— Amigo, sabe o que eu acho? Acho que tu é uma fingida do caralho — afirma ele, que se levanta e vai até a geladeira.

Pega dois copos e enche de água gelada. A versão fictícia do Recife também é quente como a original. Nem percebo que já estou pingando de suor.

— Agora deu. Vim para o inferno encontrar a gay e ele me chama de falsa. — Eu me finjo ofendido.

Alvinho volta para o pufe depois de me dar um dos copos.

— Pois é, amiga. — Ele suspira. — Você ficou a vida toda nessa de que não acredita no amor, mesmo com todas as evidências na sua cara de que seu poder vinha todo dele.

— Mas...

— Não, não, você veio para me ouvir, agora vai ouvir — interrompe Alvinho. — Já falei antes que o amor é maior que você. Fosse ou não a fonte do seu pó de pirlimpimpim. Tem uma coisa que você não entendeu, meu amigo: está vendo aquele povo todo lá na Toca?

Ele aponta para a porta.

— Sabe qual a diferença entre eles e o resto do mundo que nos recrimina? — A pergunta é retórica. — O amor. A única coisa que separa um hétero de um viado é a forma que ele ama. A gente caga, vomita, bebe, chora igual. Só ama diferente do que o mundo acha que a gente deveria amar. E você também. Quando tu vira para mim e diz que não acredita nisso só porque acha que o amor é uma invenção cisheterossexual, a única coisa que eu posso falar é: dá uma olhada no espelho, viado.

Já nem tenho mais palavras, então cubro o rosto com as mãos e me permito deixar de lado o personagem vencedor.

— Concordo que Bruna vai fazer um trabalho melhor que você, mas não porque tu é um desgraçado infeliz... — Alvinho levanta meu queixo para que a gente se encare. — Mas porque está na hora de você aprender que amor não é trabalho. É dádiva.

— Não dá, Alvinho — respondo, olhando a íris de meu amigo.

— Claro que dá. Para de ser cabeça-dura, não precisa de uma porra de uma flecha para fazer ninguém amar você. Você precisou flechar esse Gui para que ele ficasse aos seus pés? E olha, já vou adiantando, ele pode mandar você ir para a puta que pariu... mas ainda assim vale a pena, sabe por quê?

Olho para ele em silêncio, esperando a resposta.

— Porque o amor não precisa mais ser infalível. Nem você. — Alvinho sorri. — Tu não consegue ver a liberdade que tem nisso?

XXXVI

Amor Vincit Omnias

3 MESES DEPOIS

A vida segue adiante, e enfim começo a acreditar que estou de todo livre das obrigações de ser o Cupido. O dia está lindo, quente e seco, típico do fim de verão em São Paulo. Prédios e árvores coexistindo em uma harmonia contraditória.

Estou em um café perto do Finderr, mas, não, não voltei a trabalhar na empresa. Só enfim aceitei o convite da Catharina do financeiro para que ela pudesse me contar as fofocas mais recentes. Depois dos últimos meses, tudo o que preciso é de uma boa dose de humanidade para colocar minha vida de volta aos eixos.

Não que eu estivesse querendo saber de nada... quer dizer, eu queria saber, sim! Sendo bem honesto — parte do acordo que fiz com a dra. Emi sobre ser sincero comigo mesmo —, eu tinha esperanças de ouvir mais de Guilherme.

Depois que voltei do Submundo, percebi que precisava mesmo seguir alguns conselhos de Alvinho e relaxar um pouco. Foram dois meses de férias na Grécia, que eu não visitava desde o exílio.

Lá, pude matar a saudade de Narciso e viver de fato um luto que enterrei com trabalho por séculos. Pude caminhar e me sentir como um humano pela primeira vez. Sem procurar pistas, sem olhar para trás.

Só que eu ainda tinha assuntos inacabados em São Paulo. Saber se Guilherme estava bem era um deles.

Agora, enquanto espero minha companhia chegar, folheio a revista antiga que saiu logo depois do baile. "Romance nos Bastidores?"; a manchete é acompanhada de uma foto minha encarando a taça amarela e de Guilherme, com o braço por trás de uma mulher — que imagino ser Bruna, a foto está cortada — e uma taça no mesmo tom que a minha.

Na matéria não tem muito conteúdo além de especulações, e a única declaração confiável veio do próprio Guilherme. "Foi só uma coincidência, eu e Theo continuamos ótimos amigos mesmo com a saída dele do Finderr. Somos muito gratos por todo o trabalho dos últimos anos e estamos torcendo por todos os projetos novos dele."

Mentiroso. Não tenho nenhum projeto além de tentar me odiar menos a cada dia.

Então Catharina do financeiro chega, eufórica, com o crachá no pescoço e uma bolsa cheia de papéis.

— Oi, oi! — cumprimenta ela. Eu me levanto para lhe dar um beijo. — Desculpa o atraso. O Finderr está um caos.

Então engatamos em meia hora de fofocas e conversas sobre tudo o que aconteceu com minha ex-empresa. Enquanto torço para que o assunto chegue logo à parte que importa: tudo o que aconteceu com meu ex.

Ex-amigo.

— Pois é, menino! A Carmen assumiu temporariamente a função de CEO, mas, sem histórico, a situação está caótica — conta Catharina, depressa. — Ainda não contrataram um novo presidente, está difícil achar algum que se encaixe no trabalho... principalmente depois do baile. Ah, o baile! Depois de todos os escândalos envolvendo seu nome e o de Guilherme, a imprensa desistiu de emplacar um casal para o ano e começou a especular se a magia havia mesmo acabado.

Bom, não sei se o universo é um grande fã de comédias românticas, mas internamente sabemos que um casal se formou no baile. A mesma Catharina que conversa comigo agora se engraçou com um desenvolvedor júnior do departamento de tecnologia e está vivendo a própria versão de um final feliz.

— Sobre o CEO, até tentei sugerir que você retornasse... — fala Catharina, como se pedisse desculpas.

— Nem precisava! Estou bem feliz agora, sabe? Enfim consegui arrumar tempo para ir atrás de um sonho antigo.

— Ah, que ótimo! De qualquer jeito, parece que chegaram em um nome forte, estão só esperando a resposta.

Depois de mais alguns minutos descobrindo sobre as novas contratações e os boatos que circulam sobre o tema do baile deste ano, tomo coragem e pergunto sobre o único assunto que me interessa.

— E como anda Guilherme?

Os olhos de Catharina se animam, como se o tempo inteiro estivesse esperando por essa pergunta. Ela, junto a noventa e nove por cento da empresa, nunca teve uma confirmação do que aconteceu com nossas taças.

— Olha, o Guilherme... — Ela beberica um pouco do café. — Ele não tem aparecido muito, sabe? Só o vi duas vezes nos últimos meses, em reuniões do conselho a que ele não podia faltar.

— Ah.

— Mas, se você quer saber minha opinião, ele parecia bem abatido, sabe? Não sei se cuidar de tudo sozinho o deixou assim... parece que está sentindo falta de alguma coisa. Ele praticamente não sai da sala dos desenvolvedores.

Sinto que Catha abre espaço para que eu fale mais, mas, só de saber que Guilherme continua no Finderr, já fico mais tranquilo. Parte de mim tinha medo de que ele jogasse tudo para o alto e abandonasse a empresa nas mãos de um louco como Jones.

Aos poucos, a tarde passa e Catharina precisa voltar.

— Olhe, não sei se você era a magia que acontecia no baile — comenta ela depois de um abraço. — Mas obrigada por estar lá naquela noite! Acho que estou apaixonada!

Nós nos despedimos com a promessa de remarcar um outro café. Improvável de acontecer, visto que essa é minha última semana no país.

O lado bom de acumular conhecimento por séculos é que se consegue ser admitido em universidades como Columbia.

Agora que estou envelhecendo de verdade, decidi aproveitar a juventude fazendo um curso pelo qual sempre fui apaixonado. Sabe como é, desde que passei o meu cargo para Bruna, não sou mais imortal.

Eu me viro para pedir a conta ao garçom e, quando olho para a frente, sentada no lugar em que Catharina estava havia poucos minutos, está a nova Deusa do Amor.

— Pelo visto a imortalidade lhe cai bem. — Repito a brincadeira que fiz com ela meses antes, em nosso último encontro.

— Nada disso! Esse rostinho perfeito aqui é de nascença, querido. Por mais que Afrodite viva tentando me dizer o que fazer com ele! Por falar nisso, acho que vou precisar dar um aumento considerável para a minha nova vice-presidente — declara ela, sorrindo.

— Como assim?

— Acabei de ser contratada como nova CEO do Finderr! Ao que parece, fui muito bem recomendada...

— Juro que não fiz nada — respondo prontamente.

Alguns membros do conselho até me ligaram e pediram opiniões. Só que não citei o nome de Bruna; não sabia se ela toparia voltar para o mesmo local que lhe causou tantos traumas, mas acho que o problema era eu mesmo.

— Agradeço por isso! É bom ouvir que o conselho gosta do meu trabalho. Achei justo continuar o legado depois de me dedicar tanto àquela empresa.

Legado. De algum jeito, essa é a palavra que acompanhará Bruna em suas duas grandes funções. O Finderr tem no comando a melhor pessoa que poderia pedir, até melhor do que eu, sem dúvida alguma. E o amor tem como símbolo alguém que representa tudo o que ele deveria ser. Fico em paz ao saber que ela encontrou um novo começo e com esperança de que, talvez, não fosse tarde demais para encontrar o meu.

De onde ele estiver, Zeus deve estar arrependido até hoje de mexer com um viadinho abusado como eu.

— Bom, queria só contar a novidade e te lembrar: hoje em dia, é perigoso não escutar o conselho da Deusa do Amor...

— Como assim? — Estou confuso de verdade.

— É o que eu vou dar a você agora — completa ela. — Vá atrás do Guilherme. De quantos conselhos com frases de efeito você vai precisar até se tocar de que ele merece uma chance?

— Não seria eu que preciso de uma segunda chance?

— Não. Eu não estou aqui por você. Estou aqui por ele. Gui ama você, Theo, por motivos que eu não faço a mínima ideia, e olha que até recorri aos poderes. Mas ele te ama e merece a chance de viver isso. Se não é recíproco, por que ficou aqui tentando ouvir fofocas só para saber como ele está?

— Eu nem sei por onde começar.

— Faça diferente desta vez. — Ela sorri. — Comece com a verdade.

O garçom se aproxima e me oferece a conta. Quando termino de passar o cartão, Bruna não está mais ali. Na verdade, nem sei se esteve. Talvez isso tudo tenha acontecido em minha mente.

Foda-se. Tiro o celular do bolso e começo a ligar desesperado para ele. Como assim eu ia embora sem me despedir? Nossa história merece mais do que essas reticências. Se fosse um ponto-final, que então fosse um ponto-final e não apenas um adeus conciliado por nossos advogados enquanto eu abria mão da empresa.

Para variar, ele não atende. Todas as ligações caem na caixa postal.

Quando percebo que não vai funcionar, faço algo que estava fora dos meus planos: corro em direção ao Finderr. O que, aqui entre nós, não se configura como uma grande corrida, considerando que o café fica a duzentos metros de distância da empresa. Quis só fazer um drama para que parecesse uma cena final de um filme de comédia romântica hollywoodiano.

Mesmo que, neste caso, um dos vilões esteja correndo atrás do perdão de um dos mocinhos.

A cena poderia ser linda: chego ao Finderr depois de meses sumido, entro sem fôlego no escritório de Guilherme e declaro meu amor, só para que então ele me cale com um beijo à luz do pôr do sol que escapa pelas janelas. Lindo, né?

Só que não é bem isso que acontece.

— Por favor, Juju, eu fundei esta empresa — imploro para o segurança casca-grossa que me impede de passar pelas catracas que levam aos elevadores.

— Perdão, seu Theo, mas foi o senhor que me falou que ninguém passava sem crachá — explica ele. — Imagino que isso também se aplica aos antigos sócios! Está achando que isto aqui é o quê? Um aeroporto que todo mundo pode passar correndo?

É isso. Derrotado pelas burocracias que eu mesmo criei. Seria trágico se não fosse genial.

Calma, Theo, vamos lá. Celular, Guilherme não atende. Invadir a empresa que fundamos juntos também não rola.

Tento mandar mensagem no Instagram, mas ao que parece Guilherme me bloqueou. Não consigo nem achá-lo na busca.

Poderia ligar para a tia Gigi, que com certeza passaria um recado rápido para ele. Só que quero mesmo envolvê-la nessa história?

— Oi, Theo! — cumprimenta ela, animada, quando atende no segundo toque.

— Tia, preciso de um favor... Estou tentando falar com Guilherme, mas não está rolando...

— Espera, me dá cinco minutos que vou tentar falar com ele.

Enquanto aguardo, não sobram bifes nos dedos para roer. Olho sem prestar atenção para a televisão. Alguma celebridade fotografada em Ibiza. Um jovem fenômeno no futebol se destaca no Fluminense. A USP organiza exposições de arte pela cidade.

Quando ela enfim me retorna, a resposta não me empolga muito.

— Gui me falou que não consegue conversar agora, Theo, porque está trabalhando — conta ela, triste.

— Ah, tudo bem, tia... Desculpa envolver você nisso.

— Mas, olha, não foi uma negativa, né? — argumenta tia Gigi, com mais empolgação do que é necessário.

Desligamos depois da promessa de um almoço quando ela vier a São Paulo.

Ótimo. Depois de enganar todo mundo, Cupido enfim é impedido de se redimir pelas próprias criações. Tenho várias reclamações para fazer ao SAC do Universo.

Então uma ideia cruza minha mente.

O SAC! Ninguém nunca liga para aquela joça; não deve ser impossível chegar a Gui por lá. Então, nos quarenta minutos seguintes, fico no saguão tentando convencer uma atendente muito indisposta a me encaminhar para o suporte técnico.

Ao que parece não estou conseguindo logar no Finderr, mesmo depois de colocar todos os dados. Depois de muita luta — e de reiniciar o aplicativo oito vezes —, ela se convence e me encaminha para o setor de suporte e desenvolvimento.

— Boa tarde, Vitor na linha. Com quem eu falo? — atende uma voz simpática.

— Oi, Vitor, tudo bem? Na verdade, não tenho problema técnico, sou eu, Theo, antigo CEO daí, sabe? — explico, depressa. — Preciso que você passe a ligação para Guilherme, o outro fundador. Você deve saber quem é, ele vive por aí…

— Theo, eu… não posso fazer isso… Você pode ligar para a secretária dele e tentar marcar uma reunião, não posso passar você para meu chefe — responde ele, gaguejando.

Deuses. Tento usar todas as cartas na manga.

— Vitor, por favor! É um assunto de vida ou morte, preciso muito falar com Guilherme! Do que você precisa, de uma máquina nova? Um console de última geração? Por favor, Vitor…

Ficamos em silêncio por alguns segundos. Quase consigo ouvir a mente de Vitor avaliando a situação. Ele respira fundo e então me responde.

— Aguarde na linha por um minuto.

Ótimo, meu coração inteiro está na mão de um funcionário de TI. Eu sabia que deveria ter aceitado um dos trezentos convites que Guilherme me fazia para os campeonatos de e-sports deles. Talvez o moço estivesse mais disposto a me ajudar.

— Theo? — A voz de Vitor volta. Pelo tom, juro que ele vai falar que Guilherme me mandou para a puta que pariu. — Ele está ouvindo. É…

na verdade... ele pediu para conectar a ligação... A empresa inteira está...

Guilherme então se dirige a mim, pela primeira vez em meses:

— Qualquer coisa que precise falar para mim, o mundo todo pode ouvir.

Desgraçado.

Posso culpá-lo? Depois de tantas mentiras e segredos, Guilherme merece a chance de ter a própria versão de vingança. E, bom, é isso, escondi meu sentimento por tempo demais com medo do que Zeus poderia fazer com ele.

Agora não existem mais motivos para isso.

Só que o que eu poderia falar que representasse tudo o que eu sentia por ele? Tudo o que eu queria falar? Então fecho os olhos e faço o impensável.

Depois de trinta anos.

Canto:

— *Desculpe, estou um pouco atrasado, mas espero que ainda dê tempo de dizer que andei errado e eu entendo as suas queixas tão justificáveis, e a falta que eu fiz nessa semana, coisas que pareceriam óbvias até pra uma criança...*

Depois dos primeiros versos, meus olhos já estão cheios de lágrimas. Não sei se Nando Reis será suficiente para que ele entenda tudo o que quero dizer, mas são nestes versos que se encontra nossa história. Nesta melodia está nosso amor. Algo que relutei tanto para assumir, mas que até os mais estúpidos conseguiriam reconhecer como uma luta perdida.

— *Amor, eu sinto a sua falta e a falta é a morte da esperança, como um dia que roubaram o seu carro deixou uma lembrança.* — Eu me aproximo do fim. — *Que a vida é mesmo coisa muito frágil, uma bobagem, uma irrelevância, diante da eternidade do amor de quem se ama.*

Chego ao fim da música. Não há nada mais a ser dito. A linha fica em silêncio por alguns segundos até que a ligação é encerrada. Ao que parece, minha tentativa de reconquistar Guilherme se junta aos fracassos colecionados nos últimos meses.

Estúpido!

Seco o resto das lágrimas e me preparo para ir embora. Quando estou quase na saída, a sorte enfim me encontra e ouço o barulho das portas do elevador se abrindo.

Todo eufórico e sem fôlego, Guilherme grita um de meus nomes:

— Cupido!

EPÍLOGO

Carpe Diem

É terça-feira, e estou de novo em frente à dra. Emi para minha última sessão. Segundo a própria, estou pronto para deixarmos nossas conversas um pouco mais casuais, ou nas exatas palavras dela: "Para quando os surtos parecerem inevitáveis". Não é bem uma alta, mas é o mais próximo que vou chegar de uma.

O carpete verde continua o mesmo de sempre e a caixa de lenços no canto da sala permanece intocada. Hoje não foi uma das sessões em que precisei usá-la. Minha terapeuta parece tranquila, mesmo que por dentro eu não faça a menor ideia de como vou levar a vida sem conversar com ela toda terça-feira.

— Você parece bem para quem vai embora amanhã.

— Estou tranquilo — respondo. — Acho que, depois de tudo o que rolou nos últimos meses, uma mudança de país não é algo para se preocupar tanto.

— Você ainda vai encontrar sua mãe?

— Sim, claro.

Afrodite não aceitou muito bem minha mudança de país. Mesmo quando soube que agora Guilherme também vai comigo. Desde então, tenho vivido dias de mimos, tanto para mim quanto para ela; existe muito tempo a ser recuperado. E ela prometeu recuperar cada minuto enquanto divide o tempo que resta entre ser a vice-presidente do Finderr e a nova namoradinha do Deus do Sono.

Não me perguntem como isso funciona, ainda não aprovei cem por cento o novo namorado de minha mãe!

Já Bruna se adaptou como ninguém ao cargo de Deusa do Amor e CEO nas horas vagas. O Finderr está mais famoso do que nunca; afinal, ela reativou a magia que alimentava o aplicativo.

Quando se demitiu, Gui até perguntou se ela não achava meio injusto abastecer o aplicativo com magia. Muito tranquila, Bruna respondeu que não; o mundo nunca foi justo com a comunidade LGBTQIAPN+, então ela usaria de todos os meios possíveis para corrigir tais injustiças.

— Vi também que a Casa de Mãe foi reconstruída — comenta a dra. Emi. — Perdão por não ter ido à reinauguração, mas prometo visitar e fazer uma doação assim que possível.

— Claro, claro. Sem problemas!

A Casa de Mãe reabriu há dois dias, desta vez ainda maior do que antes. Uma casa velha se transformou em um quarteirão inteiro, graças à doação que Gui e eu fizemos de oitenta por cento de nosso patrimônio pessoal. E para quem está se perguntando: óbvio que ela foi reconstruída exatamente como a visão do paraíso de Bruna.

Agora o complexo pode receber inúmeras crianças e adolescentes, além de funcionar como um centro profissionalizante. Dona Sila e dona Tatu seguem firmes no comando, completamente recuperadas do trauma de quase perder Bruna e o trabalho de uma vida inteira.

— Você hoje está de poucas palavras, né? — provoca a dra. Emi.

— Não quero falar demais e acabar chorando. Queria terminar uma única sessão sem ficar com a cara inchada.

A dra. Emi ri. De um jeito que nunca riu antes em todo esse tempo.

— Se continuar a fazer isso, vou ter que marcar uma sessão à distância — declara ela. — A gente já combinou que você não vai mais esconder os sentimentos, né?

— Combinamos — respondo, já secando a primeira lágrima que escapa.

Ela ficou radiante quando contei que Guilherme iria junto comigo para os Estados Unidos. Depois da serenata do Finderr, como ela gosta de chamar, Gui me contou que já estava pensando em sair da empresa e ir até o Vale do Silício em busca de investidores-anjo para um novo projeto.

Agora, em vez de unir casais, ele estava trabalhando em um aplicativo que unia jovens queers em estado de perigo a famílias dispostas a recebê--los. Ou até mesmo Airbnbs vazios que pudessem abrigá-los até a ajuda oficial chegar. Não é porque estou falando de meu namorado, mas lógico que o projeto seria um sucesso. Ele me convidou para ser sócio, então talvez a vida de CEO não esteja tão distante assim.

A diferença é que desta vez eu faria tudo às claras.

— Theo, sinto falar, mas acho que nosso tempo aqui está acabando...
— A dra. Emi se levanta para me abraçar. Já estou em completo estado de catarro e lágrimas. — Mas, antes de você ir, queria dizer que isso pode parecer estranho, mas, olhe, tudo o que conversamos aqui também mudou minha vida. Vou seguir torcendo por você.

Em um abraço selamos nossos agradecimentos e fecho a porta dando o primeiro passo em direção ao recomeço que sempre busquei.

Quando chego em casa, é um déjà-vu estranho notar tudo encaixotado mais uma vez. Parece que foi ontem que dona Ana chegou ali carregando um vinho e pronta para ajudar a desempacotar tudo.

A casa de Gui foi mais fácil; tia Gigi estava muito certa de que eu e Guilherme acabaríamos nos acertando. Quando falamos que estávamos a caminho dos Estados Unidos para um novo projeto, ela começou a soltar indiretas sobre alianças e festas na praia. Mal sabia ela que só dependia do filho dela, pois quando eu percebesse a mínima vontade de Guilherme para que eu me ajoelhasse, assim o faria. Fosse para pedi-lo em casamento ou por outro motivo. Risos.

Depois de pular algumas caixas e enfim terminar de empacotar os discos de vinil, encontro Gui no quarto terminando de arrumar mais uma mala. Paro um tempo na porta só para ficar olhando para ele; ainda é surreal imaginar que o futuro dele agora é um sinônimo do meu. Ele me pega olhando e provoca:

— Juro que no novo apartamento não vou deixar você comprar esse tanto de roupa preta! — brinca, vindo em minha direção.

— Ih, meu filho, chegando lá, esse vai ser o menor de seus problemas…

Eu o puxo para um abraço.

Sinto o corpo dele ficando tenso. Coitado. Eu deveria ter imaginado que ainda é muito cedo para brincar com potenciais problemas.

— Quê? — pergunta ele, com os olhos arregalados.

— Não, calma! É só que agora você vai ter que me aguentar sem terapia semanal. Você não faz ideia da cilada em que se meteu.

— Ah, é? E acha que fiz o quê quando soube que a dra. Emi estava com um horário vago? — rebateu ele, começando a me puxar para a cama.

No meio do caminho, lógico que tropeço em uma caixa e caímos juntos na cama, entre risadas.

— Relaxa, meu bem… — Ele suspira enquanto nos olhamos. — Eu aposto na gente.

AS REGRAS DE L'HOPITAL

Outubro de 2009

É óbvio que iam achar graça da situação. Sendo bem sincero, se eu estivesse no lugar delas também acharia. Afinal, como é que um relacionamento de um mês, em que eu pedi a garota em namoro no *primeiro encontro* e mudamos juntos para a mesma república no *quinto*, poderia dar certo?

Não é que eu duvide de paixões avassaladoras ou de amor à primeira vista, você vai descobrir que eu, mais do que ninguém, acredito muito nessa possibilidade. Assim como em outros conceitos clichês, como alma gêmea, pedido de casamento ajoelhado e gastar muito tempo decidindo a música com que vou entrar na igreja. Mas, no caso do relacionamento com Val, estava tudo fadado ao fracasso desde o começo.

Nós não fomos precipitados. Nós precipitamos a precipitação.

É o seguinte: eu e Valentina nos conhecemos no primeiro dia de aula do segundo semestre desse ano. Ela era uma caloura no curso de Moda e eu estava de penetra em uma calourada do curso de Ciências Sociais. Sabe como é, eu tinha meus contatos para garantir que nunca perderia uma boa festa dentro ou fora do campus.

Nosso primeiro encontro acabou sendo na própria calourada e dormimos juntos na mesma ocasião. A química era explosiva, se eu não fosse um cara da matemática, até faria uma metáfora decente para exemplificar o quanto as coisas pegaram fogo.

A coisa era intensa. Em algum momento entre a terceira e a quarta saída juntos, eu a convidei para morar na minha república. No quinto, ela já havia se mudado. Val me arrancou de mais aulas do que eu gostaria de assumir, e os fundos da biblioteca tinham péssimas histórias para contar sobre a gente.

Mesmo com a intensidade que só um relacionamento de dois meses e treze dias pode ter, depois de um tempo ficou *muito* nítido que eu e Val não éramos o futuro um do outro.

A verdade é que a gente não tinha nada a ver.

Mesmo que o sexo fosse maravilhoso, tudo o que acontecia fora das quatro paredes parecia estranho. Não conseguíamos passar cinco minutos juntos no mesmo ambiente social. As conversas, que quase sempre acabavam sendo a respeito do que acontecia dentro do quarto, eram meio repetitivas e sempre muito curtas ou recheadas de silêncios estranhos.

Pensar nisso agora só deixa a ideia de morar na mesma república ainda mais idiota. Principalmente depois de apenas cinco encontros.

Por isso, quando ela me dispensou falando que tinha confundido afeto com um amor de pi… deixa para lá, tudo o que consegui sentir foi alívio. Estava há dias tentando encontrar as palavras, ou a coragem, para tomar uma atitude.

Mesmo assim, é um pouco ultrajante que as minhas amigas estejam fazendo tanta piada com a situação. Acabei de passar por um término, *pô*, custa ter um pouco de empatia? Se eu quiser sofrer pelo meu relacionamento ouvindo música emo faz mesmo diferença se eu já sabia que isso ia acontecer?

— Gui, sério, parei! — fala Ivna, tentando segurar a risada. — É só que ninguém nunca acreditou que você e a Val fossem durar mesmo. Ela era gostosona e tudo, mas vocês não tinham nada a ver. Amor, você me deve vinte conto.

Beatriz, a namorada de Ivna, que também olha para mim, assente.

— Mas, pera, eu não acho que um bom relacionamento só acontece entre duas pessoas hipermegaultraparecidas, sabe… — começo a argumentar.

— *Ih*, lá vem! — interrompe Beatriz. — Gui! Não, nem vem com papo de universo, amor e outras drogas. A gente já tá cansada de ouvir tudo isso.

Ivna começa a rir.

— É só que, cara, você e ela não tinham *nada* a ver — completa Bea.

— Posso pagar mês que vem?

— Pagar o quê? — pergunto, confuso.

— A gente fez uma aposta — explica ela. — Eu apostei que vocês iam ficar juntos até dezembro.

— Eu apostei que terminaria em novembro. Como hoje é dia vinte e oito de outubro, eu ganhei. Sério, vocês eram estranhos. Tá vendo esse ketchup? — Ivna pega um sachê e o joga na minha direção. — Ah lá, você tem mais química com ele!

Todos começamos a gargalhar. Virou uma rotina me zoar entre nosso trio quando o assunto são relacionamentos. Talvez porque eu já tenha namorado quatro garotas diferentes desde o começo do curso (no ano passado) ou pelo fato de que, mesmo sendo um galinha (termo com o qual não concordo e acho absurdamente arcaico), eu acredito veementemente no amor.

Acredito mesmo na instituição Amor Clichê LTDA. Pode me chamar de piegas ou qualquer coisa parecida.

Eu anseio por um casamento na praia, alguém para envelhecer junto... quer dizer, alguém, não, uma *mulher* para envelhecer junto.

A ideia de fazer a diferença na vida de alguém simplesmente por existir me interessa. Cresci vendo o amor dos meus pais e agora também o de Fefa, minha irmã, que encontrou o marido depois de anos de desapego.

Acima de tudo, como um cara de exatas, tenho local de fala para afirmar que números pares são muito mais fáceis. Não quero que minha existência tenha números quebrados. O que eu busco é a soma perfeita.

As meninas enfim notam que entrei no modo divagação e sou puxado de volta à realidade.

— Sabe que eu nunca fui com a cara dela, pra começo de conversa? — Beatriz solta a bomba.

Eu arqueio as sobrancelhas, minhas amigas não são do tipo que saem falando mal das pessoas — a menos que seja um professor sexagenário que implica com alunos que jogam *Uno* entre as aulas.

— Também não — comenta Ivna, como se finalmente assumisse algo para a namorada.

Eu estou em completo choque.

— Por quê? — pergunto, tentando fingir naturalidade.

— Ah, você sabe — fala Bea, meio sem jeito.

— Ela era uma esnobe. — Ivna nunca foi chegada a meias-palavras. — Pelo amor de Deus, Gui... Ela ficou quinze minutos falando do perigo das cópias baratas de bolsas Gucci. *Quinze minutos*, eu contei, tá?

Beatriz só concorda com a cabeça.

— Eu achava fofo — minto.

— Achava, é? — Ivna pega de volta o ketchup que jogou em mim e o balança no ar. — Pois parta o coração desse querido molho tomatoso e vá em busca do amor da sua vida.

Eu reviro os olhos como forma de reconhecer que elas têm muita razão. No começo, eu tentei relevar as atitudes de Valentina. Talvez ela só fosse muito apaixonada por moda. Mas comecei a desconfiar de que o caso era mais grave quando me disse que o principal problema do brasileiro era o apego às Havaianas.

Como eu poderia me apaixonar por alguém com tanta aversão a dedos humanos?

— Bora? Se eu faltar em outra aula do Rocha, aí é que ele me reprova mesmo — fala Beatriz, olhando o relógio.

— Você vai no niver do Erick mais tarde? — pergunta Ivna enquanto me dá um abraço.

— Vou! Só mentoria com um calouro antes, e depois vou direto pra lá. Querem carona?

— Você sabe que sim! — fala Beatriz enquanto anda de costas, afastando-se. — Agora a pergunta que não quer calar: por que você se mete nessa de mentoria, hein, Guilherme? Já estamos quase em novembro, quem começa mentoria no fim do ano?

— Algum calouro que precisa de ajuda. E eu me meto nessa porque precisamos devolver nosso conhecimento para o mundo de algum jeito! — grito, afastando-me também. — Somos estudantes de universidade pública! Os impostos precisam ser bem aproveitados!

Ainda estou sorrindo quando viro o corredor que leva em direção à biblioteca.

A maioria dos meus colegas odeia a ideia de dar mentoria para calouros. Primeiro porque, surpreendentemente, a maioria deles não tem a mínima noção de informática quando entra no curso. Fora que a rotina de um estudante de Engenharia da Computação não é das mais tranquilas.

Eu aceito porque gosto de ensinar, sempre gostei. Minha mãe tomou um choque quando escolhi fazer Engenharia, e não alguma licenciatura. Não que minha formação me impeça de ensinar no futuro, mas a possibilidade de mudar o mundo com tecnologia sempre me atraiu de forma mais avassaladora.

Quando passei na universidade, logo descobri que fui um dos poucos alunos da minha turma a entrar no curso com a certeza do que queria fazer, o que foi fundamental para a minha relação com a Engenharia. Não sofri como meus colegas nas cadeiras de cálculo ou pensei em desistir, como vários outros fizeram quando a primeira conta de duas folhas apareceu.

Nessa época, a mentoria me ajudou a entender que, por mais difícil que as coisas possam parecer, sempre dá para contar com a matemática para encontrar uma resposta no mínimo satisfatória.

Agora, gosto de pensar que posso ajudar outras pessoas a fazerem o mesmo.

Quando os irrigadores ligam e um spray fresco atinge meu rosto, me permito olhar ao redor.

O dia está lindo.

O sol me agrada, sempre foi assim. Sentir a minha pele quente pelo sol sempre me lembra da praia e das minhas horas ininterruptas surfando durante a adolescência. Para um cara criado em Minas Gerais, dias quentes sempre eram sinônimos de nostalgia quando eu estava longe do litoral.

Quando tinha 11 anos, viajei com meus pais pra o litoral do Espírito Santo e lá descobri que os momentos em cima de uma prancha seriam alguns dos mais felizes de toda a minha adolescência.

Na Barra do Jucu, eu colecionei memórias que carrego até hoje. A areia, o gosto de sal no ar, os surfistas que pareciam sempre brilhar.

Quer dizer, eu não ficava muito tempo encarando os surfistas, preferia as gatinhas na areia.

Como todo adolescente completamente normal.

De volta à USP, é mesmo uma pena que, em um dia tão lindo, eu tenha que ficar enfiado em alguma sala de estudos na biblioteca.

Estou quase concordando com minhas amigas sobre a mentoria, quando outra coisa me desperta ainda mais frustração.

Encontro todas as cabines de estudo ocupadas, exceto uma, com um provável aluno de humanas ocupando todo o espaço enquanto ouve música em um discman velho. Sério, ele não poderia encontrar um lugar melhor para isso?

Observo de longe, sem fazer o mínimo esforço para esconder minha raiva. Qualquer pessoa em uma área de vinte metros conseguia ouvir minhas bufadas frustradas.

Pela roupa meio anos 1990 e os pés na mesa, chuto que deve ser de Publicidade. Essa gente ama pagar de diferente.

A inexistência de algo além de um caderno meio surrado (e quase intocado) ajuda a corroborar um pouco mais minhas suspeitas.

— Oi — digo, tocando no ombro do rapaz.

Ele se vira e tira os fones.

— Fala, queridão!

Sinto minhas bochechas ficando vermelhas. Não perco muito tempo pensando nos motivos. Elas só ficam.

— Você vai demorar muito, aí? — Não escondo o julgamento. — É que essa é a única cabine sem pessoas *estudando*.

Quero deixar claro que aquela área é para quem está a fim de estudar, não de ouvir alguma banda desconhecida cujo nome provavelmente começa com "The". O rapaz semicerra os olhos em resposta à minha petulância. Ele parece se divertir com qualquer que seja o desafio que estou começando ali.

— Na verdade, vou. Tô esperando um nerd aí que vai me dar mentoria. — Ele tira os pés da mesa e se levanta para me encarar. — Mas, me conta, por que você acha que eu não estou estudando? Só porque não tem um livro gigante de anatomia aberto na mesa?

Quando finalmente presto atenção nele, sinto aquele estranho formigamento familiar atrás da orelha. Os cílios grossos e volumosos combinam com a cor dos olhos. O cabelo preto é curto, mas suspeito que, se ele deixasse crescer, seria cacheado.

Imaginá-lo daquele jeito, com os fios mais longos e caindo no rosto... é como se eu o conhecesse e, para minha surpresa, me acalma.

Em poucos segundos, minha mente se esvazia da irritação e é inundada por curiosidade. Quero descobrir mais a respeito dele. A questão é que, na maior parte das vezes, esse espírito investigativo surge quando conheço alguma *garota* que fala alto e possui o tipo de personalidade escancarada. Isso sempre chama a minha atenção.

Agora, tudo acontece com um sujeito quase baixinho, marrento e levemente emo.

— Ah, é? Um nerd que vai te dar mentoria? — Ligo os pontos em minha cabeça. — E por acaso essa mentoria seria em Cálculo I?

Ele também saca tudo e levanta o queixo para parecer mais alto do que é. Agora está definitivamente se divertindo.

— Vamos supor que você seja o meu mentor. Isso significa que eu estou condenado à reprovação ou ainda tenho chances porque você fica vermelho toda vez que eu olho pra você?

Ele notou? A dúvida, uma constante companhia, começa a me atormentar.

— Não se preocupe, eu sou profissional.

Ele se afasta para que eu entre na cabine e ocupe a cadeira vazia do outro lado da mesa.

— Sabe, nunca que eu diria que você faz engenharia — comenta o rapaz.

— Não?

Me finjo de burro, mesmo sabendo o que vem adiante.

— Óbvio que não. Mas também não tenho ideia do curso que os bronzeados com cara de surfista fazem. Engenharia de Pesca, talvez?

— Não, acho que Oceanografia se encaixa melhor.

Rimos juntos, e o clima de confronto do início da conversa se esvai.

— Que cê tava ouvindo aí? — pergunto, na tentativa de manter o clima leve.

Agora quem me encara é ele, com um olhar travesso de quem ainda não superou a estranha coincidência do encontro.

— Ah, eu tô tentando me atualizar no que tá fazendo mais sucesso agora. Eu só escutava bandas mais antigas — conta ele, nervoso. — No momento estou ouvindo… — Ele para e olha para o discman pausado. — Paramore, conhece?

— Conheço! Ainda tô tentando superar a fase de ouvir "The Only Exception" todo santo dia. — Dou uma risada. — Mas até agora não deu certo, não.

Até porque, aqui entre nós, como é que alguém supera a frase "Ele partiu o próprio coração e eu fiquei assistindo enquanto ele tentava montá-lo de volta".

— É uma música muito pesada — comenta o moço. Uma sombra de tristeza ameaça a expressão divertida dele. — Você acredita que existe uma exceção por aí? Uma pessoa pra te fazer repensar um monte de coisa?

Nesse momento percebo que estou olhando bem no fundo dos olhos dele. Sou impelido a isso. É como se eu estivesse encarando algo que conheço ao mesmo tempo que me surpreendo, como se estivesse descobrindo algo totalmente novo.

Nem me passa pela cabeça a possibilidade de ele não saber qual seria minha resposta. Sua expressão esconde detalhes demais. Ainda assim, o garoto parece interessado de verdade em saber minha opinião sobre o assunto.

— Gosto de pensar que sim.

Os segundos que passamos em silêncio não são desconfortáveis, o que é uma sensação nova para mim. Ele sustenta o olhar travesso do começo. Novamente, parece que sabe mais do que deixa transparecer, como se visse muito mais graça na situação do que ela provavelmente tem.

— Theo Kostas — anuncia, estendendo a mão. — Eu sei que você já sabe, mas me parece estranho não me apresentar. E você é Guilherme, o surfista que vai me salvar do fiasco da reprovação em Cálculo I?

— Guilherme Nogueira. — O uso do sobrenome deixa tudo muito formal. — Mas pode me chamar de Gui, é como todo mundo chama mesmo.

— Gui. — Ele saboreia a palavra. — Me conta, por onde você quer começar?

E começamos.

Depois do que parecem horas, sinto que consigo fazer Theo entender o mínimo da primeira regra de L'Hopital. Ele não vai revolucionar a matemática, mas é o suficiente para me dar esperanças de que talvez seja possível tirar a nota mínima no fim do semestre.

O garoto definitivamente não nasceu para os números. Mesmo assim, admiro a coragem de continuar tentando.

— Tem certeza de que não é melhor eu desistir de tudo? — pergunta Theo enquanto caminhamos em direção ao estacionamento.

— Que nada, não é a minha primeira mentoria — digo, para tranquilizá-lo. — Além do mais, eu aposto na gente. — Ele olha para mim. — O Rocha parece ser um monstro, mas as provas dele são sempre mais fáceis do que parecem.

— Bom, então nos vemos na segunda? — pergunta Theo, com os olhos brilhando.

Não posso me distrair com eles. Decido convidá-lo para a festa de Erick. *Foco, Guilherme.*

— Aham, mas tava pensando, quais seus planos pra hoje?

— Uma maratona de *One Tree Hill*, provavelmente — responde, meio sem graça.

— Bom, eu tô indo no aniversário de um amigo, ele convidou praticamente a USP inteira, quer colar? — pergunto, tentando soar casual, mas torcendo mais do que deveria para que ele topasse.

Theo parece refletir. Quase consigo ouvir as engrenagens girando enquanto ele tenta se convencer de que é uma boa ideia ir à festa. Um mundo inteiro de possibilidades cruza aqueles olhos brilhantes; dessa vez não consigo deixar de encará-lo.

Ele semicerra os olhos e aparentemente chega a uma conclusão quando entramos no estacionamento, onde parei meu carro.

— Lá vai estar cheio de nerds presunçosos que nem você? — brinca ele.

— Não, não, eu sou o pior de todos. Se você conseguir lidar comigo, o resto vai ser fichinha.

Antes que ele responda, Ivna e Beatriz se aproximam, sem querer corrijo a minha postura e tento sair da expressão de hipnotizado-pelo-

-calouro-que-acabei-de-conhecer. Theo parece perceber o ato e se diverte com isso.

— Bora? — pergunta Beatriz enquanto já vai abrindo a porta do passageiro. — Eu vou na frente porque minha bunda é maior!

— Oiê! — Ivna percebe a presença de Theo e vai cumprimentá-lo. — Cê vai também?

— Acabei de ser convidado, isso me configura um penetra? — pergunta Theo.

— Ih, não sei... — Depois de dar um beijinho no rosto dele, começa a puxá-lo pela jaqueta, em direção ao carro. — Pergunta a um dos vinte penetras que terão lá.

O caminho até a festa é tranquilo. Eu, Ivna e Beatriz discutimos mais uma vez sobre o que vamos ouvir no rádio, até que alguém encontra um CD de Malhação Internacional e decidimos apostar na nostalgia.

Entre canções gritadas, tiro alguns segundos para encarar Theo pelo retrovisor. Ele parece se divertir com nossa falta de afinação, mas em nenhum momento canta com a gente. Não é possível que ele nunca tenha ouvido Simple Plan antes.

Quando chegamos, a festa está lotada, o apartamento de sessenta e cinco metros quadrados na Vila Madalena mal tem espaço para as pessoas caminharem. Talvez por isso todo mundo fique amontoado no chão em diferentes grupinhos. Tento achar um para me encaixar com Theo, mas, antes que decida a quem vou apresentá-lo primeiro, percebo que meu novo colega já se jogou em um pufe na varanda.

Um dos poucos lugares calmos em toda a festa.

Antes que eu o alcance, uma mão me puxa pelo braço. Quando me viro, minha recém-ex-namorada me encara.

— Passei o dia inteiro me perguntando se eu deveria vir hoje ou não — fala Val, fazendo biquinho.

— Por quê?

— Ah, sabe, porque a gente terminou.

— Val, tá tudo bem, foi um término supertranquilo. Não precisamos fingir uma tristeza que não existe — respondo, sério.

Ela respira aliviada e ajeita a saia da Hermés. Sei disso porque ela fez questão de me mostrar a peça assim que comprou.

— Bom, então ótimo! — Ela solta beijinhos no ar. — Se você não se der bem aqui e quiser companhia mais tarde, podemos ficar só na amizade colorida.

Finjo uma risada para disfarçar meu completo choque.

Quando finalmente chego à varanda, Theo se mexe para abrir espaço para mim no pufe. Eu penso um pouco antes de me jogar; a possibilidade da proximidade física me deixa tenso, mas algo no sorriso dele me tranquiliza.

— Senta logo, garoto, antes que um bêbado venha e cochile aqui — manda ele.

— Você não vai beber nada? — pergunto quando não encontro nenhuma garrafa perto dele.

— Faz quinze minutos que a sua ex me prometeu fazer uma caipirinha. — Theo aponta diretamente para Val. — Mas acho que ela esqueceu.

Fico chocado, será que Ivna ou Beatriz já contou da minha breve epopeia com Valentina no último mês? Isso que eu chamo de fofoca rápida.

— Relaxa, ninguém me contou nada. — Theo dá de ombros. — Eu sou ótimo em captar linguagens corporais.

Sinto que ele não está me contando algo, mas deixo para lá.

Engatamos em conversas sobre relacionamentos que logo viram discussões acaloradas sobre nossos casais favoritos da literatura, do cinema e das novelas brasileiras. Concordamos que Catarina e Petruchio de O Cravo e a Rosa são os melhores, mesmo que Theo tenha dito que nunca assistiu à novela inteira.

Passamos para arte, astrologia, impressões sobre geopolítica global e quais frutas sobreviveriam depois de uma nova Era do Gelo causada pelo apocalipse climático.

E essa teria sido a conversa mais fácil que já tive, se Theo não me causasse tanta confusão. Em vários momentos me pego comparando esse momento com toda a minha relação com Valentina. Depois me encho de vergonha ao perceber que estou colocando os dois como variáveis idênticas dentro de uma mesma equação.

— Bom, hora do último assunto — anuncia ele.

— Ah, não, eu tava adorando o nosso papo. — Faço drama. — Porque já é o último?

— Gui, são quase seis horas da manhã.

Olho ao redor e percebo que não notei quando a festa começou a esvaziar e as pessoas que ficaram foram escolhendo lugares aleatórios para descansar. Em uma rápida vistoria, localizo Ivna e Beatriz dormindo de conchinha no sofá e o aniversariante completamente apagado embaixo de uma mesinha de centro, abraçado com uma garrafa vazia de tequila.

Aparentemente a festa foi boa. Para mim, ela foi ótima.

— Tá bom, vai... já que você é do tipo que dorme cedo — provoco. Theo apenas revira os olhos. — Qual o melhor conselho que você já recebeu?

Ele responde depois de alguns minutos refletindo.

— Aceite ser o vilão da história de outra pessoa se isso significa ser o herói da sua. Eu sei que parece egoísta, mas não sei... me falaram isso no Recife uma vez e eu nunca mais esqueci.

Mal consigo raciocinar direito. Theo é capaz de me fazer imaginar todos os significados que existem naquele amontoado de palavras. Ele soa como alguém que não é dessa época, o tom de voz vulnerável, mas tão certo de si, dá a ideia de que ele é uma espécie de escultura que ganhou vida depois de ser lapidada por anos e anos de toques e intervenções não solicitadas.

Theo parece infinito e, ao mesmo tempo, real.

Sua existência me intriga.

— Não achei egoísta.

— Que bom.

Tenho uma vontade gigante de me aproximar ainda mais dele. De diminuir os milímetros que separam nossos joelhos. Em vez disso, me levanto.

Os surfistas a que eu assistia na praia. O meu primeiro melhor amigo da infância. Os vídeos que pesquisei por curiosidade. Todos bombardeiam a minha mente com ainda mais confusão. Por que justo esse calouro me faz lembrar essas coisas? O que significa tudo isso?

Theo me acompanha até a porta.

— Você fala do mundo como se estivesse nele há séculos. Isso é encantador, sabia? — elogio.

O baixinho marrento sorri em silêncio com o meu comentário. Não faço ideia se me aproximar dele é algo bom ou ruim. Mas, de algum jeito estranho, tenho uma certeza: com Theo, pela primeira vez na vida, eu estou em paz com a simples ideia de só tentar.

AGRADECIMENTOS

Se você gostou de *Estúpido Cupido*, peço encarecidamente que não pare aqui e continue lendo os agradecimentos. Prometo que tentarei deixar o texto divertido para você aproveitá-lo.

Primeiro, gostaria de agradecer à minha mãe, Giovana, por me presentear com meu primeiro livro. Abriu as portas de novos mundos para mim e graças a ele me apaixonei pela literatura. Mainha, você me fez o autor que sou hoje. Ao resto de minha família, também agradeço por todo o apoio e investimento em minha educação.

João, obrigado por me mostrar que meu cupido (Daniel) não era tão atrapalhado como Theo, e que ele reservou uma flechada certeira em meu coração. Amar você é um aprendizado diário sobre o quanto pode ser profunda essa coisa chamada amor. Obrigado também pelo presente que deixou este livro muito melhor; o *Dicionário Mítico-Etimológico* foi minha principal referência para terminar esta história.

Estúpido Cupido também não existiria sem Álvaro Reis. Ele foi meu leitor beta, meu confidente e a primeira pessoa a ouvir, em uma ligação de uma hora e quarenta e cinco minutos, TODA A HISTÓRIA que eu tinha planejado. Gente, o Alvinho do livro é cem por cento inspirado no da vida real, e, garanto, os dois são incríveis do mesmo jeito. Mesmo longe, sigo torcendo pelo seu sucesso sempre.

Meu time de amigos! Talita, minha princesa, que me ameaçou de verdade caso este livro não tivesse um final feliz. Cecília, que, assim como na história, apareceu para me salvar em todos os momentos que *EC* mais precisou de vida. Vocês são as melhores betinhas que eu poderia ter! Amo vocês!

Costumo sempre falar que escrever é solitário, mas ser escritor, não. Sou muito honrado de ter como referência escritores e criadores que também acabaram virando grandes amigos. Giu, Thiago, Ani, Pablo, Lua, Murilo, Íris, Pedro Poeira, Felipe Fagundes, Diana Kalaf, Val e Karine, vocês são minha base literária. O afeto que tenho por vocês só vai ganhando mais páginas a cada dia.

Não posso deixar de citar também as grandes referências que esse mercado trouxe para perto: Aione Simões, Paola Aleksandra, Vitor Martins (que hoje tenho no WhatsApp!). Obrigado por abrirem os caminhos para livros românticos, nacionais e cheios de representatividade.

Guta, que, além de agente, virou uma amiga e um porto seguro para desabafos sobre assuntos do coração, este livro é mais um passo de nossa parceria linda. Que entre jogadores e cupidos nunca faltem boas histórias para compartilharmos juntos.

Está acabando, prometo que está acabando. Sou um poço de gratidão às minhas editoras: Chiara e Julia. Trabalhar com vocês me faz sempre um autor melhor. Espero continuar abastecendo seus e-mails com histórias dignas do cuidado de vocês. Um beijo também para o time da Harlequin, que trabalha incansavelmente para levar o Edinho, e agora o Theo, até a estante de vocês.

Vários amigos emprestaram os nomes aos personagens de *EC*, e cada um deles representa pessoas muito importantes em minha formação como escritor. Tarsila, Luana, Carmen, Elisa, Caio, Kaio, Catha, Marra, Matheus, Rafa, Fubu, Fefa, Vivi, Lucas… obrigado por serem grandes torcedores e me aguentarem falando por horas desses livros e personagens.

Antes de sair lindo assim, *EC* foi só um livro indie navegando em um oceano de publicações. Não posso deixar de falar que sem João Pedroso não existiria nenhum livro meu. Amigo, obrigado por todas as trocas. Gabu! A presidenta oficial do fã-clube de Theo Kostas, obrigado pelo carinho com este livro. Você foi a primeira leitora que pude chamar de "minha". Espero que esta nova versão de *EC*, muito mais parruda, siga em seu coração.

Para você, pessoa leitora, obrigado por me escolher entre tantos livros incríveis que são lançados todos os dias. Se puder pedir só mais uma coisa, continue lendo e investindo na literatura nacional. Ela precisa de você para continuar realizando sonhos e contando histórias.

Para terminar, eu queria agradecer a Theo, a Gui e a Bruna. Sei que vocês não existem além deste livro, mas mesmo assim queria dizer que em muitos momentos vocês salvaram minha vida. Durante os tenebrosos anos 2020 e 2021 encontrei na história de vocês um reflexo para o mundo em que acredito. Theo, obrigado por me emprestar sua voz, mas, por favor, não me arrume mais problemas, ok? Ainda assim, você tem meu número em caso de extrema necessidade. EXTREMA, Theo. Não é para me ligar caso não saiba que nome dar ao cachorro que adotou com Gui! Já estou com um problemão nas mãos envolvendo uma mensageira da morte…

Este livro foi impresso pela Vozes, em 2025, para a Harlequin.
O papel do miolo é avena 70g/m², e o da capa é cartão 250g/m².